Corps étranger

Didier van Cauwelaert

Corps étranger

ROMAN

Albin Michel

IL A ÉTÉ TIRÉ DE CET OUVRAGE
VINGT EXEMPLAIRES
SUR VÉLIN BOUFFANT DES PAPETERIES SALZER
DONT DIX EXEMPLAIRES NUMÉROTÉS DE 1 À 10
ET DIX HORS COMMERCE NUMÉROTÉS DE I À X

© Éditions Albin Michel S.A., 1998
22, rue Huyghens, 75014 Paris

ISBN BROCHÉ 2-226-10512-3
ISBN LUXE 2-226-10600-6

« S'interroger sur son identité, ce n'est pas rechercher ses racines, c'est se demander : qui d'autre puis-je être ? »

Anonyme, VIᵉ siècle av. J.-C.

Depuis que j'avais renoncé à faire quelque chose de ma vie, je me contentais d'être quelqu'un. Autrement dit, je renvoyais l'image que l'on m'avait collée ; c'était sans intérêt sinon sans avantages, et il avait fallu un drame pour redonner un sens à la position enviée qui me tenait lieu d'existence. Un de ces drames qu'on trouve spectaculaires au moment de leur annonce, mais dont l'entourage se lasse quand ils s'installent dans la durée. De toute manière, on a trop l'habitude de me haïr pour éprouver longtemps le plaisir de me plaindre. Ce pauvre Lahnberg, ça sonne bizarre. Chez les gens de plume, mon nom commence généralement par « ce salaud de », « cette ordure de », « cet enculé de » ; on a les titres de noblesse qu'on peut.

Gens de plume... Je dois être l'un des derniers sur terre à employer encore cette expression, avec autant d'ironie que de tristesse, d'ailleurs. Ils n'écrivent plus, ils saisissent. Au bout de dix pages, je sais si un roman a été fabriqué sur écran. On ne sent pas la rature, la surcharge, le rajout dans les marges, l'oreille qui cherche, la main qui hésite, la vie. Ils vont plus vite, disent-ils. Pressés de finir, de toucher le reliquat de leur à-valoir, d'acquitter leur tiers provisionnel et de composer un nouveau manuscrit – qu'ils devraient avoir l'honnêteté d'appeler menu-script. « On vit pour les impôts », s'est récemment justifié un ancien du Nouveau Roman recyclé dans la fiction télé. Franchement, je ne vois pas l'utilité, et je perçois mal l'enjeu. Il y a des suicides qui se perdent. Le mien parmi tant d'autres. Mais le salaire qu'on me verse pour exécuter avec un fiel divertissant mes congénères était malheureusement nécessaire à la survie de la femme que j'aime. Survie est un grand mot. Salaire aussi.

De toute façon, depuis vendredi soir, le problème ne se pose plus. On a débranché Dominique.

J'étais à Tanger quand j'ai appris la nouvelle au téléphone, sur le balcon de l'hôtel. Je venais de passer trois quarts d'heure chez Paul Bowles, éphèbe honoraire conservé dans un corps de vieillard rétréci qui recevait les visiteurs dans une chambre d'étudiant, parmi les livres entassés à même le sol et les piles de pulls couvrant les étagères. Le dos cuit par le radiateur à gaz devant lequel on m'avait installé, je servais de calorifère. Repoussé dans l'angle du lit exigu, encerclé de chocolats, caressant le serpent lymphatique qu'un jeune secrétaire en tenue de football était venu lui apporter, l'écrivain distillait d'apparentes vacheries sur ses confrères encore en exercice. Comprenant mal son anglais, j'acquiesçais en prenant poliment quelques notes sur l'ambiance : lumière sale entre les lamelles du store, aspirateur voisin, odeur d'encens, de chaussettes et de lait caillé, mines extasiées de l'attaché consulaire qui faisait visiter sa gloire locale avec des trémolos dans la voix. « Il est fabuleux, n'est-ce pas ? » me répétait-il quand l'autre s'interrompait pour tousser. Je ne jugeais pas nécessaire de le décevoir. J'en ferais deux ou trois feuillets pour la une du « Livres », ainsi que les cultureux parisiens se piquent d'appeler le supplément vaseux auquel j'appartiens, parmi d'austères maîtres nageurs qui s'obstinent à remonter des courants, une flottille de torpilleurs sous pavillons de complaisance, un banc d'universitaires de hauts-fonds mordant à tous les hameçons de la mode, quelques requins fameux qui n'aiment rien et une minorité active de poissons pilotes raffolant des ouvrages d'autrui en prévision de l'accueil qui sera réservé aux leurs – à moins qu'on ne garde mes impressions sur Bowles au frigo pour le jour de sa nécro : ce ne serait pas la première fois qu'on sert mes « portraits sur le vif » en viande froide. Aragon, Yourcenar, Duras, Cioran... J'ai donné. J'en ai même sous le coude, si je puis dire. Une demi-douzaine d'écrivains illustres que j'ai déjà conjugués au passé pour ne pas être pris de court, éviter de les bâcler. Je suis un peu gêné quand je les rencontre. D'un autre côté, je me dis que ça les conserve.

Je venais de rentrer à l'hôtel Minzah, cette pâtisserie coloniale entourée d'amputés maladroits qui mendient d'un air hostile en brandissant leurs moignons sous le nez des touristes. Une soirée vide et morne m'attendait, une de plus, une de moins : room service, minibar, somnifère. Depuis l'accident de Dominique, les quelques voyages professionnels auxquels je n'avais pas réussi à couper me chargeaient d'une angoisse d'autant plus tenace qu'elle ne reposait que sur la superstition. *Garder* son appartement, arroser ses plantes, nourrir son canari, écouter ses disques et respirer ses draps me paraissaient les seuls moyens de la maintenir sur terre, lorsque je n'étais pas en train de parler à son visage fermé, chambre 145, clinique Henri-Faure. À défaut d'espérer encore son réveil, je faisais vivre son décor. « Il n'y a qu'une faible chance, mais on peut la prolonger indéfiniment », se rassurait le médecin-chef en dissimulant pudiquement le contentement que lui inspirait un coma aussi juteux pour sa clinique. L'affliction avec laquelle il m'annonça le décès de sa patiente était sincère.

Du flot de paroles qui prit soudain possession du paysage de grues, paraboles et minarets, sous les arcades de la terrasse blanche, dans l'odeur de cyprès sec et de pneu qui brûle, je retins presque tout. Je regardais le téléphone parler au bout de mon bras, expliquer les raisons de la panne, incriminer un délestage, une mauvaise bascule du groupe électrogène, le déraillement du RER qui avait mobilisé les effectifs disponibles aux urgences... Tous ces événements qui pour moi n'en formaient qu'un : victime d'une défaillance de sa machine à respirer, Dominique était partie. Une mort aussi naturelle que furent artificielles les conditions de sa survie.

Je ne dirai pas que le temps s'est arrêté, ce vendredi

12

soir. Il avait déjà cessé d'avancer pour moi, six mois plus tôt, quand une Renault Espace avait percuté la deux-chevaux blanche. Qu'allait-il me rester, maintenant que le seul amour de ma vie avait résilié son sursis ? Que faire sans son parfum, ses cheveux que je coupais à chaque lune montante, la caresse de mes mains sur son front, ses épaules, ma joue posée contre son sein par-dessus le drap où courait le nom de la clinique ? Que faire sans la belle au bois dormant dont je n'avais jamais cessé de parler au présent ? J'interrogeais le reflet mal fini qui me dévisageait dans le miroir de la salle de bains. Maintenant ma présence sur terre avait perdu sa justification. Je n'avais plus qu'à me faire couler un bain rempli de mousse, par égard pour la femme de chambre qui me trouverait, les poignets entaillés. Ou bien enjamber la balustrade. Ou louer une voiture pour aller me jeter d'une corniche. Mais à quoi bon ? Moralement, j'étais déjà mort. Plus rien n'avait d'urgence.

Je suis rentré à Paris, j'ai commandé le cercueil, j'ai affronté les témoignages de sympathie. On était si content de me voir dans le rôle du foudroyé, pour une fois. Le journal a envoyé une couronne. L'orchestre de Dominique était en tournée à l'étranger ; seul un flûtiste, en arrêt-maladie, est venu la voir au reposoir. Il se tenait de profil, à trois mètres, le nez dans son mouchoir, comme s'il avait craint de lui passer sa grippe.

Le soir, rentré à l'appartement, j'ai enlacé le violoncelle qui allait se taire pour de bon, désormais, et j'ai pleuré contre les cordes qui m'avaient donné tant d'émotions sous les doigts de Dominique.

J'avais à peine jeté un regard à l'enveloppe jaune posée en évidence au sommet des boîtes aux lettres. J'ignorais encore qu'elle m'était adressée. J'ignorais, du fond de la détresse méthodique où je comptais m'installer pour le restant de mes jours, gardien de musée fermé, qu'un autre bonheur était déjà en marche. J'ignorais qu'un mois plus tard, je serais un homme nouveau.

À l'ombre de la Vierge Marie en bronze verdi qui domine le Cap-Ferrat, quatorze figurants plus ou moins concernés m'attendaient devant la chapelle Saint-Hospice. Des régionaux de l'étape, aurait dit Dominique. Des voisins qui l'avaient connue enfant, des contemporains de son père sidérés de lui survivre *à elle aussi*, un représentant du maire qui se déclara honoré, lors de sa brève allocution, de la voir revenir au pays.

La seule personne qui pleurait n'avait jamais entendu le son de sa voix. C'était Bruno Pitoun, le parleur bénévole qui durant des mois m'avait relayé à son chevet – un de ces héros discrets des services de réanimation dont j'ignorais jusqu'à l'existence, avant de pouvoir en bénéficier. Il était venu poser une main sur mon épaule, le lendemain de l'admission à la clinique de Pantin, tandis que je concentrais mes pensées sur le visage immobile, et m'avait engueulé de sa voix grasse et ferme : « Soyez pas coincé comme ça, purée ! Faut lui parler carrément, si vous voulez qu'elle vous entende ! » Il passait tous ses loisirs au quatrième étage d'Henri-Faure, à six cents

15

mètres de sa caserne, pour tenir le crachoir – comme il disait modestement – auprès des patients plongés dans le coma. « Les familles savent pas toujours quoi dire, ou alors elles osent pas, ou alors y en a pas. Moi, dans la vie, dès que j'ouvre la bouche, les gens ça les gonfle, ils se barrent – si, si, je me connais. Au moins, dans le coma, ils m'écoutent. » Et Bruno Pitoun ponctuait le propos d'un coup de coude dans mes reins, pour désamorcer l'émotion. Ce type me fascinait. Autour du distributeur de boissons d'Henri-Faure, quand je lui offrais un café avant de le relayer, je ne me lassais pas de l'entendre raconter le destin de la comtesse octogénaire du Saillant de Béreuse, mondaine effrénée qui était sortie de son coma diabétique en lançant « Purée ! » à tous les coins de phrase, dispensant des lumières inattendues sur l'avenir du PSG, la saison de Formule 1 et les amours d'Ophélie Winter. « Ça arrive, des fois, l'imprégnation », s'excusait doucement le parleur bénévole en rentrant sa grosse tête dans ses épaules de pompier.

Sur les quinze « auditeurs » qu'il accompagnait dans leur coma profond, depuis deux ans, trois étaient revenus à la vie, plus ou moins pitounisés. Dominique était la première qu'il perdait. Il était descendu en train de nuit assister à ses obsèques, autant pour témoigner de ses derniers mois d'existence, je crois, que pour me léguer l'intimité qu'il avait vécue avec elle.

– J'y en ai dit, des horreurs ; à présent je peux te l'avouer. À chacun, moi, d'instinct, tu vois, j'essaie de faire un électrochoc pour le rapatrier avec ce qui lui plaisait le plus dans la vie. Alors, elle, top comme elle était, moi je m'excuse, mais je lui parlais cul. Je sentais bien qu'y avait du tirage entre vous, genre la jalousie ou la séparation pour y voir clair : tu lui tenais pas la main comme dans un couple où ça baigne. Mais je sentais aussi que ça y était allé fort, tous les deux, avec la bouche qu'elle avait et les ailes du nez – c'est là qu'on voit si une femme elle aime l'amour. Alors je lui disais : « Allez, reviens, tu sens bien dans quel état tu le mets, Domini-que, il meurt d'envie de te grimper là dans la chambre pour te réveiller, mais il ose pas, alors il rentre se branler chez vous – c'est pas du gâchis, toi qui aimais tellement te faire troncher pendant des heures ? »

– Chut, a dit une paroissienne rencognée contre le présentoir à cierges.

– Mais je te jure, Frédéric, je te jure que si elle s'était réveillée, purée, le panard que vous auriez pris, tous les deux ! Comme avant ça serait reparti, et même encore mieux, sans me vanter.

Le curé a terminé son éloge d'un air réprobateur, les yeux fixés sur le parleur bénévole qui chuchotait au pre-mier rang. Avant la cérémonie, il m'avait demandé si la défunte *croyait*. J'avais répondu oui, sans préciser. En remontant de nos baignades à Paloma, Dominique m'emmenait souvent écouter les chants grégoriens dif-fusés en boucle dans cette chapelle, en dehors des messes. Bonheur d'un recueillement sans prières mêlé à notre odeur d'algues, aux picotements du sel sur notre peau, à la fraîcheur de ce lieu de pèlerinage étrangement toni-que et léger, construit par les ducs de Savoie et les che-valiers de Malte... On se mariait en secret devant l'autel désert, on échangeait en silence des oui d'amour, de soleil et d'orgues. J'ai voulu qu'on revienne ici ensemble, une dernière fois. Au curé qui insistait pour savoir si elle était chrétienne, j'avais fini par dire : « Ici, oui. » Comme nous étions juifs à la synagogue de la rue Deloye et noirs en juillet dans les arènes de Cimiez, au Festival du Jazz.

— Putain de groupe électrogène, a conclu Bruno Pitoun dans ses mains jointes. Si seulement j'avais été là...

Sa présence à cette messe était pour moi le plus douloureux des réconforts. La générosité brutale, le franc-parler, la conscience bien claire de son devoir et l'indifférence sans complexes à l'opinion des autres — Bruno Pitoun rayonnait de toutes les qualités que j'avais perdues. Ma froideur m'écœurait, alimentée autant par les déceptions subies que par les concessions faites ; l'inutilité de ma vie ne cherchait même plus d'alibi dans les bonnes œuvres anonymes, je n'avais plus rien à dire à personne, rien de nouveau, rien d'important, rien de gentil, rien de sincère, et j'étais devenu, sans m'en rendre compte, aussi avare de mes sentiments que prompt à condamner ceux des autres.

En revenant vers moi, après avoir béni le cercueil, Bruno Pitoun prononça la seule oraison funèbre qui me fit monter les larmes aux yeux :

— Je savais que ça me porterait malheur d'avoir bouffé Jospin.

Je connaissais son drame intime : il en avait rebattu les oreilles à tous ses comateux et l'histoire, colportée par les infirmières et les médecins du service, avait dû faire le tour de Pantin. Le soir de Noël, en tant que pompier, Bruno Pitoun avait mangé du cygne. Depuis les premières gelées de novembre, particulièrement sévères, les riverains du canal de l'Ourcq appelaient par centaines le 18, deux ou trois fois par semaine, dès que le volatile échappé du parc des Buttes-Chaumont se retrouvait pris dans les glaces aux abords de l'écluse. Bruno et trois collègues sortaient en Zodiac pour le dégager à la tronçonneuse, sous le regard vigilant des badauds agglutinés sur les quais, parmi lesquels accourait inévitablement une délégation de la SPA qui compliquait leur travail en les accusant de brutalité dans un mégaphone. Désincarcéré au bout d'un quart d'heure, le cygne, enveloppé de couvertures antifeu, baptisé Jospin en hommage à sa blancheur frisée, était ramené dans le Zodiac jusqu'à la caserne où, après l'avoir réchauffé au sèche-cheveux, on l'embarquait dans une camionnette pour aller le remettre avec les siens aux Buttes-Chaumont.

Deux ou trois jours plus tard, il retournait en milieu d'après-midi sur le canal pour se laisser prendre dans les gelées du crépuscule. Le vétérinaire-conseil, invité à commenter en direct son septième sauvetage, avait expliqué à la caméra de France 3 Île-de-France que les cygnes étaient monogames et que celui-ci, venant de perdre sa femelle, devait quitter son groupe afin d'accomplir son travail de deuil. Les pompiers, accablés par l'intervention bihebdomadaire à laquelle les contraignait par moins dix degrés l'opinion publique, avaient fini par faire cuire le veuf et le consommer avec de la farce aux marrons, le soir du réveillon. L'identité de la dinde supposée n'avait été révélée qu'en fin de repas à Bruno Pitoun, connu pour sa sensibilité hypertrophiée. Il ne s'en était jamais remis.

En sortant de la chapelle aux vitraux bleus, après un dernier regard pour le saint en bois peint retranché dans sa prière tandis qu'un Sarrasin s'apprêtait à le décapiter d'un coup de cimeterre, j'entendis – ou crus entendre – la voix de Bruno me chuchoter : « Fais pas comme le cygne. » Le volatile obstiné qui avait achevé son destin amoureux dans une garniture de réveillon m'inspirait, bien plus qu'une compassion de rigueur, une véritable symbiose. Je sentais déjà la glace se refermer autour de moi, et Bruno n'y pouvait rien, nos routes se décroisaient là ; il avait trop à faire avec les onze gisants qui attendaient, disait-il, son retour.

– Allez, courage, Frédéric. C'est pas que ça console, mais quand j'ai perdu la mienne, de fiancée, j'étais plus jeune que toi. Si tu veux devenir parleur, toi aussi... Tu sais où me trouver.

Je remerciai le veilleur d'âmes qui avait déjà enfourché son vélo de location pour rejoindre la gare de Beaulieu. Son départ me laissa orphelin de ma femme, parmi des étrangers qui l'avaient oubliée. On l'enterra derrière la chapelle, dans le plus bel endroit du monde ; un balcon en à-pic au-dessus de la mer, à l'ombre des grands pins tordus qui effacent sur les tombes les regrets éternels sous des larmes de résine et des monceaux d'aiguilles.

J'entendais dans mon dos susurrer les autochtones.

– Mais pourquoi a-t-il le même nom que son beau-père ?

– Ils n'étaient pas mariés.

Du coin de l'œil, je vis la dame en grand deuil façon Cap-Ferrat, capeline, Ray-Ban et châle mauve, acquiescer d'un air entendu puis, s'étant rendu compte que ça ne constituait pas une réponse à son problème, relancer gravement le chauve à mérite national qui affectait l'indulgence en demi-teinte des milieux informés :

– Mais pourquoi s'appelle-t-il comme eux, alors ?

– Oh, vous savez, chez ces gens-là...

J'abandonnai le spectacle des vivants pour accrocher mon regard aux noms gravés dans le granit, encadrés par l'étoile de David et la croix de Lorraine. Le cercueil de ma concubine – prononcez-le, ce mot vous ressemble – se posa sur celui de son père, emboîtant l'un sur l'autre les deux êtres qui m'avaient le plus donné, le plus marqué, le plus détruit.

Dans le choc léger des deux coffrages, le frottement des cordes ripant contre le bois, je revis celui que je n'avais jamais appelé papa, mince et droit dans son slip de bain sur le ponton de la villa, m'attachant ce gilet de sauvetage orange dans lequel j'allais mariner une heure pour lui faire plaisir. J'avais dix-sept ans. Jamais je ne devais réussir à sortir de l'eau avec ces foutus skis, mais j'étais si fier d'être traîné dans l'écume par l'homme que j'admirais le plus au monde, de lâcher la corde pour qu'il revienne tourner autour de moi au ralenti, me berçant d'illusions sur mes prétendus progrès, dans les relents du moteur qui me chaviraient l'estomac. Dominique bronzait à l'arrière du Riva ; son regard attendri, amusé, allait de lui à moi, surveillant nos réactions, nos complicités, décryptant nos messes basses ; elle avait tant appréhendé notre rencontre...

— Ne l'épousez pas, m'avait dit ce matin-là David Lahnberg en sanglant mon gilet de sauvetage. Ce n'est pas contre vous, c'est pour elle. C'est pour moi. Jamais je ne supporterai de la voir en mariée – vous me comprenez ?

J'avais hoché la tête, oppressé par la sangle, n'osant pas lui demander de lâcher un cran. Le jour où, son divorce enfin réglé, il avait pu épouser la mère de Dominique, elle avait avalé une abeille posée sur le gâteau de mariage et elle était morte dans ses bras, devant leur fille de huit ans en demoiselle d'honneur.

— En échange, si vraiment vous êtes sans famille, Frédéric, je peux vous adopter. Ça ne changera rien à vos rapports avec elle, au contraire : ça leur donnera un parfum défendu qui saura les préserver... et moi ça me tranquillisera. Pardonnez à un vieil homme d'être superstitieux. Vous ne le regretterez pas.

Je ne l'ai jamais regretté. Fils adoptif et éternel fiancé, j'ai connu mes plus grands bonheurs au milieu de la suspicion générale, que l'on me crût l'amant de ma sœur ou le petit ami de ce chef d'orchestre à l'élégance raffinée, qui m'emmenait dans toutes les réceptions de la Côte pour m'enseigner la civilisation, me donner, en formation accélérée sur le terrain, éducation, savoir-vivre et mode d'emploi ; m'initier, en un mot, aux simagrées collectives sans jamais tenter d'infléchir ma nature de passager clandestin dans laquelle il s'était reconnu. « Il faut souffrir ponctuellement de la présence des autres, pour apprécier ensuite la solitude en connaissance de cause : les vrais solitaires ne sont pas des ermites, Frédéric, mais des mondains intermittents. »

Dans sa Phantom II gris souris de 1932, monument d'inconfort solennel qui, avec ses quatre tonnes, sa direction de camion et son pédalier nécessitant une prise d'élan à chaque freinage, lui servait de salle de gymnastique, nous écumions la Riviera, du Festival de Cannes à l'Opéra de Monte-Carlo. De temps en temps, pour mettre un peu de piment dans les manifestations officielles en son honneur, il enclenchait une manette située à même le plancher, devant la banquette avant, au-dessus d'une pancarte argentée : *Not to be used in Great Britain.* L'abaissement du levier provoquait une sortie d'échappement libre dont la seule utilité semblait être de réveiller les gens à dix kilomètres à la ronde. Le moteur de la Rolls Royce explosa un dimanche dans la cour du palais Grimaldi, pour l'anniversaire du prince Rainier qui ne nous invita plus.

En échange de ses « leçons de maintien », David avait voulu que je lui apprenne le monde d'où je venais, ces quartiers nord de Nice dressant leurs blocs de béton parmi les grandes surfaces, au bord d'un lit de cailloux qui se changeait en torrent tous les trois ou quatre ans. Je le déguisais parfois, santiags et blouson clouté, en vieux loubard looké Harley, et nous allions zoner dans les cités du Paillon, sous les fenêtres où j'avais vu le jour. On s'était même battus contre une bande, un soir, puis contre le car de flics qui était venu nous sauver. « Sir David Lahnberg, Philharmonique de Londres », s'était-il

23

présenté en arrivant menotté au poste de police, s'adressant au brigadier de la main courante comme au réceptionniste d'un grand hôtel. Et il avait proposé, désignant d'un mouvement généreux les casseurs défoncés qu'on fourrait en cellule : « Puis-je signer pour ces messieurs ? »

En charpie, lèvres éclatées, l'œil au beurre noir, on était revenus comme deux gamins fugueurs à la villa rose du Cap-Ferrat, où Dominique nous avait badigeonnés de mercurochrome en nous couvrant d'injures. Le souvenir de ce fou rire entrecoupé d'élancements vaut largement tous les bonheurs d'enfance dont on m'avait privé. David était à l'aise partout ; il avait mené trois, quatre, cinq vies successives, dont il ne ressentait pas le besoin de classer les événements par ordre d'importance, et considérait le numéro de déportation à côté de sa Rolex avec le même détachement que le titre de noblesse accordé par la reine d'Angleterre. Seule comptait pour lui, en temps de paix, l'émotion qu'il extrayait des œuvres pour la communiquer à son orchestre. « J'ai survécu par hasard et j'ai tué volontairement », répondait-il, pour clore le débat, aux journalistes qui lui vantaient sa guerre. Les bombes qu'il avait lâchées sur la France, dans son avion de la Royal Air Force, pesaient tellement plus lourd que tous les triomphes de sa carrière. La perte de sa femme était à ses yeux une punition tardive, le châtiment d'un Dieu vague agissant toujours à contretemps, *dibbuk* issu de l'esprit fonctionnaire qu'avait développé l'humanité durant ce dernier siècle – « on a le Dieu qu'on mérite, Frédéric, pire : on subit le Dieu que nos peurs, nos lâchetés et nos aspirations à la soumission ont créé ».

24

Contre toute attente, la vision de sa fille amoureuse, loin de lui causer une jalousie classique ou la peur de se retrouver seul, avait colmaté sa douleur, donné comme une seconde vie aux souvenirs de son couple. Main dans la main, Dominique et moi l'avions vu renaître. Les rires, les craquements et les bruits de sommier dont nous avions empli à nouveau la grande demeure du Cap lui rendaient sa jeunesse. Pour nous il avait poncé, reverni, redémarré le sublime Riva d'acajou qui avait promené en ski nautique la femme de sa vie dans toutes les baies de la Côte. Pour nous il avait rouvert ses volets, ressorti l'argenterie, redonné des soirées, et même fait restaurer l'Armstrong-Siddeley Star Sapphire qui rouillait au garage depuis 1962 avec ses vingt-huit kilomètres au compteur, cadeau de mariage qu'il n'avait eu que le temps d'offrir et qu'il rodait pour nous deux, à présent, nous servant de chauffeur quand nous allions en boîte. « Il ne te gonfle pas trop ? » me demandait anxieusement Dominique. Non, mon amour. C'est ton père et il me traite comme le fils que je n'ai jamais été pour personne. Elle était un peu jalouse de lui, parfois, quand dans son dos nous nous marrions entre hommes. C'était délicieux. Il m'avait fait promettre de ne pas le tenir à l'écart des soucis que, le cas échéant, elle me créerait. J'avais tenu parole et ce ne fut jamais un poids. Dominique me quitta trois fois, de son vivant. Par sa manière de deviner, d'anticiper nos réactions, par son écoute et ses conseils (« Attends-la, mais pas tout seul : le jour où elle reviendra, elle t'en voudra si tu n'as rien à te faire pardonner »), il me la rendit deux fois et demie.

25

Une vague l'a emporté à la fin de l'automne, au moment des dernières baignades. Jamais il n'a cessé de croire qu'elle se réveillerait un jour. Les derniers mots qu'il m'ait dits, c'est : « Tiens bon. »

La corde file entre les poignées de cuivre, jusqu'aux doigts gantés de l'homme en noir qui l'enroule. À qui parler, maintenant ? Auprès de qui prononcer le nom de Dominique, lui redonner corps, réveiller nos souvenirs, les remettre au présent ? Le seul témoin de notre couple, notre seul ami, Hélie Paumard, n'a pas pu venir, retenu au Vésinet par sa cure de désintoxication annuelle. Il a envoyé une gerbe de lys, sa fleur emblématique qui faisait le désespoir de Dominique chaque fois qu'il venait dîner, les corolles semant un pollen indélébile sur la moquette blanche. Mais notre vieil Hélie ne tirait plus ses revenus que de la rediffusion parcimonieuse des films qu'il avait écrits jadis, la douzaine de lys rituelle était l'unique dépense futile qu'il s'autorisait encore et Dominique n'avait jamais eu la cruauté de lui dire qu'elle détestait ces fleurs. Après l'avoir embrassé dans cet élan de joie spontanée, de gratitude si sincère qui m'émerveillait toujours, elle filait dans la cuisine pour disposer le bouquet tout en coupant discrètement les tiges de pollen. Le lendemain, comme je me levais le premier, j'avais mission d'aller traquer les fleurs qui s'étaient ouvertes pendant la nuit pour leur trancher les étamines.

Pauvre Hélie. Mon regard chercha son dernier bou-

26

quet, à demi caché par les gens des pompes funèbres qui avaient mis en avant les couronnes expédiées par le maire, le journal, l'orchestre et le jury Interallié, jugées plus dignes que la simple carte marquée « Lili » – surnom que seul pouvait lui faire admettre, voire revendiquer, l'enthousiasme affectueux de Dominique qui abrégeait tout le monde – et j'eus un choc. Les étamines des lys étaient tranchées au ras de la corolle. Je reculai d'un pas, la gorge serrée par ce signe. Les endeuillés me regardèrent. Je relevai la tête. Dans l'aveuglement du soleil entre les branches du pin, Dominique me souriait. C'était bouleversant, c'était doux, c'était drôle, c'était simple ; c'était elle.

Au lieu de saisir la petite pelle de terre que me tendait solennellement le croque-mort, je sortis mon portable, cet accessoire grotesque dont le journal avait gratifié ses collaborateurs les moins présents dans l'illusion de les rendre joignables – je n'avais jamais allumé cette chose que dans les embouteillages, pour téléphoner à la clinique – et j'appelai Hélie Paumard au Vésinet. On me répondit qu'il était en réunion de groupe. Je prétextai une urgence, on alla le chercher. Les pompes funèbres, désarçonnées, attendaient que j'aie fini ma communication pour achever la cérémonie.

– Ouais, c'que c'est ? grommela Hélie de la voix pâteuse que lui donnaient toujours les médicaments de sevrage.

– C'est Frédéric. Je t'appelle du Cap-Ferrat.

– Voulu être là, murmura-t-il. Connerie.

— Merci pour les fleurs. Dis-moi, tu les as envoyées toi-même ?

Une quinte de toux explosa à mon oreille, m'obligeant à diminuer le volume d'un coup d'index. Offusqués, les convives du cimetière dardaient sur mon portable le regard vitreux des bonnes consciences.

— Interflora, finit par glisser Hélie sur un ton épuisé. Pourquoi, problème ?

— Non, elles sont superbes. Tu as donné des consignes particulières, au téléphone ?

— Lys blancs, pourquoi ? Ont mis des roses ?

— Non.

— M'appellent. T'aime. Suis triste.

Cet homme qui, de dérives en méandres, écrivait le français le plus raffiné que j'aie lu depuis Chateaubriand, s'exprimait comme un télégramme dès qu'il fuyait ses démons pour tomber sous la coupe des médecins. Je l'imaginai, dans son jogging bleu schtroumpf, rejoignant à petits pas le cercle des Alcooliques anonymes qui, tour à tour, assis en tailleur sur des nattes, exposaient avec une lenteur abrutie par les cachets leurs raisons de boire et leur ferme intention d'arrêter. Chaque fois qu'il renonçait au whisky, Hélie recommençait à fumer ; son pneumologue s'arrachait les cheveux, finissait par lui envoyer une bouteille de Glenfiddish avec ses vœux de rétablissement, et tout rentrait dans le désordre.

— Monsieur Lahnberg, prononça d'un ton sévère le croque-mort qui me tendait toujours sa pelle.

Je m'en saisis, la vidai sur la plaque dorée du chêne verni, et la passai à mon voisin qui affichait la moue hautaine de ceux qui se figurent qu'on exprime la dignité par le mépris. Et je balançai dans la tombe mon portable désormais sans objet, avant de tourner les talons.

Dominique n'était ni dans ce trou, ni dans les parages de cette cérémonie guindée, ni dans les souvenirs de bonheur et d'amour débutant dont nous avions truffé le Cap-Ferrat. Elle m'appelait chez elle, dans son intimité, sa solitude, ce pigeonnier blanc d'où elle m'avait chassé en douceur, avant que son accident ne m'y ramène. Les lys coupés étaient une invitation, un rappel bien plus qu'un clin d'œil ou le simple réflexe d'une fleuriste – je n'avais pas besoin de croire aux fantômes pour me persuader que si Dominique voulait me parler, son post-scriptum me parviendrait avenue Junot.

Je récupère au parking d'Orly l'antique voiture anglaise à laquelle je suis fidèle depuis vingt-trois ans. Je connais par cœur ses caprices, ses allergies d'avant-guerre et ses limites ; elle n'aime ni la pluie, ni la chaleur, ni la neige, ni le vent, supporte difficilement la ville, l'autoroute, les départementales à virages ; elle m'exaspère et je l'adore. C'est à son volant que David m'a appris à conduire avant de me l'offrir, le jour de mon admission à Normale sup, avec cette délicatesse qui donnait toujours l'impression qu'on lui rendait service en acceptant ses cadeaux : « Il me faut une direction assistée, tu comprends, à mon âge. » Et, contre mauvaise fortune bon cœur, il s'était acheté une Porsche, cabriolet deux places qui était aussi une manière élégante de nous pousser, Dominique et moi, vers notre liberté parisienne. Le sort en avait décidé autrement. Elle alla au concours international de violoncelle à Scheveningen et n'en revint pas : coup de foudre pour un élève de Rostropovitch. Il me resta Paris, une auto ingarable et cette agrégation de lettres classiques à laquelle je renonçai, après deux mois d'ennui sous vide chez les pasteurisés de la rue d'Ulm.

Quand je repense aujourd'hui à cette période, ces quatre ans de séparation où s'est joué aux dés mon avenir avant que Dominique ne revienne des Pays-Bas, j'éprouve un curieux mélange de remords et de bien-être, la sensation d'être passé très près d'un destin auquel notre amour m'avait préparé. Les mois de solitude consacrés à retraduire Aristophane, en vue d'une thèse que je n'ai jamais finie, étaient plus qu'une fuite en arrière : une offrande. Le seul moyen de t'attendre, de faire ton lit dans l'œuvre d'un autre. Je sais bien que j'ai gâché, dans le bonheur de ton retour, la chance que m'avait donnée ton absence. Et que je ne ferai rien de ta mort. Sans l'espoir de te retrouver un jour, pourquoi essayer de changer ce que tu n'aimais plus en moi ? Pourquoi vouloir *laisser* quelque chose ?

L'arrière de l'Armstrong-Siddeley est un salon de lecture où s'entassent les nouveautés et les Pléiade, en prévision des incidents mécaniques. C'est là, sur la banquette au cuir fendu, que je t'ai fait l'amour la première fois, quand la voiture était encore sur cales dans le garage du Cap-Ferrat. De notre histoire, il ne reste plus maintenant que des lieux, des odeurs, un volant. Des pannes à venir.

J'enclenche sur le lecteur de cassettes le *Concerto numéro 2* de Joseph Haydn. Dans le tunnel qui rejoint le périphérique, je fais semblant de reconnaître, une fois de plus, le violoncelle de Dominique sous les accords de l'orchestre. Jamais elle n'a eu l'ambition d'être isolée,

31

célébrée pour elle-même ; son plaisir était d'appartenir à une formation, de contribuer à l'harmonie d'un ensemble où sa présence était nécessaire mais toujours remplaçable. Elle qui était la femme la plus solitaire que j'aie rencontrée n'avait pas l'âme d'une soliste.

Dans les grincements de suspension, je remonte l'avenue Junot figée dans sa blancheur laiteuse. Les derniers charmes de la Butte ont disparu avec les lampadaires orangés – il doit en rester quelques dizaines, oubliés dans les fonds d'impasse, les recoins négligés, les voies privées, qui permettent de comparer encore et de râler en mémoire. Pour ce que j'en vois. Je ne connais plus de Montmartre que la montée incurvée de la rue Caulaincourt en troisième, le double débrayage au coin de l'avenue Junot et le garage à commande infrarouge dont l'ascenseur m'amène directement dans mon immeuble. Son immeuble. Notre immeuble. Je vais crever sans toi, je le sais, à feu doux ; continuer d'attacher, me laisser réduire tant qu'il y a quelque chose à brûler. Rentrer ici sans toi, sans ma main sur tes fesses ou la joie tenaillante de te retrouver dans ton bain, dans la cuisine, dans ta salle de musique aux murs entièrement recouverts de boîtes à œufs pour absorber les sons – j'ai beau avoir derrière moi un apprentissage de six mois, je ne m'y fais pas, Dominique, je ne m'y ferai jamais. Je t'aime, où que tu sois. Et tant pis si je t'empêche de m'oublier, si je t'empêche de partir à ta guise vers des mondes inconnus, tant pis si je te gâche la mort comme j'ai compliqué ta vie, je m'en fous : j'ai toujours été égoïste et c'était pour toi. Pour nous. Quand tu venais sur moi la nuit et que tu me disais « Sers-toi », que tu m'empêchais de te faire jouir pour ne rien perdre de mon plaisir, j'ai toujours obéi avec la légèreté qui était de mise entre nous dans l'amour. Je n'ai jamais soupçonné une seconde que tu t'entraînais ainsi à te passer de moi.

Comment vais-je m'y prendre, à mon tour ? À la question « Tu n'es pas mieux sans moi, tu n'es pas heureux d'être libre ? », notre dernière année en filigrane, je répondais toujours : « C'est avec toi que je suis libre », ce qui ne nous avançait guère. Tu ne m'as jamais retenu en rien. Je n'ai jamais freiné ta carrière qui t'intéressait si peu, ni ta passion pour le violoncelle que je partageais de mon mieux. Depuis l'adolescence, nous étions faits pour être ensemble et ne devenir rien de plus que ce que nous étions l'un pour l'autre. Pourquoi le temps aurait-il cassé ce qu'il avait construit ? Ton corps dérobé à la lumière de peur que je te désire moins, j'en acceptais, j'en aimais, j'en guettais les petits changements, les pertes de grâce, les harmonies moins sûres, les concessions – ce n'était rien de plus que les cheveux qui restaient sur ma brosse, les implants dans ma bouche, le kilo sur mes hanches et les douleurs dans mon dos. Nous avions l'âme d'un vieux couple, Dominique : j'avais déjà gagné à l'usure contre la beauté, le talent, la perfection lisse de ton virtuose des Pays-Bas ; j'aurais très bien su rattraper aussi notre différence d'âge, tu aurais vu le magnifique vieillard précoce dont j'aurais fait l'hommage à nos prolongations – que voulaient dire ma quarantaine et nos trois ans d'écart, est-ce vraiment à cause d'eux que tu m'as poussé vers la porte ? « Je ne t'aime pas moins, je

33

ne te quitte pas pour en aimer un autre : c'est moi que je n'aime plus dans tes yeux, et je veux que tu partes avant que ça ne te gagne. » Pardon, chérie, mais jamais le désamour que tu croyais anticiper n'aurait vu le jour, je le sais, et tu serais encore en vie si nous étions restés ensemble.

Il y a pire. Il y a cette phrase de notre dernière rencontre, place Clichy, ce déjeuner interminable, enivrant, merveilleux, détestable, cette conversation amoureuse qui déviait, revenait, virait de bord, cinglait vers le passé, tournait aux retrouvailles puis s'enlisait dans la séparation présente, au fil du menu ; nos doigts entrelacés, les assiettes que nous échangions à mi-plat comme toujours, ces réflexes qui avaient survécu à notre union charnelle comme le canard décapité qui continue de courir, « j'ai tellement envie de toi... – Moi aussi, Fred, on le sait, qu'est-ce que ça change ? », le puligny-montrachet dont nous connaissions la rondeur et les longueurs par cœur, nos descentes alternées aux toilettes où j'affrontais dans le miroir mon humeur du moment, l'euphorie de l'espoir, puis la morsure de la rancune, puis le poids des résolutions ; un homme différent à chaque descente, devant la même glace et le même problème à l'issue pourtant inéluctable. « Quitte-moi, Frédéric, je n'ai plus rien à t'apporter, tu n'as plus aucune imagination dans notre histoire et c'est insupportable pour moi de te perdre comme ça... Rencontre quelqu'un d'autre, fais quelque chose de ta vie... »

Faire... Le mot le plus bête et le plus simple et le plus vague et le plus répandu de la langue française. Précisément celui que je ne veux pas conjuguer. Les dérivés me conviennent : je sais défaire, refaire, parfaire... Mais faire. J'ai fait. Une fois. Tu es bien placée pour le savoir. Pourquoi tenter d'écrire à nouveau, que dire, à qui et de quelle manière ? Ces questions me tiennent lieu de réponse. Je ne porte aucune œuvre en moi, je n'en souffre pas et le talent des autres m'a toujours moins blessé que leurs renoncements, leurs facilités, leurs négligences et leurs ambitions démesurées qui se contentent de si peu. Je sais ce que c'est d'inventer, de composer des personnages et des situations, je l'ai fait avec toi, pour toi ; je me suis donné pendant un an tout le mal du monde au service d'un de ces romans de gare qu'on écrit normalement en quinze jours et au poids – nous avons partagé ma fiction comme nous partagions la préparation de tes concerts et l'expérience m'a appris à me glisser dans la peau des romanciers que je critique. C'est tout. Quant à mes rêves de publication au grand jour et de gloriole afférente, les joies du pseudonyme secret que nous avons endossé tous les deux, l'année de mon hypokhâgne, ont suffi à leur ôter à jamais toute implication dans ce que les invalides de plume touchés par mes obus considèrent comme des règlements de comptes ; les manifestations d'aigreur d'un raté qui se venge. Étant stérile, je m'exprime en détruisant – c'est ce qu'ils pensent et tant mieux si ça leur fait du bien.

J'introduis la clé dans la boîte aux lettres, où ton nom gravé en doré sur fond bleu est toujours surmonté de l'extrait découpé dans ma carte de visite. Tu ne m'avais pas enlevé. Comment voulais-tu, avec des attentions de ce genre, que je te croie et t'obéisse quand tu me disais que notre histoire était finie ? D'un geste mécanique, je trie le courrier. Les factures sont à ton nom, les condoléances au mien. Je reconnais quelques écritures. Des collègues du jury Interallié, deux ou trois restaurateurs chez qui j'ai mes habitudes, le petit requin d'aquarium qui lorgne avec une maladresse rassurante ma place encadrée dans le journal, une romancière éreintée l'an dernier qui doit préparer la sortie d'un nouveau livre, des éditeurs, mon garagiste.

L'enveloppe jaune est toujours posée contre le mur, au-dessus des boîtes aux lettres. Sans doute une erreur d'adresse, un destinataire inconnu. Je m'approche machinalement pour déchiffrer l'écriture entourée de ratures, lorsqu'une porte s'ouvre derrière moi. Raoul Dufy, robe de chambre bordeaux et charentaises vichy, insinue sa tête de momie sous le fronton corinthien qui surplombe son paillasson à initiales. Je suppose qu'il me guettait derrière le judas. C'est tout ce qui lui reste de son brillant passé dans les services secrets.

— Je sais ce que vous ressentez, me dit-il.

Je le remercie, et l'informe que je désire reprendre à mon compte le bail de Dominique. Il souscrit d'un hochement bref, abaisse les paupières. Mon soulagement détend ses traits habitués à ne refléter que les sentiments de l'ennemi. Mais je devine que mon souhait comble ses vœux : douze mille francs par mois pour ce pigeonnier en duplex de quatre-vingts mètres carrés impossible à meubler ; il aurait mis du temps à trouver un autre pigeon. Malgré tous les inconvénients de cet appartement alambiqué, Dominique ne rêvait que d'une adresse à Paris : le Moulin de la Galette, où ses parents s'étaient connus à la Libération. Qu'importe alors s'il ne reste plus de la guinguette immortalisée par Renoir qu'une paire de moulins rafistolés aux ailes immobiles, incluse dans une restauration hollywoodienne peuplée de top models en préretraite, cinéastes, opticiens tape-à-l'œil et chirurgiens esthétiques, protégeant leur incognito derrière les noms de peintres célèbres inscrits dans l'avenue sur la colonne des interphones.

Raoul Dufy scelle notre accord d'une poignée de main décharnée et referme sa porte. J'ai parlé un peu vite. Assumer le loyer de Dominique en plus des charges de ma maison est totalement déraisonnable, mais que faire de la raison dans l'après-vie que j'entame ? Le fisc a déjà bloqué l'héritage de David en contestant son statut de résident anglais ; il n'est pas près de régler la succession de sa fille, dont je serai incapable de toute manière d'acquitter les droits. Va pour les découverts et les saisies ; j'aurai agi au mieux, le temps d'épuiser mes réserves. Je ne vois pas d'alternative. Trier ses vêtements, sélectionner les objets qu'elle préférait, louer un garde-meubles ? Si son âme est restée attachée aux parages de sa vie, comme je l'espère et le crois, je n'ai ni la vocation ni le droit de l'exproprier. Tout ce que je sais faire sur terre c'est conserver : ranger m'accable et choisir me dépasse. J'entretiendrai. Je me ferai tout petit, si ma présence qu'elle ne souhaitait plus de son vivant la gêne aussi dans l'au-delà. Je passerai l'aspirateur. Je nourrirai son canari. J'allumerai ses lampes et les éteindrai, pour prolonger ses gestes.

L'ascenseur bourdonne, occupé. Je gravis l'escalier à vis, entre les lanternes en laiton et les plâtres beiges aux faux joints dessinés façon pierres apparentes, censés composer l'atmosphère d'un château. La porte laquée bleu s'ouvre en frottant la moquette. Sous l'abat-jour de l'entrée, mon chat me dévisage en miaulant avec insistance, puis se dirige vers la cuisine. Il faut lui changer sa caisse. J'ôte mon imper, attrape la télécommande pour casser le silence. LCI montre une conférence de presse à la Maison-Blanche, en l'honneur de Yasser Arafat venu discuter de la paix au Proche-Orient. Un journaliste demande à Bill Clinton si, oui ou non, il reconnaît s'être fait sucer dans le bureau ovale et, dans l'affirmative, si sa collaboratrice a avalé le produit de ses efforts. Le leader palestinien affiche une neutralité bienveillante, le regard ailleurs, tandis que l'homme le plus puissant de la planète se penche en avant d'un air contrit, les mains jointes au bout de ses genoux, comme un petit garçon qu'on invite à réciter un poème au dessert, et commence par répondre : « *Well.* » J'éteins la télé. Comme Dominique va me manquer, dans ces moments-là... Jusqu'à vendredi soir, je faisais provision de tous les rires solitaires que m'offrait le monde pendant son absence ; je les lui gardais.

Je vide la litière dans un sac-poubelle. Le téléphone sonne. Je retourne au salon pour écouter le répondeur, et les larmes qui s'étaient refusées toute la journée inondent mes joues. La voix claire et joyeuse de Dominique, son ton poli mais dérangé par avance engage, sans insister, l'importun éventuel à délivrer un message si vraiment c'est urgent.

Je me laisse tomber dans le fauteuil Voltaire, ferme les yeux pour retenir l'écho. J'entends à peine le signal sonore. Je ne prête pas attention au stressé qui me demande de répondre si je suis là. Je coupe la communication d'une pression sur une touche. Il rappellera. Il rappelle. La voix du bonheur, la voix de notre amour inchangée, vieille de cinq ou six ans, me déchire plus profond que la pelle du cimetière. « Bonjour, nous ne sommes pas là ou nous sommes occupés... » Quelle est la durée de vie d'une annonce sur cassette ?

— Frédéric, oui c'est Étienne Romagnan, on a été coupés, j'ai un énorme problème, rappelez-moi à n'importe quelle heure, je vous en supplie, le plus vite possible, je suis au laboratoire, je ne bouge pas, c'est à propos de Constant, je ne sais absolument pas comment réagir, j'ai besoin de vous, c'est encore à cause de sa grand-mère, elle refuse que je le récupère et même que je lui parle au téléphone, elle dit que je l'ai assez perturbé comme ça — moi ! vous vous rendez compte ? *Moi* je le perturbe ! Il n'y a que vous qui puissiez raisonner cette salope et arranger les choses avec le petit, surtout en ce moment, je suis sur le point de prouver que les molécules d'acétylcholine agissent même à dilution douze, mais comment voulez-vous que je me concentre avec... Allô ? Frédéric ? Vous êtes là ? Il y a eu un « clic »...

— Je viens de rentrer. Vous pouvez recommencer ? Je n'ai entendu que la fin.

Cela dit pour gagner un léger répit, le temps de prendre une décision. Je n'ai pas encore annoncé le décès à Étienne Romagnan. L'espoir d'un réveil toujours possible de Dominique l'empêchait de sombrer totalement dans la dépression qui le ballotte depuis l'accident. C'est sa femme qui conduisait la Renault Espace qui avait franchi la ligne blanche, percutant la deux-chevaux avant de s'écraser dans le ravin. Il s'était retrouvé veuf, coincé entre son gamin de neuf ans et ses découvertes imminentes en biologie moléculaire. J'avais réussi, au fil des mois, à calmer les remords par alliance qu'il nourrissait à mon égard, je l'avais persuadé que si le soleil avait aveuglé sa femme ce n'était pas de sa faute, et j'emmenais un mercredi sur deux son fils à la piscine.

— Pardon, je vous embête avec mes problèmes.

— Mais non.

— Dominique a meilleure mine ?

— Ça va.

— J'étais sûr que le dosage en magnésium dans la perf' était insuffisant. Je n'ai pas le temps d'aller la voir en ce moment, je suis désolé — mais vous avez toujours le pompier, ça va ?

— Ça va.

— C'est épouvantable, Frédéric. Je suis à bout, je vais craquer.

— Mais non. Qu'est-ce qui se passe, exactement ?

— Vous faites quelque chose, ce soir ?

Et je me retrouve un quart d'heure plus tard sur le périphérique en direction de Versailles, la maison de ses beaux-parents, après avoir changé la caisse du chat et nettoyé la cage du canari.

Les embouteillages d'après-dîner se sont résorbés, les panneaux lumineux de l'autoroute annoncent que tout est fluide. Il pleut, sous le grincement de mon seul essuie-glace valide. Un sentiment bizarre tourne en moi dans l'habitacle. Quand j'ai traversé le hall pour redescendre au parking, tout à l'heure, Toulouse-Lautrec, ma voisine de gauche, examinait l'enveloppe jaune entre ses doigts. Un mètre soixante-quinze, vingt-trois ans, Malienne, retraitée de l'agence Élite. « Vous connaissez ? » m'a-t-elle demandé en me tendant la lettre. Je n'ai répondu qu'en détournant le regard avec un grognement, tellement cette fille me plaît. Dominique n'arrêtait pas de me vanter sa ligne, ses allures d'antilope, sa grâce bien élevée, comme si j'avais mérité le plus beau des lots de consolation. Je cachais l'irritation que me causait son insistance en lui rappelant la banalité de mon physique : jamais cette créa-ture de papier glacé ne lèverait les yeux sur moi... J'avais très mal pris que Toulouse-Lautrec vînt sonner réguliè-rement en début de soirée, ces derniers mois, pour me proposer avec son sourire immense la moitié de son Findus, et s'informer si « la dame allait mieux ». En repo-sant tout à l'heure la lettre jaune au sommet des boîtes aux lettres, elle m'a demandé, cette fois, avec le même sourire et la même voix, si *moi* j'allais mieux.

Je ne veux pas qu'une femme réponde malgré moi à un désir qui m'échappe. Même si c'est par pitié, par gentillesse ou par jeu.

Laissez-moi tranquille.

C'est une maison bête, sans faute de goût, sans charme : propreté maladive, cheminées condamnées, tables de bridge et têtières sur les fauteuils Régence. Une fois de plus, je plaide la cause d'Étienne Romagnan, assure qu'il a diminué sa consommation de Prozac, terminé ses expériences et qu'il n'oubliera plus Constant au supermarché. Les beaux-parents, confits dans leur deuil, m'écoutent au milieu du vestibule avec une obligeance crispée. Jugeant mon journal trop à gauche, ils n'ont aucune confiance en moi, mais leur fille a causé l'accident de ma femme et ils n'osent pas me mettre à la porte. Ils précisent néanmoins que Constant refuse de retourner chez son père, que la psychothérapeute lui donne raison et que, de toute manière, il est puni : il restera à table tant qu'il n'aura pas fini son steak haché. Je leur fais remarquer qu'il est onze heures passées. Ils répliquent qu'un enfant a besoin de repères.

À travers la porte de la cuisine, je demande au petit ce qu'il souhaite exactement.

— Je veux aller avec toi dans l'enfer ! répond-il aussitôt.

J'explique aux grands-parents atterrés que c'est un jeu, sans leur préciser qu'il s'agit de l'« enfer » des bibliothèques : j'appelle ainsi l'arrière de mon Armstrong-Siddeley où Constant dévore avec passion, un mercredi sur deux, les livres qu'ils lui interdisent, comme *Les Nouveaux Risques alimentaires*, *Des poubelles dans vos assiettes* ou *La Vérité sur la vache folle*.

– Tu veux que je t'emmène voir ton père ?

– D'accord !

– Tu finis ton steak ?

– D'accord !

Avec toute la rancune du monde, la grand-mère ouvre la porte de la cuisine. Assis au bout de la table en mosaïque, un jeu électronique à portée de main, Constant dévore à pleine grimace, entre deux haut-le-cœur, le carré de cadavre haché qui lui donnera « l'encéphalite spongieuse », comme il me le dira tout à l'heure en vomissant dans le caniveau. Je contemple ce pauvre tableau, un peu fatigué de jouer les Casques bleus. En même temps il m'émeut tellement, ce petit rouquin à lunettes, cet enfant de la mort, ce demi-orphelin coincé entre le génie immature de son père, la bêtise ordonnée de ses grands-parents et son prénom calamiteux – seul avantage de son drame, ses camarades d'école ont cessé de l'appeler Con-Con.

Dans la voiture, son sac de sport sur les genoux, après avoir trié les parutions du mois, il se plonge avec délices dans *Planète transgénique* de Jean-Claude Perez, qui fera disparaître le maïs de son alimentation. Puis il me rappelle qu'il est en vacances et qu'il a intérêt à dormir chez moi, cette nuit ; comme demain je l'emmène à la piscine, ça m'évitera un trajet. Je m'abstiens de relever. À l'entrée de l'autoroute, il précise que son père est en plein travail et qu'il ne faut pas le déranger.

– Constant... Qu'est-ce qui ne va pas, exactement, entre lui et toi ?

– Lui.

Ça me paraît en effet d'une évidence qui rend l'enchaînement délicat. J'attends le tunnel de Saint-Cloud pour reprendre, l'œil sur sa réaction dans le rétroviseur :

– Il t'aime, tu sais.

– Et alors ?

Bon. On m'excusera de manquer de relance, mais j'ai l'esprit ailleurs, ce soir.

– Je veux habiter avec toi, Frédéric.

– Ne joue pas avec la tablette. C'est fragile et les charnières sont introuvables.

– Je veux habiter avec toi.

– Écoute, Constant, ça suffit. Tu as un père.

– Il est nul.

– Je t'interdis de parler comme ça ! D'abord c'est ton père, et ensuite dis-toi bien que dans dix ans maximum il aura le Nobel.

– C'est quoi ?

– La plus grande récompense du monde.

– Dans dix ans je serai parti !

– Tu fais ce que tu veux, j'en ai rien à foutre, à la fin, merde ! Et arrête de cogner dans mon dossier !

– Dis pas de gros mots.

– Tu veux que je te ramène chez tes grands-parents ?

– D'abord c'est plus mes grands-parents !

– Ah bon.

– J'ai plus de maman, alors eux ils ont plus de fille et c'est plus mes grands-parents, voilà !

– Qui est-ce qui t'a raconté cette connerie ?

– Mon père.

D'accord. Je mets la radio sur Skyrock en espérant que ça le fera taire.

– C'est vrai que ton père à toi, c'était pas ton père ? C'est vrai qu'il t'a choisi à l'école ?

– Oui. On peut voir ça comme ça.

– Je veux que tu me choisis.

– *Choisisses*. Arrête de faire le bébé, Constant.

– Pourquoi ?

– C'est un subjonctif. Et tu as déjà un père.

– Pourquoi c'est pas lui qui est mort à la place de maman ?

Il est trop tard et je suis trop fatigué pour lui expliquer la vie. Je monte le son de la discussion porno-médicale agitant les animateurs de Skyrock et les ados en chaleur qui appellent le standard. Au bout de cent mètres, il s'intéresse au débat et je peux enfin retourner dans mes pensées. Cet enfant dont la situation, l'intelligence et la dignité me bouleversaient encore la semaine dernière me sort par les oreilles. Comment lui expliquer sans le blesser que je ne m'occuperai plus de lui, désormais ? Même un mercredi sur deux. Le petit homme en train de se construire en rassemblant des morceaux de nos épaves d'adultes a cessé de me concerner. Je ne me forcerai plus à jouer les papas de substitution, ce n'est ni mon emploi, ni mon goût, ni mon droit. Les enfants m'indiffèrent et

celui-ci a épuisé son temps de parole, son temps d'écoute.
Je ne le volerai pas à sa famille, je ne le détournerai pas
de son destin, je ne me raccrocherai pas à lui. La tentation serait trop égoïste, et je n'ai plus les moyens de me
sentir responsable. Pour qu'il puisse rendre à son père ce
qu'il a reporté sur moi, il faut que je l'abandonne. Laisser
un vide, c'est tout ce que je peux faire pour eux.

Je descends de voiture et compose le code d'entrée sur
le portail électronique. Aucune lumière n'est allumée
dans le bâtiment principal. Depuis qu'Étienne Romagnan est sorti de son rôle de chercheur pour découvrir
des choses qui remettent en question les lois de la biologie, son administration l'a relégué dans un bungalow
préfabriqué au fond du parking, près du local à poubelles. Je m'arrête sous la fenêtre éclairée au néon derrière
laquelle il s'affaire, en blouse ouverte, longue silhouette
de jeune homme voûté à petite queue-de-cheval, entre
ses paillasses et ses cornues. Sans couper le contact,
j'envoie le bras en arrière pour ouvrir la portière du petit.

— Allez, vas-y, Constant. Courage.

— Tu viens ?

Je remets les mains sur le volant, regard droit devant,
mâchoires serrées, et je fais ronfler le moteur.

— S'il te plaît Frédéric ! s'empresse-t-il d'ajouter,
confus d'avoir manqué de réflexe.

Je viens. J'ai eu assez de mal à lui apprendre la politesse.

La porte du labo est fermée. Je tape au carreau. D'un
geste de la paume, sans lever le nez de ses éprouvettes,
son père nous fait signe d'attendre un instant. On se

regarde. Constant fait claquer sa langue en haussant les sourcils. Malgré moi, je pose la main sur sa nuque. J'aimerais être indifférent, un jour ; j'aimerais être aussi méchant qu'on le croit, j'aimerais ressembler à ce que j'écris.

– Vingt-quatre neuf ! s'écrie Étienne Romagnan lorsqu'il finit par nous ouvrir. J'arrive à vingt-quatre neuf de variation du débit coronarien avec le tube trois ! C'était une manip en aveugle, regardez : le trois contient bien l'acétylcholine diluée à moins douze et agitée ensuite avant l'injection ! Ça confirme non seulement les travaux de Jacques Benveniste sur la mémoire de l'eau, mais ça démontre l'homéopathie et ça prouve que le sérum physiologique des hôpitaux est totalement contaminé ! Bonsoir mon lapin, enchaîne-t-il en cognant d'un baiser mal dirigé le front du gosse avec son menton, tu as déjà mangé ?

Je lui rappelle qu'il est minuit. Il me répond que la stérilisation en labo ne sert à rien, puisque les vibrations lors du transport vers l'hôpital réactivent le signal électromagnétique laissé par les bactéries dans le milieu aqueux, assied Constant sur une chaise à côté de la fenêtre, sous une plante jaune qui sert de cendrier, et lui donne un numéro de la revue anglaise *Nature*.

– Je vais écrire au directeur de la Santé, pour qu'il oblige les hôpitaux à restériliser le sérum dès réception, sinon c'est l'histoire du sang contaminé qui recommence. Sois sage, mon chéri, j'en ai pour deux minutes et on va dîner.

L'enfant tourne vers moi un regard éloquent, une moue résignée. J'écarte les bras, en signe d'impuissance.

– Venez voir, Frédéric, m'appelle le biologiste. Et préparez-vous au choc de votre vie.

Je le suis, à travers le fouillis qui s'entasse entre les armoires métalliques et les cloisons de contreplaqué, sous les taches d'humidité du plafond où courent des câbles. Accrochés par du scotch, ils relient un ordinateur à un ensemble de cornues dans lesquelles circule un liquide, alimentant des éprouvettes qui tournent sur un support mobile. Un jeune Asiatique pianote sur le clavier, tandis qu'une dame aux yeux rouges enfonce une seringue dans l'une des zones délimitées au feutre sur le dos rasé d'un cobaye endormi.

– On injecte trois solutions différentes, m'explique Étienne en me montrant sa feuille de résultats. De l'acétylcholine normale, un neuromédiateur qui augmente le débit des coronaires ; de l'acétylcholine diluée à moins douze – normalement sans effet : il faudrait multiplier les molécules par cent millions pour qu'elles soient agissantes – et la même acétylcholine pareillement diluée, mais vortexée.

– Vortexée ? demandé-je pour dire quelque chose.

Il me désigne un appareil bleu avec un trou central, y enfonce un tube à essai qui se met à vibrer en tous sens dans un bruit de tronçonneuse.

– Durant l'agitation, les quelques molécules restantes informent l'eau ambiante, laquelle retransmet le signal électromagnétique de l'acétylcholine qui redevient ainsi « agissante », malgré la haute dilution. Regardez les réactions sur l'animal : son débit coronarien, en conditions normales, ne varie pas plus d'un pour cent et demi : il vient de grimper à vingt-quatre neuf, alors qu'officiellement je ne lui ai injecté que de l'eau. Et on observe les mêmes résultats avec le cœur prélevé sur un autre cobaye, souligne-t-il en pointant son doigt vers le petit organe rose disposé à l'intérieur d'une vitrine.

– Frédéric, c'est à quelle heure la piscine ?

– Je ne suis pas libre. Et n'interromps pas ton père.

– De toute façon, je dois garder un secret total, se ravise soudain Étienne en plaquant contre lui sa feuille de résultats.

– Pourquoi ?

– Parce que dans ce pays de merde, dès qu'on publie une découverte, on ne peut plus la protéger par un brevet ! Domaine public ! Il me faut des millions de francs pour déposer mes brevets, et tous les banquiers à qui j'essaie d'emprunter me demandent de justifier d'abord mes travaux par une publication ! Pourquoi vous croyez que toutes les découvertes françaises se retrouvent en Amérique ? Si je n'avais pas mon fils, je me serais barré depuis longtemps. Constant, ne touche pas à l'ordinateur ! Empêchez-le, voyons, Lu-Nian ! Je t'ai dit de rester assis, tu n'es plus un enfant, écoute !

– Si ! crie Constant. J'ai jamais le droit de rien, tu fais chier !

Le chercheur se tourne vers moi, incrédule :

– Vous entendez comment il me parle ?

Pour éviter les hostilités, je lui demande à quoi sert le fil qui relie l'ordinateur au cœur dans la vitrine.

49

– À envoyer le signal enregistré sur l'acétylcholine diluée, sans injection de substance. La mémoire de l'eau fonctionne aussi sans eau : c'est cela qui est absolument top secret. Je vais me remarier, enchaîne-t-il deux tons plus bas en examinant le dos du cobaye. Pour Constant. C'est le seul moyen de le rééquilibrer et de le soustraire à l'influence de ses grands-parents : je ne m'en sors pas, tout seul.

– Ce n'est pas un peu... rapide ? demandé-je avec des sentiments partagés.

– C'est la mère de sa petite copine Aurélie, que vous connaissez.

J'acquiesce. Elle nous accompagne à la piscine, parfois, les mercredis où elle n'est pas en traitement chez son allergologue.

– J'ai rencontré Marie-Pascale dans une réunion de parents d'élèves. Son divorce a totalement perturbé Aurélie. Je pense que pour les enfants, c'est la meilleure solution. Vous ne trouvez pas ?

Je me permets d'observer que Constant ne m'a rien dit de ce mariage. Il me répond qu'il n'a pas encore osé lui en parler, et que ce serait peut-être mieux si ça venait de moi.

– Juliette, pourquoi l'ecchymose est montée dans l'oreille ? Faites attention où vous le piquez, enfin !

– On pourrait peut-être continuer demain, dit l'assistante en étouffant un bâillement, avec un regard solidaire pour Constant qui boude sur sa chaise.

– On *est* demain, répond Étienne en s'emparant de la seringue pour refaire l'injection.

J'ébouriffe les cheveux du petit en repartant.

– Embrassez Dominique, me lance le chercheur, dans cet élan machinal dont j'avais tant apprécié la délicatesse, autrefois.

Au premier carrefour, la tentation de ne pas rentrer m'a ralenti. Mais il me reste cent pages à lire pour ma critique de demain. Si je ne retrouve pas dès à présent le rythme habituel de mes contraintes, je ne pourrai jamais reprendre les plis de ma vie passée, je le sais bien. Lutter contre le temps, le sommeil, l'impatience et l'ennui, à seule fin de respecter les délais d'un bouclage, était déjà dérisoire lorsque j'avais la perspective de rejoindre Dominique ensuite, alors maintenant que cette gymnastique de l'esprit ne sert plus qu'à me raccrocher au-dessus du vide, ce n'est pas le moment de lâcher prise.

En compagnie de la cafetière, sous l'abat-jour qui baigne en jaune orangé mon fauteuil Voltaire, je terminerai le futur roman-culte du crétin-phare des quinze-vingt ans ; je peaufinerai dans la marge les arguments d'une descente en flammes sans conséquence sur son public qui ne lit pas la presse, et j'irai débusquer des points communs dans les mémoires de la manucure de Mitterrand dont la sœur a épousé l'un des banquiers du journal – chaque fois qu'on m'invite à « signaler » les qualités d'un livre, je les dilue dans l'éreintement d'un autre, sauvant ainsi l'honneur, la face et mes arrières. Trop de remplaçants potentiels attendent un faux pas de ma part ;

je ne leur ferai pas la joie de m'aliéner le patron du journal. J'ai vu comment il a agi avec mon ancienne rédactrice en chef, feignant de la soutenir tandis qu'il encourageait tacitement son équipe à se débarrasser d'elle, distillant chez ses obligés l'espoir de lui prendre son fauteuil, pour finalement nommer un « extérieur » et replonger les intrigants démasqués dans leurs rôles de sous-fifres. L'aisance avec laquelle les éternels seconds passent de la gratitude servile au lynchage, dès qu'une autorité chancelle, confirme toujours le principe selon lequel celui qui ne fait rien pour personne s'épargne de futurs règlements de comptes. Je ne dirais pas que cette comédie des influences, des alliances variables et des vengeances à l'étouffée m'amuse encore, mais l'imposture est le meilleur des remèdes, quand on n'a plus d'illusions. N'être dupe de personne et sévir, sans plaisir ni profit, à une place qu'on ne mérite pas plus qu'un autre, permet de continuer à se regarder en face, le matin, quand on n'a ni le courage de briser le miroir ni la faiblesse de changer ses remords en aigreur.

Avenue Junot, clignotant, infrarouge, emplacement 12, minuterie, ascenseur et je me retrouve dans le hall, ma clé de boîte aux lettres à la main, oubliant que j'ai déjà relevé le courrier tout à l'heure.

Je m'approche de l'enveloppe jaune qui trône toujours contre le mur, attendant le destinataire inconnu à cette adresse, me hausse sur la pointe des pieds pour déchiffrer son nom, et ma respiration s'arrête. Ce n'est pas possible. Je regarde autour de moi, en réflexe, vérifie si la porte de Raoul Dufy est bien fermée. Dans le champ de son judas, j'hésite, me baisse pour renouer un lacet, puis je sors marcher dans les jardins grillagés du Moulin.

Il me faut cinq bonnes minutes pour échafauder une explication qui finalement ne tient pas, admettre l'irrationnel, ramener mon pouls à la normale. Comment cette lettre a-t-elle pu me retrouver *ici*, et justement ce soir ? Le signe que je guette en vain depuis Tanger, le signe que je supplie Dominique de m'envoyer si son âme, délivrée de la survie artificielle, a gagné les moyens de se manifester dans un rêve, un hasard ou un déplacement d'objet, le signe devait-il prendre cette forme, ce détour ? J'espérais la preuve d'une complicité plus forte que la mort, et on m'adresse un reproche vivant.

Derrière le lierre, je m'assure que les lumières de Raoul Dufy sont éteintes aux fenêtres du rez-de-chaussée. Gêné par la présence des caméras de surveillance dans les bosquets, je remonte, l'air dégagé, vers le vieux moulin condamné d'où l'on domine Paris. Dans l'allée exiguë, le maître-chien promène son doberman. Nous nous saluons. Dès qu'il s'est éloigné, je regagne mon bâtiment et traverse le hall, raflant au passage, d'un geste naturel, l'enveloppe jaune.

Je ne sais pas que je viens de faire basculer mon destin. Si, d'ailleurs, je le sais. Du moins je l'accepte. Ouvrir ce courrier, c'est revenir en arrière ; c'est te ramener à moi, c'est nous redonner vie.

Une lettre s'est installée dans l'appartement aux volets fermés. Une enveloppe jaune pâle, une écriture de jeune fille sur un papier glissant qui s'autoproclame « cent pour cent recyclé » ; une calligraphie de stylo-plume sagement serrée dans le cadre réservé à l'adresse, barrée au feutre noir par un secrétariat. Un courrier portant un nom que je n'ai pas utilisé depuis vingt-trois ans, envoyé chez un éditeur à qui je n'ai jamais donné de nouvelles et qui me l'a réexpédié ici. Une lettre à un fantôme, égarée, oubliée, retrouvée ? *M. Richard Glen, aux bons soins des Éditions Romantis.* La date est illisible, sur le premier cachet apposé à Bruges, recouvert par le tampon du boulevard Saint-Germain. Est-ce un cadeau du ciel, une mauvaise blague, une menace, un avertissement ?

J'ai retourné toutes les hypothèses dans ma tête ; l'explication ne peut être que surnaturelle ou mercantile. Une seule personne a pu faire le lien entre Richard Glen et moi, c'est le patron du Groupe de la Cité, qui a racheté l'an dernier les Éditions Romantis. Au service comptabilité auteurs, mon vrai nom doit figurer à côté de mon pseudonyme et le message me paraît limpide : si je veux éviter que le milieu littéraire ne se délecte en apprenant que le critique le plus intransigeant de Paris a publié jadis sous le manteau un roman de gare pour midinettes, j'ai intérêt à mettre de l'eau dans mon encre lorsque mes articles concerneront les auteurs publiés par le Groupe sous le label Plon, Julliard ou consorts, et à les faire bénéficier de mon influence que tout le monde surestime au sein du jury Interallié.

En temps normal, ce chantage feutré, si c'en est un, m'aurait inquiété. Aujourd'hui, quelle importance ? Braver la menace, solliciter les représailles, foutre ma carrière en l'air de cette manière me tente même assez. Quelle claque ce serait pour le monde des lettres, ce troupeau de bergers. Quel camouflet pour mon journal, pour ces culs serrés aux idées larges encore plus snobs hélas que leurs adversaires le prétendent. Eh oui, mes amis, l'auteur de *La Princesse des sables*, c'était moi. Le même qui avait chambré de si merveilleux stylistes, pourfendu sans vergogne tant d'écrivains à nègres, confondu des dizaines de plagiaires et poursuivi d'une colère intraitable l'éditeur qui s'était permis de coller, à titre posthume, la photo de Romain Gary sous le nom d'Émile Ajar. Quelle jolie sortie de scène sous les huées... Démasqué, démythifié, déshonoré comme un coureur dopé, j'abandonnerais mon encadré à des rampants d'un genre plus digne, qui mettraient bien du temps à effacer le discrédit jeté sur le Supplément « Livres ».

Mais je m'excite pour rien, je me connais ; la lucidité ne sert trop souvent qu'à alimenter la paranoïa des gens déçus, et je prête des intentions machiavéliques au simple zèle d'une secrétaire qui tient son fichier à jour. Cela dit, *La Princesse des sables*, très vite considérée comme un bide, envoyée au pilon et retirée du catalogue, ne m'a pas valu en vingt ans la moindre correspondance avec les Éditions Romantis, et mes soupçons reprennent le dessus. Pour être fixé, je n'aurai qu'à faire un lot avec les dernières parutions du Groupe de la Cité, y mettre le feu dans mes colonnes et attendre les éventuelles conséquences. Malheureusement, ça tombe juste au moment où Julliard publie le roman épatant d'un vieux monsieur que je comptais propulser dans la liste des meilleures ventes en criant à la révélation, petit plaisir que je m'octroie une ou deux fois par an, pas plus ; on ne me paie pas pour aimer. Ce serait tout de même un comble que l'éditeur prît pour une manifestation de lâcheté mon admiration sincère.

Qu'importe. Seul compte pour moi le contenu de cette lettre que je ne me résous pas à ouvrir. Tant d'images, de moments partagés, d'énergie commune émanent de ce nom tracé en capitales bleues. Richard Glen revient de si loin. Ce n'était plus, entre Dominique et moi, qu'une référence à nos années d'études, un mot de passe, un signe de ralliement quand nos tensions nous éloignaient l'un de l'autre, une formule pour qualifier les ouvrages de commande auxquels sacrifient les auteurs insolvables ; un souvenir désaffecté. Richard Glen, c'était en définitive le seul enfant de notre couple, et il nous laissait sans nouvelles depuis que nous lui avions coupé les vivres.

Mais j'étais incapable de le faire exister tout seul. Lorsque Dominique m'avait quitté la première fois, tandis que j'intégrais Normale sup, lorsqu'elle avait disparu aux Pays-Bas d'une manière identique à celle que nous avions inventée pour notre héroïne, j'avais détesté de toutes mes forces ce maudit pseudonyme qui avait tenté le destin. Et le jour où David, quatre ans plus tard, m'avait envoyé deux billets pour la salle Pleyel, accompagnés d'un simple mot : « Elle a rompu : tu viens par hasard au concert, tu la reconnais dans l'orchestre, tu nous rejoins en coulisses, nous soupons à quatre et je repars au dessert avec la demoiselle que tu auras amenée : ne la choisis pas trop belle », nous étions retombés dans les bras l'un de l'autre et nous avions tout réveillé entre nous, excepté Richard Glen.

Et voilà que soudain, vingt-trois ans après sa parution, une personne de Bruges tombait chez un soldeur, j'imagine, sur la série rose signée Richard Glen, et se mettait en tête de lui écrire pour lui demander sa photo ou lui raconter sa vie, parce qu'elle s'était identifiée aux amours nunuches qui ballottaient nos héros solitaires de péripéties dramatiques en bonheurs fous, à travers ces références gréco-latines qui m'avaient mis en joie, totalement hermétiques à moins d'être élève d'hypokhâgne, ce qui n'était pas vraiment le profil des acheteurs de la collection.

J'approche de mon nez l'enveloppe qui ne sent rien. Pourquoi ce soir ? Pourquoi m'envoies-tu ce soir cette bouffée d'autrefois, ces souvenirs refoulés... Je ne sais pas si je vais ouvrir cette lettre. Que viendrait faire entre nous un lecteur, une lectrice, un écho à une voix qui s'est tue ? Une voix qui n'est plus moi et qui me parle de nous d'une manière que je refusais d'entendre, chaque fois que tu y faisais allusion. Je sais bien que notre histoire s'est nouée autour de ce pseudonyme, je sais bien qu'il nous a permis de vivre autre chose qu'un amour soumis au temps réel. Et je sais bien pourquoi il me fait si mal, sur cette enveloppe.

Richard Glen était né le 14 juin 1974, au bar de l'hôtel Négresco. Dominique et moi venions d'obtenir une mention spéciale à un concours lancé dans les lycées par la chaîne FR3. Il s'agissait d'adapter *La Vénus d'Ille* de Mérimée, sombre histoire d'une statue en bronze qui, tombée amoureuse d'un archéologue, s'anime le soir de ses noces et vient, sous le coup de la jalousie, broyer sa jeune épouse dans la ruelle du lit. Pour éviter le côté grand-guignol des séquences, nous avions pris le parti de ne jamais montrer la statue, qui n'existait ainsi que par son reflet dans l'œil de ceux qu'elle envoûtait, idée éminemment littéraire et donc infilmable qui nous avait empêchés de gagner le concours, mais nous avait permis de rencontrer, à la garden-party du Festival du livre où FR3 remettait le prix, Hélie Paumard que nous ne devions plus quitter.

Membre du jury et déjà fin bourré, il nous embrassait à perdre haleine en disant qu'enfin, au milieu de cent scripts insipides, il avait trouvé des jeunes écrivant avec un style, mais que nous étions bien trop lettrés pour devenir scénaristes.

– Ça vous fait rêver, la télé, le cinéma ? Oubliez. À fuir. Trop de connards sympathiques qui ont les moyens financiers de vous persuader que vous devez, par souci du public, dénaturer votre œuvre. Non, il faut que vous fassiez un roman, tous les deux, c'est évident, mais pas un machin d'amateur qui s'écoute écrire et finira dans la poubelle des éditeurs qui ne publient que les gens connus. Faites une « commande », comme ils disent. Un sous-genre. Moi, à votre âge, j'avais déjà pondu mille pages d'une saga médiévale, mais c'est dans le polar que j'ai appris à écrire. Cela dit, c'est fini, la grande époque de la Série Noire. Vous êtes tout mômes, vous faites vos études, vous vivez ensemble : écrivez un mélo d'amour pour la collection Harlequin – ou les Éditions Romantis, tiens ; je vais vous donner le téléphone de l'éditeur, c'est un copain, il est toujours en manque de titres, ça se vend comme des petits pains ces conneries-là. Quatorze mille francs les trois cent cinquante mille signes. Ne faites pas la grimace, c'est dans l'alimentaire qu'on progresse : tous les vrais romanciers y sont nés, de Balzac à Simenon, d'Alexandre Dumas à Frédéric Dard. Prenez un pseudo, appliquez le cahier des charges (amour impossible mais qui finit en mariage, un drame et un bonheur toutes les dix pages), et pour le reste vous serez libres. Qu'est-ce que vous faites, en ce moment ?

– Là, je suis en train de passer mon bac. L'année prochaine, j'essaie hypokhâgne, en lettres classiques...

– Bourrage de crâne : oublie. Et toi ?

59

— Je joue du violoncelle.

— Aucun débouché : dzing-dzing dans les pubs télé ou crin-crin dans les villes d'eaux. Écrivez, allez, sautez le pas, n'écoutez pas les ratés qui vous parlent diplômes. Il n'y a que deux écoles, dans la vie : écrire et baiser. Vous verrez, vous apprendrez sur le tas les lois du genre, la conduite d'un récit et le jeu des émotions, le respect du lecteur, et vous vous régalerez en glissant dans l'histoire des allusions culturelles que vous serez les seuls à comprendre. Je vous enverrai mes polars de jeunesse : vous lirez comment j'ai raconté la guerre froide à la manière de Saint-Simon. Allez, on se tire ; ces bêtes à cocktails qui se congratulent, ça me file le bourdon, et j'ai soupé de leur rosé de Provence.

Nous avions fini la soirée au bar du Négresco, sous les boiseries tamisées, les tentures rouges et les balustres. Peu importait que notre bon génie eût l'apparence d'un lutin violacé qui, le front en avant, les yeux noyés dans le pur malt, rassemblait ses idées en touchant le bout de sa langue avec ses doigts : Dominique était fascinée par cet homme de Paris qui me parlait d'avenir, de vocation, de place à prendre. En troisième année au conservatoire de Nice, elle savait que la musique serait son métier, que le nom de son père lui ouvrirait tous les orchestres du monde. En échange des efforts maladroits que je déployais pour partager sa passion, elle m'avait accompagné sans trop y croire dans mes essais d'écriture, les plans de construction et les brouillons de dialogues se révélant aussi fastidieux pour elle que le solfège pour moi. Et voilà qu'un écrivain professionnel qui passait à la télévision nous affirmait, nous démontrait que je pourrais vivre de ma plume comme elle vivrait de son violoncelle : incognito derrière un pupitre. Elle me prenait la main sous le guéridon d'acajou. Moi aussi, je serais un artiste. Elle me jouerait ses partitions et je testerais mes phrases sur elle ; on s'aiderait, toujours, on traverserait ensemble nos crises d'inspiration, nos enthousiasmes et nos doutes. Cette soirée au bar du Négresco, dans sa magie naturelle, était le pendant exact de la demi-heure que nous avait consacrée Rostropovitch dans sa loge de l'Opéra de Monte-Carlo, le mois dernier, à l'issue de son concert. Nous étions faits l'un pour l'autre ; la terre entière semblait conspirer à nous en persuader. Les mêmes choses nous faisaient rire, les mêmes gens nous plaisaient, nous aimions les mêmes plats et, dès la première fois, nous avions joui ensemble. « Mon jumeau », murmurait-elle en retombant sur mon corps.

– Comment vous appelez-vous ? demanda Hélie Paumard au garçon qui était venu lui renouveler son scotch.

– Richard, monsieur.

– Pas mal.

– Merci, monsieur.

– Filez-nous la bouteille.

Se retournant vers nous, il expliqua, d'un coup de langue sur son annulaire gauche, que le choix du pseudonyme était capital pour ce genre d'ouvrage :

– Richard, c'est bien. Sur la couverture, ça fait américain pour ceux qui en ont envie. *Ouitcheurd...* OK. Le nom de famille, à présent. Exotique, facile à retenir, ambigu ; c'est une question de dosage.

61

Il prit la bouteille de scotch, la monta vers la lumière en fermant un œil, étudia l'étiquette, en masqua la moitié avec ses doigts et nous la montra d'un air triomphant :

– Fiddish ! Richard Fiddish. Pas mal, non ? Ça vous plaît ?

Il nous dévisageait tour à tour, avec son sourire de gargouille attendant la pluie. La moue polie de Dominique dut s'inscrire sur mon visage ; il enchaîna en déplaçant sa main sur l'étiquette :

– Alors ça sera Richard Glen. Banco ?

– Banco.

– Trinquons à votre œuvre !

Au sixième scotch, notre conseiller littéraire était parti en roue libre dans un délire antiparlementaire qui constitue aujourd'hui encore, lorsqu'il est parvenu au col de son ivresse, sa descente par la face nord. À l'époque, il avait le vin légitimiste.

– Les Bourbons sont des cons, et alors ? Justement ! La France a toujours été mieux gouvernée par les cons héréditaires que par les crapules à durée déterminée qui ne pensent qu'à flatter pour se faire élire. Je n'ai pas raison ?

En acquiesçant pour atténuer sa véhémence dans les couloirs endormis du palace, nous l'avions soutenu jusqu'à sa chambre, il nous avait embrassés comme on s'accroche au bastingage dans un coup de mer, et nous étions repartis sur un petit nuage à peine effiloché, sans même songer à retirer les feuilles de bloc adhésif aux armes du Négresco qu'il nous avait collées sur la poitrine, après y avoir inscrit son adresse et le téléphone de notre futur éditeur.

Jusqu'à l'aube, nous avions parcouru la promenade des Anglais de long en large, inventant des personnages, bâtissant des intrigues amoureuses pleines d'orphelines en détresse et de princes charmants relookés Wall Street, pour finalement nous lancer dans la transposition de notre propre histoire : la fille unique et choyée d'un célèbre chef d'orchestre retiré sur la Côte d'Azur rencontre, un soir d'hiver, un petit bâtard interne au lycée Masséna en lui cassant trois côtes avec son violoncelle, à cause d'un coup de frein dans un bus. Enfin nos racines allaient faire pousser quelque chose.

La boule orange du soleil sortant de la mer à l'horizon nous avait trouvés serrés sur un banc, survolés par les mouettes, jetant de nouvelles bases, donnant des ascendances et des prédestinations occultes à nos quatre mois d'amour qui, sinon, auraient risqué de ne durer qu'un chapitre, le simple bonheur d'être deux pouvant difficilement inspirer trois cent cinquante mille signes.

– Si on parlait de nos mères ?

Dominique n'avait employé le pluriel que par délicatesse. Entre la mythique Américaine qui était morte sous ses yeux dans sa robe de mariée en avalant une abeille, et la caissière de Monoprix shootée à l'Ajax vitres qui m'avait laissé en dépôt-vente à la DDASS pour aller « se chercher » dans une secte, le choix était vite fait.

Nous broderions sur l'histoire de Sunday, la petite orpheline du Massachusetts, qui tentait d'endiguer le sable avec un bulldozer pour sauver sa maison condam-

née par l'érosion de l'Atlantique Nord. Nous décririons
« l'île qui éclairait le monde », Nantucket, autrefois capi-
tale de la pêche aux baleines qui fournissaient l'huile
pour les réverbères, aujourd'hui reconvertie dans la
« truffe rouge », ces *cranberries* qu'on cultive dans l'eau
pour les protéger des parasites. À vingt-cinq ans, Sunday
partageait ses mois d'automne entre la cueillette des fruits
sur les étangs et les commandes du bulldozer qui façon-
nait des remparts illusoires, laminés par les marées
d'équinoxe.

L'hiver, tous les quatre ou cinq ans, les « maisons du
premier rang » étaient balayées par l'Océan, dégageant la
vue des voisins de derrière qui profiteraient de la plus-
value jusqu'aux tempêtes suivantes. L'île était une bande
de sable dont l'espérance de vie n'excédait pas six cents
ans, et Sunday se battait contre les vagues pour protéger
le garage à l'abandon que lui avait laissé son père.

Un jour, fin septembre, un chef d'orchestre en vacances l'avait aperçue depuis son voilier ; il était tombé
amoureux dans ses jumelles et avait jeté l'ancre, inter-
rompant sa traversée de l'Atlantique parce qu'une jeune
fille en short repoussait les dunes en manœuvrant avec
la grâce d'une fée son bulldozer rouge. Afin de lui plaire,
en l'abordant, il s'était inventé une passion pour la mécanique et avait loué l'ancien garage.

Désir muet, séduction, souper aux chandelles sur le
sable, amour impossible à cause du poids d'un secret ;
figure pittoresque d'une gardienne de phare attendant le
retour de son mari péri en mer, interventions diaboliques
d'une Circé de Nouvelle-Angleterre, disparition inexpli-

quée, désespoir du narrateur qui rentre en France et retrouvailles miraculeuses, un soir, au bal du Moulin de la Galette...

Le chat frotte ses oreilles contre l'enveloppe que je serre entre mes doigts. Les soupirs hydrauliques et les chocs sourds de la benne à ordures montent de la rue Lepic, dans mon dos. J'attends que les vibrations cessent dans le châssis de la fenêtre et je décachette soigneusement la lettre. Alcibiade ronronne. Il est redevenu tendre avec moi, depuis que j'ai réinstallé ici mon fax et sa litière. Il avait six mois quand j'ai retrouvé Dominique, salle Pleyel, et que nous avons repris le fil de notre histoire comme si les Pays-Bas n'avaient jamais eu lieu. Instantanément, il l'avait adoptée et s'était mis à me traiter comme un simple fournisseur, lorsqu'elle n'était pas là. Dans ma maison d'Esclimont, il allait fréquemment chercher sous l'escalier le panier d'osier qui me servait à le transporter jusqu'à Paris, et le poussait vers moi. Un peu vexé, j'avais demandé au vétérinaire du village si ce comportement était courant chez un chat de gouttière. Tout ce qu'il avait su me répondre, c'est qu'on ne devait pas dire « gouttière » mais « type européen ». Ce précurseur du politiquement correct était d'ailleurs aussi nul en psychologie féminine qu'en libido animale : quand Dominique nous avait fermé sa porte, l'an dernier, il lui avait écrit pour la supplier de « me reprendre », dans l'intérêt du chat qui ne mangeait plus.

65

– Qu'est-ce que tu en penses, Alcibiade ? J'ouvre ou pas ?

J'ai suspendu mon geste, l'enveloppe à moitié décollée, attendant son avis. Il plonge dans mes yeux son regard noisette, rétrécit les pupilles, se lèche une patte avec application et recommence à ronronner. Je déchire le rabat, sors une feuille pliée en quatre, glacée, glissante. L'en-tête rappelle qu'aucun arbre n'a été abattu pour fabriquer cette lettre et que nous sauverons la Terre en recyclant nos déchets.

Je ferme un instant les paupières. Un parfum de tilleul et de figuier s'est échappé de l'enveloppe ; un parfum hors saison où j'essaie de deviner un visage, une allure, un âge. Seule l'image de Dominique à vingt ans se forme dans les jeux d'ombre. Elle court derrière un bus avec son violoncelle accroché dans le dos. Elle joue pour moi devant un feu de planches, une nuit d'été, sur une plage de galets. Serrée contre moi sous un parapluie, devant la boîte aux lettres du Cap-Ferrat, elle pleure d'émotion devant le livre de poche à la couverture pervenche que nous venons de recevoir : notre « bébé » enfin imprimé, relié, jeté en pâture à des millions d'inconnus, pensons-nous, qui ne sauront jamais qu'un deuxième prix de Conservatoire et un khâgneux niçois se cachent sous le nom de Richard Glen.

Je rouvre les yeux. Dépliée au bout de mes bras, touchant la fourrure du vieux chat qui s'endort, la feuille recyclée est couverte d'une écriture rapide, irrégulière dans son tracé mais qui respecte les marges et les paragraphes d'une manière démodée. C'est une jeune étudiante formée à la main, rescapée des gribouillis décalés que l'usage de l'ordinateur provoque chez ceux qui ont perdu l'habitude du stylo. Ou alors c'est une institutrice en retraite qui a tout son temps devant elle pour soigner une lettre, mais se désole de ne pouvoir lutter contre sa main qui tremble. Je me demande ce qui me dérangerait le moins.

Une tristesse brutale, un creux dans la poitrine détournent mon regard vers le lit que je n'ai jamais refait. Les draps lilas de Dominique sont restés en l'état, froissés dans les plis de sa dernière nuit avant l'accident, son parfum de vanille imprègne encore un peu l'oreiller où j'enfouis mon nez chaque soir, à genoux sur le *Maisons et Jardins* de septembre qu'elle avait laissé ouvert à la page des cyclamens, et je dors sur le canapé du salon pour éviter que mon odeur ne remplace la sienne. Je triche, évidemment. Une fois par semaine, je vaporise un peu de son Estée Lauder. À la parfumerie, on m'a dit que la gamme *Youth Dew* s'arrêterait bientôt. Je vais stocker. Bien sûr tous mes efforts, tous mes refus sont dérisoires, mais seuls des gestes de ce genre peuvent encore me donner envie de m'attarder sur terre. Le ridicule ne tue pas ; il conserve.

Je prends mes lunettes dans la poche de l'imper que je n'ai même pas enlevé, et je m'efforce de redevenir, le temps de ma lecture, le jeune homme disparu auquel la lettre s'adresse.

Bonjour,

Je ne sais pas si vous aurez ce petit mot. Je viens de terminer *La Princesse des sables,* trouvé dans la maison d'une amie pendant le week-end, j'ignore qui vous êtes, à quoi vous ressemblez, si vous avez écrit ce roman il y a six mois, un an ou un demi-siècle ; peut-être que je parle à un vieux monsieur oublié ou à une gloire internationale... Il faut me pardonner, j'ignore tout de ce genre de littérature, et c'est la première fois que je regarde ce qu'il y a sous ces couvertures *onge-lofelijk* (je préfère être impolie en flamand). Votre première phrase m'a capturée, c'est le mot, et je ne vous ai plus lâché, malgré toutes mes préventions de petite intello à œillères (si, si, vous verrez).

Que je me présente, tout de même. Je m'appelle Karine Denesle, comme la tour en un seul mot, j'ai dix-huit ans moins trois jours, je vis à Bruges, j'étudie à Gand. Seuls les livres, le latin et le grec m'intéressent, et je sais bien que ça ne mène à rien ; on ne se gêne pas pour me le dire. Mes parents ont un hôtel-restaurant qui marche très fort, et mes perspectives d'avenir « normal » sont l'école hôtelière et/ou le mariage, rayez la mention inutile. Bien sûr, il y a pire dans la vie. Mais il y a mieux aussi, et j'ai tellement envie de « gâcher la chance que j'ai », comme ils disent. Est-ce plus facile de claquer la porte, de couper les ponts quand on est un artiste ? Moi je n'ai pas de vocation, je ne suis qu'une lectrice et je ne voudrais que passer ma vie dans les rêves des autres. Est-ce une folie, une paresse, un crime ?

Je suis sûre que vous aviez mon âge quand vous avez écrit *La Princesse*. Vous allez me trouver ridicule, mais je n'ai pas osé parler de vous à ma libraire, ni consulter le catalogue des Éditions Romantis. Je ne voudrais pas que vous ayez publié, avant ou après, des choses qui me toucheraient moins.

Qu'est-ce que j'aime tellement dans ce roman ? Tout ce que vous y avez glissé en dehors du récit, en pure perte : les hommages-clins d'œil à Homère, les citations déguisées, tous ces cailloux de petit poucet qu'on ne doit pas être nombreux (prétentieuse !) à ramasser. Et encore, j'en ai laissé passer des tonnes, c'est certain. J'ai déchiffré l'histoire du presbytère, référence à une tête de chapitre de Gaston Leroux déjà servie par Brassens (« *Le presbytère, sans le latin, a perdu de son charme* » – vous l'aimez ? je crois que c'est en apprenant ses chansons, enfant, que j'ai découvert le bonheur des mots), j'ai à peu près saisi la digression sur « croquer le marmot » (l'Ogre de Victor Hugo, non ? « *Vous qui cherchez à plaire, ne mangez pas l'enfant dont vous aimez la mère* »), j'ai reconnu Pénélope d'Ithaque dans votre gardienne de phare, j'ai vu passer Moby Dick, j'ai rigolé à la parodie de Virgile (la cueillette « galante » des *cranberries* façon *L'Énéide*, j'avais honte pour vous mais c'est super) et je crois que nous pensons la même chose de Joyce.

En revanche, je n'ai pas compris « *répondit-elle avec la fierté pathétique du numéro deux qui se réjouit d'être impair* ». C'est une coquille, ou un clin d'œil dont je n'ai pas la clé ?

Allez, j'arrête le lancer de perches intellos (je vous avais prévenu...), j'aurais aussi des choses personnelles à vous dire sur le fond et la forme... Mais je ne veux pas vous embêter inutilement : j'ai des scrupules et j'ai de l'orgueil (tous les défauts, y compris celui d'ouvrir des parenthèses à tout bout de champ). Écrivez-moi un petit mot si vous avez envie que je poursuive. Le mot « oui » suffira, si vous n'avez pas le temps ; d'ailleurs ça serait gentil de ne pas me donner trop de renseignements sur vous, de me laisser continuer à tâtons. C'est très émouvant de parler à un mystère. Ça me change un peu. En cas de silence de votre part, ne craignez rien, je ne vous relancerai pas : je ne suis ni Andrée Hacquebaut, ni la petite Cecilia.

Croyez-vous au paranormal ? Ou aux signes déguisés en hasards, pour être moins brutale. Je cherchais un bouquin pour m'endormir, dans la bibliothèque des parents d'Anouk, ma copine. Rien ne m'attirait. Alors j'ai fait comme pour les vœux d'enfance : j'ai fermé les yeux, j'ai vidé ma tête et j'ai laissé guider mon bras par « d'autres forces » (ma grand-mère, sainte Thérèse, Georges Brassens... tous mes « anges gardiens » successifs). Mes doigts se sont posés sur un livre, j'ai senti une espèce de joie irraisonnée m'envahir, et j'ai rouvert les yeux. Je tenais *La Princesse des sables*. Je ne suis ni une exaltée, ni une allumeuse, ni une parano, ni... ni rien, croyez-moi, je n'ai pas besoin de me raconter d'histoires, mais cet état ne m'a pas quittée durant toute la nuit où je vous ai lu. Qu'est-ce que c'était ? D'où ça venait ? Pourquoi *fallait-il* que je vous lise ? Et pourquoi me suis-je sentie *obligée* de vous écrire tout ça, malgré la honte que ça m'inspire (jamais je n'oserai relire cette lettre ; tant pis pour les fautes).

Ça vient de vous, ça vient de moi, ça vient du livre ou de quelque chose d'autre qui n'a rien à voir avec nous, et on s'est trouvés là comme ça ?

En tout cas, merci pour le voyage.

Une voix en moi vous remercie d'oublier tout ce délire, de ne pas me répondre et de me laisser telle que, certainement, je suis redevenue après avoir posté ces mots.

À vous de voir.

Éventuellement : Karine Denesle, Hôtel *Het Schild*, 9 Groenerei, 8000 Bruges, Belgique.

J'espère (pour ses lecteurs, pour lui, pour moi) que Richard Glen est toujours vivant.

Un grand pardon, sinon, à la personne qui aura ouvert ce courrier. Je me sens doublement honteuse.

K.

Le bras tremblant, la lettre en main, je me lève du voltaire, renversant le chat qui détale en miaulant, et vais m'asseoir devant le secrétaire de Dominique où jamais je n'ai rédigé un article. J'avale ma salive, ferme les yeux, puis j'attrape une feuille et j'écris d'une traite :

Mademoiselle,

« Le numéro deux se réjouit d'être impair » est une traduction-canular inventée par Gide pour l'adage *Numero deus impare gaudet* – le nombre impair plaît au dieu. En échange, ce serait gentil de m'éclairer sur

71

« la petite Cecilia » ; je ne pense pas que ce soit dans Montherlant.

Cela dit, c'est vrai que l'Andrée Hacquebaut des *Jeunes Filles* est un cauchemar pour tous les écrivains. Mais je ne suis pas un vrai écrivain, vous l'avez constaté.

Votre lettre m'a donné une émotion que je n'ai ni les moyens ni le courage, cette nuit, de vous exprimer. Néanmoins, si vous éprouvez toujours le désir de m'écrire, surtout ne soyez pas... honteuse, même entre parenthèses. Je ne vous dis rien sur moi. Vous avez deviné bien plus que vous ne pouvez l'imaginer.

Merci.

À vous lire.

Je reste une dizaine de secondes immobile, le stylo en l'air, cherchant une signature à Richard Glen. Et puis je pose mes lunettes à côté de cette réponse de gamin spontané que mon écriture fatiguée désamorce. Quelle adresse donner ? Richard Glen est un fantôme sans toit. Je ne vais pas entamer avec cette inconnue une correspondance sous pseudonyme, en utilisant l'intermédiaire d'un éditeur qui s'en servirait contre moi. Et domicilier Richard Glen dans cet appartement, rajouter son nom à côté du nôtre... La réaction des voisins, les explications à fournir m'en dissuadent, bien sûr, mais quelque chose de plus profond m'a déjà fait renoncer à cette éventualité. De même que je n'indiquerai pas mon adresse d'Esclimont, où pourtant la boîte aux lettres pourrait se charger d'un autre nom que le mien sans faire jaser personne. La réticence que j'éprouve n'est pas seulement liée au monde extérieur. Je me rends compte que l'être humain auquel Karine Denesle s'est confiée a brusquement cessé d'être virtuel. Il ne peut pas habiter une résidence de nouveaux riches, ni une chaumière de jardinier au fond d'un parc à la française. Ça ne ressemblerait pas à l'idée qu'elle se fait de lui.

L'existence de Richard Glen ne tient qu'à un fil tissé dans un hôtel de Bruges, et voilà soudain qu'elle me devient indispensable, qu'un instinct me pousse à la protéger. Si ma lectrice, de passage en France, a la curiosité d'aller voir où je vis – ce « je » m'a échappé comme un premier symptôme –, il ne faut pas que Richard Glen la déçoive, ni qu'elle ait une occasion de l'identifier au critique dont peut-être elle a lu des articles. Je n'ai pas le droit d'abîmer le personnage qu'elle s'est construit.

Avec une certaine confusion, je m'aperçois que je suis déjà très en avance sur la nature d'une relation que je n'ai pas encore décidé de nouer. La conscience de son impossibilité, un retour de lassitude, la peur ou les scrupules m'y font renoncer dans un bâillement, et je déchire ma tentative de réponse.

La douleur que j'en retire me surprend. La même blessure, le même aveu de dégoût, d'impuissance que j'avais ressenti à la clinique, un jour où j'avais trouvé mon parleur bénévole en train de lire le Supplément « Livres » à Dominique. Croyant bien faire, pensant alimenter ainsi mon souvenir dans son coma, il lui scandait de son accent pied-noir mes phrases inutilement cruelles sur une présentatrice de météo qui s'était essayée au roman picaresque. Il ne m'avait pas entendu entrer. La gorge serrée, j'écoutais mes vacheries lapidaires, mon ironie facile au rythme étudié, mon exécution en règle de cette jolie gourdasse à qui des marchands de papier avaient fait signer le travail d'un nègre, afin de récupérer la notoriété qu'elle avait gagnée dans l'animation des nuages. La conclusion de l'article était si infamante que Bruno Pitoun avait ralenti son débit et baissé la voix jusqu'à la limite de l'audible.

J'avais interrompu le supplice d'une main sur son épaule. Il m'avait regardé avec une grimace, en secouant la tête, incrédule. Et il m'avait dit ces mots qui ce soir me reviennent avec une actualité bouleversante : « Comment tu peux être le même type ? »

Je me regarde dans le miroir incliné de la coiffeuse où la brosse, les peignes et les crèmes de Dominique sont alignés dans l'ordre de leur dernier matin. L'écho oublié que je tentais de réveiller dans mon écriture, je le cherche à présent dans mon reflet. Que reste-t-il de Richard Glen derrière ce visage connu, insignifiant, qui relève davantage du domaine public que de l'élan intérieur ? Mes yeux sont tristes et le demeurent quand mes joues sourient, bouche fermée, ce sourire dissuasif qui repousse les sympathies, les bavardages. Mes cheveux marron d'Inde retombent sur le front pour faire oublier les tempes dégarnies, mes sourcils qui se rejoignent me donnent cet air borné qui colle à ma réputation, et la moustache en bicorne était là bien avant d'avoir à cacher ce pli déçu au coin des lèvres, ces rides amères que je déteste. Une moustache épaisse et taillée au cordeau, comme en cultivent les gardiens de la paix qui veulent montrer qu'ils ne sont pas que le produit de leur uniforme ; une moustache conçue à la fois comme une figure de proue, une diversion et un jardin secret, une moustache qui me donne de la personnalité ou m'en enlève, je ne sais pas ; il faudrait que je la rase pour être fixé. Dominique aimait que je pique. Depuis qu'elle ne me rendait plus mes baisers m'était venue, comme un tic, l'habitude de retrousser ma lèvre pour sentir au bout de mon nez les piqûres douces, les piqûres fades sans son odeur que j'aimais savoir incrustée à l'insu des autres au cœur de mon camouflage.

Mon camouflage... En quoi suis-je camouflé, et pour camoufler quoi ? J'ignore comment l'on vieillit dans ma famille ; c'est le lot – frustration, avantage ? – des orphelins, des adoptés. C'est peut-être la seule manière dont mon père biologique me manque, parfois. S'il est encore de ce monde, je ne détesterais pas avoir ce genre de nouvelles de lui : un photomaton, tous les cinq ou dix ans : voilà à quoi je ressemble aujourd'hui, voilà l'état des lieux, la tendance génétique pour tes années à venir, fais-en ce que tu voudras, mon garçon ; lutte, compense ou anticipe.

La dernière fois que je l'ai vu, il avait à peu près l'âge que j'ai à présent. C'était un géant blond dans un training Adidas, avec version duffle-coat en hiver, qui me soulevait jusqu'au plafond en criant « Ziouh ! Ziouh ! », avant de me reposer dans mes jouets pour aller s'enfermer avec ma mère. J'ai retrouvé son modèle répété à l'infini, plus tard, autour des stades ; le supporter à canette, léger, hâbleur, hilare ou furieux au gré des scores, toujours en bande. Quand il faisait l'amour trop longtemps à ma mère, ses copains ou ses frères klaxonnaient en bas, dans la voiture. Klaxon italien sur plusieurs notes aiguës, klaxon de soir de match. Ça m'empêchait de finir mes devoirs et je descendais sur le parking de la cité leur dire : « Il arrive. » J'avais sept ou huit ans. Lorsqu'il repartait, fourbu, le regard vide, je lui ouvrais la porte de l'ascenseur. Il me grattouillait les cheveux et m'offrait un autocollant Vache qui rit. Ou un point BP qui me permettrait, quand j'en aurais quarante, de gagner une tasse. Il se rappelait mon existence quand il mangeait du fromage ou qu'il faisait le plein. C'était l'idéal, si je considérais les gardes du corps autoritaires, débiles ou sinistrés que mes copains appelaient « papa ». Je me persuadais que j'avais, à travers le monde, des dizaines de demi-frères et sœurs à qui mon géant blond foutait la paix de la même manière, et leur existence décalquée sur la mienne, à l'autre bout de Nice ou au fin fond du Colorado, me tenait chaud dans mes rêves.

J'étais très content quand il venait et ravi qu'il reparte ; ma mère était toujours beaucoup plus agréable après son passage. Quand il s'est mis à croire aux ovnis plus qu'à l'OGC Nice, retrouvant dans l'ambiance des sectes l'enthousiasme collectif que ne méritait plus son club descendu en deuxième division, elle a préféré le suivre au Temple Orion du Mont-Chauve plutôt que m'accompagner dans l'existence, ce que je conçois fort bien et dont je ne la remercierai jamais assez. Où m'aurait mené, s'il n'y avait eu l'abandon, la cassure à treize ans, cette vie sans cap et sans pilote, livré à moi-même dans les HLM du Paillon parmi les paumés, les condamnés, les provisoires de ce quartier d'immigrés baptisé, avec une ironie toute niçoise, « Bon-Voyage » ? Ma mère était une grande sœur inadaptée qui n'avait que son homme dans la peau : entre eux j'étais un accident, un problème insoluble qu'ils avaient fini par régler de la façon la plus heureuse pour moi. Ils ne m'ont appris que deux choses, mais ce sont les plus importantes dans une vie, les seules qui permettent de supporter à peu près tout : la solitude et le pardon.

Elle, je l'ai peu à peu oubliée, à mon corps défendant ; son souvenir a cicatrisé, comme les brûlures de cigarette qu'elle me faisait parfois quand son homme restait trop longtemps sans venir nous voir ; elle estimait que c'était à cause de moi, et je ne protestais pas. Elle avait tellement peur de n'être plus pour lui, un jour, que la mère de son fils... Elle ne lui avait jamais demandé de me reconnaître ; j'aurais dit non, de toute manière. Pour elle.

Lui, en revanche, ses traits, son rire, ses quelques mots, ses quelques gestes sont gravés à jamais dans un coin de ma mémoire, comme quoi le désintérêt qu'un des parents vous manifeste est toujours préférable aux sacrifices auxquels l'autre vous accuse de l'avoir contraint. Si ma mère m'a rejeté, mon père, lui, en ne me donnant rien, ne m'a jamais repris quoi que ce soit et ne m'a fait aucun mal. Je n'ai pas eu à lutter pour être différent de lui. Et si j'étais nul au foot, j'ai longtemps soulevé des haltères, en souvenir de ses épaules.

Cela dit, la glace de la coiffeuse est très claire sur ce

point : l'homme que j'ai sous les yeux ne lui doit rien ; tout ce que je suis devenu relève de ma famille adoptive. Mais le géant blond du Paillon, le visiteur occasionnel que je n'avais jamais appelé autrement qu'Adidas, son prénom étant réservé à ma mère et le mot « papa » n'ayant ni cours ni sens entre nous, le supporter de l'OGC Nice et des ovnis du Mont-Chauve qui venait m'enlever en rêve, Zorro de l'espace, dans mes premières nuits de détresse au dortoir de la DDASS, n'avait jamais cessé d'exister en moi, d'alimenter une part secrète, enfouie, inconnue, d'élever un autre moi-même, passager clandestin, rebelle en réserve. Était-ce lui, le père de Richard Glen ? Fallait-il liquider l'héritage de mes liens adoptifs pour retrouver, comment dirais-je, la voie du sang ?

Je replie la lettre dans son enveloppe, reste un moment immobile au-dessus du secrétaire, puis je vais jusqu'au placard du vestibule. Je sors les valises de Dominique, nos deux paires de skis, nos chaussures et nos anoraks. Tout au fond, par-dessus des cartons d'archives oubliées, gît la vieille Brother EP 44 sur laquelle j'avais écrit *La Princesse des sables*. À l'époque, c'était une nouveauté révolutionnaire que David nous avait rapportée du Japon : la première électronique portable totalement silencieuse fonctionnant avec des piles, des cassettes d'encre et du papier thermique. Elle n'a jamais tapé un article de Frédéric Lahnberg. Si je réponds à la lectrice de Bruges, ce sera avec la machine de Richard Glen.

Je l'installe sur le secrétaire, appuie à tout hasard sur l'interrupteur. Un bourdonnement retentit aussitôt, suivi du claquement de la cassette qui se repositionne. La longévité des piles me laisse pantois. J'approche le nez du petit cadran où clignote un triangle. C'est l'indicateur de mémoire. Le cœur battant, j'introduis une feuille de papier thermique, cherchant en vain quel texte a pu rester prisonnier si longtemps des circuits de la Brother. Elle est arrivée du Cap-Ferrat dans le déménagement de Dominique. Je ne l'ai jamais sortie de ce placard ; je m'appliquais même à regarder ailleurs, à chaque départ pour Val-d'Isère.

Sans me donner le temps de creuser le suspense, je tâtonne sur les commandes de fonction, essaie de me rappeler la marche à suivre. Les mots *Print text ?* apparaissent sur le petit écran à quatorze signes, au hasard de mes gestes. J'appuie sur la touche Y, ravi de me souvenir qu'elle signifie *yes* en l'occurrence. Et je déchiffre le texte à mesure qu'il s'imprime.

Mon amour,

Si tu as ressorti la Brother, c'est que tu t'es décidé à réveiller Richard Glen. Tu es donc sans nouvelles de moi. Quel bonheur que tu aies réagi comme ça. Quel bonheur que tu aies compris.

Je voulais vraiment changer de vie, tu sais, quitter l'orchestre et cet appartement et notre passé, ce ronron serein dont tu t'étais lassé toi-même, mais sans vouloir l'admettre. Ce n'est pas une défaite, Fred. Tu ne m'as pas perdue. Tout est possible encore, et c'est pourquoi je suis partie. Sans explication, sans discussion, sans adieux. J'ai emmené mon violoncelle faire le tour du monde, au hasard. À mon âge, c'était ça ou un lifting. Dis-moi que j'ai eu raison.

Inutile de cuisiner papa : il ignore où me joindre, et c'est lui qui m'a poussée à disparaître de cette manière. S'il a pu faire ce chemin d'amour pour moi, s'effacer, renoncer à me retenir alors qu'il avait tous les moyens d'un chantage affectif, tu le peux aussi : vous vous ressemblez tellement.

Ne nous en veux pas, chéri, ne râle pas. Je t'aime toujours avec la même force, envers et contre toi. Mais je ne supportais plus cette méchanceté résignée qui t'a gagné malgré toi, ce personnage de misanthrope donneur de leçons derrière lequel tu as cru te protéger, et que tu as laissé déteindre sur toi. Tu t'es mis à ressembler au style de tes papiers, Fred ; on ne se méfie jamais assez des contre-emplois qu'on croit jouer : ils deviennent un jour notre seconde nature, et la première n'existe plus.

Bien sûr je te retrouvais la nuit, mais je ne te retrouvais *que* la nuit. Mon amant de l'obscurité, mon jumeau des volets clos. C'était là seulement que je te reconnaissais, et c'était insupportable pour moi de te perdre comme ça. J'ai pensé qu'en te chassant d'ici, je t'inciterais à nous faire une autre vie ailleurs. Mais tu n'en finis plus de revenir... Et je ne sais pas te repousser. Et ça me rend malade que tu n'essaies de sauver *que* le passé...

Je n'ai pas su te le dire. J'ai cru ne jamais arriver à te l'écrire. Mais je ne voulais pas que tu le lises avant d'avoir pris, *toi tout seul,* la décision de changer. Oui, l'unique moyen que tu as de me retrouver, pour l'instant, c'est de me réécrire un roman. Tu sens comme je suis là, en ce moment, comme je t'écoute, comme je viens dans tes mots, comme je t'accompagne ? Il y a la vie, aussi : tu n'es pas obligé de m'attendre. Mais moi je n'arrêterai jamais de te chercher.

Bonne route, Richard Glen.

Et change quand même les piles.

Dominique.

La chaise tombe. Je titube jusqu'au lit et m'abats dans tes draps.

De l'épave de la deux-chevaux, on avait tiré le violoncelle à peu près intact. Il avait sa ceinture de sécurité, *lui*. Toute ma douleur s'était concentrée en rancune contre lui. C'était sa faute si tu avais gardé cette voiture à la tôle trop mince, la seule où il rentrait. J'avais failli le détruire à coups de masse, et puis je m'étais raisonné et je l'avais fait restaurer, dans un élan de superstition, tandis qu'à l'hôpital Pasteur on t'opérait pour réduire tes fractures. À l'époque, on pensait que ton coma serait bref ; on se réjouissait même de pouvoir ainsi te réparer tranquillement, sans avoir recours à trop d'anesthésies. Le luthier m'avait promis le violoncelle pour la mi-octobre. Le chirurgien s'accordait sur la date.

Jusqu'où étais-tu allée dans la préparation de cette fugue dont je n'avais rien deviné ? Je comprends que ton père ne m'en ait soufflé mot, pendant les deux mois où il a survécu à ton coma : l'accident avait rendu caducs les projets que tu m'avais tus, et ta convalescence, pensait-il, serait pour moi une chance de te reconquérir.

Au moins est-il mort en ayant gardé l'espoir que tu rouvrirais les yeux.

La honte au cœur, et la rage de n'avoir rien soupçonné, rien compris, j'ouvre tes classeurs alphabétiques, je fouille dans tes factures. Je découvre que le garage Citroën, à ta demande, avait complètement reconditionné la deux-chevaux, l'avait équipée d'un second réservoir et de suspensions « rallye », sur la base du modèle spécial engagé dans le Pékin-Paris. Je tombe sur le bordereau d'une réservation d'agence. Tu devais embarquer au port de Nice, le jour de l'accident, à bord d'un ferry pour Alexandrie. Pourquoi m'avoir laissé cet indice, si tu voulais que j'ignore ta destination ? M'estimais-tu assez pour penser que jamais je ne retournerais tes tiroirs, en ton absence ? Plus probablement, c'était de la distraction.

Je repense à Étienne Romagnan, aux moments passés avec lui au reposoir de Pasteur, quand il cherchait désespérément à comprendre comment sa femme avait pu trouver la mort sur la Côte d'Azur, alors qu'il la croyait en séminaire Alcatel à Strasbourg. Diluant la révolte et les soupçons dans ses larmes, partagé entre ses remords à mon égard (« Comment a-t-elle pu franchir une ligne blanche ? ») et l'injustice que j'incarnais (« Pourquoi elle n'est pas seulement dans le coma, comme la vôtre ? »), Étienne m'avait attendri plus que personne au monde. Moi, j'avais mon espoir et mes certitudes, je croyais que Dominique remontait simplement de chez son père pour assister avec moi à un gala de Charles Trenet, elle me l'avait promis la veille au téléphone, j'avais encore les billets dans ma poche et je le consolais, je le plaignais, je m'estimais si heureux de ma chance, face à ce veuf détruit dans son amour et sa confiance. Comment lui dire que, selon toute vraisemblance, sa femme était en week-end avec le joli bouclé qui avait discrètement demandé de ses nouvelles à l'interne des urgences ? Au bout de trois jours, Étienne s'était persuadé qu'elle avait voulu lui faire une surprise pour son anniversaire, en descendant visiter la maison de leurs rêves, cette location dans l'arrière-pays qu'elle avait dû trouver sur une petite annonce, mais qu'il fallait bloquer tout de suite, et comme lui était retenu dans son labo... « C'est ça, n'est-ce pas ? » mendiait-il. Je répondais oui, bien sûr. En échange, à la clinique de Pantin où je fis admettre Dominique en post-réanimation, sur le conseil des médecins niçois, il avait toujours l'impression qu'elle bougeait les doigts et qu'elle souriait en entendant ma voix.

Est-ce toi, chérie, qui as choisi cette étudiante de Bruges, qui l'a convaincue d'ouvrir notre roman parce qu'elle allait le comprendre, l'aimer et vouloir me le dire ? Ton âme, à l'instant où elle s'est trouvée débranchée de ton corps, est-elle partie à la recherche, à la rencontre d'une force terrestre capable de lui servir d'intermédiaire ? Fallait-il que je reçoive la lettre d'une inconnue pour délivrer tes mots prisonniers d'une machine à écrire ?

J'ai ouvert les volets, côté rue Lepic, pour m'accouder là où tu guettais, les soirs d'été, les lumières du couchant. Le halo blanchâtre du réverbère de façade ballotte des ombres au vent. Accrochée à la fenêtre d'en face, au deuxième étage d'un vieux bâtiment lépreux qui s'affaisse, la pancarte « Studio à louer » bat contre la rambarde. Elle était déjà là quand j'ai fermé les volets la dernière fois, il y a six mois, pour éloigner le bruit de la rue, la vie des autres.

Est-ce que tu viendras, cette nuit, si je trouve le sommeil ? Je me recouche dans ton odeur et j'ouvre *La Princesse des sables*. Jamais je ne l'avais relu. Toi si ? L'exemplaire que j'ai pris dans le fond du placard, au-dessus de la pile, me paraît bien usé ; la reliure s'écaille et les pages se détachent. M'as-tu discrètement trompé, toutes ces années, avec Richard Glen ?

Je lis un paragraphe, un autre, je vais jusqu'au bout du premier chapitre. Mon Dieu, Dominique... J'ai tout oublié. Tout.

J'avais tellement peur d'être déçu, de poser sur mes phrases adolescentes un regard critique, un œil narquois, de me dire « ce n'était que ça ». Si je me suis dérobé à la relecture, jusqu'à aujourd'hui, c'était pour garder intacte cette part de moi si sincère, cette part de nous.

Je referme le livre, incapable de continuer d'une traite. La couverture aux tons pastel, le couple enlacé sur fond de tempête auprès d'un phare se diluent sous mes yeux. Je pensais qu'il me faudrait un effort important pour me remettre dans la peau de Richard Glen, pour comprendre l'état d'esprit de ma lectrice, déchiffrer le sens de ton appel. Et je me retrouve spontanément en train d'imaginer, comme il y a vingt-trois ans, le déroulement d'une histoire que j'ai l'impression de n'avoir pas encore écrite.

Je me suis réveillé dans un rayon de soleil, avec un sentiment d'harmonie qui me retenait d'ouvrir complètement les paupières. Comme ces dimanches matin au Cap-Ferrat, quand la rumeur lointaine d'un hors-bord ou l'aboiement clair d'un chien dans la pinède venaient caresser le silence contre ton corps. Tu étais revenue, cette nuit, dans notre lit désaffecté ; les mots délivrés par la Brother m'avaient rendu ta voix, diffusant dans mes rêves des séquences de fugue autour du monde. J'étais sûr que ton âme était là, aussi pleine de nos années communes que du projet que tu n'avais pas eu le temps de mener à bien – les souvenirs, les désirs insatisfaits et les songes pèsent sûrement le même poids, quand la conscience a quitté le corps. Je n'avais plus besoin de m'en persuader pour y croire. C'était évident, ce matin. Même le chat, qui avait dormi contre moi pour la première fois depuis ton départ, l'avait senti.

Dans le ronron qui chauffait mon épaule, je retrouvais la douceur de ta peau, ton souffle contre mon ventre, ta

86

main sur mon sexe, et je donnais du plaisir aux images qui naissaient de ton odeur sous les draps. Je serais resté des heures dans cette demi-somnolence, cette torpeur de lit chaud, de grasse matinée, cette excitation qui refluait et revenait en vagues lentes, si le silence ne m'avait semblé soudain inhabituel, hostile.

Le réveil indiquait neuf heures, le répondeur six messages. Comme nous étions jour de bouclage, leur provenance ne faisait aucun doute : le journal s'affolait dans l'attente du papier que je faxais normalement dès huit heures. Le contenu de mon encadré étant calibré au signe près, je n'avais plus qu'à remplir ma case, à « donner mon gris », comme ils disent à la maquette – je me demandais ce qui se passerait si ce matin je n'envoyais rien.

Je vais jusqu'à la cuisine, escorté par Alcibiade, enclenche la cafetière électrique dont je remplis toujours le réservoir et le filtre avant de me coucher, pour économiser les gestes du réveil, et je comprends tout à coup ce qui a changé la nature du silence. Dans la cage suspendue à l'espagnolette, le canari gît sur le dos, pattes en l'air. Le chat, en arrêt sous la fenêtre, ses oreilles cherchant vainement le gazouillis peureux que provoque d'ordinaire sa présence dans la cuisine, tourne vers moi un miaulement de reproche. Ce sera ma faute, encore. S'il est vrai, comme je le crois après tant d'années de cohabitation, que les chats captent nos émotions pour nous les renvoyer, je n'ai pas fini de me sentir coupable.

Je prends un paquet de Choco BN, le vide dans une assiette, et procède, avec le maximum d'égards, à la mise en bière de Placido. Je connais trop peu la psychologie des oiseaux pour savoir s'ils pratiquent le suicide affectif, mais les relations entre Dominique et lui étaient assez particulières. Depuis trois ans, elle tentait périodiquement d'enregistrer la *Sonate pour violoncelle et canari* que lui avait écrite son père, lors de son dernier passage à Paris. David soutenait que la partition instrumentale utilisait la fréquence acoustique du chant d'amour des canaris, dont il s'était pénétré lorsque la femelle de Placido était encore de ce monde. Mais ça n'avait jamais marché. À combien de scènes d'engueulade avais-je assisté, devant le micro, lorsque j'entrais dans la salle de musique en haut de la mezzanine... « C'est à toi ! » s'énervait Dominique, l'archet au-dessus des cordes, haranguant l'oiseau à l'œil fuyant, dans le souffle du magnéto qui tournait pour rien. Et elle reprenait sa dernière mesure, en vain, pour qu'il enchaîne. Le canari ne devait pas bien comprendre, en fait, le principe du duo : son chant se déclenchait au son du violoncelle et se taisait avec lui. Il ne restait plus que la solution d'enregistrer sur deux pistes : avec tout le sérieux dont elle était capable quand il s'agissait de musique, Dominique était descendue un soir se lover sur mes genoux par-dessus un Michel Déon pour me demander de confectionner un casque aux mensurations de son oiseau. Docile, j'avais désossé les écouteurs d'un walkman pour les miniaturiser, mais l'élève concertiste n'avait pas supporté le scotch autour de sa tête, et avait démoli aussi sec l'installation en se frottant contre sa cage.

Dominique avait arrêté les frais, un jour, en décrétant

que, de toute manière, c'était cruel de demander un chant d'amour à un oiseau veuf ; Placido avait pu redevenir un bec inutile et l'œuvre ultime de sir David Lahnberg, rebaptisée *Sonate pour violoncelle sans canari*, demeura à l'état de concert privé en mon honneur, le soir de mes quarante ans.

Que peut ressentir un oiseau d'appartement exposé à nos humeurs ? Qu'est-ce qui l'a tué ? L'âge, ton silence, mon désespoir, cet élan qu'a réveillé en moi la lettre jaune ? Je repense au moment où j'ai voulu mourir, vraiment, au retour de Tanger, pendant cinq bonnes minutes. Non pas pour te rejoindre – si tu survis dans l'au-delà, ce genre de précipitation est inutile et le bénéfice du doute suffit à tuer le temps – mais pour ne plus exister sans toi, ne pas jouer des prolongations dont l'issue m'indiffère. Avant de prendre les cachets qu'il fallait, par acquit de conscience, comme une façon de te demander ton autorisation, je suis allé mettre ton canari devant la console et je lui ai passé, sur la cassette de mon anniversaire, la phrase de violoncelle qui ouvrait la sonate. J'ai enclenché la pause. Il a répondu, aussitôt, chanté sa mesure. J'ai rangé les cachets dans leur tube, le tube dans l'étui et j'ai balancé le tout. Ce matin, je me dis que Placido est parti retrouver son accompagnatrice, rassuré, devoir accompli, en sentant que j'allais mieux.

J'hésite devant le vide-ordures. Non, je ne peux pas lui faire ça. J'irai l'enterrer dans le jardin d'Esclimont auprès de Montserrat, sa femelle. J'ouvre le congélateur, glisse le paquet de Choco BN entre deux steaks et une vodka, et m'installe sur la table de la cuisine pour commencer la critique du roman que je n'ai pas terminé, en reprochant à son éditeur le nombre de coquilles au décimètre carré. Quand je ne sais pas quoi dire, je relève les fautes. Ça me permet d'enchaîner sur l'intéressant travail de mémoire effectué par la manucure élyséenne, malgré un style un peu trop verni, une syntaxe en deuil et des incorrections gênantes comme autant de cals aux phrases. Sans autre fierté que celle d'avoir fait tenir ces conneries dans l'espace imparti, je faxe ma chronique au journal cinq minutes avant l'heure limite du bouclage, puis je reprends un café.

Tasse en main, j'erre dans l'appartement que le silence du canari dénude encore. Je cherche en vain une obligation, une urgence qui me détourneraient de l'enveloppe jaune posée en attente sur le secrétaire. Je tâche de répondre quelques lignes de circonstance aux rares condoléances qui m'ont touché, mais les mots se refusent. Écrire du Lahnberg pour le journal, c'est possible ; ce n'est rien de plus que pisser de la copie, une fonction naturelle. Mais ouvrir mon cœur pour dire merci à des relations, me mettre à découvert sous mon nom s'avère au-dessus de mes forces. J'ai trop envie de me faire oublier, de me fondre dans le paysage. Le seul courrier auquel je désire, profondément, répondre, je ne m'en sens ni l'audace ni les moyens techniques. J'essaie, pourtant. Courbé sur l'abattant du secrétaire, je remplis des pages de « Richard Glen », tentant de retrouver une signature, une écriture de dix-huit ans. Mais je fais fausse route. Si l'auteur du livre, en état d'hibernation jusqu'à la lettre de cette fille, lui a donné l'impression d'être de son âge, en revanche ils ne peuvent avoir aujourd'hui le même regard sur le monde, les mêmes références, le même point de vue, et les sentiments qu'il pourrait exprimer seraient en complet décalage avec ceux de sa génération. Paradoxe inconfortable, et dont je ne vois pas l'utilité pour Karine Denesle, dans l'hypothèse où elle recevrait une réponse.

Non, je dois me résigner à lui faire vieillir en quelques mots Richard Glen de vingt-trois ans, ce qui n'est pas très agréable non plus, si j'admets qu'il est mon jumeau clandestin, mon Masque de fer, et que la principale différence entre nous est qu'il n'a pas fait carrière. En sort-il grandi, intact ou privé de tout ce qui me donne un peu d'intérêt ? Le constat est cruel, la question dangereuse. J'ajourne le débat en froissant les feuilles. Il n'est pas certain que je puisse résoudre ce problème à l'écrit. Mais quelle autre solution ?

Chaque fois que je relève la tête, la pancarte « Studio à louer », accrochée à la fenêtre d'en face, attire mon œil comme un indice, un élément de réponse. Je me rends compte que je n'ai jamais traversé la rue Lepic, cette frontière naturelle entre le haut-Montmartre des bourgeois rénovés et la basse-Butte des immeubles de guingois, qui se soutiennent les uns les autres à mesure que s'effondre le sous-sol rongé par les anciennes carrières. J'arrive en voiture par l'avenue Junot, je passe du parking à l'ascenseur et, lorsqu'il m'arrive de prendre l'air ou d'acheter le pain, je monte directement à la place Jean-Baptiste-Clément par le dos-d'âne de la rue Norvins. Je croise des peintres et des touristes, quelques écrivains ou

assimilés qui habitent les maisons à l'anglaise de la rue
de l'Abreuvoir, mais je ne franchis jamais la ligne de
démarcation ; j'ignore presque tout de ce quartier à flanc
de colline où, de pavés disjoints en crottes de chien, les
gens se cassent la figure sous mes fenêtres côté Lepic ;
ces rues de village oublié dont les petites drogueries résis-
tent encore aux Zap'Pizza, entre les squares à seringues
et les squats murés qui voisinent avec des familles à
l'ancienne où l'on dîne sans télé sous un plafonnier cru ;
ces demi-impasses qui commencent en escalier pour descendre vers les fast-foods, les marabouts et les sex-shops
du boulevard de Clichy. Personne ne me connaît, de ce
côté-ci de la Butte. Si Richard Glen *avait vécu,* il aurait
habité une garçonnière dans un immeuble bancal aux
confins du quartier d'en bas ; un studio comme celui
qui s'inscrit dans le troisième carreau gauche de ma fenêtre, lorsque je rédige mon courrier sur l'abattant du secrétaire.

Après la douceur inattendue de cette nuit, l'harmonie
des rêves où j'ai retrouvé Dominique dans ses draps du
mois de septembre, je sens que l'appartement me
repousse à nouveau. Rejet de la lettre de Bruges ou refus
des complaisances en arrière dans lesquelles j'ai déjà suffisamment stagné – une force me commande de reprendre la route. Peut-être dois-je considérer ce qui s'est passé
dans les draps lilas comme une sorte de nuit d'adieu.
Tourner la page pour que se poursuive notre histoire,
ailleurs, autrement. Dans le doute, je me contente de
répondre à l'appel du congélateur.

Je glisse le paquet de Choco BN dans mon vieux

cartable en cuir marron qui date du lycée Masséna, ouvre discrètement le panier d'osier et arpente l'appartement en appelant Alcibiade sur un ton dégagé. Mais c'est déjà trop tard : avant que j'aie eu le temps de fermer la porte de la chambre, il s'est planqué sous le lit, griffes accrochées à la toile du sommier, hors d'atteinte. Tant pis pour lui. J'empile trois délices-colin et huit volailles-morceaux dans un appareil à retardement qui nous vient du Japon, relis le mode d'emploi, règle la minuterie pour que le système ouvre une boîte toutes les six heures, et laisse couler un filet d'eau au robinet de l'évier. Je ne sais pas quand je reviendrai.

L'enveloppe jaune tressaute sur le fauteuil passager. C'est drôle, cette impression de promener une lettre. De lui faire voir du pays et visiter ma vie. À l'embranchement de la nationale 118, devant la Manufacture de Sèvres, je me ravise et bifurque en direction du Vésinet. Dans la serviette marron, le canari a tout son temps. Ce n'est pas seulement le devoir d'amitié qui me pousse à faire ce crochet ; c'est un instinct beaucoup plus égoïste – l'instinct de survie d'un passé dont Hélie Paumard est devenu le seul rescapé. J'ai besoin de reprendre des forces d'avant dans ses yeux globuleux qui m'ont toujours vu tel que j'étais à l'origine, en dépit du brouillard de ses cuites et du voile que les concessions successives ont jeté sur mon regard. J'ai besoin de me confier à lui, de prendre conseil. En adressant une lettre à Richard Glen, c'est un peu à lui aussi que ma lectrice, sans le savoir, a écrit. L'enthousiasme ou l'éclat de rire que va lui donner cette nouvelle me sont nécessaires pour sortir de l'hésitation nauséeuse dans laquelle je macère.

Il va peut-être me dire, simplement : « Saute-la, tu verras ensuite », comme à chaque fois que je bâtissais les prémices d'une passion de longue haleine à partir d'un premier baiser, pendant mes quatre ans d'errance avant de retrouver Dominique. Le sentiment amoureux n'a jamais été une donnée de départ, dans sa vie sexuelle, mais une cerise sur le gâteau. Entre une épouse handicapée qu'il soigne à domicile, le contrôleur d'impôts qui s'acharne sur lui, le découvert creusé par sa crise d'inspiration et son physique de nain violacé qui limite le choix de ses muses aux réseaux de call-girls désormais hors budget, Dieu et la République l'ont privé de gâteau depuis longtemps et la question de la cerise ne se pose plus. Mais quoi qu'il me réponde, je sais que le nom de Richard Glen allumera dans son œil l'étincelle dont j'ai besoin pour réanimer le jeune homme auquel est destinée la lettre de Bruges.

Hélie est au pavillon B, cette année, réservé aux premières admissions sur démarche volontaire. Il n'y avait plus de place au F, dans l'aile des récidivistes où il a ses habitudes. « Ils m'ont fait redoubler », a-t-il traduit avec une mélancolie badine, au téléphone. L'enveloppe dans ma poche, je me dirige vers la chambre 15, que m'a indiquée la réceptionniste. Elle est ouverte, lit refait. Ni poignée à la fenêtre ni robinet sur la baignoire. La maison se méfie des suicides ; les infirmiers circulent avec leur

94

bec-de-cane amovible pour aérer les chambres et faire couler des bains sous surveillance. L'isolation est parfaite, les stores blancs vénitiens ne laissent passer qu'une lueur étale de néon tamisé ; le silence est vide et la pièce ne sent rien. Sevrage. Guérit-on les alcooliques en filtrant la vie, en réduisant leur consommation d'odeurs, de sons et de lumières ? Le jour où boire et fumer n'existeront plus, on lira sur les murs « Vivre est dangereux pour la santé », avec le numéro de la loi qui le décrète.

Je glisse sous l'oreiller un paquet de ses cigarettes sans tabac qui asphyxient les gens à dix mètres à la ronde, dans un parfum mâtiné d'eucalyptus et de caoutchouc grillé. Quand je vais le voir au service d'assistance respiratoire d'Ambroise-Paré, lors de ses crises d'emphysème, je lui apporte un demi-litre de scotch dans un flacon d'eau de Cologne. Son métabolisme est habitué à se tirer d'un excès par un autre ; les spécialistes le vivent très mal. « Vous devriez être mort », lui répètent-ils à chaque résultat d'analyses, sur un ton de reproche. Il leur demande pardon. En quinze ans, il a déjà enterré trois de ses cancérologues. « Le stress », commente-t-il sobrement.

Je le trouve au sous-sol dans une grande pièce sans meubles au parquet jonché de tatamis, éclairée par un plafond d'opaline et baptisée « atrium », dans un souci de dépaysement. Une douzaine de schtroumpfs en survêtement bleu, numérotés, sont assis en tailleur autour d'un professeur de bien-être qui les fait s'exprimer sur leur cas personnel. Paumes ouvertes sur les genoux, tournées vers le ciel dépoli dans une position zen, Hélie, le numéro 15, m'adresse un clin d'œil. Ni surpris ni heureux de me voir là. Naturel. Le temps et les réactions vives n'existent plus pour lui, grâce au traitement de substitution. Son clin d'œil au ralenti, quatre secondes, me noue la gorge.

— Le seul moyen d'intégrer que l'alcool n'était pas une réponse à ton problème, Sarah, c'est d'arriver à formuler ce problème devant tes amis, avec tes mots à toi, et nous chercherons ensemble une solution.

Sarah, une grosse fille qui ne doit pas avoir plus de quarante ans, les yeux rougis et la queue-de-cheval en berne, se tait en regardant de côté. Le numéro inscrit sur leur dossard correspondant à celui de leur chambre, dans l'intention de « favoriser le relationnel », je suppose qu'elle est la voisine de mon ami. Il s'est assis à dix numéros d'elle. Elle ne le quitte pas des yeux.

— Drame, me raconte-t-il quand, à la fin de la séance d'auto-analyse en rond, il s'accroche à mon bras pour regagner sa chambre. Fils unique, parapente.

Vingt-cinq marches et trois couloirs, à petits pas traînants de ses pantoufles, sont nécessaires pour me relater, avec son lent débit télégraphique, l'histoire de la pauvre Sarah. Buvant en cachette de son mari, depuis le décès de leur fils, elle planquait ses bouteilles de vin sous du linge sale, dans la machine à laver. Un jour, rentré le premier à la maison, le mari voulut gentiment participer aux tâches ménagères, en faisant marcher le lave-linge qu'il avait trouvé rempli. La honte avait plongé Sarah dans un mutisme profond dont elle ne sortait qu'en présence d'Hélie, l'abreuvant de lamentations en yiddish.

96

Il avait beau lui répéter qu'il n'y comprenait rien, que son vieux prénom d'aristocrate chrétien avait pour seule origine *hélios*, le soleil, elle continuait de s'accrocher à lui et de lui confier nuit et jour ses états d'âme hermétiques.

– Le médecin ravi : lui fais du bien, souffle-t-il en se laissant tomber sur son lit, hors d'haleine. Me dit : le yiddish, ça ressemble à l'alsacien. Belle jambe. Suis du Pas-de-Calais.

– Hélie... J'ai reçu une lettre, hier soir, envoyée à Richard Glen.

Avec ses pauvres mots dilués dans les neuroleptiques, il se met à me parler de Dominique. C'est tout ce que lui inspire l'évocation du pseudonyme qu'il nous a offert un soir à Nice, et je ne sais pas comment j'ai pu croire qu'il en serait autrement. Que lui importe que je réponde ou pas à une inconnue, sous le nom d'emprunt né de sa marque de scotch ? Dominique était son seul rayon de soleil, sa partenaire de scrabble, sa maîtresse de maison, la dernière personne sur terre qui l'asseyait encore à sa table et lui mitonnait des plats, lui qui avait été l'un de ces hussards en vue que les dames du monde s'arrachaient pour garnir leurs dîners dans les années cinquante. Ses ongles plantés sous mon coude, il me raconte *sa* Dominique, leurs complicités, leurs matches de rugby où ils gueulaient comme des ânes dans les tribunes, seule passion que je n'aie jamais partagée avec elle. Son récit larmoyant bascule dans la nostalgie de ce qu'était jadis le XV de France, au temps des Spanghero et des Boniface, quand ils prenaient le ferry, Kléber Haedens, Antoine

97

Blondin et lui, pour aller supporter leur équipe outre-Manche et finir la nuit dans les bagarres de pubs, en mémoire de Jeanne d'Arc et de Mers el-Kébir, comme en 66 à Cardiff, l'année de la Grande Échauffourée déclenchée par l'essai de Stuart Watkins.

J'abrège ma visite. Comment lui dire que je ne veux pas de cette Dominique de gradins, claire et nette, comment lui dire qu'elle lui appartient et que tous les souvenirs connus qu'il ressasse ne font qu'éloigner de moi la Dominique secrète que j'ai commencé d'entrevoir hier soir ; la Dominique de la Brother. Celle dont j'avais occulté l'existence par commodité, par lâcheté, par refus de remettre en cause les avantages acquis du bonheur. Celle que j'avais laissée enfermée, plus de six mois, dans une machine à écrire.

— Tu t'en vas ?

Il me lâche à regret, résigné. Je lui demande combien de jours il compte rester ici, cette fois. Il répond que ça dépendra de sa femme, du temps qu'elle supportera sa garde-malade. Il attrape à tâtons le paquet de cigarettes qu'il sait se trouver sous l'oreiller. M'interroge pour savoir comment on dit « Je ne parle pas yiddish » en yiddish. Je l'ignore. J'ai un maigre sourire en pensant que le voici devenu, comme moi, juif adoptif, ce qui ne signifie rien d'autre que mériter la confiance de ceux qui ont un jour voulu de nous.

— Pour qu'elle arrête de pleurer, dis-lui « *It-za-ak* ».

— Comme le prénom ?

— Dans l'Ancien Testament, quand l'ange est venu annoncer à Sarah qu'elle allait tomber enceinte, à plus de cent ans, elle s'est marrée. D'où le prénom de son fils. *It-za-ak*, ça veut dire « elle a ri ».

Il me retient :

– Vas faire quoi, tout seul ?

Rien. Mais comment lui expliquer que, depuis l'enveloppe jaune, je ne suis plus tout seul – ou, du moins, que je le suis doublement ?

Je repars, le laissant survivre assis dans son nuage d'eucalyptus, s'évader au-delà des murs sans couleur avec ses copains morts, sa Dominique, son XV de France.

La porte s'ouvre en grinçant moins que d'habitude. Une odeur de pommes sèches et de feux éteints m'envahit dans le noir tandis que je tâtonne jusqu'au disjoncteur, lançant un bonjour timide aux murs pour faire oublier ma longue absence. J'ai des rapports difficiles avec cette maison. Les ruptures de conduites, les pannes de chauffage et les infiltrations sournoises ne sont que le reflet de ses états d'âme : elle m'en veut, souvent, me reproche les mois où je la néglige en m'accueillant par le gel, l'inondation, la moisissure, le tintamarre des loirs qui galopent au grenier ou l'avancée des termites dans les lames du plancher qui cèdent sous mes pas. Elle m'aime comme une maîtresse jalouse ; elle veut m'avoir pour elle toute seule, et se porte beaucoup mieux quand je suis malheureux.

C'est une chaumière délabrée qui s'enfonce dans la nappe phréatique depuis le XVIIᵉ siècle, à raison de cinq ou six millimètres par an ; les experts ont mesuré. Comme elle est dans le parc du château d'Esclimont, dont elle abritait les outils de jardin et les amours buissonnières, je ne peux entreprendre aucune restauration sans l'accord ni le contrôle des Monuments historiques, qui préfèrent apparemment qu'elle s'effondre plutôt que je ne la dénature. Nous nous y sommes résignés, elle et moi. Je déplace des bassines sous ses fuites. J'évite de trop toucher à la bibliothèque qui, véritablement, soutient le mur côté nord ; j'ai toujours la crainte, quand j'extrais un livre des rayonnages, qu'une pierre ne se déchausse.

Le disjoncteur ayant refusé de s'enclencher, j'allume les chandeliers sans faire de commentaires. Une chevelure blonde maintenue par un serre-tête se découpe dans l'embrasure de la porte, lance un *hello* joyeux. Je réponds que c'est privé et que le tennis est en face à gauche, de l'autre côté de la pièce d'eau. L'Anglaise regarde autour de moi, intéressée, sourit, lance un *bye* velouté et s'en va en balançant sa raquette, repousse le petit portail dans un envol de jupette.

Le passé libertin de cette maison diffuse des ondes sensuelles auxquelles les jeunes filles de passage sont assez sensibles : j'en ai largement profité dans ce que Dominique et moi avions appelé après coup ma « période Pays-Bas ». Je suis arrivé ici à dix-neuf ans, seul, furieux, malade de cette liberté que m'imposait notre rupture. J'ai tenté d'oublier ma passion exclusive dans les coucheries d'un soir, aidé, encouragé par l'âme de cette chaumière aux mœurs légères. Influence du récit qu'on m'en avait fait ou rémanence des fantômes adultères qui s'y étaient réfugiés, je me laissais porter par l'esprit des lieux, cette pérennité lutine qui berçait ma solitude, cette vocation d'alcôve qui avait traversé les siècles en s'adaptant : après avoir appartenu aux La Rochefoucauld, dont la devise « C'est mon plaisir » ornait toujours les poutres, Esclimont s'était changé en relais-château et les personnes que j'y draguais étaient stagiaires de l'école hôtelière, touristes ou cadres en séminaire. J'allais m'asseoir au bar, j'offrais des verres, je dépeignais ma triste vie d'ermite avec des inflexions désinvoltes, refusant de m'apitoyer sur un sort que j'avais choisi dans l'espoir de guérir d'un amour incurable, et j'entraînais mes attendries, à la fin d'un dîner ou après leur service, jusqu'au petit portail de bois vert au fond du parc. Mon physique les attirait bien moins, je le sentais, que cette chaumière aux charmes louches. Mon rôle était celui d'un rabatteur chargé de fournir la demeure en chair fraîche, en étreintes sans lendemain, pour que perdure sa vocation jusqu'à l'effondrement.

En échange, elle m'inspirait comme jamais un autre lieu ne sut le faire. Dans ce bureau-salon du rez-de-chaussée, devant la cheminée de pierre blonde, je m'attelai à retraduire tout le théâtre d'Aristophane, d'après les variantes et les indications transmises par mon professeur de grec, qui avait passé sa vie à traquer la censure et le faux sens dans l'une des œuvres les plus jubilatoires, les plus audacieuses, les plus libres et les moins comprises du monde. Deux années de réclusion volontaire, de travail harassant, vivant comme un poète maudit et baisant comme un duc. C'est la seule partie de mon existence que pourrait peut-être revendiquer ce Richard Glen qui a repris forme dans les rêves de la petite Brugeoise. Tout s'est enchaîné si vite, ensuite. Mes efforts totalement stériles pour faire éditer ma traduction chez Garnier-Flammarion m'ont permis de rencontrer une helléniste qui, à l'époque, y dirigeait une collection, me trouva touchant et me fit entrer au Supplément « Livres » quand on lui en confia la rédaction en chef.

C'est elle qui, par gentillesse et par expérience, sachant que le grec ne nourrit pas son homme, a tué en moi pour de bon Richard Glen. Devenu critique, émerveillé que ma passion des bouquins pût ainsi se transformer en salaire, je commençai, d'emballement en désillusion, d'opportunisme en abus d'influence, une ascension sans but qui m'a détourné de ma route.

Mes traductions d'Aristophane ont péri dans l'inondation de 83, l'une des nombreuses représailles de la chaumière que je n'honorais plus depuis que Dominique était retombée dans mes bras. La maison ne l'a jamais admise. Notre amour était trop vieux, trop profond et sans lien avec ces murs ; il ne devait rien aux ondes érotiques émanant des liaisons passées et les replongeait dans l'oubli. Ma femme-sœur était intruse, indésirable – trop légitime. Elle le sentait et ne venait presque jamais. « Je n'aime pas cet endroit. J'ai l'impression qu'on n'y est pas seuls et que tu n'y es pas le même. » De son côté, la chaumière semblait m'avertir : « C'est elle ou moi. » Chaque retour ici est une tentative de conciliation, une amende honorable, un recours en grâce.

Je pousse les volets avec une lenteur rituelle pour ne pas détacher les gonds du vieux crépi cloqué. Je n'ai pas rouvert la maison depuis six mois. J'appréhende ce moment. J'ai peur de sentir qu'elle est heureuse, qu'elle me récupère avec indulgence et compassion feinte, me promettant dans le grand lit creusé sous le baldaquin pourpre des nuits réparatrices... Le retour de l'amant prodigue.

J'espérais tirer de cet état d'esprit une réponse à l'attente de Karine Denesle. Mais, assis à la table de ferme, je me retrouve avec les mêmes scrupules, le même malaise qu'à Paris, simplement privé de l'exaltation du premier élan. Au fil des craquements du feu que j'ai allumé dans mon dos, je continue de peser mes réticences au lieu de me lancer à l'aventure sur le papier à lettres. Je ne sais pas ce qui me dérange le plus, la perspective d'être téléguidé par la volonté posthume de Dominique, ou bien celle de me détourner d'elle si vite en commençant avec une autre femme une relation issue de la nôtre. J'ai beau faire le vide en moi, la feuille demeure vierge à la lueur des bougies, sous la caresse des ombres. Richard Glen *ne me vient pas*.

Si encore j'avais l'assurance que Mlle Denesle soit laide... Mais c'est une ineptie de croire que seules les mochetés se réfugient dans la lecture. L'état de manque et d'isolement que provoque un joli visage entouré de jalousies, de convoitises uniformes et d'arrière-pensées prépare mieux parfois au commerce des livres que le repli amer de celles qui ne se sentent pas bien dans leur glace.

Que lui raconter de moi qui soit sincère sans être vrai, et qui l'aide à me donner corps sans modifier la façon dont elle me rêve ? Je relis sa lettre deux fois, trois fois, pour que ses déductions, ses tâtonnements m'inspirent, je cherche les mots autour de moi, dans la pièce où le courant d'air agite des toiles d'araignées dont l'ampleur mesure mes absences. Je promène les yeux sur les murs jaunis aux fissures cachées par des tapisseries qui tombent en miettes, sur la bibliothèque aux volumes gonflés d'humidité dont le classement demeure un mystère. Je pourrais dépeindre l'homme qu'elle imagine en racontant cette maison où rien ne m'appartient. Jamais je n'ai vraiment voulu analyser ce besoin de rester saltimbanque entre des murs que je ne veux pas marquer de mon empreinte – je sens qu'il y a là, par rapport à mon enfance ballottée et mes années d'internat, une contradiction dont Richard Glen peut tirer sa substance.

Je n'ai pas choisi d'habiter ici ; j'ai acheté sur photo une bibliothèque et la maison qui allait avec. Celle de Charles Coutanceau, mon professeur de français-latin-grec qui, de la seconde aux classes préparatoires, m'apprit le peu que je sais encore et me délivra du reste. Les années où il ne m'avait pas comme élève, il « amendait », comme il disait avec son sens de la nuance audacieuse, l'enseignement de ses collègues par des cours particuliers gratuits, afin de me retrouver « en l'état » à la rentrée suivante. Noté comme l'un des meilleurs enseignants de France, il avait quitté le prestigieux Louis-le-Grand pour venir rejoindre à sa demande l'équipe plus modeste du lycée Masséna, et s'occuper ainsi de son vieux père grabataire qui refusait de quitter Nice. Il était arrivé avec la certitude d'une situation transitoire, mais le père ne s'était pas décidé à mourir et Coutanceau, de son côté, s'était si bien réhabitué à l'établissement qu'il avait jadis fréquenté comme élève et dont, vedette intouchable, il dopait à présent les performances, qu'il n'était jamais reparti.

Au numéro 5 de la traverse Longchamp, petit coude oublié du centre-ville donnant sur l'église russe, il avait réintégré, avec ses cent kilos et sa pipe éternelle, sa chambre d'enfant dans le trois pièces sinistre où il avait vu le jour. C'était l'homme le plus heureux que j'aie rencontré sur terre. « Vertige de la dépossession », souriait-il en citant Sénèque. Cette vie trop petite pour lui le comblait. En désertant Esclimont qu'il avait aimé durant vingt ans, il s'était senti libéré, mains vides et mémoire pleine, ouvert à l'aventure, même si le saut dans l'inconnu consistait finalement à refermer la boucle en regagnant son point de départ. Et même si, comme j'ai cru le comprendre bien des années plus tard, il faisait simplement contre mauvaise fortune bon cœur, ce qui n'empêchait pas son discours d'être devenu, à l'usage, parfaitement sincère.

Avec une sorte de fierté gourmande, il affirmait que ses livres ne lui manquaient pas. Sa bibliothèque aux six mille volumes était intransportable et, renonçant à y prélever tel ou tel titre, à choisir selon des critères fatalement injustes, il l'avait abandonnée après l'avoir prise en photo. L'agrandissement occupait tout un mur du vestibule, traverse Longchamp. C'est là que je suivais ses cours particuliers. C'est là qu'il m'apprenait à aimer les grands textes en touchant d'un doigt leur reliure sur le poster. Il fermait les yeux, assis sur un tabouret de piano, et m'en récitait des passages. La semaine d'après, il désignait l'ouvrage et je devais en restituer l'esprit. Longtemps j'ai cru connaître Proust avant de l'avoir ouvert. Je ne suis pas certain que sa lecture, à dix-huit ans, m'ait apporté beaucoup plus. En revanche Coutanceau, avec sa méthode du livre inaccessible, m'avait si bien préparé à Homère, Eschyle, Aristophane, Platon et Virgile que leur découverte fut un mélange de retrouvailles et d'interdit enfin levé.

Sans doute Karine a-t-elle eu un professeur de ce genre, capable d'arrêter le monde ambiant pour plonger ses élèves dans l'émotion, la colère, l'humour, les soucis quotidiens d'un auteur disparu depuis deux millénaires, leur apprendre à goûter, reconnaître son style, comprendre les rouages de son inspiration et ressentir la souffrance dont il avait tiré des bonheurs d'écriture. Sans doute l'amour et les premiers émois de la liberté se sont-ils mêlés chez elle aux cours de français-latin-grec. Ce n'est pas un autre moi-même dont je suis en train de bâtir l'identité ; je cherche dans le parcours d'une jeune inconnue les souvenirs qui peuvent entrer en résonance avec les miens.

Mais les mots se dérobent, dans cette maison qui respire si fort l'abandon, le refus d'affronter mon vrai visage sur une page blanche ; cette maison qui ressasse mes échecs, mes renoncements convertis en sagesse, mes prudences déguisées en passions. Ne suis-je resté avec Dominique que pour les motifs qui m'avaient détourné de l'écriture ? Est-ce *la maison* qui a raison ? Aurais-je pu créer quelque chose si, après avoir partagé avec *elle* l'intimité d'Aristophane, je l'avais laissée m'inspirer une histoire, l'histoire de ses murs, peut-être, que j'aurais pu aider, sauver, nourrir en y faisant pénétrer des lecteurs par l'imagination ? Les dix ou douze maîtresses qui étaient passées dans mes draps, en qui je n'avais jamais voulu voir que des morceaux choisis, des pis-aller, des corps d'escale, étaient-elles des esquisses, des brouillons de muses dont je n'avais rien su faire une fois rhabillées, disparues ?

Je repousse ma chaise, prends le paquet de Choco BN et sors enterrer le canari au pied du saule. En rangeant la pelle dans l'appentis, j'hésite devant mon vélo dégonflé, cherche en moi l'envie d'une de ces balades en forêt d'où je revenais gorgé d'automne, soûlé de printemps, brûlé de soleil ou frigorifié sous mon bonnet, la tête pleine de tirades intraduisibles que je tournais, retournais et pressais pour tenter d'en extraire un suc français, l'équivalent juteux ou la saveur la plus proche.

Aujourd'hui je ne sais même plus lire dans le texte. Le grec s'oublie plus vite que le vélo.

Au fond d'une malle remisée sous l'escalier, je découvre le manuscrit de *La Princesse des sables* dans un état de conservation étonnant. L'encre est à peine passée, le papier quadrillé n'a pas jauni davantage que si je l'avais exposé quelque temps au soleil. Je pensais trouver dans les marges emplies d'annotations le style de ma réponse à Karine. Mais je n'ai plus rien de commun avec l'homme qu'elle a imaginé au fil des pages ; autant les laisser ensemble. Je n'ai pas su garder en vie Richard Glen : il est inutile de le tuer une seconde fois par contagion, par maladresse, dans l'esprit d'une lectrice que je ne rencontrerai jamais et qui fera de mon silence, si elle le souhaite, un élément de plus pour sa rêverie. Je referme la maison.

Le chat dort sur le carrelage de la cuisine, repu, à côté du distributeur dont il a faussé le mécanisme. Horloge cassée, rouages apparents, il a trouvé le moyen de se faire ouvrir six boîtes. Je range le livre de poche et la Brother dans le fond du placard, remets les valises et les skis à leur place. Pardon, Dominique. Si c'est l'intention qui compte, alors j'ai vraiment fait ce que j'ai pu. Mais ni les vieux remords ni les nouveaux liens ne meubleront ton absence.

Je téléphone chez Étienne Romagnan, tombe sur Constant. Je lui demande s'il est libre pour aller à la piscine. Il me répond qu'il est en train de stocker des étoiles pour refaire le plein d'énergie à Aurélie avant d'entrer dans le quatrième monde, mais qu'il veut bien lui poser la question. Je reste seul au bout du fil avec la musique synthétique de son jeu Nintendo. « Pas avant une demi-heure, me répond-il au bout d'un moment. Et elle n'a pas son maillot. »

Je raccroche en souriant. L'illusion que la vie a repris comme avant dure le temps d'un trajet jusqu'au boulevard de Courcelles. Dans le magasin prétentieux où j'achète un Speedo fillette, la vendeuse me parle de ses jumelles. M'explique la tendance actuelle chez les sept-neuf ans pour me fourguer son modèle le plus cher. Je dois avoir l'air d'un père divorcé, un jour de visite ; en

me tendant le paquet, elle me dit sur un ton solidaire :
« La maman sera jalouse. »

Les enfants m'attendent sur le trottoir, bras plié, manche retroussée, l'œil sur leur montre. Ils grimpent à l'arrière de l'Armstrong-Siddeley.

— À la piscine, Max, me lance Constant d'une voix de gorge.

Aurélie s'esclaffe. Ça doit être une allusion à un feuilleton. Sur le chemin du périphérique, il lui lit des extraits de *Planète transgénique*. Elle pousse des exclamations de terreur veloutée, prend des poses en mordant son poing quand il devient trop technique. Au premier rond-point de Bobigny, ils se mettent à parler antibiotiques.

— Celui qui a un goût de framboise, c'est l'Alfatyl.

— Moi, je le préfère à la banane.

— Non, à la banane, c'est le Piroptol 500. Je l'ai pris pour le rhume, mais maintenant il me faut du 1000.

— Moi, le plus fort que j'aie, c'est le Mandrox. C'est pas avant dix ans, normalement.

— Comment tu as fait ? demande-t-elle avec avidité.

Très simple, il répond :

— Mon médecin m'a dit : c'est le seul qui marche contre la grippe australienne.

— Il est à quoi ?

— À rien. Et c'est pas pour les filles.

Je me gare sur le parking du centre nautique Maurice-Thorez. C'est la plus belle piscine de la banlieue parisienne, et ça leur fait du bien de sortir de la Plaine Monceau pour voir d'autres couleurs. Les vestiaires et les douches sont d'une propreté surprenante, les maîtres nageurs ressemblent à des vigiles blacks ou beurs et les petits casseurs filent doux, entre les trois bassins, les toboggans de la mort et les geysers intermittents. Il y a beaucoup de monde, aujourd'hui, et je passe mon temps à relayer les engueulades émises au mégaphone par le service d'ordre : « Constant et Aurélie, sortez de la ligne d'eau ! Constant et Aurélie, arrêtez de bloquer l'échelle ! » J'ai l'air malin, à beugler ces prénoms rive droite au milieu des Samira, des Samba et des Mouloud – j'aime bien. Être clandestin, décalé, en visite dans ce monde des banlieues d'où je viens sans que personne ne s'en doute.

Après quelques longueurs de crawl, je vais m'asseoir sur un banc. Constant me rejoint, remonte sur le front ses lunettes de soudeur et ôte ses protège-oreilles. Nous regardons Aurélie battre des pieds, l'air appliqué, derrière sa planche en mousse.

– Mon père va épouser sa mère, lance-t-il brusquement, avec une moue renfrognée.

Je feins la surprise et me réjouis :

– C'est bien, pour vous deux...

– C'est dégueulasse ! Avec tout ce qu'on a fait pour se cacher... Je l'invite même pas à mon anniversaire, pour pas que les autres savent que c'est ma maîtresse.

– *Sachent.* Pourquoi ? Tu as peur qu'ils soient jaloux ?

– Ça les regarde pas ! Je fais croire que j'ai une autre maîtresse, Éléonore, même qu'elle est plus belle qu'Aurélie, alors...

– Tu sais, tu ne devrais pas dire « maîtresse » ; tu devrais dire « fiancée ».

111

– T'es malade ? J'vais pas l'épouser, moi !

Et il se met à claquer des dents, bouche ouverte. Pour qu'il arrête de râler, je le frictionne avec sa serviette en lui démontrant que le mariage de leurs parents sera pour eux la meilleure des couvertures. Ils seront officiellement frère et sœur, et personne ne pourra se moquer d'eux à l'école s'ils sont tout le temps ensemble. Son visage s'illumine.

Quand la petite sort de l'eau en toussant, décrétant qu'elle a avalé des streptocoques, il va au-devant d'elle avec une démarche de Terminator et l'emmène se rincer la bouche en la tenant par la main. Ils chuchotent en franchissant le pédiluve, les yeux dans ma direction, hochent la tête. C'est si simple d'agir à l'oral. Trouver les mots pour les autres et sécher devant la feuille blanche... Malheureusement, ce n'est pas en tranchant les quelques liens qui me retiennent encore au monde que je pourrai surmonter mes blocages.

Étienne est rentré à la maison lorsque je ramène les enfants. Il s'est fait tout beau, rasé de près, vêtu de lin, sa queue-de-cheval roulée dans un catogan résille. Visiblement, je dérange.

– Marie-Pascale vient prendre le thé, me chuchote-t-il, sur le pas de la porte. Finalement nous avons décidé de leur parler. De leur annoncer ensemble la grande nouvelle.

Je lui souhaite bon courage. Il me demande si je lui ai préparé le terrain, comme il me l'avait suggéré, veut savoir si Constant n'est pas trop perturbé. Avec un agacement que je n'essaie plus de cacher, je lui dis de s'occuper de son couple et d'arrêter de traiter le gamin comme un désaxé en puissance : il ne sera pas traumatisé en voyant son père heureux, et il n'a pas besoin non plus d'une mère de substitution qui sera toute la journée sur son dos pour se faire admettre.

– Elle est glaciologue, répond-il pour me rassurer. Très prise, elle aussi. Elle a découvert en carottant le pôle Nord que l'effet de serre existait déjà au néolithique.

– C'est parfait, conclus-je en lui tendant la main.

Il me donne la sienne, m'avoue qu'ils se sont plu dès leur première réunion de parents d'élèves, qu'il l'a emmenée l'an dernier au festival Science-Frontières, mais qu'il ne pouvait rien se passer entre eux tant qu'il était marié, à cause du petit. On sonne à l'interphone.

– C'est elle, dit-il en me poussant sur le palier. Je vous raconterai.

Je descends par l'escalier pour éviter de croiser la glaciologue. J'ai fait bonne figure. J'ai promis de venir au mariage. J'ai dit que j'embrasserais Dominique. Voir remis à flot cet homme aussi naufragé que moi est la pire des choses qui pouvait m'arriver. J'ai perdu mon ancre, j'ai perdu mes repères et je dérive sans déranger personne : tout concourt à me pousser vers le large. Tout justifie les distances, les libertés que je devrais prendre.

À ma façon de chercher des signes dans les moindres hasards, je me rends compte, au moment où j'y ai renoncé, que j'avais vraiment envie de commencer une autre histoire.

Je n'étais plus malheureux, j'étais triste. Une tristesse uniforme que je n'aurais jamais crue possible, si étrangère à mon caractère, mes sautes d'humeur, mes jubilations et mes coups de rage. Une tristesse molle étalée sur du temps creux, sans autre attente que celle de la nuit qui déboucherait sur une journée similaire, prévisible, sans objet. Vivant au rythme de mon chat, le goût à rien, ne lisant plus, je me contentais de faxer une fois par semaine un article de synthèse, à partir d'éléments glanés dans les critiques de mes confrères entendues au hasard des radios. Ça ne rendait pas mes papiers moins personnels ni plus néfastes. Finalement le roman n'était qu'une matière première, dont on pouvait se dispenser au profit de ses produits dérivés. Dans un monde où la rumeur crée la demande, seuls comptent au fond les intermédiaires – je ne voyais aucune prétention, aucun motif à scrupules dans ce constat d'imposture. Je pompais mes congénères comme j'avais dû auparavant les inspirer, c'est tout.

Je ne répondais pas à l'étudiante de Bruges. Réveiller

le passé pour quelqu'un de nouveau revenait à envisager un avenir, ce qui était au-dessus de mes faiblesses. Je ne voulais plus croire en rien, ni attendre quoi que ce soit. Tu étais morte et c'était moi qui m'éteignais. Seule ta voix sur le répondeur me faisait encore sursauter. Le silence au bout du bip ou le message que laissaient des tiers me ramenaient sur terre. J'étais incapable de repiquer ta voix, d'enregistrer une autre annonce. Il neigeait sur Montmartre, derrière les volets que j'avais refermés. La femme de ménage, qui n'avait plus le droit de nettoyer quoi que ce soit, venait m'apporter un repas tous les deux jours. Je le mangeais avec docilité, bonne volonté, indifférence. Le lendemain, je réchauffais les restes. Privé de l'espoir qu'impliquait ton coma, je m'étais mis à mon tour en état de survie artificielle. Je ne buvais même plus.

Pendant tes premières semaines de sommeil à la clinique, j'avais pris l'habitude, le soir, d'ouvrir un pichonlalande ou un carbonnieux blanc, nos bordeaux préférés. Au début je m'arrêtais à la moitié de la bouteille et, pour la retrouver en l'état le lendemain, je la refermais avec le Gard'Vin, cette pompe à oxygène qui fait le vide à travers un bouchon en caoutchouc. Le dérisoire pathétique de ces pfft ! pfft ! d'après-dîner a fini par me décourager, et je me suis résolu à boire ta part. Me sentir comateux, le matin, me rapprochait de toi, on a les illusions qu'on peut, et les efforts que je faisais pour émerger étaient comme ces mouvements de brasse que les maîtres nageurs dessinent dans l'air en arpentant le bord de la piscine au-dessus de leur élève. Sans enjeu, à présent, je te pleurais à l'Évian.

115

Sur le secrétaire, la lettre de Bruges repliée dans son enveloppe recyclée narguait mon désespoir et blâmait mon silence. Je regardais par la fente des volets. À la fenêtre d'en face, la pancarte « À louer » s'était à demi décrochée ; personne ne venait visiter le studio. Je dérivais dans un courant qui me ramenait sans cesse devant la bouée à laquelle je ne voulais pas m'accrocher. C'était long de se noyer.

Au bout du compte, j'ai admis ce qui provoquait mon état et ce refus d'en sortir. Ma réclusion, contrairement à ce que je tentais de me faire croire, n'était pas sans but : j'attendais une seconde enveloppe de Karine Denesle. Deux fois par jour, je descendais inspecter le sommet des casiers, et cet espoir que je ne pouvais plus récuser devenait une angoisse si forte, si bête, que j'ai fini par sortir, un matin, et traverser la rue Lepic.

Sans autre explication qu'un billet de cinq cents francs, je déclarai à la concierge que je souhaitais utiliser brièvement la boîte aux lettres du deuxième gauche, sans locataire depuis près d'un an. Elle empocha le billet en regardant l'ampoule au-dessus de nous, m'objecta qu'elle n'avait pas les clés. Je répondis d'un sourire rassurant, en glissant deux doigts dans la fente assez large pour permettre de récupérer un pli. Sourcils froncés, elle leva une main signifiant sans doute qu'elle fermait les yeux mais qu'elle ne voulait rien savoir, et retourna à sa lessive.

Je collai, sur le fer gris de la boîte aux lettres, l'étiquette « Richard Glen » que j'avais préparée.

En rentrant avenue Junot, je me sens incroyablement léger. Délivré d'un remords, d'un devoir. Maintenant que j'ai expulsé mon pseudonyme et que je l'ai relogé, domicilié en face, je suis bien obligé de me rendre à l'évidence : c'est moins l'absence de Dominique qui creusait ma dépression que la présence de cet autre moi-même dans notre appartement ; ce rescapé, ce revenant, ce rêve commun qui lui survit.

Renonçant à la Brother, de peur d'effacer sa mémoire par une fausse manœuvre, j'écris au stylo-bille, en déformant soigneusement les caractères, une réponse à peu près conforme au brouillon que j'avais déchiré, puis je la glisse dans une enveloppe prétimbrée. En rédigeant, au dos, l'adresse de l'expéditeur, j'achève de ressusciter Richard Glen, et je mesure avec un serrement de gorge, au moment de coller le rabat, à quel point j'en avais besoin et combien cette écriture « déguisée » me paraît maintenant naturelle.

– Condoléances, mon vieux. Je ne vous ai pas appelé avant.

Je confirme, d'un grognement ouvert à toutes les interprétations. Trois secondes de silence ménagent la transition pour les convenances, puis la voix reprend dans le téléphone :

– Vous seriez disponible pour une consultation ?

À cette question, je réplique en temps normal, selon mon humeur, « combien ? », « pour quand ? », « sur quoi ? ».

– Ça dépend.

L'éteignoir anémié qui me tient lieu d'agent soupire, en pesant cette manière de réponse qui contient toutes les autres. Les chiffres, les dates, les marges de négociation, les engagements antérieurs et les impératifs de tournage se rassemblent dans son esprit aussi clair que retors. Il ne m'a jamais beaucoup aimé et je le conçois fort bien. Dans la jungle dont il se targue de connaître toutes les lois, je suis une sorte de touriste assermenté.

– C'est pour Pole Production, tournage en Angleterre

dans huit jours et l'actrice a des angoisses, elle se pose des questions : il faut juste donner un tour de vis, couper trois, quatre scènes pour la stabiliser.

Je réponds « très bien », ce qui l'autorise à me donner les modalités, les délais et la somme qu'on me propose. Le seul élément qui retient mon attention est qu'il faut être à Londres le soir même, en cas d'acceptation. L'opération « tour de vis » doit durer quarante-huit heures tout compris, pour ne pas mettre en péril la dernière semaine de préparation ; je coincerai l'actrice entre deux essayages de costumes, afin de la « stabiliser » avec les coups de boutoir que je donnerai dans la cohérence du scénario, et ça m'évitera la tentation d'une navette incessante entre l'avenue Junot et la boîte aux lettres de la rue Lepic.

Périodiquement, depuis quatre ans, le cinéma fait appel à mon incompétence. Mes consultations de *script doctor* ont commencé le jour où un producteur m'a invité à déjeuner : il était tombé par hasard, en allumant du feu pendant le week-end, sur un vieux journal où j'assassinais, lors de sa parution, le roman dont il avait acheté les droits. Le film qu'il en avait tiré venait de se ramasser, tout le monde se demandait pourquoi, et lui avait trouvé la réponse dans mon article qu'il me brandissait sous le nez d'un air victorieux, soigneusement découpé, surligné, plastifié. « Mélange des genres ! me citait-il avec une jubilation amère. Début trop long, milieu mou, fin bâclée ! Et on ne croit pas au personnage de Virginie ! Et on ne sent pas que le fils a fait la guerre ! Je l'avais dit aux adaptateurs, mais qu'est-ce que vous voulez : on n'y voit plus clair, à la dixième version d'un scénario.

119

Vous, dès le bouquin, vous aviez mis le doigt dessus ! »
Et, au café, il m'avait passé la « continuité dialo-
guée » tirée d'un autre succès de librairie : « Si vous avez
deux minutes... vous me dites ce que vous en pensez. »

C'est ainsi que, depuis, j'arrondis mes fins de mois en
réécrivant incognito – *désécrivant*, plutôt – des morceaux
de scénarios, resserrant les boulons dans la dernière ligne
droite, ces moments d'avant-tournage où la plupart des
producteurs ont besoin de se rassurer en sapant le moral
de leur équipe. Les conditions de mon intervention sont
presque toujours les mêmes : ils me paient trente ou
quarante mille francs pour les convaincre que leur film
ne fera pas un rond, dissiper l'aveuglement collectif grâce
à mon « regard neuf », remettre en question ce qui tient
encore debout dans le script, proposer des modifications
qui fatalement dénaturent le projet, alors le metteur en
scène se fâche, flanque mon retravail à la poubelle, tourne
son film qui aura neuf chances sur dix de se planter, tout
simplement parce que les gens ne paient plus pour aller
voir en salle les acteurs qu'ils ont chez eux à la télé, ces
mêmes acteurs qu'imposent au cinéma les chaînes copro-
ductrices en prévision des diffusions ultérieures sur le
petit écran, moyennant quoi, le lendemain de la sortie,
le producteur s'exclame : « C'est Lahnberg qui avait raison », et mon prix de consultant grimpe au fil des bides
auxquels je collabore. Et si, d'aventure, un succès vient
démentir mes prédictions, le producteur m'en sait tellement gré (« Voyez, pour une fois : vous vous êtes
trompé »), c'est tellement valorisant pour lui qu'il ne

120

manquera pas de faire appel à moi sur son prochain long-métrage, à titre de porte-bonheur.

— En fait, poursuit mon agent sur le ton contraint avec lequel il règle ses problèmes de conscience, c'est moi qui représente le metteur en scène. Il est très bien, mais il n'a pas la carte. Alors la comédienne n'a plus confiance, parce que le dernier film qu'elle a fait en vedette s'est cassé la gueule. Seulement là, sur ce projet, c'est ennuyeux : le scénario est vraiment béton. Essayez de ne pas trop l'abîmer... Je représente l'auteur, aussi. La production vous veut absolument, je vous ai obtenu cinquante mille, mais je compte sur vous pour en faire le moins possible.

Je remercie ce grand professionnel qui mérite bien les dix pour cent qu'il prélèvera sur le fruit de mon inaction. Il faudra que je lui demande un jour ce que signifie au juste cette expression « avoir la carte », qu'il emploie indifféremment pour qualifier un débutant dont personne n'a encore vu le film et un has been criblé d'hommages qui n'a plus fait d'entrées depuis quinze ans.

Quelques heures plus tard, un taxi me dépose à l'hôtel Blakes, établissement très mode à base de gris foncé et d'objets coloniaux, ventilateurs à pales, trônes en bambou et malles-cabines. Au restaurant du sous-sol, devant ces plats hors de prix où le chichi anglais et l'ampleur allemande se marient pour constituer aux yeux des Londoniens la grande cuisine française, je recueille les doléances de l'actrice en plein stress qui déblatère contre tout le monde. J'ai lu le scénario dans l'Eurostar. Avec le ton d'un médecin à qui son patient a demandé la vérité, je lui dis qu'elle a raison : tout est confus, trop long, délayé. Je lui raconte ce que je pense être le véritable enjeu de cette histoire. C'est parfaitement clair dans le script mais, comme elle ne l'a pas relu depuis qu'elle l'a accepté, ma conception du sujet l'enthousiasme. Voilà ce qu'il faut écrire ! se réjouit-elle. Je lui recommande une bouteille de chablis, pour avoir la paix, et je commence à biffer devant elle les descriptions de décor superflues qui alourdissent les scènes, les indications de mouvements qui ralentissent le dialogue, les précisions techniques destinées au chef opérateur et les parenthèses informant les interprètes de la manière dont ils doivent prononcer les répliques. Quand il ne restera plus que le squelette du scénario, ma vedette y verra plus clair.

Rassuré par la mine ragaillardie qu'elle arbore, le producteur quitte sa table du fond en tirant par le bras le metteur en scène, qui paraît sous dose massive de tranquillisants. Il nous présente. L'actrice dit que je suis génial, que j'ai tout compris. Le metteur en scène répond qu'il va se coucher. L'actrice demande au producteur pourquoi ce n'est pas moi qui réalise le film. Le producteur déclare qu'elle a une robe sublime. L'actrice lui rappelle que, par contrat, elle doit disposer d'une chambre avec salon pour son bébé et sa nurse, et qu'il faut chercher un autre hôtel. Je les informe que je monte travailler dans ma suite. Elle m'embrasse en plantant ses ongles dans mon épaule pour me donner du tonus. Il me raccompagne jusqu'à la réception en me disant que j'ai carte blanche : le scénariste vient de se casser la jambe aux sports d'hiver. Si je pouvais ajouter au passage une ou deux scènes de cul, il pense que, venant de moi, l'actrice ne dirait pas non : il lui a trouvé une doublure-nu si bandante que ce serait dommage de ne pas l'utiliser davantage – il ajoute que l'idéal eût été de faire tout le film avec la doublure, mais enfin, ne rêvons pas. Je le remercie pour sa confiance et j'appelle l'ascenseur, le scénario sous le bras.

Jusqu'à une heure du matin, je poursuis mon travail d'élagage avec une douce euphorie. C'est bon de constater comme la vie reprend le dessus, quels que soient la profondeur d'un chagrin et le dérisoire des circonstances qui permettent de l'oublier un temps. Remis en selle au-dessus d'un texte que je rature, dans une chambre étouffante de velours anthracite, je me sens décalé, provisoire, différent ; je ne suis plus résumable à ce que l'on connaît de moi. La lettre qui chemine vers Bruges rend ma demi-présence ici anecdotique, jubilatoire. Avoir donné une adresse à Richard Glen, une existence distincte, lui laisser gagner son autonomie grâce aux rêveries d'une étudiante m'affranchit soudain, je l'ai senti durant le dîner, de l'écœurement que m'inspire d'ordinaire mon personnage en société. Pourtant, je le sais, on avance bien plus dans les moments où l'on s'écœure que toutes les fois où l'on s'estime. Mais avancer n'est plus à l'ordre du jour. À reculons, j'ai commencé de me diriger vers une inconnue et, le scénario refermé, je me couche avec la certitude que, si j'avais laissé sa lettre sans réponse, j'aurais trahi Dominique davantage qu'en désirant cette nuit, dans cette chambre anonyme, un jeune corps sans visage qui ne possède encore que la grâce de ses phrases.

Finalement je suis resté à Londres plus longtemps que prévu. Souvent les travaux qu'on entame avec mépris, dans l'intention de les bâcler, se vengent des a priori par les problèmes inattendus qu'ils soulèvent et le plaisir qu'on prend à les résoudre. La comédienne m'a touché. Je lui ai retaillé son rôle, j'ai changé à sa demande la place d'une scène, l'agencement de ses répliques ; j'ai bougé les pièces d'un puzzle qui, de toute manière, changera cent fois dans les semaines à venir. Elle a raison d'écouter son intuition, tant qu'on passe ses caprices sur le budget de production. J'ai de la tendresse, au fond, pour ces filles pressurées par les médias, obligées d'avoir un avis sur tout, une conscience sociale, le cœur sur la main et le sourire en couverture. Personne n'ose rien leur dire aussi longtemps qu'elles « fonctionnent », et on les laisse tomber dès qu'elles ne rapportent plus. Celle-ci n'est pas la pire ni la moins grave. Elle m'emmène faire ses courses, de King's Road à Sloane Street, essaie devant moi des manteaux en tweed pistache de coupe victorienne, des dentelles sexy, des jeans grunge, des sacs à longs poils de brebis ou en forme de pots de fleurs, me demande mon avis entre deux remises en question d'une scène, « pourquoi je dis ça à ce moment-là ? ». Patient, j'explique, je défends puis je transforme. Elle me saute au cou, soudain, parce qu'elle comprend une réaction, se trouve une raison de jouer. Petite créature écorchée, mal dans ses rôles et forcée d'incarner pour se donner

124

une contenance. Dans cette ville où mon visage ne dit rien à personne, je ne suis pour elle qu'un valet de plume qu'elle oubliera le premier jour du tournage, quand la manière dont on l'éclaire primera sur les mots qu'elle doit dire.

Il faudrait qu'un inconnu lui écrive un grand personnage de femme brisée, dans un film si peu cher que les experts en succès ne prendraient pas la peine de l'enjoliver au nom de l'audience, dans ces réunions de « ciblage » où ils confondent l'inconscient collectif et les parts de marché. Pendant les trois heures que je passe dans les magasins de Londres, à lui ouvrir les portes et lui tenir ses paquets, je me surprends à regretter de n'être pas cet homme-là.

L'enveloppe jaune dépasse de la boîte, mais l'étiquette portant mon pseudonyme a disparu. La concierge sort de sa loge, me dit qu'elle a eu des réflexions : l'agent immobilier est venu faire visiter le studio, et il n'a pas du tout apprécié qu'on ait squatté la boîte aux lettres. Je me retourne à peine. Je ne veux pas mettre de mots sur l'émotion qui m'étreint.

La lettre serrée sous mon imper, je descends la Butte à la recherche d'un lieu neutre, un lieu neuf. Je pousse la porte d'un café démodé, nappes vichy, linoléum, flipper sans âge, plâtriers au comptoir et pendule Cinzano sur le miroir tacheté. Je m'assieds devant un guéridon qui paraît sec. Je commande un Cinzano, parce que je n'en bois jamais. Et j'ouvre lentement l'enveloppe en faisant le vide autour de moi.

Cher « Numéro deux »,
Je ne sais pas si je suis émerveillée ou déçue. Vous voyez : je suis franche, défaut qui s'ajoute à ceux déjà cités la première fois. J'attendais si peu une réponse

de votre part que je suis toute démunie. Vous existez, donc. Bon. J'ai l'impression que vous m'avez volé un peu du rêve où je vous avais enfermé. Mais je ne vous en veux pas. Au contraire. Enfin, pas trop. Et je vous remercie surtout de ne m'avoir presque rien dit sur vous. D'être resté simplement la matière première de vos personnages. Désolée si je vous choque. Mais je pense plutôt que je vous fais plaisir. Ou alors, c'est que je vous ai mal lu.

Un peu de cafard. C'est l'heure, la pluie, les cadres en séminaire qui passent devant le canal avec la tête ailleurs. C'est ça, Bruges en hiver. Les amoureux sont aux Canaries. Je vous reprends dans cinq minutes, le temps d'une cigarette et de me faire une crêpe en écoutant *Filles faciles* de Jean-Jacques Goldman. J'adore cette chanson. Vous non ? Elle m'attendrit tellement. Il n'y a rien de plus sexy pour moi qu'un homme gentil.

J'ai un peu honte de la pseudo-culture que j'ai dû vous étaler par timidité, la dernière fois. Vous savez, je ne suis pas un petit rat de bibliothèque, une bête à concours, une « tête bien pleine ». Je n'ai pas appris dans les manuels scolaires, avec des profs ou pour en faire quelque chose. J'ai appris à lire des romans comme on apprend à se maquiller : pour plaire. Pour être digne d'une personne. Pour lui ressembler. Pour continuer à la sentir près de moi, les onze mois de l'année où on était séparées. N., ma meilleure amie. Pourquoi « meilleure » ? Mon amie. On s'est rencontrées, elle avait trente ans, moi treize. Je suis devenue une femme avec ses rouges à lèvres et ses livres de chevet.

Ça ne vous embête pas si je vous parle d'elle ? L'avantage des lettres, c'est que si je vous ennuie vous pouvez sauter une page sans me faire de peine. Mais je vous parle d'elle parce que votre culture à vous, qui m'a tellement touchée dans *La Princesse*, elle est (toutes proportions gardées) aussi sensuelle, vivante, joyeuse et triste que la mienne. D'où vous vient-elle ? Votre père, votre mère ? Une femme ? Une compagne d'études ? Un prof miraculeux ? Vous ne « citez » pas pour en mettre plein la vue, ou pour créer une distance avec les moins-que-vous. Non, vous mettez des guillemets comme on tend la main, pour faire découvrir quelque chose qui rapproche deux êtres qui ne se connaissent pas.

Alors je vous parle de N. Je ne vous dis pas son nom : c'est une journaliste très célèbre à Beyrouth, je crois, et, si vous la connaissez, je ne voudrais pas que vous me donniez de ses nouvelles. J'ai un mauvais feeling. Et je veux la garder vivante, penser à elle au présent chaque fois que j'aime un livre. Pendant *La Princesse des sables*, elle était si fort avec moi que votre roman, désormais, sent l'encens, le chèvrefeuille et la mousse de chêne. Ce parfum qui, après chacun de ses départs, flottait dans sa chambre jusqu'à ce qu'on la reloue. Comme j'ai haï les gens qui venaient après elle. Comme je les hais tous, aujourd'hui, les clients de l'hôtel, depuis qu'elle ne vient plus.

Chaque saison, du 1ᵉʳ au 30 septembre, elle nous

128

prenait la 28, la plus belle, un balcon au-dessus du canal. À son premier séjour, elle était avec un homme dont je ne me rappelle pas grand-chose, sinon qu'elle était très amoureuse. C'était la première année où mes parents me faisaient monter les plateaux. Elle rabattait la couette sur lui en me souriant. Ils ne sortaient presque pas de la chambre. En septembre suivant, elle est revenue seule. En noir et l'air aussi amoureuse, et commandant toujours pour deux. Le troisième matin, elle m'a invitée à partager son petit déjeuner. On a parlé. Elle m'a donné les deux romans clés qui auront ouvert ma vie : *Thomas l'imposteur* de Cocteau et *Sylva* de Vercors. L'histoire d'un menteur qui fait pousser dans sa main une deuxième ligne de vie, et celle d'une renarde soudain changée en femme devant le chasseur qui allait la tuer, et qui la recueille et l'élève et tombe amoureux d'elle. Amoureux de la femme dont elle a pris l'apparence, ou de l'animal qu'elle est toujours ?

L'année d'après, elle m'a fait connaître Henry Miller, Balzac, Homère, Diderot, Félicien Marceau... Et ainsi de suite, de livre en livre au fil des mois sans elle, jusqu'au jour où mes parents ont refait l'hôtel. Refait les chambres. Tout changé, modernisé, « mis aux normes ». En arrivant, N. n'a plus rien reconnu du lieu où, chaque septembre, elle venait retrouver son amour disparu. Elle est partie le lendemain. Pour ne jamais plus revenir, ni m'écrire, ni donner signe de vie. J'avais passé trois ans de vénération, d'amitié, d'amour et de lecture, trois ans de septembre et d'attente de septembre pour une femme qui en fait ne venait que pour une chambre. Pour les souvenirs dont je n'étais que la figurante, la porteuse de plateaux. Non, j'exagère. Elle m'avait donné un petit rôle dans sa vie, le rôle de la chenille à qui on fait pousser des ailes. L'idée que je n'existais plus pour elle parce que mes parents avaient cassé la décoration, l'idée qu'ils m'avaient cassée moi aussi, en même temps, m'a empêchée un bon moment d'aimer quelqu'un d'autre. Et puis, comme dit Brel, on s'habitue.

C'est un bonheur de vous avoir parlé d'elle, de l'avoir fait exister pour vous telle que vous me l'avez un peu rendue, à travers la gardienne du phare de Nantucket. Qui vous a inspiré ce personnage ? Un souvenir, un regret, un manque ? Bien sûr, vous n'êtes pas obligé de répondre. Mes questions me suffisent.

Réflexion faite, votre écriture n'a pas d'âge. Ou plutôt, elle en a plusieurs. Vous êtes un jeune homme ayant eu des tas de vies ? Ou le contraire... Un vieux monsieur si fidèle à ce qu'il est depuis toujours que le temps n'a pas eu de prise sur lui, et que nous avons, à nous lire, peut-être, le même âge.

J'ai souvent envie d'être vieille. D'avoir moi aussi mes souvenirs de bonheur à l'abri entre quatre murs de passage. Quatre murs ou deux cents pages...

Karine.

PS : La petite Cecilia, c'est l'héroïne de Woody Allen dans *La Rose pourpre du Caire*. La fille qui a le pouvoir de faire sortir de l'écran les personnages du film qu'elle regarde, tellement elle y croit, tellement c'est sa vraie vie qu'elle va chercher dans la fiction.

PPS : Vous écrivez, en ce moment ? Oui, j'espère. Je rêve d'un roman où vous ne seriez plus prisonnier de l'exercice de style, des conventions du mélo. Vos personnages, vos décors, vos allusions... mais dans une histoire qui serait *la vôtre*.

PPPS : Pour répondre à la question que je ne vous ai pas posée, je n'ai personne dans ma vie. J'ai eu, je n'ai plus, j'aurai – quelle importance ? Mes parents m'ont tellement pourri l'enfance (pas méchants, non, pire : leurs disputes, leurs façons de vouloir mon bien, les rancœurs, les calculs, les sacrifices et le regard des autres en guise de morale) que là où les filles de mon âge rêvaient d'amour, je rêvais de silence. De paix. De tranquillité. Alors surtout, Richard Glen, ne croyez pas que je vous drague. Que je fantasme sur vous. C'est bien mieux. C'est si doux de vous écrire « gratuitement ».

Je suis seule mais, moi aussi, je me réjouis d'être impaire.

Le son du flipper revient, peu à peu, derrière moi. Cinq fois, six fois je recommence la lettre pour comprendre d'où vient le trouble que je ressens à chaque lecture. La nuit est tombée, sur les vitres du café. La clientèle a changé. Plus âgée, plus morne ; des retraités qui viennent commander un ballon ou un kir avant de rentrer chez eux pour retrouver le silence d'un conjoint, le son de la soupe ou la voix d'une télé, et qui ressassent des propos familiers au patron qui les écoute d'une oreille en promenant son torchon.

La vieille dame qui malmenait le flipper avec une énergie gaillarde salue la compagnie d'une voix de crécelle et repart d'un pas raide sur ses bottes vert pomme, vérifiant dans la glace du comptoir, entre les bouteilles, le maquillage qui se craquelle dans ses rides. Elle s'adresse un sourire, canaille et tentatrice, racolant son reflet du coin de l'œil, et sort en tirant sur son blouson de fourrure.

La chaleur fragile de ce café qui vit sa dernière heure d'ouverture s'accorde au papier jaune, à l'écriture ronde et pressée, aux visages changeants de la jeune fille de Bruges ; blonde alanguie dans ses points de suspension, rousse et timide entre ses parenthèses, lèvres minces et cheveux courts dans ses ruptures de style. Tantôt de grands yeux qui rêvent, lorsque ses phrases se diluent, tantôt un regard aigu derrière des lunettes rondes quand elle a résumé d'une formule des années d'états d'âme.

Je sors une feuille de ma poche et, sur l'élan de sa lettre, j'essaie de lui répondre. Mais, une fois de plus, c'est moi que j'interroge. Qu'y a-t-il à extraire de mon histoire, pour nourrir la vie de Richard Glen ? Dois-je tout inventer ? J'ai trop de mémoire pour avoir l'illusion de faire du neuf. Mieux vaut simplement détourner ce dont j'ai besoin. Comme ces enfants qui empruntent des objets au salon pour aller meubler leur cabane dans le fond du jardin.

Je pourrais lui raconter Coutanceau, mon professeur de lettres, ce magicien têtu qui s'est emparé d'un gamin des cités pour en faire un premier prix de concours général – le pendant exact de cette Libanaise amoureuse qui occupait ses mois de septembre à transformer une fille de chambre en femme de livre, à modifier le cours d'une vie monotone bornée par un canal. Je pourrais partir de ce bulletin scolaire qui m'a soudain fait sortir de mon apathie, briser ce silence par lequel je marquais mon territoire dans les familles d'accueil : « Ne sait pas grand-chose, mais l'exprime très bien. » Pour la première fois, quelqu'un s'intéressait à mes lacunes ; je cessais d'être uniquement un *problème*. Après six placements ratés chez des inconnus, l'administration venait de me découvrir un oncle à Marseille, Lucien Rossetti, un homme d'affaires qui se proclama ravi d'apprendre mon existence et d'assumer mon éducation, qu'il sous-traita aussitôt à l'internat du lycée Masséna, non sans m'avoir recommandé à l'attention de mon professeur principal en l'invitant à déjeuner au restaurant de l'hôtel Ruhl.

Blazer prince-de-galles, foulard sous la chemise, mon nouveau tuteur est venu accompagné d'une Magali au corsage affolant qu'il présente comme sa « tendre moitié », pourcentage assez éloigné en réalité des conditions dans lesquelles il l'emploie. « Mes hommages », s'incline Charles Coutanceau. Elle répond : « Moi de même. » Et mon oncle entreprend de dresser mon inventaire, longue énumération de succès scolaires totalement inventés. Bien peigné, déguisé en garçon d'honneur avec mes manières de la rue, je concentre ma gêne sur les seins de

Magali qui palpitent quand elle tartine son caviar. C'est là que mon professeur de lettres interrompt le panégyrique en demandant : « Et est-ce qu'il fréquente déjà, ce jeune homme ? » Moue pudique de Magali. Sourire complice de mon oncle, ramené sur un terrain plus familier, tape indulgente sur ma joue pour rappeler que j'ai à peine quatorze ans. Je rougis, mortifié sous les complexes. Alors, plein d'une considération altruiste, le gros homme voûté dans sa veste informe autour de sa pipe d'écume me prend à témoin : « Le plus difficile, n'est-ce pas, c'est d'arriver à faire entrer la personne à l'intérieur d'un lieu clos. » Et moi, dans un réflexe de mimétisme, empruntant son air entendu, je réponds de ma voix qui mue : « Non, c'est d'arriver à la faire sortir après. »

Je n'oublierai jamais ce regard entre nous. Ce respect mutuel, cette intelligence. On s'était reconnus en un instant, sous la différence de génération, d'origines et de culture ; moi le petit bâtard du Paillon nourri de *Mickey-Parade* et lui l'agrégé gourmet, l'encyclopédie vivante. Un signe de ralliement, la promesse d'un échange passait dans ce regard par-dessus les verres en cristal : ma volonté d'apprendre, de partager enfin les leçons, l'héritage de quelqu'un, et la fatigue de son esprit qui tournait à perte dans un univers trop sage, trop bourgeois pour l'ampleur de son savoir et de sa fantaisie – « C'est un marginal », disaient de lui ses collègues avec un mépris poli, comme on parle d'un vieillard qui s'habille trop clair –, une compréhension muette et bouleversante, tandis que Magali s'indignait pour faire chic : « Hé, Toto, on répond pas comme ça aux grandes personnes », et que mon oncle agacé reservait du champagne en lui rappelant que je m'appelais Frédéric.

De ce jour, Coutanceau ne m'a plus lâché. Il m'a appris tout ce qui m'a été utile dans la vie : la syntaxe, le rire, le style, l'attention et l'insolence. En grec, nous étions quatre. Son cours était comme un atelier de mécanique où nous retroussions nos manches pour démonter un texte, examiner les pièces, les remettre en état et les replacer dans leurs fonctions. Il nous lançait des défis, nous soumettait des énigmes. Je mis des semaines à trouver le sens exact de *phormisios*, dans *L'Assemblée des femmes* ; le mot ne figurait dans aucun dictionnaire. Je dus ingurgiter trois volumes d'histoire athénienne pour finalement découvrir que Phormisios était un démagogue à la barbe hirsute en vigueur au IVe siècle – de tout ce chemin parcouru pour tomber sur un synonyme allégorique de « chatte », il me reste encore aujourd'hui quelques acquis aussi précieux qu'apparemment inutiles. Une fois par semaine, il nous faisait faire une dégustation en aveugle, et l'élève qui reconnaissait l'auteur à son style gagnait un Coca.

Celui qui revenait le plus souvent, dans les séances du vendredi, était Thalès de Milet. Coutanceau déplorait sans cesse qu'il fût passé à la postérité pour son importation de la géométrie égyptienne, et non pour ses écrits philosophiques ou ses découvertes capitales dans le domaine de l'huile d'olive. Devancier d'Aristote et inventeur de la pression à froid, notre professeur lui attribuait la phrase que j'avais inscrite en exergue dans mon carnet de correspondance, et dont la musique originelle revient

en moi si précise, ce soir, devant le papier à lettres :
« S'interroger sur son identité, ce n'est pas rechercher ses
racines, c'est se demander : qui d'autre puis-je être ? »

Des générations de lycéens ont réclamé les textes de
Thalès de Milet aux vendeurs de la librairie Rudin, fati-
gués de devoir toujours répondre que ceux-ci n'existaient
dans aucun catalogue.

— Ils finiront par exister, nous prédisait Coutanceau
avant d'achever, encore plus énigmatique : N'oubliez
jamais, mesdemoiselles et messieurs, que sans les marchands du Temple, nous n'aurions pas connu Jésus.

Et il enchaînait sur les bienfaits paradoxaux de la récupération, du piratage et du plagiat. Son exemple le plus
accessible était *L'Iliade*, dont les éditeurs alexandrins, pris
dans les exigences d'une concurrence féroce, publiaient
sans relâche de nouvelles versions « intégrales », enrichies
d'épisodes, de péripéties et d'« améliorations » de leur
cru. Pour former notre jugement, il nous ordonnait des
expertises, offrant le cinéma à ceux qui dénicheraient,
preuves à l'appui, les ajouts, les passages apocryphes.

— Le problème n'est pas de savoir si Homère a existé,
quel homme il fut ou combien ils étaient, mais de se
demander : qu'est-ce qui ne *fait* pas Homère dans ce
texte ? Logique interne, mes enfants, architecture des
sons, vérité du rythme.

Un samedi sur deux, dans sa DS avachie, il m'emmenait visiter mon tuteur incarcéré aux Baumettes depuis
mon entrée en première, corrigeait ses copies sur le
volant, pendant qu'au parloir je donnais à Oncle B2438
des nouvelles de ma scolarité et de ses filles du Vieux-Port

136

qui, pour éviter que leurs enveloppes ne soient ouvertes, lui écrivaient « à mes bons soins » au lycée Masséna. C'étaient les seules lettres que je recevais. Le surveillant d'internat préposé à la distribution du courrier me surnommait, avec un humour exquis, « Prière de faire suivre ».

Au retour, Coutanceau me laissait au cercle hippique Saint-Georges, à Villeneuve-Loubet, tourner dans un manège tandis qu'il honorait à l'étage du club-house une « personne de connaissance », locution dont il m'avait expliqué le sens biblique. J'apprenais à tomber, marcher au pas, sauter mes premiers obstacles... Je servais surtout d'alibi. Détestant s'attarder après l'amour, mon professeur de lettres disait à la « personne de connaissance » que le petit devait rentrer à l'internat avant six heures, et nous repartions aussi moulus l'un que l'autre. En classe, il me traitait comme un élève ordinaire, ne manquant jamais une occasion de me remettre à ma place. Mais la complicité de ces samedis après-midi a été, jusqu'à ma rencontre avec Dominique, le plus beau souvenir de mon adolescence.

Le jour de son départ à la retraite, devant le style inattendu des amis qu'il avait réunis dans une auberge des collines, je compris soudain qu'il était homosexuel. Jamais son attitude à mon égard n'avait pu m'en fournir le moindre indice. La longévité de son père l'avait ruiné, entre les soins palliatifs et l'hospitalisation à domicile. Moi j'avais dix-huit ans, je venais d'apprendre que j'étais à la tête d'une fortune de trois cent mille francs, les filles du Vieux-Port ayant versé, à la demande de mon oncle toujours écroué, son pourcentage sur mon livret de Caisse d'épargne. J'offris à Coutanceau de l'aider financièrement, pensant ménager sa fierté en lui révélant la provenance de mes rentes. Il sourit, me vendit sa bibliothèque et les murs alentour pour le tiers de leur valeur, et disparut.

Je le revis deux ans plus tard, à Esclimont, alors que je tentais de marcher sur ses traces dans l'œuvre d'Aristophane. Gros scarabée bronzé, chemise à cocotiers, méconnaissable, il débarqua à l'improviste, dans le vacarme des tondeuses qui m'obligeaient à travailler sous boules Quies, et m'emmena prendre une glace sur la terrasse de l'hôtel. Il me raconta Honolulu, Hammamet et les Seychelles, en mangeant un soufflé au Grand-Marnier. Puis il revint dans son ancienne chaumière, sans aucune émotion apparente, alla directement au cinquième rayonnage du fond à gauche derrière le radiateur à huile, prit *Chant secret* de Jean Genet dans l'édition de 1945. Il y préleva la lettre servant de marque-page, que je m'étais abstenu de lire par discrétion, l'empocha en disant : « Je veux la montrer à Omar. » Pas un commentaire sur mon respect des lieux, la façon dont j'avais conservé scrupuleusement ses livres et leur système de classement anarchique. En se défaussant sur moi, il était devenu ce dilettante ambulant qui jouissait de sa retraite sans s'encombrer de regrets, et qui arrêtait le temps pour oublier la mort dans un été perpétuel autour de la planète. La place que j'avais prise, dans ses meubles, était un cadeau empoisonné qui ne le concernait plus.

Je l'ai regardé s'éloigner, ovale et chaloupant dans sa

138

chemise hawaïenne qui flottait au vent, jusqu'au taxi qui l'attendait devant le petit portail. Quand même, j'étais content pour lui.

– Monsieur, on ferme.

Je lève les yeux vers le cafetier qui a replié son torchon. Les chaises sont retournées sur les tables, autour de moi. L'air sent la serpillière et le tabac refroidi. Combien de temps ai-je passé dans ces souvenirs de traverse ?

– Je finis ma phrase, merci.

Son regard se pose sur la feuille encore vierge. Je ne suis plus certain qu'il faille démonter ma vie pour qu'elle serve en pièces de rechange. Coutanceau, mon oncle et la maison d'Esclimont ne se laissent pas recycler : Richard Glen vient d'ailleurs. Nous n'avons, nous ne pouvons avoir les mêmes racines – à moins qu'il ait continué, lui, de pousser là où le sort nous avait plantés. Imaginons que ma mère ne m'ait pas abandonné. La DDASS n'aurait pas déniché mon oncle, qui ne m'aurait pas mis en pension à Masséna pour que j'y rencontre Coutanceau. Je serais resté le nomade immobile de la cité du Paillon. Mon avenir se serait joué entre les bandes de casseurs, les dealers et les compagnies de théâtre amateur qui venaient courageusement, de temps en temps, braver les sifflets et les jets de canettes sur la scène de la MJC Bon-Voyage. J'aurais tenté de m'intégrer dans une troupe. J'aurais appris la comédie, joué les utilités, les faire-valoir, les seconds rôles, puis, à force d'incarner tous ces personnages imaginés par d'autres, de prononcer des mots qui ne venaient pas de moi, d'exprimer des sentiments dont je n'étais que l'intermédiaire et de ne susciter que sifflets et canettes par mon jeu maladroit, j'aurais fini, interprète incompris, par écrire à mon tour des essais de répliques, des débuts de sketches, des monologues dont personne n'aurait voulu et qui seraient restés lettre morte. Alors je me serais replié sur mes mots qui n'auraient plus trouvé que l'issue d'un roman pour espérer qu'un jour un public s'y intéresse. J'aurais rassemblé mon maigre bagage de saltimbanque, toutes ces lumières intermittentes qu'un acteur possède sur les auteurs qu'il joue, et j'en aurais fait le second degré d'une bluette alimentaire ; je serais devenu Richard Glen.

À moins que l'OGC Nice soit resté en première division. Adidas n'aurait pas tourné vers les ovnis ses espoirs et ses revanches de supporter humilié, il n'aurait pas troqué le maillot rouge et noir contre l'uniforme d'une secte ; à la longue il m'aurait reconnu quand, le désir éteint, le corps de ma mère n'aurait plus été entre nous un obstacle. Alors je serais entré officiellement dans sa famille. Et j'aurais découvert, derrière les costauds rudimentaires qui cultivaient des fraises autour de la ferme en parpaings de la plaine du Var, une grand-mère délicieuse, une vieille dame oubliée au coin du feu avec ses numéros d'*Historia* et de *Sélection du Reader's Digest*, qu'elle m'aurait lus des après-midi entières pendant que ses fils étaient au foot, aux fraises ou aux putes.

C'est elle qui prend vie tout à coup sous mon stylo, dans ce café où le patron ennuyé éteint gentiment une lumière après l'autre pour me rappeler la fermeture. Cette grand-mère inconnue, inventée, pas même rêvée à l'époque : toute neuve. Et pourtant si riche d'heures communes, au fil de la plume, si généreuse de son temps que ma gorge se serre à mesure qu'approche le bout de la phrase où j'annoncerai sa mort – non, pourquoi ? Elle peut très bien vivre encore, à mon âge. Et puis je ne suis pas obligé d'avoir quarante ans : de toute manière, je ne rencontrerai jamais Karine Denesle. Ce que je cherche ? Je le sais, à présent. Je veux qu'elle *croie* à Richard Glen. Qu'elle m'aide à construire cette deuxième existence qui seule peut constituer pour moi aujourd'hui un avenir, c'est-à-dire une façon de repartir en arrière.

Déjà l'envie de me refaire une enfance dans mon foyer biologique m'a quitté, diluée dans la création de cette vieille dame à qui je dois tout. Mais je n'en dis presque rien. Je ne veux pas qu'elle occupe plus de lignes que la Libanaise de la chambre 28. C'est à Karine de l'imaginer, maintenant. De la rêver avec ses mots à elle, ses souvenirs, ses regrets ou ses manques. Et puis je risquerais aussi d'être assez vite à court d'inspiration, mon modèle étant remonté tout droit, je m'en rends compte à présent, des bandes dessinées que je lisais à Bon-Voyage. Tout seul dans un deux pièces qui ne sentait jamais la cuisine, l'héroïne que je m'étais choisie, à la différence des autres mômes du quartier, n'était ni Barbarella, ni Wonder Woman, ni Jane Birkin en poster découpé dans *Lui* ; c'était Grand-Mère Donald. J'avais tellement fantasmé sur elle, avec son joli ranch à la campagne, son sourire serein et ses tartes qui sortaient du four quand débarquaient à l'improviste Riri, Fifi et Loulou, fuyant les colères de Picsou, la paresse de Donald et les rapports de force entre les grandes personnes. Ma collection de

141

Mickey-Parade était le seul bagage important qui m'ait accompagné ensuite dans les familles d'accueil. Mon premier antidote.

Je termine ma lettre en demandant pardon qu'elle soit si courte, mais les mots se dérobent, Karine : ils ont du mal à quitter les feuilles du roman sur lequel je travaille. Mes doigts se crispent en formulant ce mensonge. Dans les semaines qui viennent, je ne pourrai peut-être pas vous répondre beaucoup, mais surtout ne vous retenez pas de m'écrire, si vous en avez l'envie. Comment vous dire ? Moi aussi je suis seul et j'ai besoin de le rester, et votre présence inconnue est le meilleur des soutiens. Je pense à ce nouveau livre que vous aurez peut-être un jour entre les mains, si j'arrive au bout : son propos est celui que vous avez deviné à distance, en post-scriptum, et je voudrais tant qu'il vous plaise. Il n'aura sans doute pas d'autre lectrice.

Je cachette l'enveloppe, paie mon Cinzano et m'en vais, le regard en dessous, le pas de côté, l'air observé, répondant au bonsoir du cafetier par un simple hochement de tête. Après avoir posté ma lettre au coin de la rue d'Orchampt, je remonte avenue Junot, le vide au cœur et les jambes molles, un goût amer dans la conscience. Mais, dès que j'ai ouvert la porte, le décor inchangé, le silence, la lueur douce des appliques laissées allumées changent la nature de mes remords. Le chat ne s'est même pas levé pour m'accueillir. La cage vide encore accrochée à la fenêtre de la cuisine témoigne du seul événement important qui soit arrivé, depuis le retour de Tanger, dans la vie de Frédéric Lahnberg. Mon indiffé-

142

rence devant le répondeur qui clignote, saturé de messages, quand je la compare à l'exaltation fébrile avec laquelle j'ai glissé tout à l'heure les doigts dans la boîte aux lettres de Richard Glen, est le plus clair des symptômes. Dominique. Tout aurait dû finir avec toi. Quelque chose d'autre commence. Et c'est toi qui l'as voulu.

Je fais le tour de l'appartement en cherchant ton image dans les fauteuils, tes gestes autour des objets, tes mains sur le violoncelle. Je sens une douceur m'envahir, douloureuse et triste. La même que ce jour, l'an dernier, où dans un moment d'abandon, d'à-quoi-bon, de pitié ou de bravade, tu m'avais rouvert ton lit. Pendant que je te faisais l'amour, tu m'avais regardé avec une attention, un sourire indulgents. Et puis, quand j'étais retombé contre toi, tu m'avais caressé la joue en disant, avec la voix d'une monitrice qui fait constater ses progrès à un élève rétif :

– Tu vois.

– Je vois quoi ?

– Que ce n'était pas si difficile. Tu as aimé une autre femme. C'est bien.

Le souffle coupé, je t'avais demandé comment tu le savais. Ce n'était qu'un soir de faiblesse, à la Foire du livre de Brive ; une attachée de presse qui voulait me persuader que l'auteur qu'elle trimballait avait du génie. Tandis que le susdit marinait dans l'armagnac au bar de l'hôtel, je l'avais raccompagnée jusqu'à sa chambre. Elle était rousse et plutôt laconique, une fois dépouillée des véhémences charmeuses de sa profession. Faisant l'amour comme une maîtresse de maison qui repasse le plat très vite, pour abréger le dîner et mettre en route le lave-vaisselle. De même qu'elle avait emporté, pour le weekend, le nombre exact de cigarettes qu'elle s'autorisait à fumer, la poche intérieure de sa trousse de toilette contenait trois préservatifs. C'était la première fois que je sautais une inconnue depuis que le caoutchouc était de rigueur. J'avais détesté cet accessoire. Et surtout l'idée que si je voulais garder Dominique, c'était *aussi* pour ne pas avoir à me protéger des autres.

– Je ne le sais pas, Fred : je le sens.

– Pourquoi ? Tu m'as trouvé... différent ?

– Non. Je vois dans tes yeux que tu compares. Que tu commences à envisager de me perdre.

Je n'avais rien su répondre. Mes arguments étaient nuls, ma position indéfendable. Elle avait pris ma tête dans ses mains, souri à mon air penaud et, pour entériner ce qu'elle pensait être mon choix, m'avait dit :

– Ne prends pas de risques.

Nous n'avions plus jamais fait l'amour. Du moins en ce qui me concerne. Elle, je ne le saurai jamais.

Il est dix-neuf heures trente. Je suis assis devant le secrétaire, je regarde la fenêtre du studio d'en face. Je compose le numéro inscrit sur la pancarte. Je me dis qu'il est tard, que l'agence est certainement fermée et que, si jamais quelqu'un répond, ce sera un signe.

– Montmartre-Immo, bonsoir.

J'avale ma salive, demande, pour me laisser le temps de la réflexion, des renseignements dont je me fiche : la durée du bail, la superficie, l'état des lieux, le montant des charges... Mon interlocuteur me précise qu'une personne est déjà sur les rangs. Nous prenons rendez-vous.

En raccrochant, je m'aperçois que je souris. Le chat vient se frotter contre ma jambe. Je vais pour me lever et lui ouvrir une boîte, mais il se couche sur le dos, replie ses pattes et tourne la tête de côté en me regardant. Il ne m'a pas demandé ce câlin depuis des années. Je m'agenouille et lui caresse le ventre. Il ronronne. La force qui me retient ici est la même que celle qui m'appelle de l'autre côté de la rue. Et si le dédoublement était, en fin de compte, le seul moyen de me retrouver ?

Le lendemain, à dix heures, je faisais établir un bail au nom de Richard Glen. Le loyer serait directement prélevé sur le compte courant de Frédéric Lahnberg, dont l'avis d'imposition et les trois dernières feuilles de paye éteignirent la méfiance de l'agent immobilier. Sans doute me prenait-il pour un « protecteur » logeant son petit ami. Était-ce tellement éloigné de la vérité ?

Même si cette adresse n'était destinée qu'à recevoir du courrier, je savais bien que j'avais d'ores et déjà commencé à me tromper avec un autre moi-même.

Le studio était vide et sale. Une moquette arrachée dont les lambeaux de thibaude adhéraient au plancher gris, des murs décroûtés par l'humidité, un tuyau pendant à un mètre du sol au-dessus d'un tas de suie. Je me souviens de m'être dit : « Tout est à faire », et d'en avoir éprouvé une bizarre exaltation. Posté derrière le carreau, de l'autre côté de la rue, mon chat me regardait.

Rien ne me pressait, rien ne m'obligeait à rendre ce lieu habitable : l'essentiel était de n'y déceler l'empreinte de personne et de pouvoir y créer, si le besoin s'en faisait ressentir, l'environnement d'un être à part. Déjà les goûts, le style, les habitudes contraires aux miennes prêtés par intuition à Richard Glen se projetaient sur les murs, cherchaient des perspectives, un mobilier, des éclairages. En retirant de la rambarde en fer forgé la pancarte « À louer », une bouffée de liberté m'avait figé quelques instants dans le courant d'air. Très vite, j'avais refermé la fenêtre, de peur d'être reconnu par mes voisins d'en face. Mon premier achat pour le studio fut une paire de rideaux.

Au début j'ai cru que je traversais la rue pour jouer à mener, quelques minutes par jour, une vie nouvelle. Avec vue sur l'ancienne. Mais, dans un lieu comme dans l'autre, l'appel de la fenêtre était plus fort que l'ambiance intérieure. Depuis le studio, je retrouvais pour notre appartement une tendresse, un sentiment de possession qu'il ne m'inspirait plus depuis que j'y habitais seul. Et, vu de l'appartement, ce rectangle de lumière vide qui attendait mes escales, cette garçonnière sans passé qui n'abritait que les lettres d'une jeune fille m'appelait avec une douceur insistante, comme doivent le faire, j'imagine, ces maisons de famille où l'on vient retrouver, à travers les odeurs, les craquements, les objets, l'enfant que l'on n'est plus.

J'ai acheté une chaise, une table pliante, une lampe de chevet et un radiateur électrique pour répondre à Karine. Mais, depuis onze jours, elle ne m'a plus réécrit. Mon dernier courrier l'a inquiétée, intimidée, refroidie ? C'était peut-être l'effet souhaité, inconsciemment. Si la boîte aux lettres demeure vide, le studio commence à se remplir, et ce transfert que je n'avais pas envisagé, même s'il doit s'avérer définitif, me procure une sorte de joie. En tout cas, un nouvel équilibre. Je ne vis pas entre deux femmes : j'ai une liaison avec un studio. Une location clandestine grâce à laquelle ma solitude s'est partagée en deux. Dans ma poche de pantalon gauche, les clés de la rue Lepic et leur anneau de métal donnent au trousseau

147

en cuir de l'avenue Junot, dans la poche droite, un contrepoids qui peu à peu me remet d'aplomb et, tout du moins, me protège du monde ambiant.

J'ai pu retourner au journal. J'ai pu essuyer les condoléances, les réflexions philosophiques, les invitations à dîner du bout des lèvres, « quand tu te sentiras trop seul » — comme si c'était *maintenant* que j'avais eu besoin de ce genre de réconfort, et pas lors des six mois de coma où le moindre écho à mon espoir illusoire m'aurait fait tellement de bien. Mais ce n'était pas grave. Leur compassion de rigueur glissait sur mes sourires reconnaissants, mes « non merci », mes « ça ira ». Je n'étais là qu'à moitié. La main dans ma poche gauche, je touchais les clés d'une autre vie.

Je crois que le déclic s'est produit à l'agence EDF. J'avais apporté une lettre à l'en-tête du journal, où Frédéric Lahnberg donnait l'autorisation de prélever sur son compte personnel le montant des factures de M. Richard Glen, titulaire du contrat. Il avait joint son relevé bancaire. Je m'étais habillé en pauvre ; je portais un costume gris Magritte acheté quatre ans plus tôt chez Tati pour mon contrôle d'impôts. J'affichais la dignité timide de mes premières boums, à treize ans, quand mon pantalon de tergal et ma chemisette en nylon juraient avec les jeans des autres. Lorsque l'employée me demanda une pièce d'identité, je baissai les yeux douloureusement. Je murmurai que le journal de M. Lahnberg s'en occupait. À la télé, depuis trois jours, les sans-papiers campaient dans Notre-Dame. Avec le même sourire obligé que l'agent immobilier qui nous avait pris pour un couple, elle me tendit l'imprimé à signer. En traçant le paraphe, ma main tremblait à peine.

– Au revoir, monsieur Glen.

Quelque chose s'éboula dans ma poitrine. Je me sentais faux, emprunté, honteux d'être si peu crédible dans mes gestes et ma démarche, le dos brûlant sous les regards qui devaient me percer à jour. Mais, administrativement, Richard Glen existait.

Au dîner Interallié, mes collègues jurés firent assaut de délicatesse. Duquesne me pressa l'épaule droite, avec un sourire dansant qui disait courage. Guimard me pressa la gauche. Lentz me tapota l'omoplate. Rouart secoua la tête en soupirant. Couvreur exprima la fatalité en écartant les bras. Tesson, qui lui aussi avait des chats, me demanda pudiquement si j'avais essayé le nouvel agneau-volaille de chez Gourmet. Pour me faire plaisir, ils se montrèrent même aimables avec la lauréate que j'avais tant contribué à faire élire, en novembre, et qui depuis, conformément à nos statuts, partageait nos repas chez Lasserre. Dieu sait pourtant qu'ils m'en voulaient à mort, les grands machos du jury, contraints de rengainer leurs blagues de chambrée, de garder leur veste à table et de rentrer le ventre, en présence de cette romancière aussi douée qu'allumeuse qui transformait en rivaux malgré eux des copains de vingt ans, rendait nos réunions lugubres et nous gâtait les sauces.

Comme en plus elle avait le droit de vote, l'année de

son élection, elle se sentait obligée de lire tout ce qui paraissait et d'exprimer dès les hors-d'œuvre des convictions, des allergies, des préférences. Ollivier étouffait ses bâillements. Schoendorffer serrait les dents, les couverts en travers dans ses ris de veau intacts. En outre elle était végétarienne, mangeait au Pepsi light et saupoudrait ses carottes de germes de blé qu'elle transportait dans une boîte à sucrettes. Ferniot, notre secrétaire général, qui appréciait trop les plaisirs de la chère pour se laisser couper l'appétit, s'était fait excuser.

Il faut dire à leur décharge que les catastrophes avaient commencé dès la proclamation du prix. À l'issue de nos délibérations houleuses dans le salon Marie-Louise, nous nous composons généralement, par esprit d'équipe, un visage unanime tandis que s'abaisse avec lenteur le mur épais qui nous isole de la presse réunie dans le salon voisin. Lorsque la cloison est entièrement rentrée dans le sol, notre secrétaire général s'avance et donne le nom de l'heureux élu. Cette année, un grincement a déchiré le suspense, suivi d'un claquement sourd, et la cloison s'est arrêtée à cinquante centimètres du plancher. Toute solennité envolée, Ferniot a dû enjamber le muret pour annoncer, signe funeste, que cette année le prix Interallié était décerné à une femme, ce qui n'était arrivé que huit fois depuis 1930.

Après le cocktail ponctué de coups de marteau et de bruits de perceuse, lorsque la presse s'est retirée, nous nous sommes rassis pour déjeuner avec celle que mes voisins surnommaient aigrement ma « pouliche ». Son éditeur l'ayant mise au courant de la tradition qui veut que nous fassions chanter nos lauréats, elle se leva au dessert sans que personne ne lui ait rien demandé et entonna gravement, la main devant elle au-dessus de son assiette, *L'Aigle noir* de Barbara. Et ce n'étaient que les prémices. Point commun avec la Constitution anglaise, notre prix n'a pas de statuts écrits, mais l'usage, comme nous n'avons pas de mécènes pour financer nos agapes, est que chacun de nous règle son addition. Cette année, la galanterie la plus élémentaire nous oblige donc à violer nos coutumes, et à inviter à tour de rôle cette emmerdeuse qui, à chaque fois, nous brandit sa carte bleue en protestant : « Si, si, j'insiste. » Les regards noirs convergent alors vers moi et je baisse les yeux, regrettant une fois de plus d'avoir aimé son livre.

Aujourd'hui, grâce à mon deuil, tout le monde lui demande de ses nouvelles, lui dit qu'elle a une mine superbe et que son tailleur lui va très bien. En s'asseyant à table, elle se penche vers Guimard et lui apprend à mi-voix, soucieuse de prévenir une gaffe, que j'ai perdu ma femme. Le regard éloquent du grand Paul me fait rentrer sous terre. Ils espèrent tous que l'automne prochain, au moment de voter, je ferai amende honorable en m'abstenant.

Sans me départir de l'affliction qu'ils me prêtent, j'ai des bouffées d'allégresse en imaginant les vies secrètes de chacun, autour de cette table. Tous ces hommes connus, exposés, qui protègent comme ils peuvent leur part d'ombre ou leurs soleils clandestins. Tous ces hommes qu'on résume à des ambitions, des influences, des moments de gloire, des revers, une légende ou une œuvre.

151

Il y en a que j'admire, il y en a que j'observe, il y en a que j'enviais – c'est un peu différent, aujourd'hui. Même ceux que j'ai l'impression de connaître par cœur pourraient me surprendre, j'en suis sûr, avec les mystères apprivoisés qu'ils dissimulent derrière les attitudes et les jeux de rôles, comme je les étonnerais s'ils savaient à quoi je pense en dépiautant mon canard. S'ils savaient que depuis une dizaine de jours, ce qui fait battre mon cœur, c'est le bruit d'horloge d'un compteur EDF dans le placard d'un studio vide. Le bourgogne aidant, sous leur présence familière, le bruit chaud de leurs voix, l'absence de Dominique desserre son étau et je l'imagine partie en tournée, et j'envisage son retour, et je savoure un moment de solitude.

Après le fromage, quand nous abordons les coups de cœur ou les rejets que nous a inspirés la littérature ambiante, je m'enflamme, contre toute attente, pour le vieil auteur inconnu dont Julliard publie un roman très drôle. J'ai finalement renoncé à en parler dans le journal, pour éviter que le groupe qui possède aujourd'hui les Éditions Romantis ne fasse le lien entre mes éloges et la lettre réexpédiée à Richard Glen. Mon engouement décuplé par les moues sceptiques autour de moi, j'essaie de faire partager la santé rabelaisienne de ce récit d'une partouze mondaine chez les négriers de Nantes au XVIIIe siècle. Notre lauréate repousse mon opinion d'un revers de sa cuillère, déclarant que le style est très vulgaire. Un large sourire illumine la face de son voisin qui décrète, de confiance, que ce livre est formidable, et une vague d'approbation solidaire parcourt la table.

À eux de jouer.

Désormais, quand je lisais dans le voltaire, quand je rédigeais mes papiers à la cuisine, je pensais, comme on songe à son domicile sur un lieu de travail, au studio où j'irais ensuite me retrancher et m'abstraire dans le silence, l'anonymat, l'absence de téléphone. Voyeur du vide allumé que je laissais en face. Je m'identifiais au Socrate des *Nuées*, lorsqu'il décide d'habiter à l'extérieur de sa maison, dans une corbeille suspendue en l'air, afin d'échapper à l'influence de la terre qui « attire à elle la fluidité de la pensée pour faire pousser le cresson ». J'ignorais ce qui allait naître de ces heures de contemplation sans but, dans ce qui était devenu peu à peu ma résidence secondaire. J'allais flâner chez Habitat, Castorama, Conforama, touchant des revêtements, comparant des teintes. Ou bien j'arpentais les Puces, achetant au hasard des allées un rocking-chair au cannage usé, un vase en forme de Marilyn Monroe, un poêle Godin à foyer ouvert, un miroir entouré de rotin, une cafetière en fer bosselée, une reproduction du *Spirit of Saint Louis* – des accessoires d'ancien jeune homme, des éléments de décor qui peu à peu composaient comme une œuvre. Une histoire en gestation. En tout cas, un cadre de vie.

De même qu'un metteur en scène refuse le regard des étrangers sur son travail en cours, j'essayais de tout faire moi-même, pour éviter les corps de métier. Trois nuits durant, je repeignis. J'acquis un stock de moquette chinée en carrés que j'assemblai comme un puzzle. La colle avait une odeur de pâte à modeler, le vieux lit colonial aux panneaux de palissandre qui se déboîtaient sans cesse, trouvé dans une brocante de Barbès avec sa moustiquaire « d'époque », aurait pu être mon lit d'enfant, mon lit d'amour, mon lit de brouillons ; le parfum de la cire se mariait à des relents de santal, de plâtre humide, de lampe à pétrole qui imprégnaient encore le sommier et le matelas en crin.

Lorsque j'arrivais rue Lepic, mon premier mouvement n'était plus d'ouvrir ma boîte aux lettres qui ne contenait désormais que des prospectus. Je grimpais les deux étages avec l'excitation de retrouver ces odeurs sans mémoire, forcées de cohabiter, d'où naissait, par une alchimie qui ne me devait rien, l'âme de ce lieu dont j'ignorais l'histoire.

Je poussais la porte en fermant les yeux, respirais profondément ; l'air ambiant composait des images et je rouvrais les paupières pour me laisser surprendre.

La Brother EP 44 était le seul objet de mon passé qui avait pris place au milieu de ces souvenirs fictifs. Chaque nuit, les premiers temps, je tapais sur le petit clavier blanc et gris un « avertissement au lecteur », qui finissait brûlé dans le poêle et qui, le lendemain, renaissait de ses cendres. Cette façon de présenter, soir après soir, sous un angle différent, le sens d'un roman virtuel dont je ne connaissais que le titre, *La Fin du sable*, et les motivations définies par Karine dans son post-scriptum, était un moyen de renouer avec Richard, de comprendre son silence, de refaire, à chaque fois, connaissance.

Et puis, cette nuit, entre un formulaire d'inscription à un club de remise en forme et une réduction de vingt pour cent sur ma prochaine commande chez Pizza-Top, j'ai trouvé une enveloppe jaune.

Je monte l'escalier quatre à quatre sans savoir si le bonheur est plus fort que l'appréhension, si le fait de m'être résigné avec autant de facilité à ne plus recevoir de lettres de Bruges avait un sens profond, ou ne traduisait qu'une lâcheté. C'était si simple de reporter sur un intérieur, du mobilier et des odeurs d'occasion l'élan déraisonnable que m'avait déclenché une créature de chair et d'encre, une inconnue dont le silence avait ensuite affermi, sans danger, sans remords, l'imposture dont elle était la cause. Et pourtant quels battements dans ma poitrine, quel sourire dans mes joues, quelle impatience dans mes doigts qui décachettent... Un trac d'adolescent au bord d'un premier rendez-vous. C'est peut-être l'influence du studio, de ce décor bohème... Un véritable écrivain est le produit de ses mots. Richard Glen, lui, ne procède que de ses meubles.

Je regarde mon air incertain dans le miroir cerclé de rotin, allume un journal roulé en boule, glisse dans le foyer du poêle un peu de ce bois mort que je vais ramasser au cimetière Saint-Vincent, m'assieds dans le rocking-chair et déplie le papier jaune.

Bonsoir, Richard,

J'ai déchiré des dizaines de feuilles et celle-ci va peut-être connaître le même sort. Qu'est-ce que ça veut dire, « mon nouveau roman n'aura sans doute pas d'autre lectrice » ? Vous ne voulez pas qu'il paraisse ? J'ai finalement demandé à ma libraire de faire une recherche sur vous. Elle n'a rien trouvé. Vous n'avez rien publié depuis *La Princesse*. Rien publié depuis vingt-trois ans ! Qu'est-ce qui s'est passé ? Vos manuscrits ont été refusés ? Ou vous avez arrêté d'écrire ? Un drame, une cassure ? Le manque d'inspiration, je n'y crois pas. L'excès d'ambition, peut-être, l'autocritique, le doute... Ou alors, simplement, vous avez un métier, une famille ; une autre vie qui vous a détourné de votre œuvre. Il n'y a que le bonheur qui puisse rendre l'écriture inutile, non ? Ou les responsabilités. Et peut-être que tout s'est arrêté un jour, et que je suis arrivée à ce moment... Mais je ne suis rien, moi, Richard. Une étudiante, c'est tout. Si mes lettres font du bien à votre livre, c'est merveilleux, mais vous *devez* le publier.

Pourquoi c'est si important, pour moi, que vous fassiez un *vrai* roman ? J'ai travaillé toute une année sur les mécanismes de la création, les différents « moi » de l'écrivain contemporain : j'en ai fait mon sujet de fin de sixième (l'équivalent de la terminale chez vous : nous ne passons pas le bac, nous préparons un mémoire). Eh bien je n'ai rencontré que des combats souterrains entre les instances narratives, comme ils disent, des guerres de tranchées opposant la *persona*, l'*anima*, l'*ego*, l'en-soi, le pour-soi, et tout ça débouchant sur quoi ? La souffrance d'*être* au lieu du plaisir de *faire*. Vous, je ne vous ai pas étudié. Je vous ai lu, simplement. J'ai senti un bonheur de créer, une totale liberté d'invention, malgré les contraintes d'un genre mineur dont vous deviez sortir absolument. Sans vouloir jouer les graphologues, il me semble que votre écriture a changé, depuis la première lettre. Que vous êtes... comment dire ? Un peu plus vous-même, un peu plus l'idée que je m'étais faite de vous.

Ce roman, est-ce une réécriture de *La Princesse*, sans les « figures imposées », une seconde vie offerte à vos personnages ? Il me semble que oui, à distance. Ou alors c'est moi qui les entends tellement encore dans ma tête que j'ai l'impression que vous les faites vivre à nouveau.

Pour parler d'autre chose (quoique), j'adore ce que vous dites de votre grand-mère. Ça me rappelle si bien la mienne... Dieu qu'elle me manque. D'un autre côté, si elle était restée sur terre, je n'aurais pas connu N. de la même façon, je n'aurais pas demandé autant aux livres...

Dites-moi si ce que vous écrivez se passe à Nantucket, dans le même décor. Vous comprendrez peut-être, un jour, pourquoi je vous pose la question. Répondez-moi juste par oui ou non, pour ne pas vous disperser dans une lettre.

Il est trois heures du matin, je suis confuse comme pas deux, mais c'est le seul moment où j'arrive à être plus sincère que timide. Alors tant pis si mes phrases boitent : au moins elles vont où je veux.

Travaillez bien : je vous attends. Et je ne suis pas la seule, je le sais.

Karine.

Je vais ouvrir le compartiment à glace où j'ai couché une bouteille d'aquavit. Une boisson inconnue pour un frigo tout neuf. Je me sens honteux, Karine. Un peu coupable, un peu sale, et tellement dérisoire. Que répondre à une telle attente ? Sinon un « oui » au milieu d'une feuille pliée en quatre, comme j'ai déjà décidé de le faire. Mais notre aventure ne débouchera pas sur une écriture, je le sais. J'ai cessé de rédiger des avant-propos, depuis que je compose un intérieur. L'atmosphère, les volumes, les objets, les couleurs m'ont donné la substance que les mots me refusent. Ce n'est pas une œuvre qui est en train de naître ; c'est un étranger qui prend corps.

En quittant le studio, je me sens gêné aux entournures, comme lorsqu'on sort des bras d'une femme avec laquelle on ne s'est pas encore tout à fait accordé. Ce que je baptise avec emphase ma « seconde existence » ne consiste pour l'instant qu'à toucher des clés dans ma poche, voir un loyer se débiter sur mon extrait de compte, laisser deux appartements allumés pour contempler, derrière les fenêtres, le décor où je ne suis pas, boire et manger des choses qui ne correspondent pas à mes goûts, et acheter du mobilier dont je n'aurais jamais voulu, dans mon autre peau.

Mon autre peau... Mais c'est toujours la même. Je ne suis qu'un déserteur intermittent. Pour la première fois, je décide de ne pas *rentrer*, de passer la nuit au studio. Je me dis que je ne fermerai pas l'œil. Que mes lumières d'en face et mon chat qui me guette collé au carreau me prouveront que ma place n'est pas ici, que je n'ai rien à attendre et tout à perdre, que jamais Dominique ne reviendra dans mes bras sous les traits de quelqu'un d'autre. Je me sens mort. Terriblement. Avec un désir intact, un désir de jeune homme qui enrage, une envie de me faire l'amour sur des images mentales, sur du papier à lettres. La douleur se creuse dans mon ventre, et je refuse de la calmer, de la déguiser, de m'y soustraire. Je veux que Dominique revienne jouir sur moi, termine de se caresser sous mes yeux pendant que je fonds en elle. Je ne veux plus lui survivre. Je ne veux pas désirer autre chose que le bonheur que j'ai eu. Je ne veux pas que la lumière d'en face s'éteigne. Je ne veux pas que les sentiments que j'éveille chez une inconnue me maintiennent en état de respiration artificielle. Je ne veux pas d'un coma amoureux, d'un faux espoir, d'un mensonge sans issue, d'un sursis inutile.

Le soleil me réveille. Il est midi moins dix. Et quelqu'un tape à la porte.

L'œil collé au judas, je distingue une silhouette de femme à la tête disproportionnée qui s'agite sur le palier, cachant et découvrant le rayon de soleil qui m'empêche de distinguer ses traits. Dans l'escalier, derrière elle, un homme demande s'il n'y a personne. En réponse, le poing de la femme tambourine à nouveau contre le battant dont je m'écarte.

— Monsieur Glen, vous êtes là ? Y a vot' baignoire qui a inondé en dessous, je suis avec le plombier.

J'enfile mon imperméable sur mon caleçon et j'ouvre la porte. La concierge accorde un bref regard à mon accoutrement, raconte qu'elle fait le ménage chez les gens d'en bas qui sont au ski, et me présente le plombier qui me demande si j'ai pris un bain. L'esprit abruti de sommeil, je réponds oui, cette nuit ; il hoche la tête d'un air triomphant à l'intention de la concierge, et me précède dans la salle d'eau en s'excusant pour l'avion suspendu qu'il a fait tomber au passage.

— Vous avez une trappe de visite ?

– Il est locataire depuis quinze jours. Et il n'est pas là beaucoup.

– C'est pour ça que ça n'a pas fui avant : regardez le siphon.

– Vraiment, les gens. Remarquez, c'est resté vide un an. Et y a eu le gel en décembre.

– Moi, ce que j'en dis... Le robinet d'arrêt ?

– Derrière la cuvette.

– Ce coup-ci je lui mets du PVC, il sera tranquille.

– De toute façon il s'en fout, le propriétaire : paraît qu'il vit en Afrique du Sud.

– Content pour lui ; pas moi qu'irais. Les joints, comptez les refaire ?

– Tiens, y avait ça dans vot' boîte.

Appuyé d'une épaule au chambranle de la porte, consterné par cette irruption du réel dans ma vie inventée, je prends machinalement l'enveloppe EDF que me tend la concierge. Collée au papier, une carte postale tombe sur le sol. Le Moulin de la Galette en noir et blanc, au temps des fiacres. Je me baisse pour la ramasser, la retourne.

– Oh la la ! mais qui est-ce qui a soudé ça ?

– Vot' collègue, non ?

– Ça me ferait mal. C'est un SOS, oui ! C'est lui qui a appelé un SOS ?

– Non, ça date du gel en décembre : il n'était pas là. Ça doit être le gars de l'agence en faisant visiter.

– Faut jamais appeler un SOS : vous payez le double, ça massacre le boulot et y a pas de garantie.

Les jambes raides, je recule jusqu'au rocking-chair où

161

je me laisse tomber. La carte n'est pas timbrée. Déposée sur place.

Eh non,

Je n'ai pas pu résister. Voir où vous habitez, essayer de deviner quelle est votre lumière, à quelle fenêtre vous tournez le dos pour travailler... Je suis jusqu'à jeudi à Paris chez des amis (L.B. Huygh, 12, rue Léon-Gros, XIIIe). Si jamais vous avez envie qu'on prenne un verre, mettez-moi un mot. Mais attendez d'avoir lu ma lettre, si vous ne l'avez pas encore reçue. Pour accepter de me voir en connaissance de cause. Ou m'opposer le silence que je mérite, avec mes sautes d'humeur. Je m'étais juré qu'on ne se rencontrerait pas, Richard Glen. Jamais je n'aurais osé vous écrire ce que je vous ai écrit, sinon.

À vous de choisir.

Karine.

— Faites couler.

— C'est bien vissé, vous êtes sûr ?

— Je connais mon boulot, je vous signale.

— Non, c'est pour la chieuse d'en bas. Elle va encore me faire un drame.

— De toute façon, si ça fuit après le siphon, faut casser le sol : elle refera son plafond.

La vision du Moulin de la Galette sur la carte en noir et blanc me tétanise. J'ai autant de mal à croire à une allusion qu'à une coïncidence. Mais j'ai tort de m'en faire. Si elle est venue à Paris pour me traquer, si elle m'a

162

espionné devant le 98 *bis* rue Lepic et vu entrer au Moulin, si elle n'est qu'une de ces groupies désaxées qui s'attachent comme le lierre pour se nourrir de celui qu'elles enserrent, alors je me suis trompé, et tout ce que j'ai construit pour elle – oui, pour elle ; je m'en rends compte maintenant qu'un rendez-vous est possible – devient caduc. Richard Glen n'a plus lieu d'exister, et quelle importance si elle découvre sa véritable identité. En revanche, si elle a acheté cette carte au hasard à une devanture de la Butte – ou mieux, si elle a choisi l'image du Moulin parce que c'est de là, adossée au mur de façade, qu'elle cherchait à deviner ma fenêtre –, si elle a ce genre de délicatesse dans le culot et cet élan sans retenue des vrais timides qui passent à l'acte, cette invitation à lui apparaître est le coup de pouce que j'attendais, le moyen d'aller jusqu'au bout de ma métamorphose. Ce n'est pas Karine elle-même qui est en cause. Ce n'est pas une éventuelle rencontre amoureuse à laquelle je me prépare, si d'aventure elle est jolie. Ce n'est pas lui plaire qui m'importe. C'est l'apparence que je vais essayer de donner à Richard pour correspondre à l'image qu'elle s'en est faite. Et cette perspective m'emplit d'une joie débordante.

– Tant mieux si ça le fait marrer : faut tout casser. Ça fuit aussi après le siphon, c'est la colonne qui est nase. Je lui laisse ma carte, il voit avec son assurance, je peux attaquer jeudi. J'ai fermé l'arrivée au compteur : quand il la rouvre pour l'évier ou le lavabo, après il la referme, et surtout il oublie la baignoire. Allez, à jeudi.

La concierge sort derrière le plombier, contournant

avec des regards en dessous le rocking-chair où je relis ma carte postale. Contrairement à ce que j'avais cru, le malaise de la nuit dernière, ce désaccord si fort n'était pas entre Frédéric et le brouillon de son double, mais entre le mobilier, les goûts, les états d'âme que Richard commençait à posséder en propre et son apparence qui, aux yeux des autres, demeurait celle du critique littéraire d'en face. Il fallait que je les dissocie, pour continuer à occuper légitimement leurs deux foyers, et Karine m'en fournissait l'occasion, m'en inspirait l'urgence.

Sans me donner le temps de la réflexion, je reprends ma lettre d'hier soir, barre l'adresse et la remplace par celle de la rue Léon-Gros, puis rouvre l'enveloppe pour ajouter au « oui » qui occupe le centre de la feuille une parenthèse indiquant, sur trois lignes, que ce n'est pas Socrate dans sa corbeille qui empêchera le cresson de pousser, et que je l'attendrai demain mercredi à dix-huit heures au Harry's bar, rue Daunou.

Mon cœur bat comme si je jouais ma vie sur le coup de langue qui recachette l'enveloppe. Je suis fou. Considérer ce studio comme le canot de sauvetage de notre appartement, y avoir embarqué une machine à écrire anachronique pour essayer de redonner vie à un pseudonyme, passe encore. Mais envisager de me déguiser en raté méritoire pour aller causer de mon œuvre en cours à une étudiante brugeoise dans un bar à connotation « littéraire » où fatalement des gens me connaissent, c'est vraiment défier le ridicule en présumant de mes forces. Et ça m'excite d'autant plus. Je me retrouve dans l'état où j'étais quand, à dix-sept ans, sans aucune expérience de romancier, je me suis installé devant la Brother EP 44 pour taper d'un trait ma première page, afin d'en compter les signes et d'en déduire le nombre de feuilles qu'aurait mon livre.

Je me rhabille et descends dans la rue, hésite à poster l'enveloppe au coin du tabac. Je ferais mieux d'aller la déposer moi-même dans le XIIIᵉ. Mais cet élan, je le sens bien, est une tentative de fuite. C'est avec mon reflet dans la glace que j'ai rendez-vous, maintenant. Je glisse la lettre dans la boîte : elle l'aura demain matin et, si le délai est trop court pour qu'elle se libère, c'est que nous n'étions pas destinés à nous rencontrer. Je regagne l'avenue Junot, tournant la tête à l'ouverture de la grille pour dissimuler au « régisseur », comme il s'intitule sur la porte de sa loge, l'air fripé que m'a laissé ma nuit chez *l'autre.*

— Bonjour, monsieur Lahnberg, dit-il par la fenêtre entrouverte, sans lever les yeux de ses écrans vidéo.

Je réponds d'un hochement de tête, la gorge sèche. Comment dérober mon image ? Dans cette résidence truffée de caméras de sécurité, mes essais de transformation auront du mal à passer inaperçus.

Devant le miroir de la salle de bains, je me mets torse nu et me regarde dans le jeu des glaces latérales, dupliqué à l'infini. Je plante les doigts dans mes cheveux, m'ébouriffe et me recoiffe avec la raie de l'autre côté. Je laisse les mèches retomber sur le front. Les plaque en arrière. C'est toujours moi, c'est désespérément moi. Aucun aménagement, aucune grimace ne peut changer ma tête de déçu fatigué. Je sais très bien ce qu'il faudrait faire.

165

Je n'ose pas. Je ne suis pas encore mûr pour le divorce. La séparation de corps me tentait si fort que j'en oubliais ses conséquences : si je rase ma moustache pour devenir Richard, j'abandonne Frédéric. Ou pire : je laisse son entourage confisquer le bénéfice ou le ridicule d'un changement qui ne sera plus que physique. Lahnberg s'est fait une nouvelle tête. Pour se consoler de son deuil. Tourner la page. Paraître plus jeune, maintenant qu'il est libre.

Non.

Si je supprime cette moustache, j'interromps ma vie de ce côté-ci de la rue. Je disparais du journal, je démissionne de l'Interallié, je ne vois plus Hélie, le petit Constant, Étienne Romagnan... Je rends l'appartement. Je mets les souvenirs de Dominique au garde-meubles, je donne mon chat et je repars de zéro dans la peau d'un indigent que son « bienfaiteur » continuera discrètement d'entretenir : Frédéric Lahnberg ne sera plus qu'un compte courant à débiter, une carte bleue, une voix au téléphone et des articles envoyés par fax – j'ai tellement préparé le terrain, sans le savoir... Qui se formaliserait de mon absence ? Même si je refuse dorénavant au Supplément « Livres » les interviews et les voyages de représentation, je coûte trop cher à licencier pour que ça prête à conséquence. Dans un monde où l'on ne pèse que le poids de ses indemnités de départ, mon avenir est assuré par mes vingt ans d'ancienneté. Je ne perdrai que mon influence. Les craintes et les flatteries que j'inspire. Pour ce que j'en ai fait.

Je cherche en vain ce qui pourrait me dissuader de

fermer cette existence. Dominique ne me retient plus ici ; je la sens bien plus vivante en face – bien plus neuve. Je suis aussi joyeux quand je sors du Moulin pour rejoindre ma résidence secondaire que résigné, sans élan lorsque je retraverse la rue Lepic. Au studio, je me sens *chez moi* comme je ne l'ai jamais été, dans toutes ces maisons où je n'aimais que la personnalité de mon hôte, m'appliquant à ne rien toucher, ne rien modifier, me contentant d'apprécier, de voir vieillir, d'accompagner le désordre, les fissures, les déclins, d'entretenir une présence – mais ce *chez moi* ne veut rien dire. L'expression ne s'appuie ni sur une possession ni sur une identité. Et pourtant elle me bouleverse. Même si je me répète que ces trente-six mètres carrés ne sont qu'un décor de théâtre, je le sens si *vrai*, ce décor, si lié aux regrets, aux ambitions, aux désirs que j'ai refoulés dans mon inconscient depuis que j'ai renoncé à écrire, si fidèle, en un mot, à tout ce que je n'ai pas osé être, que je finirai par y puiser un vécu, un destin qui sauront modifier mon visage bien mieux que ne le ferait un rasoir.

Je m'appuie au lavabo, laisse aller mon front contre le froid du miroir pour revenir sur terre. Tout cela n'est qu'une vue de l'esprit, je le sais. On n'échappe pas à ce qu'on représente. Je ne suis rien d'autre que ce que les gens me renvoient. Ma nature profonde c'est leur regard, c'est le reflet qu'ils m'imposent, et la solitude par laquelle j'ai pensé m'y soustraire n'était qu'une manière de fermer les yeux. Richard Glen est un leurre. Une image de synthèse à laquelle personne ne croira.

Mais j'ai beau chasser l'artificiel, il revient au galop :

dans la glace, malgré mes réticences et mes replis, je ne vois plus que l'esquisse d'un personnage virtuel, ce romancier sans œuvre et sans moustache qui a rendez-vous avec une inconnue demain soir au Harry's bar. Je me doute bien qu'on n'efface pas des années de concessions, d'obstination, de piétinement sur place en affûtant un rasoir. Mais ce n'est pas le côté dérisoire ou naïf du pari qui me dérange, c'est le reniement qu'il implique. Je n'ai pas laissé pousser mes poils à dix-huit ans pour me cacher, me vieillir ou me donner un genre, mais pour tenter de ressembler à mon père adoptif. C'était autant l'admiration que la gratitude que j'entretenais dans cette pâle copie de sa moustache blanche taillée au cordeau qui lui donnait tant de charme, assortie à ses yeux lavande, sa voix de basse veloutée, sa fantaisie en porte-à-faux, son art de vivre et la violence soudaine, l'intransigeance que seule pouvait lui donner son intimité jalouse avec certains opéras. Moi, pour tenter d'avoir un peu de ce charme, je ne disposais que d'un système pileux.

Me raser, aujourd'hui où je perpétue pour moi tout seul un peu de son physique, où j'entretiens le souvenir de sa coquetterie avec les ciseaux et les pinces en vermeil qu'il m'avait offerts, serait pour moi plus douloureux qu'une rupture : un abandon. Ce sont toujours les détails infimes qui me font le plus souffrir. Un lys aux étamines tranchées. Le parfum de ma femme qu'on va cesser de fabriquer. Ses cheveux sur sa brosse. Les accessoires en vermeil dont je ne me servirais plus. Qui peut dire si l'on ne maintient pas en vie la conscience de ceux qu'on a aimés en reproduisant leurs gestes, en reprenant leurs

168

tics, en vaporisant leur odeur ? Je souris malgré moi. Sir David Lahnberg laisse une discographie presque aussi riche que celle de Karajan, et je m'inquiète pour sa postérité à cause d'un nécessaire à moustache.

Mais il y a cette soirée aux arènes de Vérone, en 78, cette représentation du *Trouvère*, son opéra le plus aimé, le plus défendu contre les ricanements des puristes. Quand les fines bouches lui disaient que le livret était inepte et la partition trop riche, il leur rappelait toujours l'histoire de cette dame du monde proclamant d'un air contrit : « Eh bien moi, voyez-vous, c'est terrible : je n'aime pas Brahms », devant Mahler qui aussitôt la rassurait : « Mais, madame, ça n'a aucune importance. » Les gens repartaient vexés. Ce que David ne leur disait pas, c'est qu'il avait survécu deux jours durant nu dans la neige par moins quinze à Buchenwald grâce à Verdi, chantant et rechantant *Le Trouvère* à mi-voix. « J'avais essayé *Le Barbier* et *La Flûte enchantée* ; ça ne chauffait pas autant. Le pouvoir de Verdi, c'est la chair, la terre, la détresse totale dans le rythme endiablé, l'énergie de ce désespoir qui domine la mort tant qu'il peut l'exprimer. » Il m'en parlait pendant des heures, au large du Cap-Ferrat, par-dessus le bruit de son hors-bord, et l'enthousiasme, la clarté apparente de ses théories musicales me donnaient l'impression de comprendre un langage que je ne parlais pas. Aussi, quand, dans ma période « Pays-Bas » où, sans nouvelles de Dominique ni de lui, je m'oubliais à Esclimont dans les pièces d'Aristophane et les filles d'un soir, je reçus l'invitation au festival de Vérone ainsi libellée : « Viens : j'ai la distribution et

169

l'orchestre que je veux, je ne ferai jamais mieux », j'avais sauté dans le premier avion. Lorsqu'il m'a vu, dans les loges, après une année de séparation, j'ai senti que je lui avais manqué plus que son silence ne le laissait entendre. Il m'a ouvert les bras, ému, a murmuré : « Mon fils. » En me serrant contre lui, pudique, il s'est repris : « Je veux dire : ma moustache. Tu as gardé ma moustache. » Je n'ai pas répondu. Je ne voyais pas en quoi le fait que sa fille m'ait quitté nécessitait que je me rase.

Qu'y a-t-il derrière ce visage adoptif, ce faux air de famille, cette allure empruntée ? Que trouverais-je sous la moustache ? Une ressemblance avec mon père biologique, une douceur inattendue, le pli amer d'une bouche aux lèvres trop minces ? Ou les traits neutres et fermés de mes photos d'enfance.

Je repose le rasoir, j'enfile un peignoir et je vais écouter les messages sur mon répondeur. Je ne l'ai pas vidangé depuis une semaine. Les nouvelles périmées, les urgences caduques et les projets en souffrance se succèdent, résumé d'une vie qui ne m'intéresse plus. Ces voix qui enchaînent les jours, contraction du temps, écho de mon silence, se répètent, se répondent, reviennent, s'impatientent ou se découragent ; assis dans le voltaire dont je me suis déshabitué, j'accompagne d'une oreille distraite l'évolution d'événements, de problèmes qui ont fini par se résoudre sans moi.

Étienne Romagnan s'inquiète de savoir si j'ai bien reçu son faire-part. Trois messages plus loin, son fils exige ma présence au mariage. Mon agent, plutôt froid, me remercie de le rappeler. Un type de la maquette me signale

170

que j'ai trois lignes en trop dans mon papier sur Modiano et me demande où il doit les couper. *Livres Hebdo* organise un débat sur la mort du roman. Une attachée de presse m'apprend que le château-pape-clément m'a décerné pour cette année le titre de Pape des Lettres, et qu'on me remettra la crosse, la tiare et des jéroboams au cours d'un déjeuner au Plaza le mois prochain. Le maquettiste m'annonce fièrement qu'il a gagné quatre lignes. Hélie Paumard est sorti de sa cure de désintoxication et m'invite à arroser l'événement au Bellman, mardi à treize heures. L'attachée de presse se confond en excuses : l'autre jour, elle a pris mon numéro pour celui de Bernard Pivot. En fait, c'est lui qui a été élu Pape ; je fais partie des cardinaux que le jury a voulu honorer aussi et qui recevront des magnums, mais ça sera très sympathique et tout le monde sera là, on fera la fête, elle compte sur moi. La secrétaire de mon agent me prie de le contacter avant treize heures. Hélie m'informe qu'il est midi quarante et qu'on se retrouve dans vingt minutes au Bellman, sauf contrordre. L'administrateur de l'Orchestre de Paris, avec tous ses regrets, m'avise que je n'ai toujours pas libéré le casier de Dominique.

J'efface les messages et je rappelle mon agent. Avec une raideur ménageant ses effets, il m'indique que le film sur lequel j'ai travaillé à Londres est arrêté : la comédienne, suite à ma réécriture, a fait constater par huissier la dépression nerveuse du metteur en scène pour que les assurances remboursent son dédit, et elle entame les finitions d'un scénario qu'elle va réaliser elle-même, projet sur lequel elle souhaite m'engager comme consultant.

– Tapez-vous-la si ça vous chante, mais ça sera sans moi ! s'égosille mon agent. Je vous avais dit de respecter le script qui était fragile, c'est vrai, mais sublime : l'auteur est en face de moi. Il dit que votre travail est scandaleux, je ne l'ai pas lu, et qu'il vous cassera la gueule si jamais il vous croise, moi de toute façon j'en ai marre du double jeu que vous menez avec ces producteurs qui vous demandent de saboter leurs films pour empocher des assurances, j'en ai marre de vous voir détruire ce qu'on met tant d'années et d'énergie à tenter de construire ensemble, je vous rends votre liberté !

Amusante manière de renoncer à prélever sa commission sur les affaires que je lui apporte. Je le remercie. Il raccroche. Encore une de mes amarres qui se détache. Tout m'incite à me croire libre. Et je me dis qu'il est trop tôt. Ou trop tard. Demain, Karine Denesle attendra seule au Harry's bar. Elle détaillera tous les hommes alentour, à la recherche du visage qu'elle me prête. Elle pensera qu'elle m'a manqué. Ou que je n'ai pas su la reconnaître. Elle reprendra le fil de ses lettres, peut-être, ou laissera s'estomper la déception dans le silence. Entre mon amour clos de l'avenue Junot et mon désir inabouti de la rue Lepic, je gagnerai sans doute une certaine stabilité ; je flotterai encore un peu entre deux vies avant de sombrer. C'est ce que je voulais, finalement. Donner des regrets à une inconnue. Laisser un mystère qui se dissipera moins vite que l'impression que j'aurais pu lui faire.

Treize heures cinq. Je prends les clés de l'Armstrong-Siddeley sur le radiateur de l'entrée, près de la pile du courrier que je n'ouvre plus. Je vérifie que mon chat a de quoi manger, et que le placard au fond duquel il me fait la gueule ne s'est pas refermé. Au moment où je vais sortir, la voix de Dominique déclare que nous ne sommes pas là. Après le signal sonore, sur un ton beaucoup plus doux, mon agent explique au répondeur qu'en présence de son client il était obligé de me tenir ce discours, déontologiquement, mais que bien entendu il n'en pense pas un traître mot et qu'on se rappelle cet après-midi pour la consultation en question ; d'ailleurs c'est sans doute lui qui va représenter désormais la comédienne qui m'adore, c'est excellent pour moi, cette fois-ci j'ai vraiment la carte, il m'embrasse et on se voit dès que possible.

Quand j'arrive au relais Bellman, ce restaurant confidentiel de l'hôtel Claridge où voisinent les familles royales en exil, les hommes d'affaires et les clientes de chez Dior, Hélie Paumard n'est pas seul. Il jaillit de son siège, encore net et pimpant, scotch en main, pour me désigner son vis-à-vis qui me serre la main dans une timidité fébrile, tout en renversant la soucoupe de cacahuètes avec la ceinture de son blouson.

– Tu connais Guillaume Peyrolles. Comment, « non » ? Tu l'as lu, au moins !

Allons bon, un traquenard. Périodiquement, Hélie me soumet des voisins, romanciers prometteurs ou personnages hauts en couleur munis de quarante cahiers de mémoires, qui lui ont gardé sa femme un week-end ou prêté leur parking.

– J'ai beaucoup d'admiration pour vous, dit le jeune homme.

Ça commence mal. On s'assied, Hélie me commande une coupe. Son nez de cure, lisse et pâle, a retrouvé la rougeur violacée des conditions normales.

– Donc, tu rebois.

– Pas exactement.

Il plisse un œil, remonte les manches de son blazer et se penche en avant avec un air malin, vérifiant d'un regard en biais que son secret est à l'abri des oreilles indiscrètes :

– J'ai décidé de pratiquer l'alternance.

– C'est-à-dire ?

– De boire un jour sur deux.

Il s'interrompt pour suivre les gestes de la serveuse qui dépose devant moi une coupe de champagne embuée, lui fait signe de renouveler son scotch et reprend dès qu'elle s'est éclipsée :

– Tu connais la technique des Alcooliques anonymes : chaque matin se dire « Aujourd'hui je ne bois pas, demain on verra ». Eh bien je l'ai un peu améliorée. Demain j'arrête, après-demain je reprends, demain j'arrête, et ainsi de suite.

– Et tu es sûr que c'est bon pour la santé ?

– En tout cas, c'est excellent pour le moral. La santé, je m'en fous. À la tienne.

On trinque.

– Donc, tu n'as pas lu. Guillaume Peyrolles, *Le Quincaillier*, chez Gallimard.

L'intéressé, sur le gril, sourit avec un geste brouillon pour exprimer que c'est sans importance, qu'on peut parler d'autre chose.

174

– Tu sais bien, l'histoire de ce quincaillier d'Aix-les-Bains, racontée par le gendarme qui enquête sur son décès, et qui s'identifie à lui peu à peu jusqu'à lui reprendre sa femme, son fils et sa maîtresse.

J'émets un son vague ne m'engageant à rien. Hélie se tourne vers l'heureux auteur :

– Qu'est-ce que je disais ! triomphe-t-il. Puis, revenant vers moi : Il te l'avait envoyé en service de presse, mais il doit être en bas de la pile et tu en as cinquante dessus, je me trompe ? J'ai prévu le coup, je lui ai dit de t'en apporter un autre.

Sans même attendre le dessert, le jeune homme me tend l'ouvrage qu'il tenait caché sous la table. Je remercie de la tête, le donne à la fille du vestiaire pour qu'elle le glisse dans mon imper.

– Il est passé sur le câble, souligne Hélie comme un gage de qualité. Une émission-souvenir sur le service militaire, parce qu'il a fait le sien dans la gendarmerie, en Savoie justement, comme son narrateur. Il parlait très bien de l'armée, alors j'ai acheté son bouquin, je lui ai envoyé un mot chez son éditeur, et je l'ai branché sur l'atelier d'écriture d'un récurrent pour TF1. Il planche sur la bible. Tu verras, son livre a été mal lancé, mais il a un vrai talent. Et pourtant il ne boit pas.

Hélie lève son verre à la gloire future du garçon qui croise les doigts, superstitieux. Ça me fait drôle de le voir à nouveau dans ses emplois de découvreur. Une impression assez désagréable de flash-back – de remake, plutôt, avec quelqu'un de plus jeune jouant mon rôle à mon âge. Seul le contexte est différent : à l'époque, Hélie

175

m'avait fait déposer à Antenne 2 un projet d'adaptation des pièces d'Aristophane, qui aurait sans doute vu le jour si je l'avais réussi. L'objectif des chaînes de télé n'était pas encore de s'imiter mutuellement pour gonfler l'audimat dans des cases de « prime time ».

— J'ai beaucoup aimé votre papier sur Paul Bowles, me dit l'ancien gendarme, soucieux de faire rouler la conversation sur quelqu'un d'autre.

Un peu froidement, je lui réplique qu'il ferait mieux de lire directement ses œuvres.

— Je suis en train. Vous m'avez donné envie : je l'ai tout acheté en poche.

— Eh ben voilà, se réjouit Hélie, vous êtes faits pour vous entendre. Allez, on commande.

Jusqu'à la fin des hors-d'œuvre, le déjeuner est un supplice. J'étais déjà assez mal dans ma peau de Lahnberg sans qu'on m'inflige l'admiration béate d'un Savoyard qui débarque à Paris en me répétant quelle chance j'ai de vivre au milieu des écrivains qu'il vénère. Ses goûts sont à pleurer. La liste des meilleures ventes du *Point*, et il les aime dans l'ordre. Il a dû réviser avant de venir. Gentil, en plus, sincère et plein d'élan et bien élevé, mettant ses couverts comme il faut et brandissant son briquet Bic pour allumer la cigarette de la voisine. Je l'imagine à ma place dans l'ascenseur de TF1, le jour où Hélie, furieux qu'on ait refusé la « bible » de son poulain parce qu'un « récurrent » d'un genre différent aura fait de l'audience la veille, ira venger au cri de « Montjoie saint Denis ! » l'honneur des esclaves scénaristes en attaquant avec sa canne-épée le département Fiction du dixième étage.

— Vous ne pouvez pas savoir comme je suis heureux, monsieur Lahnberg. Être publié chez Gallimard, du premier coup, une maison si prestigieuse, sous la même couverture que tous ces noms illustres... Avoir la chance de manger avec vous, aujourd'hui, comme ça, moi qui ne manque jamais un de vos articles...

Et il me découpe, aussi ? Il me glisse en marque-page dans les bouquins dont je parle ? Je ne supporte pas cet enthousiasme dans les regards qu'il me jette. Je ne supporte pas de le faire rêver. D'être obligé de jouer le jeu de ses illusions, par amitié pour Hélie et parce qu'on ne rend jamais service à un novice en lui démontrant qu'il est heureux pour de mauvaises raisons. L'expérience des gens comme moi ne leur sert qu'à rigoler d'une naïveté comme la sienne, en profiter ou en souffrir – je suis sans doute l'un des rares spécimens de la troisième catégorie qu'il lui sera donné de rencontrer à Paris. Commencer par moi n'est vraiment pas la meilleure façon de s'armer ; Hélie aurait dû le savoir. À moins que mon ami ait autre chose en tête que l'avenir de son protégé. Il me fixe avec une attention étrange. Il cherche à faire passer un message. Tout le temps de l'avocat aux crevettes, je cherche à décrypter sa conduite. Des larmes lui viennent au deuxième verre de château-margaux.

— Je peux te demander quelque chose de personnel, Frédéric ?

Je souscris d'avance, avec autant d'émotion que de curiosité.

– Ça t'ennuierait de m'appeler « Lili » ? C'est tellement dur de te voir tout seul...

J'en reste sans voix. Comme mon chat. Il se comporte
exactement comme mon chat. Je ne suis plus que le
souvenir de Dominique, pour lui. Le mauvais survivant.
Alors, au moins, que je reprenne l'usage du diminutif
qu'elle lui donnait ! J'accède à son vœu d'un hochement
de tête qui me fait monter la colère aux joues. Par mesure
de rétorsion, je tourne ma chaise à demi et ne m'intéresse
plus qu'à l'amateur de quincaillier savoyard. Je lui
demande ses projets, ses ambitions, ses moyens d'existence, l'origine de sa vocation, le métier de ses parents,
l'état de sa vie amoureuse, ses horaires d'écriture... Désarçonné par mon revirement, soudain privé de la froideur
dont il avait pris son parti, il bredouille, il rougit, se
détend peu à peu, adopte un débit de croisière. Il se
raconte, il s'explique, il se cherche à coups d'adjectifs,
de sentiments, d'anecdotes. Et moi j'écoute. Et je me
documente. Ah, il croyait, au contact d'un de ces critiques censés faire la pluie et le beau temps, qu'il allait
apprendre la météo ? Le secret des prévisions, le déplacement des masses d'air ? Qu'il allait découvrir, par
imprégnation, la recette du succès, l'alchimie de la
rumeur, le mystère des protections occultes, les signes
qu'il faut glisser entre les lignes et les formules magiques
qu'on doit prononcer sur les plateaux de télé pour transformer le zappeur en lecteur, il croyait qu'il allait me
percer à jour, utiliser mes connaissances, mon vécu ?

Eh bien non. Voilà que j'inverse les rôles, sans vergogne, voilà que je retourne la situation à son insu comme

le piéton qui, passant devant un chanteur des rues sans lui donner un centime, continue son chemin en poursuivant à mi-voix la chanson qu'il lui a prise. J'écoute, j'emprunte, je vole, je rafraîchis ma mémoire en lui pillant ses espoirs, ses blessures, sa foi en son destin et ses incertitudes ; je le dépouille, je me sers dans son histoire comme le ferait un romancier, mais dans mon cas c'est en vue d'une incarnation et non d'une mise en pages – si je m'inspire de lui c'est pour interpréter son personnage ; je cannibalise cet inconnu pour refabriquer Richard Glen. Il a vingt ans, et alors ? Si son roman est un échec, si aucun éditeur ne veut publier le second et qu'il ne renonce jamais, qu'il refuse de faire autre chose, de rentrer dans le rang, de se résoudre à un métier normal, qu'il s'interdise de trahir sa vocation dans la sécurité, la demi-mesure et le salaire fixe, d'admettre que son talent n'aura servi qu'une fois, que sa flamme était une allumette, alors à quarante ans il sera le même qu'aujourd'hui, le même que moi. Bon Dieu, je tiens Richard Glen ! Bien sûr que c'est un jeune homme ! Mais un jeune homme fossilisé, un bouquet de fleurs séchées. Même couleur, même volume, même décor – mais mort et présentant bien. Toutes mes désillusions, mes renoncements, mes concessions auront eu le même effet que son intransigeance, son entêtement et sa pureté réchauffée. À vingt ans d'écart, nous sommes les mêmes, Guillaume dont j'ai oublié le nom, exactement les mêmes ! Merci, gamin, merci, tu ne sauras jamais à quel point je te remercie.

— J'ai dit quelque chose de drôle ? s'inquiète le futur ancien jeune homme.

Je le rassure :

— Non, c'est un bout de crevette.

Et je me tourne à moitié pour cacher derrière ma serviette en boule mon allégresse et mon cure-dents.

Je regarde s'éloigner sur le trottoir Lili titubant au bras de son nouveau protégé. Guillaume va le raccompagner jusqu'à Sèvres comme je l'ai fait tant de fois, au son du programme politique qu'il développera de feu rouge en feu rouge : remplacement de l'impôt sur le revenu par la loterie nationale obligatoire, fermeture du tunnel sous la Manche, instauration de la social-monarchie en tant que rempart contre le fascisme et rétablissement des valeurs féodales pour lutter contre le chômage et l'exclusion, avec un arrêt-pipi à la porte de Saint-Cloud où il achètera un pack de bière pour se finir avant la nuit.

La vision fugitive de Dominique et moi le soutenant jusqu'à sa chambre, dans les couloirs du Négresco, s'imprime sur leurs silhouettes qui remontent la rue François-Ier. Depuis vingt-trois ans que je le vois se détruire, Lili est resté le même. Combien de temps va-t-il escorter Guillaume dans son début de carrière ? J'ai guetté la réaction du jeune homme, à la fin du repas ; j'avais prévu sa politesse crispée, sa gêne quand notre ami a commencé à débloquer entre l'alcool de poire et le fromage. J'ai reconnu ses efforts méritoires pour dévier le monologue qui s'enlisait dans le complot ourdi selon Lili par les Anglais contre la France depuis Philippe le Bel ; j'ai retrouvé dans sa manière de donner le change auprès du maître d'hôtel mes faux-fuyants, mon impuissance à endiguer le flot imprécatoire, à lutter contre six siècles d'invasion militaire, linguistique, alimentaire et politiquement correcte, à faire baisser la voix délirante unissant dans une même stratégie Azincourt et Fachoda, l'incendie de notre flotte dans la rade de Toulon et l'attitude infâme des suppôts d'Albion lors du dernier France-Angleterre, l'exécution de Jeanne d'Arc à Rouen et l'accident de lady Diana au pont de l'Alma, l'abandon de Concorde au profit des intérêts américains et la contamination de nos boucheries par leurs vaches folles. J'ai apprécié qu'il fît semblant de ne rien voir, quand je glissai ma carte bleue sous l'addition que Lili empocha pour ses « frais réels ». J'ai moins aimé la lueur d'impatience, assez proche du mépris, qu'il partagea avec le barman lorsque mon pauvre copain demanda en catimini trois notes bidon pour le mois dernier, dictant la date et le montant qu'il avait inscrits sur un morceau de papier. Que crois-tu, Guillaume ? Qu'il fraude, qu'il triche, qu'il diminue son imposition par mesquinerie ? Mais non. Il se défend, simplement, avec les armes qui lui restent. Dans la semi-retraite obligée où l'ont conduit son alcoolisme, ses options royalistes, ses foucades et les jalousies provoquées par ses succès télévisés d'autrefois, le percepteur de Sèvres est devenu son seul ennemi. Son dernier Anglais.

Le temps d'ouvrir la portière de sa petite Fiat Panda, le romancier en herbe appuie l'écrivain fauché contre le panneau de stationnement interdit. Il faudra que je te parle de lui, un jour, Guillaume, pour que tu saches l'accompagner à sa juste valeur, feindre de te laisser guider comme il le mérite. Ce n'est pas un vieux passéiste, un réac de comptoir, une épave. Il est comme nous. Tu verras. Un jeune homme conservé dans une armure qui rouille. C'est pour ça qu'il nous a reconnus, qu'il nous enrôle et qu'on a besoin de le soutenir.

Imagine-le à vingt ans, quittant son Pas-de-Calais pour échapper à sa famille ruinée cramponnée à des reliques : un blason rescellé sur la cheminée préfabriquée d'un pavillon HLM, les couleurs du comté d'Artois hissées chaque matin dans ce lotissement de la banlieue d'Arras, à dix kilomètres de la décharge publique entourant les ruines de son château rasé par les Anglais en 1352... Imagine-le débarquant à Paris avec pour tout bagage les mille pages manuscrites d'une saga médiévale. Imagine-le se cassant le nez chez tous les éditeurs, et continuant d'écrire en dehors de ses heures de permanence, devenu gardien d'immeuble et fier de l'être, se reconstruisant un fief dans cette copropriété de trois cents âmes, veillant sur la tranquillité, la sécurité, l'intégrité des résidants qu'il considérait comme ses vassaux, volant à leur secours dès qu'une panne d'ascenseur, une inondation, la défection d'une antenne ou un tapage nocturne requéraient son devoir de suzerain, les défendant contre les importuns, les quémandeurs, les voleurs, les huissiers, régnant sur les parties communes et sortant les poubelles à l'heure où naguère il baissait les couleurs. Imagine-le humilié par tous les râleurs d'entresol, les courbés qui se redres-

182

sent pour se venger sur de plus humbles. Imagine-le gardant son orgueil comme un secret précieux, un talisman clandestin, quand on lui faisait déboucher le vide-ordures. Imagine-le sortant de ses gonds le jour où un comte à six cents mètres carrés, tout gonflé de ses millièmes, entra dans sa loge pour l'envoyer porter un pli urgent à la poste, écartant une vieille locataire malade :

– Vous permettez, il faut d'abord que je purge les radiateurs de Madame.

– Non mais je rêve ! Jamais un concierge ne s'est permis de me parler de la sorte !

Alors Lili s'était retourné, campé sur ses petites jambes, et lui avait sorti d'une traite en pointant sa clé anglaise :

– Je suis peut-être concierge, mais mes ancêtres à moi, ils ont été guillotinés sous la Révolution ! Tout le monde n'a pas la chance de descendre de Napoléon par la main gauche ! Je m'appelle Hélie Paumard de Saint-Enguebert, chevalier des Arches, baron de Souars-Valencourt ; ici je n'ai gardé que Paumard, pour rester à ma place, mais je remonte à la première croisade, ma naissance m'autorise à entrer à cheval dans les églises, alors ce n'est pas un anobli de la sous-branche taillée par un demi-roturier corse qui m'empêchera d'aller purger les radiateurs de Mme Chevillat !

La petite Fiat rouge déboîte et s'éloigne vers l'avenue George-V, emportant mon seul ami et le jeune espoir qui me remplace. Je traverse la rue, entre dans un magasin pour acheter du gel coiffant, des ciseaux, une bombe de mousse et un sachet de rasoirs.

Extérieurement, ça va encore. Je ne sais trop si j'évoque le marin solitaire buriné dans le Grand Nord, le pilier des nuits parisiennes ou l'angoissé de la page blanche. Dans le doute, je ferai illusion. Mes poches sous les yeux et mes rides précoces, finalement, vont assez bien avec ces lèvres nues, ce sourire mince, cette blancheur incurvée sous mon nez. Comme j'ai la chance d'être pâle, un peu de fond de teint suffira à cacher, les premiers jours, la différence de ton ; ensuite je serai « raccord ».

Non, c'est l'intérieur qui m'inquiète. Ce que mes yeux renvoient de ma vie réelle, ce démenti qu'ils infligent au caractère que je me suis fixé. Il me faudrait des lunettes noires pour me sentir neuf.

Les diverses expressions que je m'essaie, de l'étonnement au désarroi, de l'optimisme à la sérénité, de la distraction rêveuse à l'écoute attentive, depuis que j'apprends à piloter dans la glace le reflet de Richard Glen, me laissent un goût de déjà-vu. Je tente de me convaincre que c'est mon regard qui fausse l'image, voilà tout, qui détruit la spontanéité des attitudes, l'émanation

184

de fraîcheur sur ce visage privé de son axe pileux, flottant pour ainsi dire. Mais pourquoi refuser les contradictions ? Moi seul saurai qu'il me *manque* quelque chose. Et cette anxiété clandestine ne se retournera pas forcément contre moi. Peut-être qu'elle me donnera un style.

Je ne fais pas plus jeune : je parais vieilli avant l'âge, ce qui revient au même. Ma bouche démasquée est libre de sourire sans que les poils ne me piquent le nez, et du coup je me détends. Je revois mes dents. Elles sont assez belles, en fin de compte, régulières, pas trop jaunes, et j'ai oublié lesquelles sont fausses. Des dents à mordre la vie. Mordons ; l'appétit viendra peut-être. En lissant en arrière mes cheveux qui retombaient en vagues molles sur le front et en les fixant au gel, j'ai déjà l'impression d'une victoire sur le flou. Le laisser-aller n'est plus ma liberté. Et tant pis si des épis raidis se redressent sur mon crâne et que je ressemble à Fantasio – pas celui de Musset ; celui de Spirou. Tant mieux, plutôt. J'ai très envie de devenir sympathique.

Au retour du Bellman, je suis passé au Moulin remplir une valise. Elle est posée devant le rocking-chair : je ne l'ouvrirai pas. Mes affaires de Lahnberg n'ont pas leur place ici ; j'achèterai du neuf, des vêtements conformes à ma nouvelle personnalité, lorsque je la connaîtrai mieux. Je ne sais pas quand je retraverserai la rue. Le gaz est fermé, le frigo vidé, la batterie de l'Armstrong-Siddeley débranchée, le régisseur gardera le courrier et mon répondeur assure la permanence ; je l'interrogerai à distance. Toulouse-Lautrec, le top model de mon palier, est d'accord pour s'occuper de mon chat. Je lui ai montré la réserve de boîtes et de croquettes, les divers médicaments en cas de problème, l'adresse du vétérinaire. Elle m'a demandé si je partais loin. J'ai répondu que je partais, simplement. Pour partir. Elle a dit qu'elle comprenait. Elle m'a cité un proverbe de son Mali natal : « Le chemin le plus court pour aller d'un point à un autre n'est pas la ligne droite : c'est le rêve. » Si je la rencontre dans le quartier avant d'avoir achevé ma métamorphose, elle ne sera pas déçue.

Ma métamorphose... Au moment de lever la bonde du lavabo, un grand vide s'est ouvert en moi. J'ai recueilli avec une passoire les plus longs poils, coupés aux ciseaux, et je les ai placés dans un sachet en plastique. On ne sait jamais. C'est encore mieux de partir quand on se dit qu'on pourra, le cas échéant, revenir.

J'attends que la nuit tombe, aux alentours de cinq heures. Une écharpe enroulée jusque sous les yeux, passant inaperçu grâce à une chute brutale de la température, je descends à pied jusqu'à une impasse du IXe. Je me rappelais le nom de ce perruquier de cinéma, entendu sur un tournage. J'ai trouvé son adresse dans l'annuaire d'un café.

Au dernier étage d'un immeuble en fond de cour, je patiente quelques minutes parmi des jeunes filles composant des coiffures afro sur des têtes en polystyrène. Puis le maître des lieux me reçoit dans son bureau, esthète léonin décolleté jusqu'au nombril. Je dis que je viens de la part d'un producteur décédé récemment et je demande, en lui tendant le sachet de poils :

— Vous pouvez me la reconstituer ?

186

— Quoi donc ?

— Cette moustache.

Regard dubitatif.

— Elle était comment ?

Je sors ma carte d'identité. Je cache mon nom en la montrant.

— OK. Vous me faites une photocopie ?

Il désigne l'engin derrière moi, tout en décrochant son téléphone qui bourdonne. Ma commande ne paraît plus lui poser de problèmes, dès lors qu'il dispose des éléments techniques pour la réaliser. On doit être habitué aux gens bizarres, dans le monde du postiche. Je soulève le capot de la photocopieuse, replie ma carte d'identité dans le sens de la hauteur pour ne présenter que mon visage contre la vitre, appuie sur le bouton. Trois feuilles blanches ornées de ma tête noircie tombent dans le bac.

— Ça ira ? demandé-je au perruquier lorsqu'il raccroche.

— Impeccable.

Pour être sûr que nous nous soyons compris, je récapitule :

— Vous me faites donc une fausse moustache avec mes vrais poils.

— Autofixante ou montée sur résille encollable ?

J'hésite :

— Qu'est-ce qui est le mieux ?

— Ça dépend du temps que vous la porterez. C'est pour la scène ou pour la ville ?

— Pour la ville, je pense.

Il me conseille la seconde solution.

187

– Vous pourrez toujours changer d'avis, le support est modifiable, me rassure-t-il tandis que je retraverse l'atelier.

Il a dit que le postiche serait prêt vendredi en fin de matinée. Frédéric Lahnberg a trois jours de néant devant lui. C'est l'occasion de savoir si je peux vraiment me passer de sa vie.

En remontant vers Montmartre, j'entre chez un opticien pour remplacer mes lunettes en écaille. Sur le panneau de sa vitrine, il s'engage à fabriquer les verres en moins d'une heure. J'hésite entre une monture en fer ronde, branches rayées, très étudiante, une rectangulaire en titane qui me donne l'air vétilleux et une demi-lune qui ne ressemble à rien. Les lunettes de quelqu'un qui s'en fiche. Plutôt lourdes. Redonnant à l'extrême bout de mon nez le poids qui manque au-dessus de mes lèvres. Agréables à sucer, l'œil au loin, la bouche mobile, ruminant l'écho d'un paragraphe rebelle. Pas du tout assorties à ma veste en cachemire gris moucheté et mon éternel polo noir. Je les prends.

Dans une solderie américaine, j'essaie des blousons, du plus excentrique au plus papy. Je reconnais tellement peu ma silhouette dans ces cuirs mal taillés que je suis incapable de choisir : tout me plaît. Finalement j'achète le moins cher. Mon caractère indécis, qui me conduisait à m'habiller toujours pareil afin de gagner du temps, est un handicap moins gênant, maintenant que je suis pauvre. Je règle tout en espèces. J'ai retiré deux mille francs au distributeur, tout à l'heure, et je ne dépasserai pas mon budget. C'est assez pratique d'avoir un budget. Ça limite le champ des possibles, ça rend vain le boniment des vendeurs. Quand j'étais petit, je volais ce que j'aimais. Quand je suis devenu honnête, à la puberté, les choses ont cessé de me faire envie. Et lorsque l'argent, à dix-huit ans, m'est tombé dessus grâce à mon oncle, je l'ai dilapidé sans compter. Mon salaire et mes consultations de cinéma n'ont jamais servi qu'à nous offrir des cadeaux, alimenter notre cave, mon garagiste et le Trésor public, sans égard pour les découverts ni les placements. Là, j'apprends des plaisirs simples. Gratter cent francs de rabais grâce à une éraflure. Repartir avec une écharpe en polyamide gratuite. Dénicher la dernière paire d'Adidas en solde au fond de la réserve, étiquetée par erreur dans une pointure trop petite et se révélant, grâce à mon insistance, parfaitement adaptée à mon pied.

Avec une légèreté joyeuse, je remonte vers la rue Lepic à visage découvert. Place Blanche, j'entre dans un fast-food et, comme si je faisais ça tous les soirs, je répète d'un air machinal la commande du type avant moi :

– Un Big Nugg', une fraîcheur, un Pschitt large.

Et, fier comme un apprenti-sorcier qui a réussi sa première formule magique, je repars avec un plateau garni d'un pain au poulet frit, d'une salade en barquette et d'un gobelet à couvercle.

Lorsque je pousse la porte du 98 *bis*, je suis dans un tel état d'euphorie que, saluant la concierge et l'entendant me demander qui je cherche, je réponds dans un

189

éclat de rire : « Mais c'est moi, monsieur Glen », prenant le fait qu'elle ne m'ait pas reconnu comme une victoire, alors que c'est auprès des relations de Frédéric Lahnberg qu'il faudrait tester la réalité de ma transformation. Cette méprise me fait marrer sous cape jusqu'au deuxième étage.

— Faudra me dire ce que vous décidez pour le plombier, me lance d'en bas la concierge penchée par-dessus la rampe. Y a vot' voisin de palier qui fuit aussi, mais moins. Il aimerait grouper avec vous pour que ça lui compte pas un déplacement.

— Ouais, bon, dis-je avec ma nouvelle voix.

— Ben oui, insiste-t-elle.

— Faut voir.

Et je referme ma porte sur cet échange enrichissant. Je reste un instant dans la pénombre, éclairé par le lampadaire de la rue. J'accroche mon blouson à la patère que j'ai fixée hier. Je me sens chez moi d'une autre manière, plus ancrée, plus profonde. Mais c'est peut-être simplement dû aux fenêtres éteintes, en face, sur lesquelles mon regard évite de se poser.

Je retourne dans la salle de bains, me livrer au verdict du miroir. Pour la première fois, l'impression dominante n'est pas celle d'un manque. Mon visage s'est fait à l'absence de moustache, et ma nouvelle tenue dégage une sorte de cohérence. À la fois moins à l'aise et plus sûr de moi, on sent bien que j'ai des choses à dire et que personne ne s'y intéresse et que j'en ai pris le pli. J'aurais tellement besoin d'une présence qui me comprenne. De quelqu'un pour qui me battre. Je vis sans. Je fais avec.

Et tout cela se traduit en silence, pour ne pas déranger les gens ni gâcher les quelques illusions qui me restent quant à l'avenir auquel je me croyais destiné.

Le sourire apitoyé, je me considère avec, mon Dieu, un commencement d'estime dont il ne faudra pas que j'abuse. Sur mon visage encore trop bien nourri, la satisfaction provoque un double menton hors sujet. D'autant plus qu'une expression nouvelle m'est venue ; une fatigue modeste, sans arrière-plan, une gêne de tous les jours, un sentiment d'inconfort résigné. Peut-être tout simplement ce pantalon en velours trop rêche et cette chemise de motard qui gratte. Et ce slip au maintien si présent dont j'avais oublié la sensation en vingt ans de caleçons.

Je quitte ce reflet en rodage : j'ai une critique à finir pour être tranquille demain. En me réveillant, j'irai la faxer d'un bureau de poste. Et puis j'aurai jusqu'au soir dix-huit heures pour me préparer à mon rendez-vous.

Alors que j'attaque ma conclusion sur le énième tome du *Journal* de Julien Green – sujet idéal à traiter en roue libre : je sers toujours le même papier – je me rends compte que le tracé de mon stylo est celui que j'ai adopté pour mes lettres à Karine.

Mes trois feuillets achevés, je les recopie avec ces pattes de mouche irrégulières que les secrétaires de rédaction redoutent, cette écriture *d'avant* qui me paraît à présent déguisée. J'ai hésité un bref instant à taper l'article sur la Brother. Mais cette machine qui a renfermé pendant plus de six mois la lettre d'au revoir de Dominique est réservée au roman que je prétends écrire. Tant qu'elle demeure éteinte, l'illusion persiste.

191

J'ai faim. Envie de chaleur ambiante, de conversations autour de moi ; envie de m'inventer des habitudes. Je monte vers la place du Tertre, parmi les Japonais frigorifiés par le vent qui siffle dans les ruelles à touristes. Un peintre court après son dessin qui s'envole. Des amoureux serrés l'un contre l'autre avancent, poussés par la bourrasque, entrent à la Crêpe-Montmartre, un genre de cabaret morne aux fumées réchauffantes. J'y pénètre à leur suite, me déniche un coin de banc sous un retour de poutre. Les murs d'origine grenat sont recouverts de graffitis internationaux, de cœurs gravés, d'initiales. Des affiches noires de crasse décorent le plafond. Un piano mécanique joue du Joe Dassin, en face de moi ; les touches s'abaissent toutes seules devant le tabouret vide, dans l'indifférence générale.

J'oublie de commander, on ne remarque pas ma présence. Entouré de crêpes qui circulent, de bolées de cidre et d'étrangers qui se succèdent, je reste une partie de la nuit devant l'assiette à demi terminée de mon prédécesseur, dînant d'odeurs voisines, de confidences à mi-voix, d'intimités volées, baisers fougueux, disputes larvées, rires collectifs. Je passe le sel à ma gauche, le sucre à ma droite. Mon regard se déplace au gré des notes du piano mécanique. Je m'imagine assis sur le tabouret, faisant courir mes doigts pour anticiper le mouvement des touches qui s'enfoncent. Belle image du destin, du libre arbitre, de l'imposture...

Tous les quarts d'heure, le piano se tait cinq minutes. La pause syndicale, en quelque sorte. Puis il reprend *Champs-Élysées*, *Si tu n'existais pas* et *Le Petit Pain au chocolat*, dans la même indifférence, le même bruit de fond. Je suis un peu triste que personne ne l'applaudisse. Ceux qui, à l'autre bout, derrière les piliers, ne peuvent pas voir le tabouret vide, n'entendent peut-être pas qu'il joue. C'est le mauvais temps qui a rempli la salle, pas l'envie de musique. Et, d'heure en heure, apaisé, assoupi, je m'identifie à un fantôme qui interprète pour rien dans une crêperie miteuse la partition d'un autre.

J'ai commencé à fumer ce matin. Directement des ultra-light. Rue des Abbesses, en revenant du bureau de poste où j'avais faxé l'article, je suis entré dans un tabac, je me suis demandé quelle pouvait être ma marque habituelle et Philip Morris m'a bien plu. Je me suis entraîné devant la glace, j'ai toussé dix minutes avant de savoir aspirer une bouffée sans avaler de fumée. À la troisième cigarette, j'ai commencé à ne pas détester. À la cinquième, je n'y prenais déjà plus de plaisir ; à la septième, je m'étais habitué. Fumer ne serait plus qu'un réflexe. Une timidité sociale. Une dépendance d'artiste.

Poursuivant ma formation accélérée, j'ai acheté six bières différentes que j'ai goûtées devant mon poêle-cheminée. Le champagne et les grands bordeaux sont finis pour moi, de ce côté-ci de ma vie. Je n'ai pas les moyens et je n'y connais plus rien. La Tuborg se marie très bien à l'aquavit.

Assis en tailleur dans le crépitement des brindilles, je savoure les heures qui me séparent de mon rendez-vous. Le studio s'est patiné à une vitesse incroyable. J'ai l'impression que toute une vie de romancier s'est déroulée entre ces murs où les fissures déjà réapparaissent sous la peinture neuve. Les cendres ont sali la moquette, le passé des meubles rapportés s'est accordé à l'ambiance, aux rumeurs de l'immeuble. Les cloisons sont si minces que je connais presque tout le monde : une famille de Chinois au rez-de-chaussée, un couple de vieux au-dessus de ma tête, un veuf et une voyante. Mon voisin de palier est un mime. Il quitte son appartement à l'heure du déjeuner, grimé en Charlot, pour aller faire l'automate jusqu'à l'aube sur la place du Tertre. Le matin, devant sa glace, il répète. La première fois que nous nous sommes croisés, en vidant nos poubelles, il m'a demandé sur un ton d'église : « Je ne fais pas trop de silence ? »

J'ai étalé des feuilles blanches sur la table, j'ai disposé sur le sol, en plusieurs piles effondrées, mon vieux manuscrit de *La Princesse des sables* rapatrié d'Esclimont ; j'ai préparé le studio pour Karine. Moins dans l'intention de la ramener ici que dans celle de soigner ma sincérité, ma vraisemblance. Une dernière fois, je relis ses deux lettres et sa carte, pour réviser, pour aiguiser mon intuition qui devra la reconnaître au premier coup d'œil.

À cinq heures dix, je referme la porte derrière moi et je descends la rue Lepic jusqu'à la station Blanche. Il fait quasiment nuit, pas trop froid, le vent glisse sur mes mèches collées au gel. Je sifflote les airs déposés dans ma tête par le piano mécanique d'hier soir. Dans les vitres du métro, mon visage qui apparaît en transparence d'une station à l'autre affiche un sourire inadapté aux secousses, aux néons blêmes, à l'heure de pointe. J'ai rendez-vous. J'ai rendez-vous avec Richard dans les yeux de la seule personne qui le connaisse.

Finalement, je suis content d'avoir choisi le Harry's. En débarquant à Paris, j'avais tenté de fuir mes déceptions de Normale sup dans ce bar mythique où Hemingway avait cassé une chaise, où Kessel avait croqué des verres et Blondin manqué se noyer au comptoir en s'endormant à l'aube dans une soupe à l'oignon ; j'avais cru, soir après soir, que j'allais rencontrer, dans ce haut lieu symbolique de la vie littéraire vue de province, la Parisienne magique qui allait me faire oublier Dominique et partager mes rêves de gloire hellénistique loin des tâcherons pontifiants qui avaient coupé mon élan rue d'Ulm. Je n'avais rencontré personne et je n'avais connu que des cuites. Le Harry's bar est resté pour moi un décor aussi chargé d'espoir que vierge de tout souvenir marquant : je n'y ai jamais remis les pieds, et ce n'est pas un hasard si l'adresse m'est tombée sous la plume. Que serait devenue ma vie si une Karine Denesle y avait surgi à l'époque ? Aurais-je renoncé si facilement aux illusions que j'essaie de rassembler aujourd'hui en sortant de la bouche de métro ?

Je ne sais quel événement outre-Atlantique on célèbre aujourd'hui, mais une file sonore d'agents de change, de diplomates et de disneyboys en bras de chemise, cravate au vent, se balance de droite à gauche au comptoir en chantant un air *country*. Les Américains de Paris ont changé, depuis la dernière fois. Ils sont beaucoup plus jeunes, beaucoup plus chauves ; ils serrent entre leurs chevilles ces « bureaux mobiles » à imprimantes et fax intégrés qui ont remplacé les attachés-cases, affichent leur dentition parfaite et leur stress vitaminé ; des étuis de chewing-gum dépassent de leur poche pectorale pour bien montrer qu'ils ne fument pas et des téléphones portables sont agrafés à leur fesse droite. Un couplet, une tournée, on lève son verre au refrain, cul sec et on enchaîne. Je me faufile derrière eux dans l'étroit goulet qui mène à la salle aux boiseries chaudes, plantées de fanions d'universités yankees. Toutes les tables sont prises ; j'oblique à droite, descends l'escalier casse-gueule qui mène au club où je guettais l'aventure à vingt ans, sous un dais rouge à pompons, dans un canapé de velours gaufré qui évoquait un Paris d'Offenbach, de courtisanes rieuses et de champagne sabré.

La salle a été refaite en bleu glacier, cuir lisse. Elle est fermée jusqu'à vingt et une heures trente. Une dame morose y promène un aspirateur, croise mon regard et m'indique du menton que les toilettes sont derrière moi. Je remonte, me glisse entre les journaux déployés jusqu'à une table qui vient de se libérer. Je commande au passage une Tuborg. Ils n'en ont plus. Le garçon me propose autre chose que je n'entends pas, j'acquiesce des paupières et m'assieds en regardant autour de moi, pour m'assurer que je suis le premier, tout en vérifiant par la même occasion que je ne connais personne.

Et commence une attente beaucoup moins agréable que je ne l'avais prévue. La seule concentration que m'autorise le niveau sonore vise à défendre la chaise en face de moi que les tablées voisines essaient de m'enlever sournoisement toutes les deux minutes. Les Américains du comptoir ont fini leurs chansons. Avec une régularité consternante, chacun d'eux sonne à tour de rôle, se met la main aux fesses, ramène son portable à hauteur d'oreille et discute en vase clos, montant la voix pour couvrir le son des autres communications.

Le garçon m'apporte un cocktail vaseux planté d'une ombrelle, avec feuilles de menthe et paille courbée. Le bruit des shakers accompagne les secondes qui tournent sur la pendule ovale. Six heures trois : j'ai cessé d'être en avance ; elle sera bientôt en retard. À moins que les journaux ouverts ne me dissimulent sa présence. Je me lève pour refaire un tour d'horizon, éliminant les couples, les rendez-vous d'affaires et les bandes d'amis. Au coin d'un *Herald Tribune* tenu par un jeune homme, je la vois soudain. Je la reconnais. Je décide que c'est elle. Robe soyeuse dans les tons bordeaux, longs cheveux lisses et l'air sage, coudes sur la table, menton sur les pouces joints. De trois quarts, elle se tient immobile en direction de la porte-saloon.

Je me rassieds lentement et, le cœur serré, je la regarde m'attendre. J'ignore si le *Herald Tribune* me dérobait à sa vue ou si, m'ayant cherché dans la salle, ses yeux ont glissé sur moi sans qu'un indice, sans qu'un instinct ne les retiennent. Je remue la paille dans mon cocktail, un peu vexé, pas très à l'aise. Elle est jolie, les traits réguliers, presque trop. Surface calme et courants sous-marins. Entourée du reflet des globes d'opaline sur l'acajou verni, sa pâleur fait ressortir ses cheveux auburn. Elle prend un poudrier nacré dans son sac, vérifie son rimmel, remet un peu de mauve sur ses lèvres. Je détourne les yeux, par discrétion, par modestie, ému qu'elle se prépare ainsi à mon apparition, et confus d'avoir manqué mon entrée. Comment rattraper le coup, désormais, sans perdre la face ? Je ne vais quand même pas ressortir dans la rue en lui tournant le dos pour revenir au bout d'un moment avec un air anxieux, la chercher des yeux, l'identifier au premier regard et lever la main dans sa direction.

À demi tourné, je continue de l'observer dans le miroir où deux abeilles gravées, emblèmes du lieu, dansent en chapeau haut de forme et chaussures bicolores. Elle consulte sa montre. Elle fronce les sourcils, inquiète. Elle sort un carnet qu'elle ouvre à la page marquée par un signet, vérifie l'endroit, l'heure. Elle gonfle ses joues, pousse un soupir râleur qui lui enlève un peu de mystère, recommence à guetter mon arrivée. Comment me tirer de ce faux pas ? Un creux dans la poitrine m'empêche d'aller vers elle, simplement, de lui dire que je suis moi. Si encore j'étais certain que ce soit elle. Ma timidité s'arrange pour renforcer mes doutes. Je n'arrive pas à me la représenter au-dessus d'un canal à Bruges, écrivant sur du papier recyclé. Et je n'ai pas le droit de me tromper. C'est moins son éventuelle réaction à mon approche qui me paralyse que la manière dont la vraie Karine, si elle se trouve ailleurs dans ce bar, interpréterait mon erreur de personne.

Je risque à nouveau un regard périphérique. Il y a aussi cette fille qui lit *Télérama*, là-bas sous l'oriflamme *Uni-*

versity of Colorado... Lunettes rondes, cheveux tirés, poitrine plate. À la déception que me cause cette hypothèse, je mesure que mon désir de voir s'incarner l'écriture ronde du papier jaune n'est pas totalement platonique. Cette figure un peu ingrate respire l'intelligence, les déceptions sentimentales, la solitude, l'intimité avec les livres. Elle ressemble au *fond* des lettres que j'ai reçues. Est-ce si grave qu'elle n'en ait pas la forme, les courbes lisses, les tensions brusques et les sourires ? Concentrée sur ce qu'elle lit mais ne laissant pas la moindre association d'idées, la moindre réflexion s'approfondir dans une rêverie, une absence, elle est le contraire de la Karine que j'ai imaginée.

Mon regard s'arrête sur une blonde en tailleur noir, assise sous une fenêtre aveugle à côté d'un blason qui s'écaille. L'allure alanguie, elle appuie sa tête contre le panneau d'acajou et porte à sa bouche une amande. J'ai cru qu'elle faisait partie d'un groupe qui vient de s'en aller. Seule sur sa banquette devant six chaises vides, elle finit son quart Vichy en pliant son ticket de caisse avec un air lointain. Ses boucles d'oreilles un peu trop lourdes, ses cheveux un peu trop laqués et sa nonchalance bourgeoise, démentie par le soin méticuleux avec lequel elle nettoie les amandes avant de les croquer, pourraient convenir à une fille d'hôteliers belges. Mais je n'aime pas du tout les œillades assassines, méprisantes, qu'elle décoche à la fille en jean et pull marin dont la bande d'amis la séparait, et qui bouge la tête au rythme de la musique diffusée par son baladeur. On n'entend rien, pourtant. C'est la *vision* de la musique qui dérange la blonde. Mon

Dieu, faites que ce ne soit pas elle. Quant à la fille aux écouteurs, regard bleu ciel dans le vide, châtain frisé, genre boute-en-train sans maquillage qui tartine de moutarde un hot dog en mimant la scansion du rap avec sa bouche à pipes, merci.

La porte-saloon grince en livrant le passage à un gros type satisfait, manteau en poil de chameau sur les épaules et cigare émergeant de la pochette. Tournée vers l'entrée, ma première Karine, la soyeuse aux cheveux lisses, s'est composé une attitude à la fois engageante et dégagée qui s'effondre à la vue du nouvel arrivant. Je devine sur son beau visage grave l'incrédulité, le mélange d'horreur et de bonne éducation qui s'affrontent à l'idée que ce soit moi, tandis que le gros homme s'avance dans sa direction avec un sourire de gourmet. Soulagement lorsqu'il poursuit son chemin jusqu'à la banquette de la blonde. Karine finit son thé, j'aspire le fond de mon cocktail. C'est décidé, je vais m'avancer vers elle, tirant profit de cette fausse alerte qui m'avantage. Comme l'a dit Talleyrand : « Quand je me contemple je m'inquiète, quand je me compare je me rassure. » Je prends appui sur la table pour me lever, lorsque le poil-de-chameau écrase mon pied en passant. La douleur me fait retomber sur ma chaise.

À trois tables de distance, la frisée aux écouteurs qui a dû voir ma bouche ouverte sur mon cri avorté éclate de rire dans son hot dog, et s'excuse d'un haussement de sourcils, avale. Je ferme un instant les yeux pour lutter contre l'élancement qui me retourne l'estomac. Il pèse au moins cent vingt kilos, cet abruti qui s'est mis à parler taux actuariel et seuil de cession à l'autre blondasse qui lui répond assurance vie et fonds communs de placement. Quand je rouvre les yeux, Karine est en train d'enfiler un loden. Les orteils recroquevillés, je boite vers elle en bousculant le garçon qui rétablit de justesse l'équilibre de son plateau. Un jus de tomate se renverse sur mon blouson. Le temps de repousser ses excuses en lui disant que ça ne tache pas, Karine est arrivée entre les petites pancartes délimitant la zone non fumeur, deux mètres carrés sans table au bout du comptoir. Je suis sur le point de la rejoindre lorsque je la vois plaquer sa main sur la fesse d'un des Américains qui téléphone.

— Pardonnez-moi, dit-elle comme si c'était une bousculade qui les avait pressés l'un contre l'autre.

L'interpellé répond d'un sourire prudent, et reprend sa conversation portable tandis que les longs doigts aux ongles mauves lui retirent de sa poche fessière le portefeuille qui disparaît dans les plis du loden. Tétanisé, je regarde la jeune femme sortir élégamment du bar pendant que l'Américain remercie son interlocuteur. Ne songeant même pas à la rattraper ni à crier au voleur, je retourne vers ma place, déconfit. Par-dessus *Télérama,* je croise le regard des lunettes rondes. Pour abréger le suspense et consommer le ratage, je m'arrête et lance d'un ton réprobateur :

— C'est vous ?

— Moi qui quoi ?

— Non, rien.

D'une vrille de la main droite, elle m'indique que je ne vais pas bien, et replonge dans sa lecture. Je regagne ma chaise. La frisée au pull marin retourne la cassette de son baladeur et attaque en mesure son deuxième ou troisième hot dog. J'ai rarement vu quelqu'un manger avec autant de plaisir et de voracité. Et elle fume avec la même gourmandise, entre deux bouchées, fusillée du regard par la blonde qui ne semble pas du tout convaincue par les conseils boursiers du poil-de-chameau. Six heures vingt-cinq. Ça devient grotesque. Je lève la main pour attirer l'attention d'un barman. Je ne suis même plus sûr de vouloir rencontrer ma lectrice. Je ne me sens plus en état, comme si j'avais épuisé mon capital d'attente à coups de fausses craintes et d'espoirs détournés. Pendu à un filin au-dessus de la machine à hot dogs, un ouistiti d'ébène tient des gants de boxe au bout de ses pieds. Le courant d'air les fait tourner doucement d'un côté, puis de l'autre. En quittant brusquement sa banquette, la blonde fait s'envoler mon ticket de caisse.

– C'est le meilleur taux du marché, insiste le gros poil-de-chameau avec une conviction navrée.

Sa cliente s'en va sans se retourner. Il hausse les épaules, se lève, plie son manteau sur son dossier et va s'abattre sur la banquette, à la place qu'elle vient d'abandonner. Il appelle un barman, lui désigne de loin sa flûte à champagne vide. Je ramasse mon ticket, dévisage machinalement les nouveaux arrivants, certain à présent que mon rendez-vous n'aura pas lieu. Un séminaire de cadres badgés a envahi l'espace autour de moi, faisant lever les solitaires et les couples pour les regrouper ailleurs et récupérer huit chaises.

La bouche pleine, acceptant l'exil à contrecœur, la

203

frisée au baladeur se lève sans arrêter sa cassette, attrape par la ficelle un grand paquet rectangulaire posé à ses pieds, et vient me demander, d'un mouvement de son hot dog, si la chaise devant moi est disponible. De près, le martèlement du rap s'échappe avec netteté de ses écouteurs. Je fais non de la tête, poliment désolé mais l'air ferme. Elle me tourne le dos dans un lâcher de miettes et s'approche du gros conseiller financier qui, lui, s'empresse de retirer son manteau pour libérer la chaise d'en face. Elle enfourne le quignon de son hot dog en s'installant.

À moins dix, je termine mon second cocktail et décide que les meilleures choses ont une fin. Je ne regrette pas d'être venu. On n'attend jamais pour rien : la soumission au hasard, la volonté de s'accorder à l'image, à l'humeur d'une inconnue est finalement un excellent moyen de se connaître mieux. Karine n'a toujours pas de visage mais, pendant cinquante-cinq minutes, j'ai vraiment été Richard Glen.

Je sors mon portefeuille, cette triste pochette en plastique estampillée Montmartre-Immo, cadeau de l'agence en échange de sa commission, où j'ai serré cinq billets de cent francs et le double de mon contrat EDF en cas de contrôle d'identité. Le vacarme assourdi du rap est beaucoup plus présent, depuis quelques instants. Probablement draguée par le poil-de-chameau, la frisée aux hot dogs a monté son volume pour parfaire l'isolation phonique.

Une rumeur de protestation me fait relever la tête. Les Américains du comptoir se sont retournés au passage d'une silhouette déformée par un sac en bandoulière qui les bouscule. Sans ralentir, la femme hors d'haleine évite le plateau d'un garçon par une feinte de côté qui balaie quelques verres sur le guéridon de l'alcôve. Cris, apostrophes et râlades. Elle balbutie des excuses, regarde sa montre avec panique, tourne sur place en cherchant dans la salle, labourant trois têtes assises avec son énorme sac en toile rouge. Elle a une quarantaine d'années, l'air meurtri, dérisoire et sympa, mordant sa lèvre inférieure dans une attitude impuissante de gaffeuse habituée aux catastrophes qu'elle déclenche. Ce que j'éprouve en l'observant est moins une révélation qu'une évidence. C'est elle, naturellement. Elle a triché sur son âge comme j'essaie d'atténuer le mien, en toute sincérité, parce que son émotion de lectrice était celle d'une fille de dix-huit ans, seule capable de ressentir avec tant de force et de justesse les intuitions, les pudeurs, les limites et les excès d'un romancier adolescent.

Je souris dans sa direction, confiant et rassuré, attendant qu'elle me remarque. Sourcils froncés, juchée sur la pointe des pieds, elle passe en revue tous ces visages qui ne lui disent rien, survole mon secteur. Elle doit m'inclure dans le séminaire. J'ai le temps. Mais vais-je le prendre ? Son âge, son allure, sa maladresse me réconfortent. Son sac m'inquiète un peu. Je le trouve excessif pour une première rencontre. Elle n'a tout de même pas l'intention de s'installer chez moi ? Mon sourire s'affaisse. Nos points communs, nos complicités n'ont-ils servi qu'à remplir un sac de voyage ? Elle a puisé dans mon roman et dans nos lettres la force de quitter Bruges, d'échapper au carcan, au chantage, au cocon de vieux parents qui l'ont détournée de ses études pour qu'elle leur succède, un jour, à la tête d'un hôtel où depuis plus de vingt ans elle sert de femme d'étage. Elle n'a pris en moi que le courage de fuir ce que les autres ont fait de sa vie. Mais n'ai-je pas agi de même, avec ma moustache, ma garçonnière et mon faux nom ?

Au bord du découragement, elle avise l'escalier, dévale les marches, remonte aussitôt, interroge un garçon qui secoue la tête. À nouveau elle cherche autour d'elle avec une anxiété, une crispation au coin des yeux qui creuse ces rides de sourire et de chagrin, ces pattes-d'oie que je me prends à aimer, aussitôt, et pas seulement parce que j'ai les mêmes. Je suis tellement content d'avoir pu susciter encore autant d'émotion, autant d'espoir et de sursaut par un simple assemblage de phrases, moi qui me croyais vitrifié dans une douleur égoïste.

Voilà qu'elle s'avance de trois quarts, front plissé, queue-de-cheval à droite et bandoulière à gauche, vers le fond de mon périmètre où le pilier lui dissimule quelqu'un. J'attends qu'elle soit à un mètre de moi et je me lève, essayant de gommer sur mon visage toute trace d'étonnement lié à son âge. Elle croise mon regard. Je baisse les yeux pour tirer ma table afin de lui dégager la chaise d'en face, et mon geste se fige. Pour échapper à la conversation que voulait lier son vis-à-vis, la frisée aux écouteurs, à demi tournée, a ouvert un livre – et c'est le mien. Un instant je demeure en suspens, les doigts serrés sur le rebord de la table, tandis que le sac de voyage me frôle.

— Mathilde, mais qu'est-ce que tu fous ? Je te klaxonne dans la rue, ça fait trois fois que je fais le tour !

La femme à bandoulière a pivoté vers le seuil d'où la voix l'interpelle. À son tour elle clame un prénom avec irritation, va pour se précipiter, trébuche, se raccroche au dossier de la jeune fille qui part de côté en criant « chier, merde ! », essayant de se retenir à la main du gros qui a jailli de la banquette, mais trop tard : la chaise tombe, tandis que la femme au sac rétablit son équilibre et continue sa course vers l'homme qui est déjà ressorti.

À quatre pattes au-dessus de son baladeur brisé, Karine Denesle sort la cassette du boîtier, l'agite contre son oreille et l'empoche. L'échancrure de son pull marin laisse voir deux seins magnifiques débordant d'un soutien-gorge noir.

Je regarde mon ticket de caisse, pose un billet de cent francs dans la soucoupe, et je quitte le bar sans me retourner. Elle ne m'a pas reconnu. Je n'ai pas voulu croire que c'était elle. Trop gamine, trop claire, trop sexy, « trop » tout court, comme je dirais si j'avais son âge. À quoi bon. Si cette étudiante version *Playboy* a écrit entre deux raps et trois hot dogs les lettres que j'ai reçues, c'est un miracle où ma pauvre imposture n'a pas sa place, et si elle fait écrire son courrier par une copine intello chaque fois qu'elle drague un écrivain, je ne vois pas l'intérêt de jouer nos mensonges en double.

Dans la vitrine du couturier d'en face, la mode printemps s'étale entre les traces de givre, indigo, verte et rayée, sur des couples de mannequins hilares figés dans leur bonheur en plastique. Je me fous du printemps, je

207

n'en veux pas. Je n'en veux plus. Tout cela est débile et je me fais honte, comme chaque fois que je trompais Dominique. Je ne veux pas être libre. Je ne suis pas assez vieux pour chasser les nymphettes, pas assez égoïste pour tirer un coup de grâce.

Les mains dans les poches du blouson, le vide à l'âme, je marche vers le haut de la rue Daunou, à la rencontre du taxi qui vient de traverser le boulevard des Capucines, hésitant entre lever le bras ou me jeter sous les roues.

Des talons claquent sur le trottoir derrière moi. Je viens de sortir la main droite de ma poche et de faire signe au taxi lorsque le bruit des pas s'arrête.

– Richard ?

La Mercedes s'immobilise dans le cliquetis du diesel. Je ne me retourne pas. Moralement, j'ai déjà réintégré ma peau d'avant, mon nom d'usage.

– Pardon, je suis nulle... C'est vous ?

Je glisse un œil par-dessus le col relevé de mon blouson, totalement incertain de ce que je vais répondre. Elle est debout à deux mètres de moi, stoppée dans son élan, perplexe. Elle frissonne dans son pull, les bras croisés, les doigts crochetés à ses épaules.

– Vous n'êtes pas Richard Glen ?

Elle doit lire dans mon regard la décision que je suis au bord de prendre. Elle va l'interpréter comme un désir de fuite, un complexe, un blocage – ou bien la confirmation d'une erreur de personne. Elle a le choix. Ses yeux bleus sont aussi joyeux, aussi paumés, aussi changeants que ses lettres. Pourrons-nous poursuivre notre correspondance comme avant, demain ou après-demain, en nous racontant que ce soir j'ai eu un empêchement et qu'elle, de son côté, m'a confondu avec un autre ? Elle baisse la tête. Elle respectera ma feinte.

– Excusez-moi. Je vous ai pris pour quelqu'un.

Elle relève le regard, comme une dernière chance qu'elle nous donne, un dernier regret qu'elle me tend. Et, face à mon silence inexpressif, elle précise, au cas où je ferais semblant de ne pas comprendre notre langue :

– *Sorry. Just a mistake.*

Ce qui me dispense de trouver une attitude. Je n'ai pas le courage de la retenir, ni la lâcheté d'acquiescer en anglais pour sceller le malentendu qu'elle me propose. Sa délicatesse me bouleverse. Ou sa déception, si elle croit de bonne foi s'être trompée ; cette déception qu'elle ne songe pas un instant à cacher, comme si son orgueil et sa pudeur résidaient dans la franchise.

– *Good night,* conclut-elle en levant un sourcil.

Sa bouche s'arrondit dans une moue boudeuse, une moue d'enfant qui prend son parti de l'injustice, et elle tourne les talons. Les mots se resserrent dans ma gorge.

– Vous montez ou pas ?

Glace baissée, le taxi s'impatiente. Deux voitures bloquées, derrière lui, font des appels de phares. Je viens de repousser le plus bel élan qu'on ait jamais eu vers moi, d'infliger une blessure pour rien, de casser deux rêves. Elle ne m'a pas cru. Elle a vu clair dans mon silence. Elle sait que je suis Richard Glen.

Humilié au plus profond par la bêtise de ma conduite, incapable de rattraper la situation, de trouver les mots tout simples qui suffiraient à inverser le cours des événements, je la laisse retourner vers le bar. Même pas foutu de crier son nom, de lui sourire en maudissant ma timidité, et de transformer notre gêne en une complicité supplémentaire, j'ouvre la portière.

– Quand même ! fait le taxi. Vous allez où ?

– Je ne sais pas. Roulez.

– Hé, doucement ! Je rentre sur Courbevoie, moi.

– Eh bien allez-y.

Il redémarre en grommelant, sous les klaxons de l'embouteillage qui s'est formé. Je me contorsionne pour voir la belle silhouette qui, entre le montant de portière et l'appui-tête, marche sur l'arête du trottoir, bras écartés, comme sur un fil, hésite, vacille au-dessus du caniveau, perd l'équilibre et donne un coup de pied rageur dans l'eau.

– Arrêtez-vous.

Le chauffeur dévisage mon image dans le rétro.

– Hé, faudrait savoir ! Vous êtes bourré ou quoi ?

– Stop !

Il pile, m'envoyant heurter le siège avant. Klaxon derrière nous. J'ouvre ma portière et me penche à l'extérieur :

– Karine !

Elle ne sursaute pas. Elle ne répond rien. Elle remonte sur le trottoir, et se dirige d'un pas normal vers le bar.

– Karine !

Je vais pour sortir du taxi lorsqu'elle se retourne vers moi et, naturelle, très digne :

– Vous devez faire erreur, monsieur.

Je reste la bouche ouverte, la main crispée sur la poignée. Elle éclate de rire et court soudain s'engouffrer dans la voiture. J'ai à peine le temps de riper à l'autre bout de la banquette ; elle s'installe à ma place et referme la portière.

– On est cons, se réjouit-elle.

J'acquiesce. Elle me fixe un instant dans un silence radieux. Puis se ravise, prise d'un scrupule :

– On n'est pas obligés. Si vous me trouvez... Ou un peu trop...

Pour toute réponse, je lance au chauffeur :

– À Courbevoie !

Le moteur vrombit, la secousse nous projette en arrière. À la fois incrédules et convaincus, on se regarde. On revient de loin. On aurait pu si facilement se rater. Et on est là, dans une voiture qui roule, avec l'impression de se connaître déjà, comme si notre premier rendez-vous appartenait au passé, comme si l'heure que nous avions perdue à nous attendre, l'un à côté de l'autre, avait parlé pour nous, meublé notre gêne, aboli nos distances.

– Bonjour, Richard.

Elle me tend la main. Je la serre.

– Bonjour, Karine.

– C'est génial, comment vous avez réagi. Je veux dire : c'est comme moi. J'ai eu un flash quand vous êtes entré, et puis je me suis dit non, c'est pas possible : il est beaucoup trop jeune, il n'a quand même pas publié *La Princesse* à douze ans !

– Trop jeune ?

– Je voyais un quadra, moi, le genre vieux prof ! Un costume à cravate, pas un *street* en cuir ; c'est pour ça

que je me suis mise en jean, pour faire contraste. Et là
on est pareils, c'est nul. À aucun moment vous n'avez
pensé que c'était moi ?

— Si, mais vous étiez trop...

— Jeune ? On est bien, comme dialogue. La prochaine
fois, on se dira : vous n'avez pas changé.

Le parfum de ses lettres me monte à la gorge. Je ferme
un instant les yeux. Elle parle tellement vite, comme s'il
y avait une urgence, comme si l'on devait se quitter au
prochain feu.

— En fait, pour moi, c'était un coup oui, un coup non.
Je vous regardais attendre quelqu'un, mais vous aviez
plutôt l'air... — je peux vous vexer ?

— Allez-y.

— D'un type qui est venu pour draguer n'importe
quoi, vite fait, ce qui tombe sous la main. Et puis surtout
je me disais : si c'était lui, il m'aurait remarquée.

— Je me suis dit la même chose.

— Menteur.

— D'accord. Non, c'est votre walkman sur les oreilles
qui m'a un peu...

— Vous connaissez un autre moyen ? Jamais vu un bar
aussi bruyant. Heureusement que le rap, ça isole.

Je regarde cette beauté nature et joueuse ; ce charme
sans calcul, ces rondeurs, ces cambrures ; je retrouve son
écriture dans ses formes, cet appétit des mots, cette gourmandise pour tous les sentiments — même ces failles de
détresse soudaine qui s'ouvrent dans sa voix comme les
parenthèses de ses lettres. C'est une Martienne, et elle
existe. En plus elle a l'air de me trouver parfaitement

normal, et je n'en reviens pas d'être si à l'aise. Ça ne s'entend peut-être pas, mais depuis l'instant où elle s'est assise près de moi, je me sens brillant, léger, bien dans ma peau.

– Vous êtes timide, Richard ?

– Très.

– Moi aussi. Tant mieux.

Et elle m'embrasse sur la joue, dans l'avenue de l'Opéra.

– C'est quoi, cette histoire de cresson ?

– Socrate dans sa corbeille ?

– Je suis allée me refaire les *Dialogues* à la FNAC, cet après-midi, mais je n'ai pas retrouvé. C'est dans lequel ?

– Ce n'est pas dans Platon, c'est dans Aristophane.

– Allez ?

– Vous n'avez pas lu *Les Nuées* ?

– On a traduit un bout des *Oiseaux*, l'an dernier, c'est tout. Mais je suis plutôt branchée Homère.

– Tout le temps des *Nuées*, Socrate donne ses cours suspendu dans une corbeille au-dessus du sol.

– Et quel rapport avec le cresson ?

Je croise dans le rétroviseur le regard méfiant du chauffeur. Il est sans doute plus habitué à voir les jeunes couples se rouler des patins sur sa banquette arrière qu'à les entendre commenter un point de la philosophie de Socrate. « Jeune couple. » Mais qu'est-ce que je raconte ? Cette fille déteint, c'est délicieux.

– Il dit à peu près, je cite de mémoire : « Si je restais sur terre et examinais d'en bas les régions d'en haut, je ne ferais jamais aucune découverte, car la terre attire à

213

elle, de force, la fluidité de la pensée pour faire pousser le cresson. »

– OK, ponctue Karine. Monsieur, ça vous dérange si je fume ?

Le chauffeur fait non de la tête en s'arrêtant au croisement de la rue de Rivoli. Elle lui tend son paquet de Camel. Il se retourne à demi en la remerciant, soudain décrispé, lui dit que c'est agréable une fille qui fume des vraies cigarettes et pas ces machins de pédé à zéro pour cent. D'un mouvement de sourcils, elle lui laisse la responsabilité de ses propos, lui donne du feu et revient vers moi.

– Je ne vous en offre pas, me dit-elle d'un ton suave en retenant son rire dans ses yeux, je crois que vous avez les vôtres.

Je rentre d'un coup de pouce mes ultra-light qui dépassent de la poche du blouson. Une pluie fine commence à tomber, place de la Concorde. Des touristes remontent dans leur car en baissant la tête, l'air puni. Ça roule curieusement bien. Trop bien. Tous les mots qui pèsent sur ma poitrine n'auront pas le temps de s'assembler avant qu'on se retrouve seuls dans une rue de banlieue avec une décision à prendre. Je rêve d'un soir d'embouteillage monstre où Courbevoie serait le bout du monde. Mais dans la perspective de l'Arc de triomphe, la circulation est désespérément fluide.

– Moi, déclare le chauffeur, ça me fait pareil avec la laitue.

– Pardon ?

– Ce que vous dites sur le cresson. Depuis qu'on est

en pavillon, je fais un potager, le dimanche. Ma femme adore la laitue, alors j'en ai planté. Mais putain ce que ça boit ! Elle arrête pas d'arroser ; je vous dis pas la facture.

– C'est dingue, commente Karine.

– En plus leur eau, c'est plus de l'eau : y a que des nitrates et du chlore, moi je dis que c'est en arrosant qu'on fait crever.

– Peut-être.

– Ça, pour vous enculer ils s'y entendent, à la Compagnie des eaux. Y a pas que le Crédit Lyonnais. Comme je dis : tu peux changer le poulailler, c'est toujours le renard qui bouffe.

– C'est sûr.

La sincérité de son ton m'inquiète un peu. J'ignore si elle se fout de sa gueule ou si elle s'intéresse. Par politesse ou par osmose. La voir brusquement dans le même état de connivence quand elle parle d'arrosage avec un beauf que lorsque nous discutons de Socrate dilue mon enthousiasme. Mais c'est peut-être simplement une déformation d'enfance. La vie d'hôtelier. Le rapport au client.

– Et ça veut dire quoi ? me demande-t-elle.

– Qu'on peut faire ce qu'on veut : c'est toujours les mêmes qui vous enculent.

– Non, je parlais à mon ami.

– Oh pardon ! s'exclame le chauffeur avec une confusion disproportionnée, à la limite de l'embardée.

– Le génie d'Aristophane, c'est qu'on est à la fois dans la parodie du système de Socrate et dans l'hommage à son enseignement. En gros : il y a deux races d'humains.

Les terrestres qui sont là pour pousser, et les aériens qui essaient d'échapper aux lois de la pesanteur. L'évolution récupère l'énergie des seconds au service des premiers.

– C'est vrai.

Elle a employé le même ton de courtoisie neutre que pour commenter les problèmes d'irrigation du taxi. Un peu agacé, je referme la pensée d'Aristophane :

– De toute manière, il n'y a pas d'issue. Les salades crèvent et les corbeilles tombent.

Avec un soupir venu du fond du cœur, le chauffeur acquiesce.

– Mais faut pas se décourager, lui dit gentiment Karine.

J'abaisse ma vitre, enfumé par leurs Camel. La sensation désagréable qu'elle me traite d'égal à égal avec un étranger souligne, en même temps qu'elle le réduit, le degré d'intimité auquel je me sentais parvenu avec elle au bout de six lettres et cinq feux rouges. Et je pensais ignorer la jalousie. Chaque fois que j'ai perdu Dominique, je n'ai souffert que par elle et je ne m'en suis pris qu'à moi. La rancœur instinctive que m'inspire ce chauffeur embarqué dans notre rencontre ne ressemble à aucun de mes sentiments connus. La voiture a remonté les Champs-Élysées, s'engouffre dans le tunnel sous l'Étoile.

– Où va-t-on ? s'informe Karine.

Je désigne la nuque rase dépassant du dessus de siège en billes de bois :

– Chez lui.

Elle fronce les sourcils. Il écrase sa cigarette en confirmant :

— J'ai dépassé mon heure d'arrêt : j'ai plus le droit que de rentrer. Sinon je me fais gauler par les flics, et ça douille.

— Vous nous offrez un verre ? demande-t-elle à la sortie du tunnel, en me donnant un petit coup de genou que je ne sais pas comment interpréter.

— Ç'aurait été de bon cœur, mais y a mon chien.

Elle émet un petit bruit de gorge, sur deux notes. Son genou est resté contre le mien. L'envie de lui prendre la main enfonce mes ongles dans mes paumes. Est-ce que tu me vois, Dominique, est-ce que cette bouffée de désir t'atteint, te fait mal, t'allège un peu du poids de mon deuil ? Je ne cherche pas à me justifier, simplement à partager avec toi une tentation. As-tu besoin du corps d'une vivante pour qu'on refasse l'amour ? Est-ce pour cela que tu me l'as envoyée ?

— Mon paquet ! s'écrie soudain Karine.

Le chauffeur écrase la pédale de frein, en réflexe. La camionnette qui nous suit nous évite de justesse.

— Je l'ai laissé au bar !

— On retourne, dis-je au chauffeur.

— Il est bouché, vot' copain : j'peux pas !

— Alors, qu'il nous dépose à une station !

Karine me répond non de la tête. L'envie de prolonger ce moment sur la banquette, de ne pas interrompre le contact de nos genoux ? Elle sort de son sac fourre-tout un agenda géant d'où s'échappent des tickets de métro

217

et deux cartes identiques à celle qu'elle avait déposée dans ma boîte.

— J'ai marqué le numéro, si jamais j'étais en retard, dit-elle en ouvrant l'agenda à la date d'aujourd'hui.

Sans déplaisir, je note que la page est vierge, en dehors de la ligne horaire où s'inscrivent mes initiales suivies d'un point d'interrogation. Doutes sur mon identité, ma présence au rendez-vous, incertitude sur sa venue ou champ libre au hasard ; j'espère qu'elle est passée par toutes ces étapes, comme moi. Elle déplie l'antenne d'un portable. Désarçonné, je la regarde entrer son code dans cet objet qui lui ressemble si peu.

— La Seine, commente sobrement le chauffeur en franchissant le pont de Neuilly.

— Merci, dit Karine.

Son numéro composé, elle attend la connexion. Mes yeux tombent sur *La Princesse des sables*, dans son sac, ce vieux livre de poche tout corné qui, entrebâillé contre un billet de train et une écharpe roulée en boule, laisse voir les notes dont son écriture ronde a rempli les marges. J'appuie le front contre la vitre pour regarder couler le fleuve qu'on ne voit pas.

— Vous êtes au comptoir ? Bonsoir, j'étais assise il y a dix minutes dans le fond à gauche, en face d'un monsieur assez fort, en beige, qui boit du champagne... Il est encore là ? Super. Au pied de ma chaise, j'ai oublié un grand paquet rayé avec une ficelle, marqué *Dank u Zuidermarkt* — non, c'est du flamand, ça veut dire merci au supermarché. Hein ? Oui, à cause des soldes, je ne sais pas, j'ai emballé dans ce que j'ai trouvé. Vous le voyez ?

Génial ! Vous pouvez me le mettre de côté ? Attention, c'est hyperprécieux – enfin, ça n'a pas de valeur, juste pour moi, vous fermez à quelle heure ? OK, on repasse dès qu'on peut. Vous êtes sympa.

Et elle replie l'antenne de son portable en me souriant, rassurée :

– Ça va. On est libres.

Elle tique devant mon absence de réaction, se mord les lèvres.

– Mais pas vous, peut-être. Vous avez quelque chose, après ?

Je ne peux m'empêcher de répondre « Après quoi ? ».

– Après moi.

Je secoue la tête. Elle semble découvrir que nos genoux se touchent, et croise les jambes en se repoussant contre la portière. Le regard fixé sur les consignes en cas de litige collées au milieu de sa vitre, elle reprend, plus doucement :

– Si vous avez envie d'être seul pour écrire... je comprends très bien.

– Non, non, ça va.

– Vous en êtes où ?

– J'ai fini.

Elle se retourne d'une pièce. Je m'exerce à déchiffrer, avec mes lunettes un peu trop faibles, les modalités de contestation du prix de la course auprès de la préfecture de police.

– Sérieux ?

– Très.

– Mais je croyais que vous étiez en plein dedans !

219

Elle a l'air paniquée. Déçue. Elle espérait partager les affres de la création, me donner son avis, orienter mon intrigue, influencer mon style... Je ne sais pas ce qui m'a pris. L'envie d'être disponible. D'avoir mon œuvre derrière moi. De souffler un peu. Et puis l'impression de mentir moins en ayant terminé qu'en étant « en plein dedans ».

— C'est malin, dit-elle en écrasant du bout de sa chaussure un pli du tapis de sol.

— Quoi ?

— Rien.

Menton levé, elle se recompose un sourire :

— Pardon. Bravo. Je suis contente pour vous.

Et elle se met à pleurer. Sans bruit, sans détourner la tête, sans plisser les yeux. Complètement chamboulé, j'essaie de comprendre cette réaction. Dans le rétroviseur, un œil inquiet sous le sourcil en broussaille se déplace d'elle à moi, au rythme des essuie-glaces. Elle baisse sa vitre, jette sa cigarette. La voiture quitte le boulevard circulaire de la Défense, s'engage sur la bretelle qui mène à Courbevoie.

— Vous avez changé d'avis, vous allez le faire publier ?

Sa voix est redevenue légère, à peine voilée, comme si le chagrin dont la raison m'échappe s'était envolé avec le mégot. Pour la voir de nouveau sourire, j'acquiesce. Elle me demande chez quel éditeur. Je réponds que je suis en train d'y réfléchir.

— Vous me le ferez lire, sur manuscrit ?

— Pas tout de suite, Karine. J'ai besoin de le laisser

infuser. De l'oublier, quelque temps, pour avoir du recul lorsque je le reprendrai.

Elle approuve.

— Vous êtes allé dans le sens... ?

— Dont vous aviez envie ? Je crois.

J'ai terminé sa phrase comme elle l'avait interrompue, avec autant de gêne que d'espoir. Le taxi qui tourne sans ralentir dans des rues brèves, suivant un plan de circulation assez curieux, nous envoie l'un contre l'autre à chaque virage. Nous nous laissons faire.

— Je suis peut-être indiscrète, mais, pour vivre... vous avez un autre métier ?

En guise de réponse, je reprends à mon compte ce refrain tant de fois entendu chez les écrivains : la littérature n'est pas un métier, c'est une passion. Phrase qui émane d'ailleurs, en général, de ceux qui font de leur œuvre un plan de carrière.

— Et sinon, vous avez un métier ?

J'aime bien cette obstination d'enfant cramponné à sa question. Ce mélange de gaminerie, de culture à tiroirs et de féminité me touche plus que je ne puis le lui dire. J'ai peur, tout à coup. Envie d'être désagréable, de mettre à l'épreuve nos sentiments, de gâcher le charme.

— Vous ne voulez pas me laisser un peu de mystère, Karine ? Vous n'êtes pas ma biographe.

Je regrette aussitôt ces paroles qui ont fait mouche. Les bras croisés, le front en avant, elle regarde devant elle. Nous roulons au pas sur des ralentisseurs qui nous soulèvent mollement.

– Bien sûr, j'ai un métier, dis-je sur le ton d'un aveu qui me coûte.

Elle attend la suite. Moi aussi. Que puis-je faire qui soit invérifiable et crédible, alimentaire, un peu honteux ? Et méritoire, quand même : je n'ai pas envie de l'échauder. Elle m'encourage, un bras sur la plage arrière :

– Vous travaillez dans quoi ?

Saisissant l'image qui se présente, je me lance :

– Dans une crêperie.

Elle me regarde, interloquée ou compatissante, je ne sais pas trop ; le taxi traverse une zone mal éclairée. Au lampadaire suivant, sans me quitter des yeux, elle demande sur la pointe des mots :

– Vous faites des crêpes ?

– Non. Je tiens le piano.

Elle sursaute :

– Comme dans le roman ? Vous êtes pianiste ?

Regrettant déjà les conséquences de mon improvisation, je rectifie en appuyant sur la nuance :

– Je suis au piano.

Elle sourit, l'air entendu. Elle prend ma précision pour de la modestie. Au coin de la rue, elle me demande si j'ai faim. Je m'empresse d'acquiescer.

– Me v'là rendu, nous déclare le chauffeur en arrêtant la Mercedes devant un pavillon. Vous avez un chinois qui est très bien, boulevard Saint-Denis. Ou alors un italien, place Jean-Mermoz. Vous n'avez qu'à suivre les flèches « parking Watteau ». Ça nous fait soixante-quinze.

Je lui tends un billet de cent francs en lui disant de

garder la monnaie, réflexe que je déplore aussitôt. Je n'ai plus les moyens de laisser ce genre de pourboires. Mais Karine n'a pas fait attention. Le nez dans son sac, elle cherche quelque chose ou elle se donne une contenance.

– Il vous faut une fiche ?

Je réponds non merci.

– Ah bon ? Vous n'êtes pas sur notes de frais ?

Et il insiste. Karine extirpe de son fouillis une médaille minuscule, la lui tend.

– Essayez avec Thérèse.

– Avec Thérèse ?

– Pour les salades. Vous fermez le poing dessus en demandant très fort à sainte Thérèse de leur faire supporter l'arrosage, et ça marchera.

Il regarde, au creux de sa paume, la médaille comme si c'était une fausse pièce, et se récrie dans un sursaut viril :

– J'suis pas croyant, moi !

– Elle s'en fout. Bonne nuit.

Elle ouvre sa portière côté circulation et sort sans regarder. Une mobylette l'évite en gueulant.

– Putain la gonzesse, me dit le taxi dans un murmure d'admiration. Si vous voulez la garder, celle-là, faut l'enfermer à clé.

Je la rattrape sur le trottoir où elle s'est penchée devant la grille du potager, fixant le pittbull qui aboie entre les barreaux, hystérique. Un peu inquiet, je lui conseille de se reculer. Il a vraiment l'air méchant.

– Non, il s'ennuie.

Et elle se penche en fredonnant une chanson en fla-

223

mand. C'est très joli, guttural et doux, avec des sons liquides qui claquent sous la langue.

– *Zonder liefde, warme liefde... Waait de wind, de stomme wind...*

Le chien s'est tu, le moteur s'est arrêté, le chauffeur nous rejoint.

– *Zonder liefde, warme liefde... Weent de zee, de grijze zee...*

Nous fixons Karine qui chante lentement dans la nuit de banlieue, accrochant les *r* avec le son d'une vague qui se brise et roule sur une plage de galets. Lorsqu'elle s'arrête, le chien gémit en pointant le museau vers elle.

– Mais qu'est-ce que vous lui avez fait ? s'inquiète le taxi. C'est sainte Thérèse, aussi ?

– Non, c'est Jacques Brel. On avait un malinois ; ma mère le calmait toujours avec cette chanson. Je ne sais pas si c'est l'air ou les paroles... Il y a peut-être des ultrasons dans la mélodie...

– Ouais, mais enfin c'est un chien de garde... Il va pas rester comme ça ?

– Rassurez-vous.

Karine me prend le coude et s'éloigne. Dès que nous avons tourné le dos, le pittbull recommence à aboyer.

– Ta gueule, Rocky ! Tu la fermes, oui ? C'est moi !

Je murmure qu'elle aurait dû lui noter les paroles. Sa main serre mon blouson. Je fredonne, pour lui prouver mon attention :

– *Zonder lift...*

– *Liefde*, corrige-t-elle du bout de la langue entre ses dents, totalement érotique.

224

– Ça veut dire ?

– Sans l'amour, l'amour chaud, souffle le vent, le vent bête. En gros, s'excuse-t-elle.

– Ça ne gagne pas vraiment à la traduction.

– Pas vraiment.

Nous marchons au hasard dans les rues calmes, le long de pavillons rococo où les dîners se préparent dans le son du journal télé. La sentir à mon bras me noue la gorge.

– Vous me trouvez trop directe ?

Ça ne m'inquiète même plus qu'elle lise dans mes pensées. Je me sens tellement devenu ce double réinventé par elle, pour elle, que la transparence ne me gêne pas. Je réponds :

– Avec les taxis et les chiens, oui, peut-être.

Sa démarche est devenue moins régulière. Elle baisse les yeux pour éviter que ses chaussures ne touchent le joint des dalles, sur le trottoir. Elle allonge sa foulée, ralentit, et je la suis.

– J'ai un peu froid.

– Vous sortez toujours sans manteau ?

– Quand je cours pour rattraper les écrivains qui m'abandonnent dans les bars, oui.

J'ôte mon blouson, le lui passe.

– Italien ou chinois ?

– Comme vous voudrez, Karine.

– Vous aimez mon prénom ?

– Oui.

– Vous pouvez m'appeler Karen, aussi, à la flamande. Mes parents font prénom à part.

– Vous préférez lequel ?

– Je préfère quand ils ne m'appellent pas.

Le bruit de nos pas résonne dans le silence. Finalement on n'a pas grand-chose à se dire. Tout était dans nos lettres et on le sent bien.

– Vous, en tout cas, votre nom vous ressemble.

Je laisse passer quelques mètres de silence. J'aimerais savoir ce qu'elle attend de moi, ce qu'elle espère ou ce qu'elle regrette. Place Jean-Mermoz, elle traverse en direction d'un Mc Donald's. Elle me dit qu'elle a envie de manger en marchant. Nous prenons notre place dans une file d'attente, graillon-frites et néons crus.

– Vous avez beaucoup de saintes Thérèse, dans votre sac ?

– Ma grand-mère m'emmenait en pèlerinage, une fois par an. Pour moi, jusqu'à douze ans, la France c'était Lisieux. Vous en voulez une ?

– On ne sait jamais, si j'ai des choses à demander...

– C'est à vous qu'on demande des choses.

Avant que j'aie pu lui faire préciser sa pensée, elle enchaîne sur un ton de citation :

– « Un écrivain, ça doit verser des droits d'auteur à Dieu. »

Je ne relève pas. C'est de moi. *La Princesse des sables*, chapitre deux. Ou trois. Tout en se déplaçant vers la gauche pour mettre un pied dans la file voisine, si jamais celle-ci avançait plus vite, elle reprend :

– Ça existe vraiment, Nantucket ?

– Oui.

– Vous y êtes allé ?

226

– En pensée, uniquement.

Un groupe entré derrière nous me plaque contre le dos de Karine, pour gagner quelques centimètres. Elle se détache, me regarde avec un air désolé :

– On n'aurait pas dû se rencontrer, si ?

Les six mômes à casquette, devant nous, repartent avec un seul plateau garni d'un sachet de frites.

– Pourquoi vous me demandez ça... maintenant ?

– Deux Big Mac à emporter, s'il vous plaît. Ça vous dit ?

– Très bien.

– Quatre, alors. C'est moi qui vous invite.

Son porte-monnaie est un petit panda en peluche, une fermeture éclair dans le dos. Nous ressortons avec un sac de boîtes, et elle attaque son premier hamburger sur le trottoir.

– Il ne faut pas m'en vouloir, dit-elle en traversant, je brûle énormément. Si je ne me nourris pas tout le temps, je suis complètement à plat.

Elle m'observe du coin de l'œil, pendant que je mastique. Le pire est que je n'arrive pas à me sentir totalement mal à l'aise. Je ne sais pas ce qu'elle refuse en moi, j'ignore ce qui me plaît si fort en elle, sa maturité, ses éclairs d'enfance ou son corps ; je ne vois pas où on va et, curieusement, j'ai l'impression que ça nous rapproche.

– Vous perdez plein de choses, dit-elle en désignant les cornichons et les fragments de salade qui s'échappent de mon sandwich.

– C'est la stratégie du Petit Poucet. Je ne connais pas du tout Courbevoie.

– C'est de quelle origine, Glen ?

Je bénis le Big Mac qui me permet de réfléchir la bouche pleine, en différant ma réponse d'un haussement de sourcils. Je cherche comment me dépayser sans me trahir. Il faudrait une région qui nous soit étrangère à l'un comme à l'autre, lointaine et suffisamment connue pour ne pas susciter de curiosité intempestive. Glen... Les îles de Glénan... J'avale en souriant :

– C'est breton.

– De quel côté ?

J'élude sur un ton définitif, avec une fierté de marin :

– La vraie Bretagne.

– Morbihan !

Je ne démens pas. Il faudra que je me documente, si notre relation dépasse cette soirée. Elle me demande si ma grand-mère vit là-bas. Je termine de manger mon pain, le steak haché s'étant barré depuis vingt mètres. Puis, avec une moue de tristesse, j'essaie de lui faire comprendre que ce sujet m'est un peu douloureux à évoquer. Mais elle ne me regarde pas. Elle cherche une poubelle autour de nous. Depuis que le plan Vigipirate est de nouveau en vigueur, on a retiré toutes les corbeilles pour éviter que les terroristes n'y déposent des bombes. Il ne reste plus, accroché aux lampadaires, qu'un cercle de fer sous lequel s'entassent les ordures. La colère que semblent lui donner ces mesures de pollution sécuritaire la détourne de la question à laquelle je n'ai pas répondu. Je vais pour déposer les reliquats de mon repas au sommet d'une pile, mais elle retient mon poignet d'un geste ferme. Nous traversons la Seine, nos déchets à la main.

Au bout du pont de Levallois, elle comprime les boîtes, les glisse dans une bouche d'égout, puis étudie le
plan du métro.

– C'est direct jusqu'à Opéra ! s'exclame-t-elle.

Elle attend un écho à son enthousiasme. J'exprime
que oui, en effet, c'est merveilleux. Je ne sais pas si elle
est pressée d'aller récupérer son paquet, de me ramener
sur les lieux de notre rencontre, comme on rapporte au
magasin un article défectueux, ou de me voir prendre
une décision. Mais que lui proposer ? Elle a court-circuité
l'étape d'un dîner normal ; il ne me reste plus que le
dernier verre. Elle attend mon invitation. La conduire
au studio, lui présenter mon lieu d'écriture, mon pseudo-
manuscrit terminé... Le trac retient mes mots sur le quai
du métro. J'aurais moins de gêne et d'appréhension, je
crois, à lui proposer d'aller faire l'amour dans un hôtel
qu'à lui montrer mon intérieur. Alors que je l'ai aménagé
pour elle et que mon corps, lui, n'est en rien préparé.

La rame arrive au bout de quelques minutes. Nous
nous asseyons sur des strapontins, parmi les visages lugubres et les sacs à provisions qui rentrent chez eux. Elle
prend ma main, la retourne, se penche pour étudier mes
lignes, les compare avec celles de mon autre paume.
L'impression d'un péril imminent crispe mes doigts.

– Vous lisez dans les mains ?

– Je lis partout.

La fixité de son regard, les plis sur son front, la façon
dont elle mordille ses lèvres tandis qu'elle suit mes sillons
du bout de l'ongle renforcent mon malaise. Je dis, un
peu sévère :

– Vous me chatouillez.

Elle referme mon poing.

– Ne perdez pas de temps, Richard.

– Pardon ?

– Faut pas laisser traîner le manuscrit dans un tiroir. C'est maintenant que les opportunités sont là, que l'énergie que vous y avez mise peut ouvrir des portes. Bougez-vous. Ne vous contentez plus de vous cacher. Vous avez trop attendu. La chance ne reviendra pas une autre fois.

C'est la même gravité dans sa voix que lorsqu'elle chante en flamand du Brel à un pittbull.

– Vous ne m'écoutez pas.

Bien sûr que je l'écoute, et que chacun de ses mots m'atteint au plus profond. L'avenir de Richard Glen s'est-il inscrit dans mes lignes, depuis que je lui ai redonné vie ? Je préfère qu'elle me croie distrait plutôt qu'alarmé par les intuitions que lui ont fournies mes dérobades. Et puis, que je le veuille ou non, dans trois jours, même si elle est devenue postiche, je retrouverai ma moustache et je retournerai dans le monde où j'ai ma place. Quelle que soit la manière dont elle se terminera, cette soirée n'aura été qu'une parenthèse. Et vouloir la rouvrir n'empêchera jamais de devoir la refermer.

– Allez chez un vrai éditeur, dit-elle.

– Je ne connais personne.

– Je peux vous présenter des gens.

Un sourire m'échappe. Je le ravale aussitôt en voyant son air sérieux, reflet d'une compétence, d'une connaissance de mon milieu, de relations antérieures dont je n'ai peut-être pas assez mesuré le danger. J'aimerais bien qu'elle se vante, mais j'ai plutôt l'impression qu'elle veut me persuader du contraire.

— Vous savez, j'ai eu des contacts avec certains auteurs que j'ai interrogés pour mon mémoire... Peut-être qu'ils pourraient vous donner des conseils...

— Non merci, Karine.

La sécheresse de mon ton lui fait baisser la tête. Je ne me contente pas d'être un perdant, un résigné d'avance ; je suis un incompris volontaire, un ambitieux de l'échec, un marginal ignoré qui met un point d'honneur à le rester.

— On en reparlera, soupire-t-elle de la manière dont on dirait « comme vous voudrez ».

Avec beaucoup d'à-propos, la station Opéra sort du tunnel. Nous nous levons d'un même mouvement, nous remontons à la surface et nous marchons en silence jusqu'au Harry's bar. Je la sens fermée, obstinée, patiente. Elle attend que je revienne sur le sujet qui lui tient à cœur. J'attends qu'elle pense à autre chose. Tout événement extérieur serait le bienvenu, mais nous ne croisons personne et rien d'intéressant ne se passe autour de nous jusqu'à la rue Daunou. Nous nous arrêtons avant de traverser. Il faudrait que je l'attire contre moi. Que je l'embrasse, que je recolle mes deux identités dans un même désir. Je prends ma respiration, lui glisse un regard en coin. Elle sort une cigarette et l'allume avant que j'aie eu le temps de trouver mon briquet. Je suis prêt à courir tous les risques pour éviter de la décevoir, mais je n'ai pas les moyens de m'exposer davantage. Je ne peux pas lui laisser croire que mes sentiments sont faux parce qu'elle aura découvert que mon existence est un leurre.

Sur le trottoir du Harry's, je murmure :

– Karine, je veux arriver par moi-même.

– À quoi ?

Ma résolution fond dans son regard. J'articule avec effort, en me sentant aussi faux qu'un acteur mal doublé :

– À être celui que vous voudriez.

– Et vous ne l'êtes pas ?

La clientèle a changé. Poivrots murés dans leurs soucis, amoureux en apnée, divorcés en instance, retrouvailles mal parties, rencontres d'un soir où tout est encore neuf, ouvert et pourtant si semblable. Sans réfléchir ni lui demander son avis, je descends vers le son du piano. Et c'est seulement au bas de l'escalier que je prends conscience que l'ouverture du sous-sol signifie qu'il est déjà vingt et une heures trente. C'est impossible. Où sont passées les deux heures et demie depuis qu'elle m'a abordé dans la rue ? Le trajet vers Courbevoie a duré tout au plus vingt minutes. Ajoutons un quart d'heure entre le pittbull et le fast-food, cinq minutes de repas jusqu'à Levallois, une dizaine en métro... Il ne peut pas être vingt et une heures trente. J'entends le pas de Karine derrière moi dans l'escalier. Cette fille est une fée, une muse ambulante qui jette un sort aux auteurs en panne. Acceptant l'irrationnel avec une santé qui m'étonne, je lui prends sa main libre ; l'autre tient le grand paquet rayé qu'elle vient de récupérer. Et j'avance sur la moquette au son de *Georgia On My Mind*.

– C'est une soirée privée, me dit un videur en me barrant l'accès d'une main ferme.

À son poignet, il est huit heures cinq. Je recule, aussitôt rassuré. Moins par ce temps retrouvé que par la défense d'accéder au piano dont la proximité, je l'avais oublié, est devenue très dangereuse pour moi.

On s'assied sur la dernière marche pour apprécier de loin, les yeux fermés, l'émotion du jazz. Elle pose la tête sur mon épaule. Je sens autour de nous des râleurs qui nous enjambent, nous contournent, nous déplorent.

– Je suis bien avec vous, chuchote-t-elle dans mon cou. Je suis bien comme vous êtes. Ce n'est pas le succès que je vous demande, la reconnaissance... Je ne voudrais pas qu'on vous change, c'est tout.

– Qui pourrait me changer ?

– Ça ne me regarde pas.

– Qui pourrait me changer, Karine ?

Il y a dans ma voix une mise en demeure qui la heurte autant que moi, je le sens, mais il faut qu'on vide cet abcès de silence, qu'on affronte ce malaise qui pèse entre nous. À la faveur de cette minute dans la pénombre où nous ne sommes plus qu'un contact, une douceur abandonnée, sa joue sur mon épaule et la rondeur de son sein contre mon bras, je veux savoir si elle ressent Dominique en moi, si elle perçoit une présence, une rivale, une alliée. Je répète « Qui pourrait me changer ? », en appuyant cette fois sur « qui » et non plus sur « changer ». Elle répond, sans bouger :

– Les autres.

– Quels autres ?

233

— Les vivants. Les réels, plutôt. Tous ceux qui ne sont pas nés sur votre papier. Qui vous ont détourné de vous pendant vingt ans. Qui ont pris la place de vos personnages. Je ne sais pas *qui* ils sont, Richard, et je ne veux pas le savoir. Si c'est une femme, des enfants, tant mieux, mais ne m'en parlez pas.

— Et si c'était moi, tout simplement ? Pourquoi accuser les autres ?

— C'est toujours la faute des autres, et leur grande force est de nous persuader du contraire. Quand on commence à se sentir coupable de ce qu'ils nous ont fait, alors ils ont vraiment gagné.

— « Ils » ?

— Les gens raisonnables, les ronds-de-serviette, les protégés ; tous ceux qui sont là pour nous casser... Vous êtes encore intact et c'est un miracle, à votre âge. Vous vous êtes sauvé par le roman que vous venez d'écrire, mais si vous le refermez, maintenant, si vous abandonnez la chance qu'il vous offre, par trouille, par humilité ou par orgueil, c'est pareil, alors ils vont vous récupérer dans leur monde. C'est ça, la tentation. C'est ça, la mécanique du diable. Nous pousser à rêver, et puis bouffer nos rêves et nous laisser crever de faim ou nous empoisonner avec le menu des autres, le menu tout compris, le menu pas cher, qui a l'air très bon et qui plaît à tout le monde.

— Je vous aime quand vous dites ça.

— Je vous aime depuis que je vous ai lu.

Les sacs à main nous cognent la tête, les cartons d'invitation nous piquent le cou, les pieds nous écrasent les doigts. C'est l'un des moments les plus doux de ma vie.

C'est un bonheur subsidiaire, je le sais bien. Un dernier cadeau avant la nuit. Le dernier présent de Dominique. J'aimerais rouvrir les yeux et être seul sur cette marche. J'aimerais que personne n'ait vu Karine, qu'elle n'existe que pour moi, que tout le monde me croie fou, et que Richard Glen retourne dans son studio terminer le roman qu'il ne savait pas avoir commencé.

– On y va ? demande-t-elle.

– On y va.

Et on ne bouge pas. On reste les yeux fermés dans la rumeur qui nous isole. Quelque chose vibre contre mon bras. Les invités de la soirée privée réapparaissent, réprobateurs, autour de nous dans l'escalier. Karine sort son portable, interrompt le bourdonnement en prenant la ligne. Et elle parle en flamand, la voix inquiète, l'air excédé, les yeux froids, le regard dans le vide. Je me relève. Elle prononce sèchement quelques phrases d'un trait, coupe la communication, et allume une cigarette. À la deuxième bouffée, son visage se détend, redevient comme trente secondes auparavant. Ce n'est plus la même femme lorsqu'elle parle en flamand. Une autre langue, une autre voix, une autre vie... Je ne fais pas de commentaires, je ne cherche pas à savoir ce qu'elle me tait, mais cette double identité que je pressens, si conforme à la mienne, protège mon imposture bien mieux que tous les déguisements.

Elle sent mon regard sur elle, sourit pour me remercier de ne pas lui poser de questions. Elle rentre l'antenne de son portable et le range dans son sac. Je laisse tomber, pour souligner ma discrétion :

– Il paraît que c'est terrible, les ondes qu'on reçoit dans la tête avec ces téléphones.

– De toute façon, mourir de ça ou d'un cancer du poumon... On verra lequel des deux va gagner. Et puis ça n'a aucune importance. Ce qui compte, c'est l'état dans lequel on meurt. L'état d'esprit.

– Vous pensez qu'il y a une vie après la mort ?

– Oui. Avant, pas toujours.

Et elle enchaîne, dans une association d'idées qui me paraît chargée de sous-entendus :

– Vous voulez mon numéro de portable ?

– Je n'ai pas le téléphone.

– Il y a des cabines.

Appuyée sur la rampe, elle note une dizaine de chiffres sur un bout de papier qu'elle me tend. Je le glisse dans la poche intérieure de mon blouson qu'elle porte toujours. Le dos de ma main touche son sein droit. Elle se rapproche de moi.

– Je vous offre un premier verre, Karine ?

– Pas ici. Vous n'aimez pas cet endroit, pourquoi ?

– Parce qu'il a changé.

– Je suis comme vous. Je voudrais que tout reste pareil, toujours.

Et on appuie nos fronts l'un contre l'autre, en souriant d'être ainsi et de penser qu'on a raison, comme si les blessures de la lucidité se soignaient par des chagrins immatures.

– Attention ! crie-t-elle en rattrapant vivement son colis rayé contre lequel un fêtard vient de buter en descendant l'escalier.

Elle soulève le paquet, l'approche de son oreille et l'agite doucement en demandant le silence autour d'elle. Un peu rassurée, elle grimpe les marches, le dépose sur un guéridon, le temps d'ôter mon blouson, de me le rendre et d'enfiler l'espèce d'anorak bleu qu'elle avait laissé au portemanteau en arrivant ici pour m'attendre.

– Moche, non ? Quand j'ai peur de ne pas plaire, je m'enlaidis.

Le long du comptoir, en la suivant jusqu'à la porte battante, je décide que je vais l'emmener dans une discothèque enfumée où le vacarme aidera nos corps à se trouver sans les mots. Arrivée sur le trottoir, elle se retourne et me dépose le paquet dans les bras.

– Attendez d'être chez vous pour l'ouvrir. D'accord ? Maintenant ce n'est plus pareil, ça va vous paraître... Mais tant pis. Dites-vous que c'était pour essayer de... de partager avec vous, pour vous aider un peu... vous montrer comme c'est important pour moi... comme je vis avec. Et puis c'est la seule façon dont j'arrive à créer, moi. Enfin, quand je dis « créer »... Vous verrez.

Elle me tend la main. Je coince le paquet sous mon bras gauche. Je demande, incrédule :

– On se quitte là ?

– Oui. Faut que je rentre à Bruges.

– Maintenant ?

– Demain matin. Mais...

Dans ses points de suspension passe la nuit que nous ne finirons pas ensemble. Une autre fois, peut-être. Si nos lettres, si son cadeau, si mon roman... Nos lèvres se rapprochent, s'effleurent. À peine un baiser ; deux nuages de buée qui se rencontrent.

Elle repart vers l'Opéra. Je la regarde s'éloigner, en respirant son parfum qui imprègne le blouson. Et je m'en vais dans l'autre sens, mon paquet sous le bras.

En arrivant à Nantucket, le narrateur avait loué l'ancien garage et y avait fait livrer un Steinway. Refusant de réparer les voitures, il jouait toute la journée derrière son rideau de fer, entre l'épave de la Chevrolet Impala, le lit de camp où il dormait et l'établi chargé de bidons d'huile, de calandres et de clés à molette. Attendant que le vieux bulldozer de Sunday tombe en panne, il transcrivait sur un piano mal accordé l'amour sans réponse qui allait changer le cours de sa vie.

Penché en avant sur ma chaise, je contemple la vue par les fenêtres ouvertes sur l'Océan au sud, les champs de *cranberries* à l'est et, plein ouest, les lueurs du couchant sur le phare. Des nuits durant, à l'internat puis dans ma chambre du Cap-Ferrat, j'avais construit mentalement ce garage abandonné au nord de l'île, j'avais raturé des dizaines de pages pour essayer de le décrire avec le plus de précision possible, et à présent le décor est là, devant moi, dans une boîte en bois bleue fermée par une plaque de plexiglas. Tous les recoins, tous les outils, tous les détails que j'avais évoqués : l'Océan sur les carreaux sales, la perspective au loin des maisons roses et jaunes, le renfoncement de la cuisine, le calendrier au mur avec sa pin-up, le tableau des marées, le sac de couchage sur le lit pliant, les jerricans, les pare-chocs suspendus entre les panneaux publicitaires en tôle General Motors et les cartons de pièces détachées reliés par des toiles d'araignées. Tout est là, reproduit à l'échelle 1/18, la taille de la Chevrolet sur cales, capot ouvert, moteur à jamais démonté. Tout est là, miraculeusement réduit, tel que je l'ai découvert il y a quelques minutes après avoir coupé la ficelle et arraché le papier-cadeau.

Comment a-t-elle fabriqué ces objets miniatures, si justes, si fidèles à ce que j'avais écrit ? Combien d'heures a-t-il fallu pour obtenir cette patine, ces ombres de crasse autour de l'évier, ce cambouis mêlé au sable, sur ce sol en carton ou toile émeri qui donne la parfaite illusion du béton ? De la brillance du piano aux reflets du couchant sur le carrelage dépoli, il est impossible de définir la matière employée : on ne voit que *l'effet*. Même la Chevrolet Impala, jouet assez courant des années soixante qu'on rencontre encore dans les bourses d'échange, est traitée d'une telle manière, pare-brise fendu, bas de caisse rongés, mastic sur les ailes arrière en forme de mouette, qu'on la sent vraie, usée, condamnée par la rouille.

Tous les meubles et les éléments sont collés, à l'exception d'un pneu qui trône sur l'évier et d'un tube d'échappement en travers du lit de camp. Sans doute se sont-ils détachés pendant le transport. Mais même cette disposition qui n'est due qu'au hasard paraît elle aussi naturelle, *voulue*.

Front collé au plexiglas, à la lueur des mini-ampoules placées au-dessus des étagères, fasciné par le jeu des perspectives et la minutie des détails, je contemple les touches du piano et j'ai l'impression de les voir bouger. L'émotion que je n'ai pas retrouvée en relisant *La Princesse des sables*, voilà que les heures passées par Karine à donner de la matière à mes phrases, à les convertir en objets, en volumes, en trompe-l'œil me la restituent.

Le bourdonnement léger du circuit électrique devient peu à peu la rumeur du vent, le roulement des vagues et le bruit de l'aérateur ; tous les condiments sonores avec lesquels j'avais relevé les scènes entre Sunday et le narrateur, dans ce garage à l'abandon. Je comprends maintenant la réaction de Karine lorsque je lui ai dit que je venais d'achever mon manuscrit. Cette maquette qu'elle m'avait confectionnée comme un aide-mémoire, une manière d'accompagner mon écriture à distance, en voyant mes idées prendre corps, en imaginant mes personnages évoluer dans les structures et les rapports de valeur qu'elle avait travaillés, devenait soudain anachronique, inutile. Si mon nouveau livre était fini, ce décor sous plexiglas n'avait plus rien à m'apporter. Il était comme ces brouillons qu'on jette quand on les a recopiés.

Je me précipite sur une feuille pour lui jurer le contraire, l'assurer que son cadeau m'a donné un déclic, m'a remis sur la bonne voie. Grâce à elle j'ai des tas de chapitres à reprendre, j'ai compris pourquoi ce roman me laissait sur ma faim, je me suis rendu compte que j'étais passé à côté de mon sujet, sorti du cadre où elle vient de me replonger.

En relisant ma lettre, avant de cacheter l'enveloppe, je sens des frissons d'émotion et j'ai du mal à croire que tout cela n'est que mensonge.

Je repars dans la nuit, pour qu'elle ait mon courrier avant de reprendre le train pour Bruges. Je veux qu'elle soit rassurée, tout de suite, sur ma réaction en découvrant sa maquette. Tous les remords qu'elle se formule peut-être depuis qu'on s'est quittés, tous les griefs qu'elle me prête, je les entends d'ici. Mais non, Karine, je sais bien que ce n'est pas de l'ingérence, ni une revanche de la forme sur le fond, ni une victoire de la matière sur les images que l'écriture suggère. Ce garage sorti de ma tête pour me revenir en trois dimensions, pourquoi devrais-je le considérer comme un détournement de mon imaginaire, une atteinte à ma liberté de créer, la menace d'un blocage ? Je ne sais pas sur quels écrivains vous avez travaillé avant moi, mais je puis vous certifier que je ne fonctionne pas de cette manière.

Rue Léon-Gros, à l'ombre des gratte-ciel du quartier chinois, le numéro 12 est un petit immeuble au dernier étage muré par des parpaings. Une seule fenêtre est éclairée, au troisième. Dans un hall encombré de machines à laver désossées et de vélos sans roues, je trouve le nom de ses amis, L.B. Huygh, sur une boîte aux lettres pleine à craquer de journaux et de factures. J'hésite. L'étage n'est pas marqué.

Je ressors, mon enveloppe à la main, traverse la rue à reculons pour essayer de distinguer la silhouette qui bouge derrière les rideaux du troisième. La lumière s'éteint. Une benne à ordures manœuvre au coin du boulevard. La lumière se rallume. J'entre dans une cabine aux vitres étoilées, j'attends que le bruit des éboueurs s'éloigne. Je sors le bout de papier qui n'a pas quitté mon blouson, et je compose le numéro de son portable. À la deuxième tonalité, je l'entends répondre sèchement :

– *Wat is er aan de hand*?

– C'est moi.

Sa voix se détend aussitôt :

– Richard ? Je ne vous attendais plus.

Je plisse les yeux pour voir si c'est bien elle qui est revenue derrière le voilage, là-haut. Je demande :

– Je ne vous dérange pas ?

– Vous êtes dans une cabine ?

– Juste en bas.

– En bas de chez vous ?

Un bruit de fond hache ses mots et les miens résonnent dans un écho désagréable.

– Non, en bas de chez vos amis. Mais vous n'êtes pas obligée de descendre : on peut se parler comme ça, si vous préférez...

– Vous êtes rue Léon-Gros ?

J'entends une voix de femme, derrière la sienne, dire que le bar propose un choix de boissons chaudes et

243

froides. Je détourne les yeux du rideau, sans vraiment savoir si je suis soulagé ou déçu.

– Vous ne deviez partir que demain, non ?

– Oui.

Le silence s'installe entre les grésillements. Pour dire quelque chose, je demande un peu bêtement :

– Que faisiez-vous, quand j'ai appelé ?

– Je regardais la nuit. Vous m'avez écrit une lettre et vous êtes venu me la donner en main propre ?

– Oui. Je voulais vous dire...

– Vous n'êtes pas trop consterné ?

– Fermez les yeux et regardez mon sourire.

– Je l'entends.

– C'est magnifique, Karine. C'est exactement... Je ne trouve pas les mots.

– Normal : j'en ai fait des meubles. Ça ne vous a pas choqué ?

– Mais comment êtes-vous arrivée à... ?

– Depuis que je suis petite, je réduis les choses autour de moi. Ça devrait peut-être intéresser un psy... Vous m'envoyez votre lettre ?

– Karine... Je crois que vous me manquez.

– Vous êtes libre, lundi soir ?

Sans réfléchir, je décide :

– Je le serai.

– 55, route du Hourdel à Cayeux-sur-Mer, dans la baie de Somme. C'est la maison où je vous ai lu, la première fois. Ma copine nous la prête, si vous voulez venir. On dit vers dix-sept heures ?

– On dit vers dix-sept heures.

244

– Au 55. Je vous demande pardon pour ce soir.

Et elle coupe la communication. Je reste quelques instants immobile dans ma cabine à écouter des bip. La fenêtre du troisième s'éteint à nouveau. Je retourne dans le hall de l'immeuble, m'arrête devant la boîte aux lettres. La fente n'est pas très large, mais une main fine peut s'y glisser et se servir. Karine a-t-elle réellement des amis dans ce taudis, habite-t-elle vraiment ici quand elle est à Paris ? Ou alors elle s'y trouve encore. En y repensant, je ne suis pas certain d'avoir reconnu le bruit du train derrière ses mots. Quant à la voix de l'hôtesse qui faisait de la réclame pour le bar, elle ne résonnait pas comme dans un haut-parleur. Les doutes s'additionnent, formant une suite logique, un soupçon calqué sur la fausseté de ma propre situation. 55, route du Hourdel à Cayeux-sur-Mer. Un type est entré dans l'immeuble avec une seringue et un briquet, s'est assis sur une marche. Pour la première fois, je me suis dit que peut-être elle me mentait. Qu'elle s'inventait, elle aussi, une autre vie.

En postant au coin de la rue l'enveloppe dont j'avais modifié l'adresse, j'ai compris que j'étais tombé amoureux, et je ne savais pas encore de qui. Mais, si je commençais à l'accepter, c'était précisément pour cette raison.

Vendredi matin, ma moustache était prête et je suis allé l'essayer. Tandis que le perruquier promenait son pinceau de colle au-dessus de mes lèvres, puis appliquait la résille et maintenait la pression une dizaine de secondes, je m'efforçais de garder les yeux fermés. Une jolie voix de femme, dans une pièce voisine, chantait en italien.

– Vous pouvez regarder.

En voyant Frédéric Lahnberg ressusciter soudain dans le miroir, j'eus un choc. Je m'étais si bien fait à son absence que c'est lui, en trois jours, qui était devenu un fantôme du passé.

– C'est ce que vous désiriez ?

Je n'ai su que répondre. J'étais resté tout le jeudi enfermé dans le studio, volets fermés, à la lumière de la maquette. Je m'étais réduit à l'échelle et j'habitais ce décor où je n'étais plus revenu depuis mes dix-huit ans. Le but n'était pas d'en tirer la matière de cette nouvelle histoire que je prétendais avoir finie, mais de rattraper le temps passé à me fuir, à m'oublier dans les romans des autres. Je voulais me faire croire que je l'avais vraiment écrit, ce second livre, quitte à l'avoir brûlé pour que personne ne le trouve.

– Ça vous convient ? J'ai dû faire des extensions, pour respecter le volume sur votre photo.

– Des extensions ?

– En synthétique, dans la même gamme de poils. Mais c'est invisible et c'est raccord.

Raccord... Je regarde, dans le miroir cerclé d'ampoules, ce visage officiel comme si je ne l'avais pas quitté, comme si mon évasion dans la peau de Richard n'avait été qu'une vue de l'esprit. Seul le picotement léger de la colle sous mon nez me confirme que je n'ai pas rêvé.

– Surtout n'oubliez pas de décaper la résille au dissolvant, quand vous enlevez le postiche.

– J'ai quelle autonomie ?

– Pardon ?

– Combien d'heures par jour puis-je garder ma moustache ?

– En lumière naturelle ou sous projecteurs ?

– Dans la vie. Bureau, voiture, repas...

– Vous riez beaucoup ?

– Je suis en deuil.

– Alors je dirais sept, huit heures. Un peu moins en cas de pluie. Mais ce n'est pas un problème de colle : elle tiendra ; c'est vous qui supporterez ou pas. Ça dépend du pH de votre transpiration. Chez certains acteurs, ça crée une réaction d'acidité qui les gratte, chez d'autres non. De toute façon vous êtes sous garantie : en cas d'intolérance, je vous change la colle.

Je fais tourner devant mes yeux le petit flacon ambré,

étiqueté « Indio Mastice ». Il en dépose un second dans ma paume. « Fard Vernier vernis-colle. »

— Si vous nagez en piscine, c'est mieux. Parfaite résistance au chlore. Le seul ennui, avec le Vernier, c'est qu'il sent. L'Indio est plus neutre.

Je débouche le flacon. Odeur de miel poivré, douce et chaude, avec une pointe de fleur d'oranger.

— C'est assez agréable.

— Oui, mais ça sent le postiche. Si par exemple, je ne sais pas, vous devez embrasser une personne...

Je le rassure, d'un sourire :

— Je n'aurai pas de moustache.

— C'est comme vous voudrez. Je vous la retire ou vous partez avec ?

Pour éviter un nouveau changement de caractère, maintenant que j'ai recommencé à réagir en Frédéric, je choisis la seconde proposition. D'ailleurs j'ai déjà remis mes anciennes lunettes et laissé mes cheveux reprendre leur mouvement naturel. Il me donne un étui en cuir souple, des flacons de colle. Ramené en arrière par ce contact renoué entre mes poils et mon nez, je marche dans la rue sous une identité qui est devenue fausse, mais je suis le seul à le savoir.

Comme chaque fois qu'il a une réclamation à formuler, Alcibiade a pissé partout. Gentiment, ma voisine a jonché la moquette de feuilles de Sopalin pour me signaler les taches. Elle aurait mieux fait de lui changer sa caisse. Dans la cuisine, elle a disposé en ligne quatre soucoupes avec des croquettes, de l'émincé de poulet, des crevettes décortiquées et du tarama de traiteur. Touché par ses attentions, je vide la litière usagée tandis que mon bain coule. Sur le répondeur, la voix catastrophée du secrétaire de rédaction me dit qu'Octavio Paz est mort et qu'il ne retrouve plus ma nécro. Deux messages plus tard, il m'annonce, rassuré, que le prix Nobel a démenti son décès par une dépêche d'agence ; apparemment c'était une erreur de la presse mexicaine, mais il serait bon quand même que je refaxe mon papier pour qu'on ait de quoi le *couvrir*, au cas où, vu son âge. Puis la petite voix de Constant me rappelle que son père se marie demain et qu'il compte sur moi.

J'hésite à joindre le journal. C'est normal qu'ils ne retrouvent rien sur Paz : c'est un des rares écrivains dont j'aime la personnalité autant que l'œuvre, et j'ai toujours répugné à le *couvrir*. Ni sa pensée, ni son style, ni sa vie ne peuvent tenir dans l'espace qu'on m'alloue. Mais si je n'envoie rien, ils demanderont à quelqu'un d'autre et je garde un trop beau souvenir de notre soirée à Madrid, en 96, pour me dispenser de lui rendre hommage. C'est l'une des seules fois où Dominique m'avait accompagné pour une interview. Notre dernier voyage en amoureux. Durant la réception offerte par les autorités espagnoles, elle avait sympathisé avec la femme d'Octavio. Le soir, toutes deux riaient en nous regardant parler, gesticuler, tenter de surnager dans la mollesse mouvante des fauteuils gigantesques de l'hôtel Alfonso XIII. J'avais un problème de magnétophone et je n'arrêtais pas de faire répéter ses réponses à mon interlocuteur, dont la patience désarmante m'avait conduit à renoncer très vite au supplice. Nous avions dîné, parlé pour rien de sujets essentiels, bu l'un des meilleurs yquem du siècle (« Un vin pour faire l'amour, ou pour mieux s'en souvenir », disait-il en prenant la main de sa femme), conjugué poésie, politique et tendresse. Le Nobel n'avait rien changé à sa vie, non ; en revanche, depuis qu'on l'avait brûlé en effigie devant l'ambassade des États-Unis, à propos du Nicaragua, il se sentait mieux dans son œuvre. Comme je ne prenais aucune note, il se livrait en toute liberté et ça ne regarderait personne. De toute façon, à l'époque, le journal préférait Garcia Marquez.

Je me trempe rapidement dans la baignoire à deux places, m'habille en figurant de mariage et prends les clés de la voiture. Ma hâte à repartir traduit moins une gêne envers l'appartement que le refus de m'attendrir en regardant la fenêtre du studio. Comme cadeau de noces, j'emporte les deux flûtes en cristal aux armes de l'Orient-Express que Dominique nous avait offertes au retour d'un concert à Venise. Autant qu'elles fassent le bonheur d'un nouveau couple.

Les intentions, les citations, les commentaires se mettent en place dans l'Armstrong-Siddeley, sur l'autoroute. Comment disait-il, déjà, dans *La Fille de Rappaccini* ? « Paix à ceux qui cherchent, paix à ceux qui sont seuls et tournent dans le vide... Car hier et demain n'existent pas : tout est aujourd'hui, tout est là, présent. Ce qui est passé se passe encore. » Tous les dix ou vingt kilomètres, je m'arrête sur le bas-côté, avec mes feux de détresse, pour compléter mon article sur Octavio Paz. Je voudrais que ce soit mon plus beau. Quelque chose me dit que ce sera peut-être le dernier. Curieusement, le retour à mon apparence antérieure s'accompagne d'une sensation de plénitude qui ne doit rien au présent ni à l'espoir d'une durée. Pour la première fois depuis que je suis adulte, je me sens vraiment provisoire. Libre de tout quitter, du jour au lendemain, sans remords ni gêne. Jamais je ne me serais cru capable de me défaire d'un souvenir aussi tendre et précieux que les deux flûtes de l'Orient-Express. La vie subsidiaire que m'a offerte Karine m'a détourné de cette relation maladive aux objets, cette forme de fidélité qui s'apparente à la gestion des stocks. Et, du coup, l'atmosphère que je m'étais refusé à rendre, en 96, pour « traiter » Octavio Paz, les phrases qui m'avaient manqué me viennent cet après-midi sur une bande d'arrêt d'urgence, en me glissant dans la peau d'un homme de quatre-vingt-quatre ans qui découvre dans le journal son éloge funèbre, au petit déjeuner, et qui est obligé de prouver son identité, voire de produire un certificat de non-décès pour obtenir un rectificatif dans l'édition suivante. Quelle est la part de Dominique dans ces mots qui soudain coulent de source, dans ce plaisir d'endosser les sentiments d'un autre que j'avais cru réservé à mes lettres à Karine ? Je ne sais ce que me veulent ces forces qui jouent en moi, ces forces d'imprégnation, d'osmose. Mais voici qu'enfin, sur des feuilles éparses appuyées sur mon volant, je reprends l'avantage, je transcris de la seule façon que je connaisse les bouleversements de ces dernières semaines. Ce n'est

251

pas un hasard si je laisse une tierce personne s'exprimer à ma place. Les paroles, les intonations que je croyais oubliées, diluées dans le charme d'une soirée sans lendemain, les guillemets me les restituent. Et la nécrologie préventive qu'on me demande de fournir devient le signe de vie qu'adresse, à ses contemporains, un écrivain dont on ne s'est souvenu que parce qu'on l'a cru mort.

Je m'arrête dans un hôtel Mercure aux abords d'Orléans, et faxe à mon assistant une chronique intitulée « Disparition d'un poète ? », en lui conseillant de la passer au plus vite grâce à l'artifice du point d'interrogation, qui nous permettra pour une fois d'être les premiers à saluer la mémoire d'un génie, quitte à le faire avant terme.

Dans la chambre où je m'allonge tout habillé, l'effort de résonance et d'identification me laisse vide, insatisfait, coupé dans mon élan. Vingt fois je décroche le téléphone et le raccroche. Ce n'est pas à Karine que je voudrais parler. Pas encore. Pas sous cette forme. Il sera d'autant plus doux de la retrouver lundi que j'aurai feint de l'avoir un peu oubliée. Mais est-ce une feinte ? Le souvenir de notre rencontre a la même densité que les rêves que j'en tirais avant qu'elle ne se produise. Quand la réalité rejoint l'imaginaire, elle a tendance à s'y diluer.

Je finis par appeler l'avenue Junot pour entendre Dominique sur l'annonce du répondeur. Et je m'endors avec sa voix me demandant de laisser un message.

Est-ce mon testament de Frédéric que j'ai écrit dans la voiture ?

Il est dix heures quand je refais surface, tout fripé dans mon costume. La moustache tient toujours mais, par précaution, je la décolle, nettoie le dessus de mes lèvres au dissolvant et la replace minutieusement, après m'être rasé. Deux croissants et trois cafés plus tard, je fonce à la mairie d'Amboise où j'arrive presque à l'heure : les fiancés sont sur le point d'échanger leur consentement. Mais ce ne sont pas les miens. Un employé m'informe que le mariage Romagnan est fini depuis vingt minutes.

Après une demi-heure d'errance d'une rive à l'autre de la Loire, comparant sans succès les indications du faire-part avec celles des panneaux, je réussis à trouver le château loué pour la noce, une forteresse de plaisance avec piscine et tir à l'arc. Les propriétaires, retranchés dans les communs, surveillent les invités à la jumelle. Constant m'accueille fraîchement. On comptait sur ma voiture pour mener le cortège. La déception du petit garçon me va droit au cœur. J'ai cru que ma présence au remariage de son père signifiait pour lui une sorte d'adieu, un passage de relais, le début d'une nouvelle vie dans une nouvelle famille, la fin de mon rôle intermédiaire. Mais s'il a tellement insisté pour que je vienne, c'était en tant que chauffeur. Pour que ma vieille auto d'apparat dame le pion aux Saab et Volvo dernier cri de la bourgeoisie d'Indre-et-Loire.

– Et t'aurais pu la laver, dit-il en me tournant le dos.

Je le suis des yeux tandis qu'il va rejoindre Aurélie, sa petite fiancée devenue comme une demi-sœur. Fendant

une foule guindée à petits fours et verres à pied, je cherche Étienne. Vêtu d'un complet de velours noir qui
tire-bouchonne, sa queue-de-cheval serrée dans un catogan, il piétine sur place, décomposé, le regard au sol,
feignant d'approuver des assureurs et des notaires qui lui
racontent leurs parties de chasse. Sa nouvelle belle-
famille a l'air aussi épanouissante que la première. Il
m'aperçoit, m'agrippe le poignet, m'attire à l'écart.

— Félicitations, lui dis-je.

— C'est foutu. J'ai envoyé tous mes résultats au ministère de la Santé, pour qu'ils obligent les hôpitaux à
rechauffer le sérum physiologique après transport : non
seulement ils n'ont rien fait, mais ils ont filé mes travaux
à *Science et Vie* qui les a publiés ; je ne peux plus prendre
de brevets ! Ils ont eu ma peau, Frédéric, je suis effondré.
Je vous présente ma femme.

La glaciologue ressemble à son métier. Je lui dis :
enchanté ; elle répond : non, c'est moi. Et m'enlève
Étienne en lui reprochant, l'air tranchant, de n'avoir pas
salué sa grand-tante. Je les suis à quelques mètres, regarde
le pauvre chercheur foudroyé par la trahison ministérielle
essuyer, le front bas, les remontrances d'une antiquité à
cheveux bleus pour qui l'Église n'admet pas qu'une
divorcée se remarie. Comme ma solitude est douce au
milieu de ces conversations creuses, ces rapports de force
et d'apparences, ces enjouements de rigueur et ces ragots
qui se préparent. La belle-mère, douceur angevine et
poigne de fer, circule de groupe en groupe en répétant,
péremptoire, qu'il y a de l'ambiance. Les gens opinent.
Personne ne danse. Devant la sono, un groupe d'adoles-

cents voûtés examinent les CD avec des airs affligés. Tout au bout des salons en enfilade, dans le coin nursery animé par un clown de supermarché, une quinzaine d'enfants déguisés en adultes bonsaïs entourent une vasque en plastique, où Constant et Aurélie piochent à tour de rôle, avec solennité, des bonbons qu'ils rejettent après en avoir lu la composition à voix haute :

– E 224 !

– N 412 !

– E 621 !

Je m'approche de la table où sont disposés les cadeaux, dans leurs emballages fleuris presque tous identiques. Liste de mariage déposée aux Dames de France. Je cache derrière deux seaux à glace et trois saladiers mon pauvre paquet scotché maison. La main d'Étienne se pose sur mon bras :

– Il ne fallait pas.

– Attendez de savoir ce que c'est.

– Marie-Pascale sera une très bonne mère pour Constant, dit-il d'un ton acerbe en défaisant la ficelle.

– Sûrement.

Vu ses pupilles dilatées, sa voix de baraque foraine et ses tics nerveux, il a dû se recharger en euphorisants après l'anathème de la grand-tante.

– Vous savez quoi ? Le jour où Dominique se réveillera, je lui ferai une fête immense : mille personnes, feux d'artifice, Pavarotti... Cinq jours de délire non stop ! Ça ne coûte rien à louer, un château comme celui-ci. De toute manière on est tous foutus à moyen terme, entre le sérum contaminé et les mutations transgéniques, je ne sais pas combien d'années mon fils a devant lui avant que l'homme disparaisse de la terre, alors autant qu'on claque l'assurance vie de sa mère...

– Dominique ne se réveillera pas.

Ses mains s'immobilisent dans le papier journal dont j'ai tapissé ma boîte en carton. Je lui dis la vérité, maintenant qu'il a refait sa vie. Je lui raconte la provenance des flûtes qu'il est en train de déballer, et lui souhaite, avec une conviction aussi sincère qu'hypocrite, d'être heureux pour moi. Il serre les mâchoires.

– Les obsèques ont eu lieu ?

Je réponds oui d'un signe des paupières.

– Vous auriez pu me prévenir.

Sous-entendu : vous êtes venu à l'enterrement de ma femme, c'était normal que je vous rende la politesse. Et, sur le même ton, il ajoute :

– La salope.

Et me sort de but en blanc que la mère de Constant avait un amant sur la Côte d'Azur : ça durait depuis trois ans, il avait engagé un détective après sa mort pour être fixé, mais ne m'avait rien dit par égard pour ma douleur, voulant rester à l'unisson de l'amour que je portais à Dominique.

– Elle m'a toujours traité comme un minable, elle n'a jamais cru à mes travaux, elle a traumatisé mon fils et elle a tué votre femme, résume-t-il avec une lenteur froide en fixant sa nouvelle épouse, pour se persuader sans doute que cette fois il a fait un meilleur choix.

Puis soudain il me regarde, avec une telle surprise que je pense aussitôt que ma moustache s'est décollée.

– Et vous m'offrez des verres qu'elle vous avait offerts ?

J'esquisse une moue fataliste, pour souligner le sens de mon présent qui me paraît pourtant clair. Incrédule, il répète :

– Votre femme est morte à cause de mon ex et vous m'offrez un cadeau qu'elle vous avait offert ?

Les larmes inondent ses yeux, ses mains se mettent à trembler, lâchent les flûtes qui se brisent sur le parquet. Effaré, il me demande pardon en se coupant avec les morceaux qu'il ramasse. Pour abréger ses souffrances, je lui dis que j'en ai d'autres, que tout va bien et que son épouse le réclame. Et je m'éclipse vers le buffet, sentant qu'il est au bord de vouloir racheter sa maladresse en proposant d'être mon témoin le jour où je referai ma vie.

J'avale une espèce de crémant à la mûre, boisson unique sans doute incluse dans le forfait du traiteur, et, à travers les grappes d'endimanchés qui se congratulent, je cherche les toilettes pour me rassurer sur l'état de mon postiche. Je me sens tellement déphasé, tellement incongru dans cette comédie rituelle pour gens en place, que je redoute que mon apparence ne me trahisse.

Sur la terrasse, Constant et Aurélie se tiennent la main dans un poudroiement de soleil. Je m'arrête pour les regarder s'éloigner vers les marronniers qui poussent leurs premiers bourgeons. Le petit orphelin est parti sur mes traces, entraînant la demi-sœur adoptive qui sera un jour sa première femme, et qui peut-être lui gâchera toutes les autres.

Un téléphone est posé sur un guéridon Empire,

défendu par un cadenas qu'on a oublié de fermer. Je décroche. Au troisième mot de Dominique, je compose mon code d'interrogation à distance. Le journal me remercie pour ma nécro qui a été aussitôt archivée, et me demande la critique d'un roman parlant de football, le Supplément « Livres » de la semaine prochaine étant consacré à l'inauguration du Stade de France. Aurélie, sur la pelouse, se plie en deux pour éternuer plusieurs fois. Gentiment, Constant sort de la poche de son costume rayé deux masques antipollution, lui tend le premier et fixe l'autre sur son nez pour se protéger du pollen. Sans quitter des yeux le petit couple victime du printemps précoce, je pianote le code qui efface les messages. Et un bip inhabituel me noue la gorge. Je me suis trompé de chiffres. Je sors l'aide-mémoire glissé dans mon agenda, essaie d'annuler mon ordre, mais rien à faire. Au lieu des messages, c'est l'annonce que je viens d'effacer.

Je cours à ma voiture, bousculant les gens qui posent devant les photographes, démarre en projetant sur les attablés du jardin une gerbe de gravier et fonce en direction de l'autoroute, me raccrochant à l'espoir que, sur place, avec les boutons de commande, je pourrai déprogrammer la fausse manœuvre et récupérer, quelque part dans la mémoire du répondeur, la voix de Dominique.

Mais, au bout de trois cents kilomètres et d'une demi-heure de tentatives sans résultat, je dois me rendre à l'évidence. À la place du seul enregistrement que je possédais de sa voix, il y a désormais un grésillement ponctué par la rumeur du buffet de noces et moi qui brusquement crie : « Merde ! »

Assis au pied du lit, le chat me dévisage. Comment interpréter ce signe ? Désavœu, punition – ou bien encouragement à couper les ponts, à basculer dans cette autre vie que Dominique, dans sa lettre d'adieu, avait voulue pour moi...

J'enlève ma tenue de mariage, remets le costume et l'imper passe-partout qui me servent à traverser la rue, et je ressors tandis que la nuit tombe. En tournant le coin de l'avenue Junot, à l'abri de mon mouchoir, je décolle ma moustache, la range dans son étui.

Richard inconnu,

Nous sommes entre Brussel-Zuid et Brussel-Noord, et je viens de quitter votre voix. Lorsque vous m'avez appelée, j'étais en train de sécher depuis cent kilomètres sur une feuille blanche. L'envie d'être avec vous m'ôtait les mots du stylo ; je ne savais plus que vous dire ni comment. Ma pensée me ballottait du Harry's bar à Courbevoie et j'essayais de repasser notre soirée comme un examen que j'aurais raté. Je me sentais si nulle, si « non avenue ». Je n'avais su vous dire que des platitudes, je n'avais réussi qu'à vous rendre distant, gêné, banal. Pardon. Et votre déception si visible, malgré votre politesse (merci), je faisais tout pour l'accentuer. Par masochisme ? Par pénitence. Plus le temps passait avec vous, plus vous perdiez la femme de mes lettres, plus vous me deveniez un étranger. Et là, dans le train, au milieu de ces mots que je n'arrivais

259

pas à vous écrire, je me disais que j'étais la plus grave des connes avec mon cadeau. Cette maquette de vos rêves, qui arrive lorsque vous avez fini de rêver, lorsque votre livre et son décor vous sortent par les yeux, lorsque vous ne demandez qu'à les oublier pour revenir sur terre et prendre du recul, du plaisir, du temps gratuit...

Et puis votre voix dans le portable a soudain effacé tout ça, j'ai compris que je n'étais pas trop abîmée par notre rencontre, et ça y est : je me retrouve intacte sur mon papier à lettres, comme dans ma chambre de Bruges au temps où il n'y avait pas de visages entre vous et moi.

Bien sûr que je vous ai reconnu, à la minute où vous êtes entré au Harry's bar et où vous m'avez cherchée sans me voir. Vous vous ressemblez. Ou plutôt, vous avez recommencé à vous ressembler, après une longue rupture. Non ? Il y a eu ce garçon écrivant *La Princesse* dans sa soupente, et puis il y a eu vingt ans d'un autre homme (marié, papa, fonctionnaire, cadre dynamique résigné au bonheur dit « normal » ?), et ensuite la cassure : un divorce, un accident, une dépression ou un chômage qui ont fait le vide autour de vous. Et alors vous êtes redevenu l'apprenti-romancier, le garçon pauvre, l'homme seul, le rêveur que j'ai aimé, l'habitant de votre livre. Vous comprenez ce que j'essaie de vous dire ? Tout dans votre comportement, votre manière de payer, de manger les Big Mac, de snober les taxis, de me regarder indique que vous avez eu les moyens de vous tromper de route

260

dans une belle ligne droite, et que vous ne les avez plus, et que vous en voulez au monde de ne pas être revenu en arrière avec vous.

Et, ce soir, dans vos yeux, dans vos gestes, je faisais partie du monde. J'étais une petite nana d'aujourd'hui, comme on en voit partout. J'étais le déguisement que j'avais choisi pour me protéger de vous, au cas où. Au cas où vous auriez été trop différent de celui que j'espérais. Vous me voyez complètement rassurée. Merci, sainte Thérèse ; je vous attends donc lundi.

J'aimerais être pour vous une femme différente à chaque fois. Comme je l'étais, petite fille, pendant la fermeture annuelle, quand l'hôtel m'appartenait et que j'allais de chambre en chambre. Je jouais à être la jolie veuve de la 5, l'hystérique de la 9, la grand-mère de la 24, la jeune secrétaire de la 36 en week-end avec son patron... Toutes ces vies que je singeais, sans public, rien que pour moi, avec des robes et du maquillage volés chez ma mère, toutes ces vies que j'essayais dans la glace pour apprendre *la vie*. Ça marche comme ça, un romancier, non ? Mon manuscrit à moi, ma maison de papier, c'était mon hôtel.

Vous savez pourquoi il s'appelle *Het Schild* ? Ça veut dire « le bouclier ». Au début du XIVᵉ, votre Philippe IV envahit la Flandre et la plupart des commerçants et des bourgeois deviennent aussitôt francophiles, pour continuer de faire leurs petites affaires. Seuls le peuple et quelques aristos commencent la résistance, unis dans le parti de la Griffe du Lion. Ils entrent dans

Bruges le 18 mai 1302, demandent à tous les gens qu'ils rencontrent de répéter *Schild en vriend* (« bouclier et ami ») ; c'est si dur à prononcer que ça trahit le non-Flamand et le collabo qui bafouille de peur : aussi sec ils les zigouillent et libèrent Bruges.

Vous voulez être mon bouclier et mon ami ? Je vous apprendrai à prononcer.

À lundi.

K.

Je repose la lettre sur mes cuisses et me laisse aller dans le rocking-chair, les yeux fermés, essayant de convertir ses mots en caresses, de prêter ma main à ses gestes, de la faire venir dans ma bouche en cherchant comment se dit *Schild en vriend*. Je ne sais pas si je veux juste m'en convaincre, Dominique, mais en faisant l'amour ce soir au souvenir de Karine, j'ai l'impression de retrouver ta voix sur le répondeur – ou plutôt de ne pas l'avoir perdue, d'annuler dans ma mémoire la fausse manœuvre. Et si tout se tenait, si la présence de ton âme dépendait de mon état d'esprit, de mon envie de continuer ou non la route avec toi, de te faire partager encore des sentiments terrestres ? En dénudant Karine, je sens que tu m'accompagnes mieux que toutes ces fois où, respirant ton parfum, effleurant ta lingerie, laissant ton image se reformer sous le désir, je te ramenais de force dans ce corps désaffecté dont tu ne pouvais ressentir que le manque.

J'aimais tellement te faire l'amour que j'avais toujours craint de devoir admettre qu'avec une autre, ça pouvait être aussi bien. Aujourd'hui je le voudrais, de toutes mes forces. Les femmes de substitution vers lesquelles tu m'avais poussé avaient rempli leur rôle, s'étaient tenues aux limites que je fixais : je ne leur demandais que de me décevoir et elles ne s'en privaient pas. Je suis encore neuf, Dominique. Du moins toujours à même, je crois, rançon des frustrations, de vivre une « première fois » avec Karine. Dis-moi que je peux te donner du plaisir en aimant une vivante. Et si elle n'est pas celle que nous croyons, ce n'est pas grave : nous nous serons trompés toi et moi, ensemble.

Sous les cocotiers en plastique et les lianes pendues au plafond parmi les spots, je nage depuis une demi-heure dans le lagon vitré du Ken Club, entouré de toiles cauchemardeuses exposées aux vapeurs du chlore par un peintre néomoderne qu'on est tenu d'admirer en tant que membre. Ça m'amuse toujours de voir cet apôtre de la vision abstraite suer comme un bœuf sur les vélos sans roues, monter sur place des kilomètres d'escalier en roulant des yeux révulsés, tenter d'affiner ses contours dans le sauna ou mijoter en pot-au-feu dans le jacuzzi qui prolonge la piscine. C'est le décor de mes dimanches matin ; une bulle de fitness exotique en face de la Seine. Le peintre a répondu vigoureusement à mon salut, au vestiaire. Dans un curieux réflexe, je me suis dit : « Il m'a reconnu. »

Me rappelant les conseils du perruquier, j'ai changé de colle pour nager, et le Fard Vernier se comporte plutôt bien. Après m'être douché, je reviens prendre un brunch devant la piscine, regardant les nuages qui défilent au-dessus de la Maison de la Radio, entre les fleurs en tissu tropicales accrochées à la véranda. Ma séance d'haltères, mes vingt minutes d'abdominaux et mes longueurs de piscine m'ont creusé l'appétit. En attaquant le troisième croissant au jambon qui achèvera de me rendre en trois secondes les calories que j'ai mis trois heures à perdre, je parcours du doigt les petites annonces d'un journal humide. Non loin d'ici dans le XVIᵉ, un particulier vend six mille francs une Coccinelle 1302 de 1975, en « exceptionnel état d'origine » – ce qui doit signifier, vu son prix, qu'elle n'a jamais subi la plus petite révision. J'emprunte le téléphone de mon voisin de table, une chose pas plus grande qu'un briquet, très pratique, où le doigt enfonce deux ou trois touches en même temps. À l'aide d'un cure-dents, je compose le numéro du vendeur qui me donne rendez-vous dans une demi-heure, en bas de chez lui.

Je reprends mon sac de sport, quitte le club en confiant l'Armstrong-Siddeley aux bons soins du voiturier, et je pars à pied vers l'avenue Mozart. Au troisième coin de rue, profitant de la glace d'une parfumerie fermée, j'ôte ma moustache, je change de lunettes et je plaque mes cheveux en arrière avec une noisette de gel.

La Coccinelle s'avère une cloque de rouille sympathique, marron glacé, qui me convient très bien. Moteur réputé increvable, factures de vidanges, contrôle technique à peu près vierge mais périmé : je transige à quatre mille, retirés au distributeur d'en face. Dix ans de vignettes s'alignent le long du montant de pare-brise.

– Je vais vous les enlever, propose le vendeur.

– Non, ça va, je les garde.

Il se tourne vers moi, étonné. Avec une moue et un regard de côté, je donne le change en précisant :

– C'est joli.

D'un haussement de sourcils, il entérine mes goûts, et barre la carte grise que j'empoche dans mon jogging. Il m'offre un verre que je refuse, commence à me donner l'historique du véhicule dont je le dispense très vite. La Coccinelle m'appartient désormais depuis 1975 : ç'a été ma première voiture, je l'ai toujours gardée, même lorsque je roulais en Volvo ou en Saab, au temps où j'étais marié avec la fille de ce notaire d'Amboise qui m'a ruiné à coups de pensions alimentaires, après m'avoir viré du club de remise en forme que nous dirigions ensemble et chassé de notre maison de Versailles, ce qui m'a permis de me « retrouver » depuis six mois, entre ma Coccinelle d'étudiant et ce studio de célibataire que j'avais conservé comme bureau, si jamais un jour l'inspiration revenait, et elle était revenue grâce au divorce qui avait effacé quinze ans de résignation auprès d'une erreur de jeunesse, appelons-la Marie-Pascale ; j'avais cessé de boire pour retrouver le courage d'écrire, et je m'étais ensablé jour et nuit avec les personnages de *La Princesse* pour oublier que mon ex avait la garde de notre fils Constant, qu'elle avait si bien monté contre moi qu'il ne voulait même plus répondre à mes lettres, depuis qu'elle l'avait emmené vivre dans le sillage de son amant glaciologue.

M'efforçant de correspondre aux déductions que Karine a tirées de mon allure et de mon comportement, je constate que cet enchaînement de revers tient le coup, même si le parcours de Richard Glen n'est qu'un amalgame de destins recyclés. Et je remonte vers Montmartre au volant de ma Volkswagen qui crachote et cliquette, pressentant qu'à l'allure où elle roule, il faudra que je parte assez tôt demain pour arriver à l'heure dans la baie de Somme.

Passant devant une pharmacie de garde, j'hésite à m'arrêter. Une place se libère ; je prends mon courage à deux mains. Le nez collé à la vitrine, j'essaie en vain de repérer un présentoir qui m'éviterait d'avoir à formuler ma demande. Finalement, j'entre dans la librairie d'à côté et j'achète le Guide bleu de la Bretagne. Il sera toujours temps d'aviser ; ce n'est pas une boîte de préservatifs qui m'aidera le mieux à préparer nos retrouvailles.

Assis au volant, siège incliné, je commence à me construire, page après page, d'historique en folklore, de couleurs locales en spécialités, une enfance dans le Morbihan. Lorsque je redémarre, je sais d'où je viens, combien les naufrages ont décimé ma famille, comment l'élevage intensif du porc a peu à peu détrôné la culture de l'artichaut, et ce qu'a enduré ma grand-mère pendant la guerre. Grâce à la somme gagnée le mois dernier au loto, elle mène désormais une vie savoureuse de vieille dame indigne, de palaces en croisières, ce qui m'empêchera, à mon grand regret, de lui présenter Karine.

Je passe le dimanche après-midi au studio, à relire ses lettres dans l'ordre, à essayer de reconstituer mes réponses dont je n'ai pas gardé le double. Et de feuille en feuille, le bonheur de l'attendre, de me retrouver demain devant elle emplit tout l'espace autour de moi, du rocking-chair où je l'ai aimée à la maquette dont je laisse bourdonner en permanence le circuit électrique. Toutes les racines affectives que je me suis offertes ce matin, tous ces souvenirs inventés qui tiennent au corps et me poussent vers elle, me donnent l'envie grandissante de la mêler vraiment à l'existence qu'elle m'a inspirée. Si bien qu'à la nuit tombante, je monte jusqu'à la Crêpe-Montmartre, m'installe près du piano mécanique et écoute les mélodies de Joe Dassin jusqu'à une heure du matin, attendant la fermeture pour parler au patron.

Il est en train de récurer ses plaques chauffantes lorsque je l'aborde, mon addition à la main. Je lui demande si les affaires marchent. Il me dit non. Je m'extasie sur les prouesses techniques de ce piano dont les touches s'abaissent sous des doigts invisibles. Il répond que les clients n'aiment pas : ça casse l'ambiance. À cause de l'URSSAF qui le prenait à la gorge, il a été obligé de licencier son musicien et de le remplacer par ce Pianola à bandes perforées qui lui a coûté la peau des fesses et que le vendeur ne veut pas lui reprendre. Il est coincé, dégoûté, et, comme il n'a plus les moyens de payer ses racketteurs, il attend comme une délivrance de se faire plastiquer, en espérant que l'indemnité de son assurance lui permettra d'aller ouvrir une pizzeria dans son Finistère natal. J'évite de lui dire que moi aussi je suis d'origine bretonne. Peut-être que le Morbihan et le Finistère ne s'entendent pas.

Avec la modestie des gens qui ne vivent pas à leur

faim, je lui propose d'animer le piano. Il ne comprend pas. Je lui demande de le rallumer, je m'assieds sur le tabouret, je me compose un visage inspiré et je commence à faire courir mes doigts d'une touche à l'autre, juste avant qu'elles ne s'enfoncent. *Champs-Élysées* est la première mélodie du programme. Toute la soirée, de crêpe en crêpe, j'ai eu le temps de répéter, à chaque reprise du répertoire, le placement des mains sur la nappe en papier. Je loupe quelques accords, mais mon avant-bras dissimule les notes qui se jouent avant que j'arrive. Perplexe, le patron s'est juché sur une table et réfléchit, coudes aux genoux.

À la fin du morceau, il me demande combien je prendrais, éventuellement. Comme je n'ai aucune notion des tarifs en vigueur, je lui conseille de me rétribuer sous forme de crêpes ; ça lui évitera les charges sociales. Il ne répond pas. Dans le souci de vaincre sa méfiance, je lui déclare que je suis chômeur en fin de droits, interdit bancaire et que tout salaire que je pourrais toucher serait aussitôt saisi par le fisc. Rassuré, il compatit et m'accepte. Évidemment, je tiens à lui préciser que, vivant d'impondérables et saisissant tous les boulots au noir qui peuvent se présenter dans une journée, je ne suis pas en mesure de lui garantir mes horaires. Qu'à cela ne tienne, il me dit que je serai le bienvenu chaque fois que je pourrai passer, et m'offre un coup de cidre en prédisant qu'avec les cotisations patronales, de toute façon, la France est finie. On trinque à la Bretagne libre et on se quitte avec une tape sur l'épaule.

En redescendant vers la rue Lepic, sourire gercé dans

la bise, je me sens devenu un peu plus Richard Glen. Ce personnage virtuel que j'enracine jour après jour dans la réalité n'est plus seulement un alter ego, un désir de fuite, une issue de secours. Il commence à exister par lui-même, à me dicter sa loi, ses envies, ses besoins – et même sa détresse. C'est peut-être difficile à croire, mais, à l'instant où je dépeignais la misère de ma situation au patron de la crêperie, *j'avais totalement oublié* les trente mille francs nets virés chaque mois par le journal sur mon compte courant. Ça ne veut pas dire que Frédéric Lahnberg disparaisse quand je n'ai plus de moustache. Simplement il vit ailleurs, de son côté, autonome. Mais si je me suis fait engager comme figurant pianiste, ce n'est pas seulement pour compléter ma biographie. Ni pour qu'une personne de plus souscrive à mon existence. Ni pour avoir les moyens d'accueillir Karine sur la Butte. C'est, avant tout, pour me créer des obligations, moi aussi, ne pas rester en plan lorsqu'une voix au téléphone la rappellera soudain à Bruges, ne pas être tenté de lui reprocher ce mystère et ces contraintes dont j'ai tant besoin pour continuer à l'aimer librement. Pour la sentir à la fois si proche et si incertaine, si ressemblante et si opaque, et en arriver même parfois à la croire aussi fictive que moi.

C'est étonnant comme les voitures déteignent. J'avais le détachement résigné d'une Armstrong-Siddeley, sa tenue de route, ses sautes d'humeur, le confort de son silence et ses reprises insoupçonnées ; j'ai depuis ce matin la fantaisie têtue d'une Coccinelle. Dans un bruit joyeux d'essoreuse à salade, je me traîne sur l'autoroute en zig-zaguant sous le vent latéral, chassé vers la bande d'arrêt d'urgence par tous les camions qui me dépassent. Heu-reusement je suis parti dès midi, sur la foi du bulletin météo qui promettait le soleil après dissipation des bru-mes matinales. Je comptais atteindre la Manche en deux ou trois heures et flâner dans le décor que nous avait choisi Karine. J'ai crevé porte de Clignancourt.

Après avoir cherché en vain la roue de secours sous la voiture, puis à l'arrière dans le compartiment moteur, j'ai conclu qu'elle était dans le coffre avant et je n'ai jamais réussi à l'ouvrir. J'ai dû marcher sur le périphéri-que vers un téléphone, attendre la dépanneuse et me faire remorquer jusqu'à une station de La Plaine Saint-Denis où le mécano, ayant forcé le capot avec un pied-de-biche, m'a offert un sandow pour le refermer. C'est en voulant vérifier sur le livret de bord la pression de gonflage préconisée par Volkswagen que j'ai découvert, dans le fond de la boîte à gants, la tirette commandant l'ouverture du coffre. Et j'ai repris la route avec un capot que la moindre accélération fait bâiller comme un hippopotame.

Bref, durant les deux cents kilomètres de brouillard de plus en plus dense, j'ai eu tout le temps d'apprendre par cœur la cassette de Joe Dassin achetée à la station-service, et il est seize heures dix lorsque, sur *L'Été indien*, je quitte l'autoroute à Abbeville. J'ai le timbre enroué, la voix chuintante et une migraine de boxeur, mais je me sens incollable.

Aux accents de *L'Amérique*, après avoir contourné des ronds-points, longé des champs inondés, traversé des bourgs endormis flanqués de gigantesques panneaux de limitation de vitesse, j'arrive à Cayeux-sur-Mer dont je ne vois que des lampadaires. À un pêcheur qui se hâte sous la pluie, caban remonté sur la tête, je demande la route du Hourdel. Il me désigne la direction d'où je viens. Je fais demi-tour, essayant de me repérer aux carrefours que rien ne distingue les uns des autres. Après vingt kilomètres en rond, glace baissée pour diminuer la buée, je n'ai rencontré que des dunes, des campings déserts et des tas de betteraves, je suppose, aux bâches maintenues par des pneus. Je commence à désespérer, dans une odeur entêtante d'embruns et de vase sucrée, lorsque mes phares rencontrent l'affiche d'un promoteur vantant ses pavillons typiques, 29 route du Hourdel, « au cœur de la plus belle réserve naturelle de la baie de

272

Somme ». Je me repère aux grues du chantier dont les veilleuses tanguent sous les bourrasques. Un clocher au loin sonne la demie de quatre heures et la nuit a déjà pris possession du brouillard. Pour la réserve naturelle, on verra une autre fois.

Je m'arrête devant le 55, une maison en briquettes et moellons en face d'une jetée, collée à ses voisines toutes semblables. J'imaginais mieux, mais j'ai déjà pu constater combien Karine rend poétiques les choses les plus sordides, du pittbull de banlieue au métro de nuit en passant par la file d'attente au fast-food. C'est même d'autant plus touchant qu'elle ait découvert *La Princesse des sables* et ressenti de telles émotions dans une bicoque impersonnelle aux abords d'un chantier.

Je me gare sur le quai vide, au-dessus du chenal, entre un crucifix et une potence où un petit chalutier suspendu se balance en grinçant. La lueur du phare, au bout de la route, anime la brume toutes les cinq secondes. Des mouettes crient, des volets cognent. Le chauffage défaillant de la Coccinelle a raidi mes jambes et je ne sens plus mes doigts, à force de nettoyer le pare-brise avec mon chiffon à lunettes. Je fais quelques pas pour me dégourdir, m'approche du crucifix. Il surmonte un monument dédié à la mémoire des touristes emportés par le courant. Des chaluts s'enroulent autour d'écriteaux déconseillant sous peine de mort les promenades trois heures avant chaque marée haute. Aucune enseigne de café n'apparaissant à l'horizon, je décide de m'annoncer ; tant pis si j'ai vingt minutes d'avance. Une dernière fois,

273

je me récite mes origines. Je suis prêt. Le cœur serré, du Joe Dassin plein la tête, je presse le bouton de la sonnette.

Un grand blond en pull torsadé m'ouvre la porte. Étonné, je lui dis bonjour. Il me répond quelque chose comme « Yo-Aïe » et, avec un air soulagé, me désigne le couloir derrière lui. J'entre dans une pièce où une dizaine de torsadés du même gabarit entourent un plan du littoral avec des flèches et des croix. J'avais cru comprendre que nous serions seuls. À la fille en combinaison de surf qui s'avance vers moi avec un thermos de café et un sourire de bienvenue, je demande si Karine est là. Dans une langue apparemment scandinave, elle répète le prénom, questionne trois ou quatre blonds qui secouent la tête, et me désigne l'escalier. Ses gestes suivants semblent me déconseiller de prendre une douche parce qu'il n'y a plus d'eau chaude, mais je ne garantis pas la traduction.

Je monte à l'étage, très perturbé. J'ai beau ouvrir toutes les portes, je ne trouve aucune trace de bibliothèque. Tout sent la location meublée, la résidence saisonnière conçue pour accueillir le maximum de gens dans l'espace le plus facile à nettoyer. Le sol plastique est plein de sable, les lits garnis de sacs de couchage. Ma lectrice a vraiment un sens de l'ambiance assez particulier. Je redescends l'attendre parmi les Scandinaves qui me libèrent un pouf. Si j'en crois les croquis sur leurs genoux et l'attirail entreposé contre les murs, il doit s'agir d'une équipe de chars à voile qui se prépare pour une compétition. L'amie de Karine a dû lui dire que la maison serait libre, en se trompant de semaine sur le planning des locations.

Munie d'un paquet de biscuits, la fille en combinaison fluo revient de la cuisine. L'expression fébrile et chargée d'espoir avec laquelle elle m'interroge en mimant à nouveau ses problèmes de douche m'incite à penser qu'elle me prend pour un plombier. M'efforçant de peser mes gestes pour être clair sans être brutal, je lui révèle qu'en réalité j'attends une amie de la propriétaire avec qui je dois, en principe, passer ici une nuit d'amour. Après dix secondes d'immobilité totale, sourcils froncés, elle m'explique une fois de plus qu'elle prend une douche, qu'elle a froid, et me désigne la porte d'entrée pour que j'aille chercher au moyen de jumelles un homme avec un tournevis. À moins qu'il ne s'agisse d'une personne à lunettes rondes qui a un problème de démarreur.

Pour ne pas la contrarier, je remets mon blouson et sors faire les cent pas dans la brume. Un silence parfait règne sur la route qu'on devine à peine. Aucune voiture, aucun piéton. Au bout d'un moment, je pars le long de la digue, espérant trouver le centre-ville. Cinq cents mètres plus loin, la rue s'arrête devant le phare. Le dernier bâtiment est un hôtel minuscule où dîne seul un représentant, aux prises avec le crabe qu'il décortique. La détresse émanant des chaises retournées sur les tables autour de lui m'enlève toute envie d'entrer. Le break stationné dans le jardin de sable, empli de vêtements polaires, klaxonne en clignotant toutes les cinq minutes, et le représentant sort avec résignation, serviette autour du cou, pour interrompre l'alarme.

Je reviens sur mes pas, gelé, bredouille. Seules quelques lumières brillent aux fenêtres des pavillons. Un bruit de moteur me fait presser le pas, sans raison : la voiture dépasse le 55 et continue sa route sans ralentir à ma hauteur. J'ignore si Karine doit arriver en train, en auto ou en moto, mais la Coccinelle est toujours seule sur le quai et je n'ai croisé aucun taxi. Je continue jusqu'aux grues du chantier, près desquelles j'ai remarqué tout à l'heure une cabine. Je compose le numéro de son portable, tombe sur une voix de synthèse m'informant en français, en anglais et sans doute en flamand que la boîte vocale de mon correspondant est saturée. La communication se coupe toute seule. Je repars vers le phare.

Lorsque je reviens au pavillon, le rez-de-chaussée est vide, des bruits de lits repoussés, de chasses d'eau et de godasses balancées résonnent à l'étage. Je passe dans la cuisine où les assiettes s'entassent dans l'évier bouché par les pâtes. Si les athlètes du char à voile s'endorment à sept heures, la grasse matinée promet d'être courte. De toute manière, j'emmènerai Karine dîner à Abbeville et nous chercherons un hôtel. Je m'installe devant le téléphone, vérifie qu'il est branché, appelle la boîte vocale qui à nouveau me raccroche au nez. Peut-être y a-t-il une grève des trains. Des bouchons sur la route. Elle va certainement me prévenir.

Les minutes passent au rythme des chasses d'eau. Incapable d'attendre correctement, de savourer mon impatience ou d'apaiser mon inquiétude, je vais prendre dans la Coccinelle le sac où j'ai glissé, par curiosité, par superstition aussi, le roman du jeune homme qui, le premier, m'a fourni les bases du caractère de Richard.

Étendu sur le canapé défoncé, attendant la sonnerie

du téléphone, je parcours en diagonale l'histoire du quincaillier savoyard reconstituée par le gendarme qui avait trouvé son corps. Ça se laisse lire. Ça manquerait même plutôt de maladresse, pour un premier roman. L'éditeur a dû confier à l'un de ses conseillers littéraires le soin d'enlever toute personnalité au récit en limant ses aspérités, en recollant ses ruptures de style, en le « formatant », ainsi qu'ils disent maintenant, comme ces producteurs de pommes qui calibrent leurs fruits en fonction de la contenance des cageots.

Je sens bien que c'est une erreur psychologique de me remettre dans ma peau de critique pour tuer le temps, mais il est huit heures quand je relève les yeux et je sais désormais que je passerai la nuit seul. Et tous ces déboires que je me suis inventés pour Karine, ce drame du divorce et de la paternité volée dont je ressens à présent les séquelles m'emplissent de rage devant sa légèreté. À quoi joue-t-elle avec moi ? Est-ce une manœuvre, un empêchement, un oubli ?

Sautant une trentaine de pages, je tombe sur deux gendarmes qui regardent un match de foot à la télé, et je commence à griffonner, sur les feuilles blanches rajoutées au volume pour lui donner les deux cents pages qui justifient son prix, le brouillon d'une critique dithyrambique sur la renaissance de la littérature sportive, illustrée par ce nouveau romancier féru de ballon rond, puisque tel est le sujet imposé par le Supplément de la semaine prochaine. Et de crier à la révélation, de saluer le style serré, l'économie de vocabulaire, l'écriture blanche. Sens inné de l'attaque, de la feinte et de la reprise, ce Guillaume Peyrolles est de la race des grands. Ça ne mange pas de pain et ça fera plaisir à Lili.

Je me réveille au milieu d'une agitation bruyante, le roman refermé sur mon pouce. Les Scandinaves s'attachent des sangles, des tasses circulent, une odeur de café, de pain brûlé m'emplit les narines. Sur la baie vitrée, la nuit laisse la place au brouillard de la veille.

Tout en faisant chauffer le moteur de la Coccinelle, j'inscris au centre d'une feuille : « Je ne comprends pas le sens de ce lapin », et la glisse dans une enveloppe pour Bruges que je poste avant de reprendre l'autoroute.

Quand la baie de Somme n'est plus qu'un souvenir en travers de ma gorge, je m'arrête sur une aire de repos et engloutis un petit déjeuner gigantesque. Puis je relis le brouillon de mon article. Suicidaire. Tout le monde se foutra de Lahnberg. Mais pour supporter l'humiliation infligée à Glen, il faut que j'équilibre la balance. Je ne sais à quelle nécessité intérieure j'obéis, je n'ai ni le temps ni l'envie d'analyser la déception et la rage qui bouillonnent sous ma main tandis que je recopie cet éloge aberrant, que mes ennemis se hâteront d'expliquer par le copinage ou l'Alzheimer ; je ne ressens que le besoin de faire du mal. De venger l'orgueil de Richard en entachant le crédit de Frédéric. Œil pour œil, dent pour dent.

Pressentant que le chemin du retour pourrait m'inciter à faire machine arrière, je faxe mon papier depuis la caisse du restoroute et je repars avec l'imbécile exaltation qu'on éprouve quand on a commis quelque chose d'irréparable. Cinq minutes plus tard, j'abaisse ma vitre et jette la cassette de Joe Dassin.

Je ne sais pas ce qui va se passer, maintenant. Mes doigts se desserrent sur le volant à mesure que ma résolution faiblit. L'image de Karine assise sur les marches du Harry's bar à côté de moi, sa maquette et son inquiétude en regardant les lignes de ma main changent peu à peu ma rancune en tristesse. Ou elle n'a pas pu venir au dernier moment, ou elle est arrivée en avance, elle a découvert l'équipe de chars à voile et, pour sauver notre intimité, elle a laissé à l'un des Scandinaves, qui a oublié de me le donner, un message me fixant rendez-vous dans un autre lieu. Cette hypothèse à laquelle je n'avais pas songé me fait courir jusqu'à une cabine tandis qu'un pompiste remplit mon réservoir. La boîte vocale a été vidée et la voix synthétique m'invite à laisser un message. Je raccroche en souriant. Je comprends maintenant seulement combien j'ai eu peur qu'il soit arrivé quelque chose à Karine. Et le reste ne compte plus : ni mes blessures d'amour-propre, ni ma rancœur infantile, ni mes mesures de rétorsion contre l'autre moi-même. Je pourrais encore bloquer mon papier avant qu'on ne le compose. Je n'en sens pas l'urgence.

Pied au plancher, plafonnant à cent dix dans les battements réguliers de mon capot, je regagne Paris sous le soleil aveuglant qui a troué la brume depuis Beauvais. Rue Lepic, je trouve une place juste en face de chez moi et, dans la boîte, un télégramme daté de ce matin neuf heures, émis par le bureau de poste de Cayeux-sur-Mer.

Pourquoi vous n'êtes pas venu ? Si vous voulez m'oublier, dites-le-moi. C'était si doux de vous attendre, jusque-là. J'espère que vous avez perdu mon numéro. Sinon vous êtes mort ou salaud, et je ne peux croire ni à l'un ni à l'autre.

Je tombe assis sur une marche. Qu'est-ce qui s'est passé ? Je n'ai pas pu me tromper d'heure ni d'adresse : j'entends encore sa voix me fixant le rendez-vous. C'est donc bien ma dernière hypothèse qui était la bonne. Les chars à voile qui n'ont pas compris son message. Elle m'a attendu jusqu'au matin, exactement comme je l'ai fait, peut-être à cinq cents mètres de moi, dans une chambre de l'hôtel en face du phare, au-dessus de la salle où dînait le représentant. C'est trop bête, trop fou, trop dérisoire et l'envie d'en rire avec elle est si forte que, sans vouloir risquer la maladresse d'un message d'explication, je reprends la route aussitôt pour la rassurer de vive voix avant qu'elle ne reçoive ma lettre.

Les toits sont rouges et gris, saupoudrés de neige, les rues désertes, les maisons creuses. Les canaux gelés sinuent sous les pignons gothiques et les saules inclinés. Entre deux ponts en dos-d'âne, une barque vide est prise dans la glace.

D'en haut, j'ai du mal à situer mes repères dans le lacis des ruelles et des quais, à retrouver Groenerei. Au milieu d'une grande place qui doit être le Markt, un beffroi culmine avec ses quatre horloges, légèrement penché ; on dirait qu'il a commencé à fondre. L'une de ses tourelles d'angle s'est affaissée contre l'aiguille des minutes, sous la chaleur du spot éclairant la vitrine.

Je lève les yeux de la ville sculptée en chocolat. Noir pour les églises, au lait pour les maisons, blanc pour le canal et praliné pour les pavés ; toitures en pâte d'amandes, vitraux en sucre d'orge, cassonade et massepain dans les jardins, caramel effilé donnant des branches au tronc candi des saules. Le maître confiseur qui a reconstruit Bruges attend ma réaction, les mains dans le dos, le sourire modeste habitué aux éloges. Il a retrouvé un visage avenant, quand est ressorti le jeune couple avant moi qui lui avait demandé : « Ça se mange ? »

J'oriente mon index vers le nord-est :

– L'hôtel *Het Schild*... En quoi est-il ?

– Nonante pour cent de cacao, pour lui, j'ai dû prendre. Fèves du Brésil. Le meilleur à travailler : sitôt façonné il redurcit. Pour toute la ville je n'aurais su faire ; bien trop cher et trop foncé. Mais *Het Schild*, tel qu'il est, surtout juste en face quand le client compare, il fallait bien rendre...

Mon regard monte au-dessus du beffroi, s'arrête sur la vitrine. De l'autre côté du canal, on aperçoit la masse de l'hôtel brûlé, poutres noircies pointées vers le ciel blanc.

J'ai tourné une heure en arrivant dans Bruges : le plan de circulation, destiné à éloigner les voitures du centre-ville, me renvoyait sans cesse, de sens uniques en giratoires, sur le terre-plein de la gare où des panneaux festifs indiquaient l'emplacement des parkings et des loueurs de vélos. Je me suis procuré un plan et je suis parti à pied dans les rues longues, étroites, glissantes en direction de Groenerei, un quai situé là où le canal forme un coude à l'endroit de la pliure. Bataillant pour garder mon plan ouvert devant moi sous la brise, frôlé par les vélos tanguant sur la pellicule de glace aux cris de « *Pas op ! Pas op !* » et « *Neem !* » quand ils m'avaient heurté, j'ai fini par tomber au hasard, dans le dédale des venelles aux maisons colorées, sur un pont en accent circonflexe qui m'a mené devant l'hôtel *Het Schild*. L'enseigne médiévale en forme de bouclier était scellée dans la façade en pierre et bois calcinée. Au centre du panneau d'aggloméré cloué sur les vestiges de la porte d'entrée, un écriteau bilingue, délavé, rongé de mousse, donnait les références d'un permis de démolir accordé trois ans plus tôt.

Je suis resté quelques minutes adossé au parapet du quai, abasourdi, incrédule, assailli d'hypothèses et de remises en cause. Aucun des passants interrogés n'a pu me donner, ni en français ni en anglais, la moindre indication sur la date de l'incendie, sur le sort des propriétaires. Qui était Karine ? Un fantôme de chair, une mémoire vivante, une squatteuse qui dormait dans la ruine à ciel ouvert – ou simplement une voisine qui utilisait l'endroit comme boîte postale ? Cette dernière éventualité qui trouvait un écho si fort dans ma propre situation me faisait frissonner d'excitation contre mon parapet. Mais ça n'a pas duré. Le chocolatier du quai d'en face, quand j'ai poussé sa porte pour lui demander à qui appartenait l'ancien hôtel, m'a répondu, après quelques instants de réflexion ou de méfiance, en me récitant une page d'histoire. En 1739 Karen Weerens, la fille bâtarde d'un comte van Brugghe, fit construire sur Groenerei la plus belle maison du quartier, qui resta possession flamande jusqu'au jour où sa dernière descendante épousa un Wallon, injure sacrilège à ses ancêtres qui avait causé, selon certains, la colère divine et l'incendie de 1994. Le couple en question s'appelait Denesle, oui. Ils avaient bien eu une fille. « Kââhrren », corrigea-t-il en entendant ma prononciation. Quand je lui demandai, le cœur battant, s'ils avaient péri dans l'incendie, il répliqua simplement, d'un air fermé :

– Ils auraient dû.

Et il me tourna le dos pour servir la dame entrée en même temps que moi, sans vouloir préciser si la formule exprimait un jugement moral, la difficulté d'un sauvetage in extremis ou la terrible injustice de survivre à son enfant. Ni le kilo de chocolats ni le biscuit *speculoos* grand comme une galette des rois, accroché sur une corde à linge au-dessus des toits du Vieux-Bruges, que je lui achetai en échange de ses renseignements, ne purent lui tirer un mot de plus sur celle qu'il appelait, d'une voix basse et triste, « la fille du Wallon ».

En ressortant de la confiserie, je m'assieds sur un banc givré au coin du quai, le *speculoos* géant me servant de coussin. Je fixe la maison d'en face, j'essaie de me projeter à l'intérieur de la façade aveugle, d'imaginer le décor d'avant le sinistre, derrière les découpes d'agglo qui remplacent les fenêtres. Je décide que la plus grande ouverture, sous l'encorbellement du pignon à redents, est celle de la chambre 28 où Karine a découvert les livres auprès d'une Libanaise annuelle. Je promène les mots de ses lettres dans le décor calciné et j'attends. Je ne sais pas ce que j'attends. Une illumination ou un événement ; la belle silhouette cachée dans l'anorak informe, un casque de walkman dans les cheveux frisés, des doigts se glissant sous la porte condamnée pour attraper une lettre... Je me raccroche à la seule explication qui ne verse pas dans le surnaturel : la jeune fille que je connais habite dans les parages ; son adolescence a été marquée par l'histoire de Karine Denesle, sa mort tragique dans l'incendie, le souvenir de ses confidences, et elle s'est glissée dans son identité quand il lui a fallu choisir un pseudonyme. Reste à savoir pourquoi elle ne m'a pas écrit sous son vrai nom. Quelle vie officielle, banale ou secrète elle a voulu cacher au romancier qu'elle désirait séduire... Et quel est son lien avec ce confiseur qui a reproduit la ville à l'échelle d'une vitrine, comme elle-même a réduit mon livre aux dimensions de sa maquette.

Bien sûr, je pourrais entrer dans un bureau de poste et consulter l'annuaire, je pourrais aller interroger l'office du tourisme, les lycées, d'autres commerçants... Mais l'ambiance dans laquelle je me trouve, le charme glacé qui cristallise en moi sur ce banc m'enlève toute envie de bouger. « Imposteur » a-t-il un féminin en flamand ? J'ai croisé le chemin d'une usurpatrice, comme moi, d'une jumelle inconnue qui m'a imité à son insu, qui m'a percé à jour sans le savoir – à moins qu'elle ait découvert et respecté ma fiction, comme je respecterai la sienne ; je viens de le décider en cet instant, sur ce biscuit qui se craquelle dès que je remue les fesses. Le destin d'une Karine inventée, voilà mon vrai sujet, l'histoire que Richard Glen pourrait écrire parce qu'elle est faite pour lui.

Des groupes de touristes photographient l'hôtel, s'immortalisent devant les décombres. Ils mangent en

marchant, feuillettent des guides en regardant leur montre et leurs enfants portent autour du crâne des bandeaux
clignotants, baladent sur les murs la petite tache rouge
de leur crayon laser, jouent aux tireurs d'élite en criant
« bang ! » dans toutes les langues, tous les calibres. On
se croirait sur la Butte-Montmartre. Les mêmes têtes, les
mêmes caméscopes, les mêmes accents, les mêmes gad-
gets. L'air moins essoufflé, simplement, parce que c'est
plat.

À quatre heures moins le quart, un facteur s'arrête
devant le numéro 9, béquille sa bicyclette et glisse deux
lettres sous la porte de l'hôtel. Mon cœur s'emballe soudain. Pourquoi *deux* lettres ? Combien sommes-nous à
croire en Karine Denesle, à lui répondre ? Un élan de
jalousie serre mes poings, moi qui me croyais incapable
de ce genre de sentiment. On ne peut être jaloux que si
l'on cherche à posséder, et jamais je n'ai revendiqué le
moindre titre de propriété sur personne – jusqu'à
aujourd'hui. Karine n'a pas le droit de partager ses mensonges avec un tiers. Je ne le supporterais pas. Elle peut
faire l'amour avec qui elle veut, mais pas vivre en même
temps une histoire similaire, pas s'inventer le même personnage auprès d'un autre. Le ballotin de chocolats
s'écrase sous mes doigts. Je le pose par terre. Les battements de mon cœur s'apaisent. La fureur retombe. Le
second pli est peut-être simplement un « envoi en nombre ». Une publicité sous enveloppe anonyme que le facteur est tenu de distribuer à chaque adresse.

J'ai décollé les fesses du biscuit fracassé et je m'apprête
à traverser le pont, lorsque mes talons se bloquent sur

les pavés. Cinquante mètres derrière le facteur qui continue sa tournée, Karine débouche au coin des arcades du Vismarkt sur un vélo rouge. Le même anorak, les cheveux plaqués par un serre-tête...

Appuyant son guidon contre le mur, elle s'agenouille, s'allonge sur le côté, glisse sa main sous la porte et ramène les lettres. Elle se relève d'une détente, regarde les deux enveloppes, en empoche une et déchire l'autre. Un bonheur fou m'inonde et reflue aussitôt. Elle remonte en selle, s'éloigne le long du canal. Je franchis le pont en courant pour aller ramasser dans le caniveau les morceaux d'une lettre qui est peut-être la mienne. Je bouscule un passant qui se raccroche à moi, je me dégage en le repoussant vers les cyclistes.

Dans le son de la collision, je m'accroupis et saisis l'une des moitiés d'enveloppe. C'est un tract électoral. Merci, mon Dieu. Qui que Vous soyez, quoi que Vous me vouliez. Karine a tourné au coin d'une rue. La Japonaise désarçonnée se relève en se massant le bras, aidée par l'homme que j'ai renversé. Je leur dis « police ! », ramasse le vélo, désigne à la Japonaise la plaque du loueur puis ma poitrine, pour qu'elle comprenne que j'irai le rapporter, et je m'éloigne en danseuse à la poursuite de Karine. Aucun écho, derrière moi, aucune protestation – ou alors ils sont couverts par le grincement du pédalier, le sifflement du vent dans mes oreilles, le tintement de la sonnette sur laquelle mon pouce s'acharne pour que les gens s'écartent.

Deux rues plus loin, j'aperçois derrière un engin de travaux l'anorak bleu. Je ralentis, garde une distance de

287

sécurité. Je ne veux pas l'aborder, la surprendre. Je veux juste *savoir*. Découvrir sa véritable adresse, sa vraie vie, sa réaction quand elle lira ma phrase à l'intérieur de l'enveloppe. Alors, si, comme je l'espère, face au malentendu absurde qui a empêché nos retrouvailles, elle se précipite pour m'écrire une lettre et la poster, peut-être que je lui apparaîtrai, au dernier moment, pour recevoir ma réponse en main propre. Ou bien j'irai l'attendre rue Lepic. Nous verrons.

Sur la grand-place du beffroi, le carillon joue *La Truite* de Schubert. Karine pédale assez lentement et je la suis à son rythme, accélérant quand elle tourne pour éviter de la perdre, dans une ville où mes seuls points de repère sont en chocolat. Quittant le Markt par la Sint-Jacobstraat, elle continue tout droit après l'église dans une rue bombée dont les pavés me remontent dans la gorge. Les maisons se clairsèment, les touristes s'espacent, les faubourgs approchent. Sur une place de carte postale, elle arrête son vélo devant la guérite vitrée d'un vendeur de sandwichs. Caché derrière un arbre, j'en profite pour remonter ma selle réglée pour la petite Japonaise. Deux colonnes de fillettes bleu marine passent à côté de moi, encadrées par des religieuses.

Du coin de l'œil, je vois Karine mordre dans un hot dog et je souris. Touché qu'elle associe ce souvenir du Harry's bar à la lettre glissée contre son sein. Même s'il ne s'agit que d'un petit creux. Je retiens ma respiration tandis qu'elle sort l'enveloppe de sa poche intérieure. Le hot dog serré entre ses dents, elle la décachette. Elle pourrait attendre d'avoir fini, je trouve. Un peu de solen-

nité ne nuirait pas aux sentiments qui doivent s'affronter
en elle : rancune, espoir, inquiétude... Ou alors elle se
protège, en banalisant l'instant, contre la déception, la
fin de non-recevoir qu'elle redoute. L'enveloppe tombe
par terre, part au vent. La bouche pleine, elle déplie la
feuille. Elle lit ma phrase unique. Et arrête de mâcher.
Elle ferme les yeux, secoue la tête en avalant sa bouchée.
Puis court derrière l'enveloppe qui a traversé la place,
revient en déchiffrant le cachet de la poste. Eh oui,
Cayeux-sur-Mer. Nous avons l'air malin, n'est-ce pas ?
Elle hausse les épaules, chiffonne la lettre et l'enveloppe
et les jette sur la grille qui entoure un arbre. Je ne comprends plus.

Elle enfourche son vélo et repart. J'hésite à aller ramasser ma feuille roulée en boule que le vent repousse contre
le tronc et qui se défroisse toute seule. Je ne vois pas en
vertu de quoi elle pourrait douter de ma présence au
rendez-vous. Elle a déjà fait son deuil de notre histoire...
C'est tout de même un peu rapide. Je la laisse disparaître
dans une avenue en courbe. Je ne sais pas du tout ce que
je dois faire. Je me sens tellement indésirable, soudain,
que je suis au bord de lui donner raison. Mais la rancœur
est trop forte et la blessure se rouvre. Je me relance à sa
poursuite, en me persuadant que, vu son avance, elle a
eu tout le temps de bifurquer une ou deux fois. Si elle
est restée sur la même avenue, je la suis. Si elle a tourné
à un croisement, je l'oublie. Pile ou face.

Dès la fin de la courbe, je l'aperçois au loin. J'accélère
et renforce ma décision à chaque tour de pédalier : quitte
à la perdre pour de bon, je saurai qui elle est.

Dans *Fils de personne*, Montherlant a écrit une phrase que j'ai mis longtemps à comprendre : « Les gens déçus méritent toujours de l'être. » Voulait-il dire que celui qui attend trop des autres et de la vie doit payer le juste prix de sa naïveté, et que c'est bien fait pour lui ? Une sentence à l'emporte-pièce, une manière de se débarrasser des douleurs inutiles comme on chasse une mouche d'un revers de style. Ou plutôt faut-il entendre que la déception révèle une qualité d'âme, une lucidité qui ne se laisse abuser ni par l'amour-propre ni par les lots de consolation, qu'elle occupe un degré supérieur dans l'échelle des sentiments, qu'on doit y voir la récompense d'une vertu et non le fruit d'événements contraires, et qu'il n'y a pas, en somme, chez les gens de valeur, de déception *gratuite* ?

J'ignorais que j'étais aussi méritant.

La bâtisse contre laquelle Karine vient de poser son vélo, après cinq kilomètres de banlieue le long du canal Napoléon, est un rectangle de briques neuf et lugubre affichant pour toute spécialité un prix suivi de trois points d'exclamation ; l'équivalent d'un « routier » pour péniches avec un marinier en plâtre peint levant sa chope de bière d'un air jovial au-dessus de l'enseigne au néon : *Het Nieuwe Schild.* « Le Nouveau Bouclier », selon toute vraisemblance. Sur la porte vitrée qu'a poussée Karine s'étale en lettres d'or le nom des propriétaires : *Wilma en Pierre Denesle.*

Crispé sur ma selle, un pied au sol, je contemple l'horreur insignifiante qu'elle a voulu fuir en ressuscitant par écrit le vieux palais de son enfance. Avec l'assurance incendie, ses parents ont fait construire ce machin sans doute plus rentable ; ma lectrice vit dans la frite et le hareng, sert des bières entre les plaisanteries crasses et les mains baladeuses. Cherchant dans les livres une évasion sans issue. Me lançant des appels au secours déguisés en hymnes à la liberté. S'inventant une existence qui la ramène en arrière pour supporter le présent.

Oui, je suis déçu. Bien sûr. J'espérais tellement mieux pour elle. Même étouffants comme elle me les dépeignait, j'imaginais un cadre, une ambiance en accord avec ses rêves. Un charme sombre et puissant de tableau flamand. Un silence recueilli, confortable, des craquements de lames étouffés par l'épaisseur des tapis. Une dignité, une rigueur saumâtre, un monde en fermentation sous les velours gaufrés et les dentelles. Pas cette foule hâbleuse, débraillée, qui s'interpelle derrière les carreaux couverts de buée. Ces brutes vacillantes accrochées au comptoir, qui disputent aux avachis de la salle deux serveuses ras-des-fesses qui se laissent peloter en souriant d'un air las. Ces tablées de bateliers sans travail que le gel a rendus à la terre, à la bière et aux femmes.

291

Je me déplace le long de la façade, entrevois les cuisines derrière des vitres opaques. Au coin du bâtiment se dressent un container de bouteilles, un appentis. Deux autres fenêtres ouvrent sur un bureau. La troisième éclaire une chambre aux rideaux de cretonne à demi tirés. Un poster de Jean-Jacques Goldman est punaisé au-dessus du lit-bateau, entouré d'étagères débordant de livres. Sous la fenêtre, la toiture rouge d'une maquette hérissée de cheminées. Je n'en vois que l'arrière, les fenêtres à meneaux, les bow-windows, la vigne vierge et les gouttières, mais ça ne peut être que l'hôtel *Het Schild* avant qu'il ne soit la proie des flammes. À la clé d'un placard est pendue sur un cintre une tenue identique à celles que j'ai vues sur les deux serveuses.

Karine sort de la salle de bains, en soutien-gorge et culotte, va se pencher au-dessus d'un tiroir ouvert derrière le pan de rideau. Je refais le tour de la façade jusqu'aux vitres embuées du bar. Le peu que j'ai vu de son corps a confirmé tout ce que j'avais caressé dans ma tête : la grâce, les pleins et les déliés... Comment peut-elle supporter ce vacarme, ces réactions prévues, ces querelles d'ivrognes, ces journées identiques, ces tunnels d'ennui creusés de verre en verre autour d'elle ? Même si elle parvient à fuir la réalité dans la lecture avec des boules Quies, *pourquoi* reste-t-elle ? Quelle que soit la manière dont on croit s'isoler, le regard des autres nous remet toujours à notre place – je suis payé pour le savoir. Et quand elle me disait, dans sa dernière lettre, que le jour de notre rencontre elle s'était efforcée de paraître quelconque pour être à la hauteur de mon comportement, elle prenait pour de la fierté, de l'autodéfense ce qui n'était en fait que le reflet d'un milieu qui, à son insu, avait déteint sur elle.

Karine... J'ai tellement aimé croire que vous aviez endossé pour moi une fausse identité – mais vous ne m'avez caché qu'un décor. Et ce reproche résonne comme une épitaphe à notre histoire. Vous aviez du désir pour un écrivain qui n'existe pas et je suis tombé amoureux, dans la boutique d'un sculpteur de chocolat, d'une Karine fantôme qui a l'inconvénient maintenant d'être réelle. Il est hors de question que je vous apparaisse à Bruges. Et tôt ou tard vous feriez à Paris la même découverte à mon sujet, en pire. Je tiens trop à notre rencontre pour la laisser se déliter dans les mises au point, les justifications, les « je comprends », les « ça ne fait rien », les « qu'est-ce que ça change ». Tout, Karine. S'il y a une chose que je voudrais préserver, la plus précieuse peut-être pour moi, c'est l'élan qui vous amène la nuit, à la fin de votre service, vers le papier à lettres où vous redevenez pour moi celle que vous auriez voulu être.

Je vais rentrer chez moi. Aller attendre au studio une réponse qui peut-être ne viendra pas. Je vais tâcher d'oublier ce relais de mariniers au milieu des polders, ce décor de vaches et de camions-grues déchargeant les péniches figées dans la glace, pour que l'hôtel *Het Schild* soit de nouveau cette merveille gothique abritant les lunes de miel et les fugues adultères sur Groenerei. Et si je n'ai pas de nouvelles d'ici la fin de la semaine, je reprendrai la plume pour développer la phrase que vous avez jetée tout à l'heure au pied d'un arbre.

293

Un choc sourd sur le chemin de halage me fait tourner la tête. Un sac de ciment tombé d'une grue libère sa poussière grise dans une rumeur d'engueulade. Un homme en caban qui fait des allers-retours au bord de l'eau, bras tendus, manœuvrant sa poussette comme une tondeuse, plaque son chapeau-cloche contre le visage du bébé pour l'empêcher d'inhaler le nuage de poudre.

En entrant dans le parking de l'hôtel, un roadster Mazda projette sur mes pieds une gerbe de boue glacée. Il doit faire deux ou trois degrés en dessous de zéro et le conducteur décapoté porte une chapka aux oreilles attachées. Avec son gabarit de basketteur, il dépasse le pare-brise de sa petite caisse orange. Il klaxonne. Deux coups discrets : un signal. Je recule sans descendre de ma selle jusqu'à l'ombre d'une cabine de camion. Au bout d'un instant Karine ressort en courant, changée, minijupe et collant noir, blouson mode pincé au-dessus du nombril, panier d'osier en bandoulière, béret modèle Che Guevara en fausse fourrure pastel. Le décapoté ouvre la portière passager sans descendre de voiture. Elle s'installe, lui noue les bras autour du cou, l'embrasse au coin de la bouche.

Une grande femme en blouse et chignon haut jaillit sur le seuil de l'hôtel-restaurant, crie cinq syllabes gutturales en agitant un téléphone portable. Karine s'extirpe du roadster pour courir le chercher. Sans un regard pour le garçon à demi levé, en appui sur le volant, qui la salue par des hochements de tête hésitants au-dessus de son pare-brise, la Flamande a tourné les talons. Karine revient à petites foulées. Elle ne remonte pas dans l'auto. Elle

294

désigne le bord du canal, au coin de la cimenterie, disparaît derrière l'alignement des peupliers. La Mazda manœuvre, patinant dans les ornières creusées par les camions. Je me décale de quelques pas sur mon vélo, pour voir Karine foncer vers l'homme en caban. Elle se penche sur la poussette, soulève le bébé qui hurle, étouffé par le chapeau, l'appuie contre son épaule en lui tapotant le dos, le berce. Dans le silence du camion-grue dont le moteur vient de caler, j'entends les échos lointains de la chanson de Brel qui avait calmé le pittbull à Courbevoie.

– ... *Weent de zee, de grijze zee...* Ay, Marieke, Marieke... Le ciel flamand / Pesait-il trop de Bruges à Gand ?... *Zonder liefde, warme liefde...*

Le bébé arrête de pleurer. Karine lui embrasse la bouche, lui rajuste le bonnet, le recouche dans la poussette, sermonne à voix basse le vieux baby-sitter qui regarde le camion-grue en remettant son chapeau. Elle vérifie l'heure à sa montre et file jusqu'au roadster que deux mariniers écarlates ont sorti de l'ornière en le soulevant par le porte-bagages.

La Mazda orange disparaît dans la direction opposée à Bruges. Je me déplace pour laisser repartir le camion de mazout qui m'abritait des regards. L'homme au chapeau-cloche revient lentement vers l'hôtel. De près, il paraît beaucoup moins vieux. Il doit avoir mon âge. Il a les yeux de Karine. Et le bébé aussi, vraisemblablement.

J'encaisse plutôt bien le choc. Peu importe le contenu accessoire d'une réalité que, de toute manière, j'ai décidé d'annuler pour retrouver Karine telle qu'elle voulait être pour moi. Ce bébé a tout d'un accident de parcours ; il a le mérite d'expliquer pourquoi elle a dû rester en otage dans ce bouge insipide, et me dérange moins que la décapotable orange. Il provient sans doute d'un client de passage qui n'est même pas au courant, d'un refus catholique de l'avortement ou de l'illusion qu'en faisant un petit-fils à ses parents, elle serait plus libre de les quitter pour mener la vie de ses rêves. La vie de ses rêves... Ce basketteur en Mazda, lot de consolation second choix, graine de mauvais gendre, pas regardant parce que sans « espérances » : avatar des Beaux-Arts, disc-jockey ou héritier ruiné d'une famille de houblon. N'importe quel tocard gentil aurait fait l'affaire, dès lors qu'elle s'est crue tenue de rentrer dans la norme en donnant à l'enfant un papa suppléant. Je me demande quel est mon rôle dans ce paysage – ou plutôt, hélas, je le devine. Dernier alibi d'une jeunesse encerclée par les concessions, les conformismes et les tentations de proximité. « Au moins, ça t'aura mis du plomb dans la tête », doivent lui dire ses parents. Je suis la dernière légèreté de Karine.

J'ignore encore dans quel esprit je pousse la porte de l'hôtel-restaurant. Ce n'est pas du dépit, de la vengeance ; ce n'est pas la volonté de casser l'image qu'elle m'a donnée. Ou alors, s'il y a intention de détruire, c'est pour que mon irruption dans sa réalité lui offre un sursaut, une chance de réagir encore, de se tirer de ce mauvais pas qu'elle pense obligatoire. De la même façon qu'elle m'a détourné du suicide à feu doux par lequel j'aurais peu à peu rejoint Dominique, je voudrais arriver au bon moment dans sa vie qui chavire, pour éviter qu'elle ne

se trompe de canot de sauvetage. Et c'est en me persuadant de la sagesse de cet élan du cœur que je fais l'une
des choses les plus stupides qui soient. Avançant d'un
pas ferme entre le bar enfumé à ma droite et le petit
salon des pensionnaires à ma gauche, où clapote pour
deux vieilles dames un feu de bûches factices alimenté
au gaz, je m'approche du comptoir de la réception et, à
la grande Flamande en blouse qui ressemble si peu à
Karine, je demande une chambre.

La pièce est un rectangle de papier peint représentant
des mouettes en vol. On a l'impression d'entrer dans une
scène des *Oiseaux* d'Hitchcock ; un arrêt sur image. La
fenêtre ouvre sur un chapeau d'aérateur en provenance
des cuisines. À mesure que les heures passent et que je
rumine mes pensées entre le match de foot et les variétés
qui résonnent dans les cloisons, je sens monter contre
moi une violence inconnue. Une envie de me cogner la
tête aux murs, de m'entailler, de casser ce visage de loser
hagard que me renvoie la glace en pied de la penderie.
Je ne sais plus que faire de moi dans ces quinze mètres
carrés où je tourne en rond sans vouloir sortir, parce que
la fenêtre donne sur l'entrée du parking où je guette
toujours la Mazda. De peur de manquer le retour de
Karine, je n'ai même pas pris le bain qui refroidit à côté.
Et pourquoi reviendrait-elle avant ce soir, avant demain ?
Je me suis mis dans une situation débile. Même si je
repartais maintenant pour interrompre cette roulette

russe, mon nom resterait marqué dans le registre. Sa mère me connaît. Elle se souviendra très bien de moi : j'ai eu assez de mal à lui faire admettre qu'on m'avait volé mes papiers et que je n'avais plus qu'une facture EDF pour justifier de mon identité.

J'ouvre la fenêtre, la referme. Je ne supporte plus la vraie raison de ma présence. Tous les beaux arguments généreux que je me répétais à la réception n'étaient que des cache-misère : je suis là parce que je l'aime, parce que je crève de l'avoir vue partir avec un autre après avoir jeté ma lettre, parce que j'ai envie de l'humilier, de lui faire mal et de la baiser comme la fille d'hôtel qu'elle est pour tous les hommes sauf moi. Je veux qu'elle ne soit plus rien d'autre qu'un corps, un soutien-gorge et une culotte à arracher, des seins sous ma langue, une chatte à fourrer, une bouche à faire jouir pour que ses cris fassent taire Belgique-Allemagne et les boys'bands.

J'essaie de calmer à l'eau glacée la rage sexuelle qui me tord le ventre. En relevant la tête du lavabo, je heurte l'armoire à pharmacie et tombe assis sur le carrelage, sonné. Je me laisse aller en arrière, me recroqueville. Le froid du sol contre ma joue m'apaise et m'engourdit. Je ferme les yeux. Je ne me reconnais plus. Jamais l'amour ni l'abandon ne m'ont rendu méchant, destructeur – au contraire. Je ne croyais pas aimer Karine d'un amour différent. J'étais au bord du viol, tout à l'heure : je suis sûr que si elle était entrée à ce moment, je me serais jeté sur elle et n'aurais plus répondu de rien. Qu'ai-je provoqué en moi, quelle part d'inconscient ai-je fait remonter à la surface en donnant corps à Richard Glen ? C'est

298

son désir qui s'empare de moi, *sa* manière d'aimer en se vengeant, parce qu'il ne connaît que la frustration, l'amertume et l'échec – tout ce que je lui ai imposé en le délaissant plus de vingt ans après l'avoir mis au monde. Personne ne lui a tendu la main, ne lui a redonné la parole avant Karine. Est-il possible qu'il se rembourse de ses années d'absence en prenant *complètement* possession de mon esprit, qu'il chasse le censeur moribond qui entend lui dicter encore sa conduite, son caractère, sa morale ? Jour après jour, de déménagement progressif en moustache coupée, Frédéric Lahnberg s'est éloigné de son espace vital, de ses relations, de son métier, de ses habitudes de pensée : il est devenu postiche. La stratégie de la mutilation sociale et de l'isolement a payé : le parasite n'a plus qu'à effacer les dernières traces du précédent occupant ; détruire ses souvenirs, abattre ses cloisons et prendre définitivement sa place.

Lorsque je me relève, j'ignore combien de temps je suis resté sur le carrelage. J'ai le côté droit ankylosé, trois motifs en losange imprimés sur la joue. La nuit est tombée, les télés se sont tues. Les vibrations ronflantes de l'aérateur et l'odeur de friture qui s'en échappe indiquent l'heure du dîner. Je vais mieux. Ou pire, suivant l'angle choisi : je ne culpabilise plus. C'est Karine qui m'a mis dans cet état, et elle en subira les conséquences. Tant mieux si ça lui est profitable.

Je décroche le téléphone et commande une soupe. Ou n'importe quoi d'autre, mais « en chambre », comme dit l'homme de la réception qui doit être son père. On se met d'accord sur le plat du soir, un nom flamand qui ne m'évoque rien, accompagné d'une bouteille de vin de Moselle et d'une Tuborg. « Le petite vous monte ça de suite », promet-il en raccrochant.

Je retourne dans la salle de bains, me recoiffe et rentre la chemise en jean dans le pantalon de velours. Je suis à peine ému. Ce qui doit arriver arrivera.

Dix minutes plus tard, une main tape trois coups à la porte. Un dernier regard au miroir ; je me compose un sourire triste, une lueur de compréhension et de tendresse inchangée, avec l'assurance de ma discrétion. J'ouvre. Une grosse fille en tablier blanc me dit *goeienavond*, me pousse du bout de son plateau portant les bouteilles débouchées autour d'une assiette de bouillon où trempent des choses, pose mon repas sur la table et ressort en répétant son mot. Je la retiens sur le seuil. J'interroge :

– Karine ?

Elle plisse les yeux. Je rectifie :

– Kââhrren ?

Elle hausse les sourcils. Elle me demande en anglais si je parle seulement français. Je lui réponds en anglais. Elle grimace, prononce une longue phrase sans espoir en flamand, puis me conseille par signes de téléphoner en bas à la réception. Elle referme la porte derrière elle.

Je bois ma bière au goulot, puis vide la bouteille de vin qui a le même goût que la bouillabaisse d'eau douce que je sauce jusqu'au dernier bout de pain, croyant lester la migraine. Ensuite, sans autre projet et trop vaseux pour descendre affronter la vie d'en bas, je dépose mon plateau dans le couloir et suspends ma fiche de petit déjeuner.

Après un quart d'heure d'attente à la fenêtre, je me déshabille et me couche dans le néon clignotant de l'enseigne. Je me dis que peut-être Karine est rentrée, qu'on lui a parlé de moi, qu'elle a lu mon nom dans le registre. Elle tombe des nues. Elle échafaude des hypothèses. Elle m'en veut, elle me comprend, elle me hait, elle m'adore, elle se change. Déshabillé de soie. Un plongeon au hasard dans une page de mon livre pour me remettre à ma vraie place, retrouver l'attirance, effacer le décor. Un chignon pour le plaisir de le défaire ensuite, de dénuder ses cheveux quand la soie aura glissé de son corps. Non, Richard. Pas un mot. Demain. Demain on parlera, je vous dirai tout, vous m'écouterez ; ce soir prenez-moi comme si j'étais toujours la même pour vous, comme si vous ne saviez pas. Qu'entre nous il n'y ait plus rien que ce désir qu'on a failli tuer en allant l'un vers l'autre.

Je supprime le bruit de l'aérateur avec deux somnifères.

– *Goeiemorgen*, bonjour ! claironne une voix.

Je replie mon bras sur mon oreille. La rumeur d'un discours se faufile sous la couette remontée jusqu'au front. Voix de nez bouché qui dit qu'il fait beau. Mon crâne éclate à chaque mot. Un aspirateur se déclenche. Excédé, je repousse la couette et la lumière m'aveugle. Un fracas de verre. Je frotte mes yeux, cligne des paupières. Les ronds jaunes qui tournent dans la chambre se dissipent et j'aperçois les premières mouettes. Une grande tache noire. Une blanche, plus petite. Je fais le

301

point sur le tapis, remonte le regard. Karine est devant moi, la bouche ouverte, les mains tendues, immobiles. Elle a lâché le plateau.

Robe noire, tablier blanc, chignon. Elle est totalement figée. Je me racle la gorge. Elle secoue la tête, incrédule, avale sa salive. Pour adoucir le choc, je réponds à contre-temps :

– *Goeiemorgen.*

Elle tourne les talons et fonce vers la porte. Elle glisse sur la tasse ou le beurrier, se rattrape à la penderie dont le panneau s'ouvre ; elle tombe en entraînant une chaise. Je jaillis du lit, emmêlé dans la couette.

– Karine, ça va ?

Elle se relève d'un bond. Je trébuche à mon tour, me raccroche à son bras. Elle se dégage violemment et sort en claquant la porte. J'envoie valdinguer la couette qui m'entortille et la rattrape dans le couloir :

– Oui, d'accord, j'ai eu tort de venir, mais je voulais qu'on arrête ce malentendu...

– Quel malentendu ? lance-t-elle en se retournant vers moi, d'une voix que je ne reconnais pas. Vous avez fait votre enquête, vous m'avez trouvée, vous êtes content ?

– Écoutez, n'inversez pas les rôles...

– Mais à quel jeu vous jouez, merde ? Vous ne venez pas quand je vous donne rendez-vous, et vous débarquez ici comme un...

– C'est vous qui n'êtes pas venue ! J'y étais, au rendez-vous, moi, j'avais dix minutes d'avance ! Je vous ai attendue toute la nuit !

– À Cayeux ?

– À Cayeux, parfaitement ! Cayeux-sur-Mer dans la baie de Somme !

– Foutez-vous de moi, en plus. D'accord.

Les yeux pleins de larmes, elle saisit un plateau sur le chariot garé dans le couloir, et va toquer à une porte. Je la saisis par le coude.

– Et le cachet de la poste, sur ma lettre ?

– Vous appelez ça une lettre ?

Elle se libère d'une détente qui renverse un pot de lait que je rattrape au vol.

– Karine ! Je vous dis que j'étais dans la maison avec les chars à voile !

– Les quoi ?

– Je ne sais pas comment on dit... Les vélicharristes ? Et puis ça va, on s'en fout : j'y étais, c'est tout !

– Vous étiez *où* ?

– Entrez, dit une voix endormie.

Elle entre. Je la suis.

– À l'adresse que vous m'avez donnée.

– Bonjour madame, *goeiemorgen*. Beau soleil, aujourd'hui : *de zon shijnt...*

– 55, route du Hourdel à Cayeux-sur-Mer !

Elle se retourne dans une envolée de corn flakes.

– Quoi ?

Je pousse un soupir exaspéré, salue de la tête la vieille dame qui nous dévisage d'un air affolé, rencognée contre le montant du lit, et je répète en appuyant sur chaque mot :

– 55, route du Hourdel à...

– *Septante*-cinq ! hurle-t-elle.

303

– Hein ?

– Mais c'est pas vrai !

Elle pose le plateau sur la table, remet une poignée de corn flakes dans le bol et ressort en me criant sous le nez :

– Deux fois, je vous l'ai répété ! Septante-cinq ! Soixante-quinze !

Je la talonne dans le couloir, souffle coupé. Elle prend un autre plateau.

– Et vous ne pouviez pas dire « soixante-quinze » ? Je ne suis pas devin, moi !

– Et moi je suis belge !

Elle frappe, entre, dit bonjour et qu'il fait beau, donne le plateau, ressort. J'agrippe ses épaules. Je la dévisage sans ciller. Elle me rend mon regard. J'ai l'impression que ses larmes coulent dans mes yeux.

– Karine... On s'est attendus, tous les deux... ? C'est ça ? À vingt numéros l'un de l'autre ?

Elle va pour me repousser, renonce, baisse la tête. Elle renifle. L'envie de la serrer contre moi fait fondre ma colère. Elle dit :

– Je vous avais préparé une soirée géniale. J'avais mis des projecteurs dans les dunes, pour vous montrer mon Nantucket à moi. Même un chauffage à infrarouge, cent mètres de prolongateur ! Je vous attendais sur le sable en robe du soir avec une nappe blanche, du champagne et une lampe-tempête... Je vous ai détesté. Et j'ai chopé la crève, en plus.

– Mais je suis allé jusqu'au phare ! Je vous aurais vue... Il n'y avait plus rien, après !

– Il y avait l'autre côté !

– L'autre côté ?

– Les numéros continuent, de l'autre côté, en épingle à cheveux ! Vous êtes fatalement passé devant en reprenant la route, c'est un sens unique : vous avez bien vu les projecteurs...

– Mais je ne suis reparti que le matin, Karine ! Je vous ai téléphoné vingt fois, la boîte vocale était pleine...

– Je n'avais pas le mode d'emploi.

– Fallait rester en veille !

– Je ne voulais pas que ma mère nous dérange ! C'était votre soirée à vous.

Je murmure :

– C'est trop con...

– Non, dit-elle sur le même ton. C'est d'être venu ici qui est trop con. Pourquoi vous m'avez fait ça, Richard, pourquoi ?

– Je voulais vous parler... Vous voir... Qu'on arrête de jouer à cache-cache.

– Vous avez tout gâché, dit-elle en m'écartant.

– Karine...

– Mais comment je dois vous le dire ? crie-t-elle. Foutez le camp d'ici !

Toute la violence amassée depuis la veille me remonte d'un coup à la gorge. Je la fais pivoter vers moi :

– Comment ça, j'ai « tout gâché » ? Qui des deux s'est foutu de l'autre ? Hein ? Je n'ai personne dans ma vie, moi, je n'ai pas de bébé, je ne vais pas faire la fête en cabriolet quand j'ai chopé la crève !

– C'est un copain ! lance-t-elle comme une insulte.

– Bien sûr. Et le bébé, il est loué !

305

La gifle éclate dans mon oreille. En réflexe je la lui rends. La stupeur déforme sa bouche. Elle me fixe en mordant ses lèvres. Le sang coule de son nez. Avant que j'aie pu admettre mon geste et bredouiller une excuse, elle s'enfuit dans l'escalier, bousculant sa mère qui était venue aux nouvelles, alertée par les cris, et qui me regarde comme si j'étais en train de la braquer. Je me rends compte alors successivement que je suis en slip, que mon bras se couvre de cloques là où le lait s'est renversé et que j'ai brisé deux vies. En moins de cinq minutes, je viens de perdre à la fois Karine et la raison d'être Richard Glen.

Je demande à sa mère de préparer ma note et je retourne dans ma chambre.

Le temps d'une douche pour reprendre mes esprits, c'est-à-dire mesurer l'horreur de ma conduite, je me retrouve devant la glace embuée et je suis devenu un autre homme. Un troisième ; le produit de la division des deux précédents. Un résultat nul, un degré zéro de l'existence. Mon cerveau commande à mes jambes de descendre l'escalier, c'est tout. Je constate dans le miroir de la réception que je me suis habillé ; je ne mémorise plus rien depuis ma gifle à Karine. C'est son père qui est derrière le comptoir. Il me tend ma note. Je paie, je reprends le vélo, et je retourne vers Bruges.

Il y a des défaites qu'il est facile de changer en succès d'estime, des lâchetés qui deviennent sans effort des victoires sur soi-même, des abandons qui se déguisent en instinct de survie, des silences où l'on se dit qu'à la longue on finira bien par entendre la voix de la raison.

Je n'avais qu'un seul moyen, si je reprenais la plume, pour tenter d'excuser mon irruption au *Nieuwe Schild* : avouer à Karine mon propre mensonge. Pour qu'on se retrouve à égalité et qu'on soit quittes. Mais j'avais déjà cassé suffisamment de choses. Alors quoi ? Me mettre à écrire sa vie à partir de son rapport avec l'hôtel brûlé ? Lui rendre dans un roman le lieu de son enfance, comme elle m'avait offert en miniature le décor de mon livre ? Ou suicider Richard Glen.

J'ai ôté l'étiquette de la boîte aux lettres, rue Lepic, et, sous le postiche, je laisse repousser ma moustache. Notre correspondance, nos ressemblances furent magiques ; notre malentendu grotesque et notre querelle indigne. Elle a son avenir, ses choix devant elle ; moi je n'ai qu'une parenthèse à refermer, grâce à laquelle j'ai retrouvé la seule forme d'équilibre qui me convienne encore. Je vis entre deux femmes perdues, à présent, deux amours au passé, et c'est bien moins douloureux que je ne l'avais prévu.

Seules les lettres de Karine et sa maquette continuent d'habiter l'autre côté de la rue : je ne suis pas retourné au studio. De ma chambre, je regarde sa fenêtre éteinte et je n'éprouve que de la nostalgie. Sentiment connu, balisé, fréquentable. Je ne veux plus jamais réveiller le monstre en moi, risquer de pousser la logique de ma créature jusqu'à son point de non-retour, laisser la jalousie, le dépit, la violence prendre le contrôle de ma pensée, décider de mes actes. Richard Glen est retourné au néant. Je ne me sens pas orphelin. Ni amputé. Ni trop seul. Un peu plus vieux, peut-être. Quelle importance. Tout ce que j'espère c'est que mon sacrifice aura été bénéfique pour Karine. Si je ne souffre plus de la disparition de mon double, c'est peut-être d'ailleurs qu'elle a cessé de penser à lui. Les ondes qu'elle lui envoyait, affectives et sensuelles, contribuaient certainement davantage à le rendre autonome qu'un contrat EDF ou l'achat d'une voiture entrant dans son budget. Nous ne ferons jamais l'amour.

Ces résolutions ne sont pas venues par défaut. Il y a eu plusieurs signes. D'abord ce retour de Bruges, épouvantable, avec cette humiliation et ces pulsions de haine concentrées sur l'accélérateur, pied au plancher, sans jamais parvenir à dépasser le cent dix. Je ne retenais que l'égoïsme de Karine, son refus de me croire, de me comprendre, de voir en moi autre chose que l'écho de ses lettres. Le rejet de son attitude et le désir refoulé ont failli envoyer dans la glissière de sécurité, à coups de volant, les trois ou quatre voitures plus lentes que moi qui ne s'étaient pas rabattues tout de suite sous mes appels de phares. J'ai dû m'arrêter sur une aire de repos pour me passer la nuque sous l'eau froide. Je tremblais des pieds à la tête. Possédé par une envie de détruire qui ne se retournait même plus contre moi.

Arrivé rue Caulaincourt, j'ai abandonné la Coccinelle à un arrêt de bus, avec les clés sur le contact. Qu'on la vole ou qu'on la mette en fourrière, plus jamais je ne voulais risquer, en prenant son volant, de me laisser dicter ma conduite. En taxi, je suis allé jusqu'à un distributeur de billets, près de la Maison de la Radio ; j'ai ressorti ma carte bleue cachée dans un étui de kleenex au fond d'une poche du blouson, et j'ai retiré de quoi payer le chauffeur qui me regardait de travers. En me voyant, durant le trajet, coller ma moustache et rendre leur liberté à mes cheveux, il m'avait lancé, goguenard : « On se déguise ? » J'avais répondu : « Non, j'arrête. »

Au Ken Club, le voiturier m'a rendu mon trousseau avec un air malheureux. Il a soupiré : « Même ici, dans ce quartier, on ne sait plus. » Sur le parking du traiteur Flo, j'ai découvert l'Armstrong-Siddeley vandalisée. Rayures sur les portières, enjoliveurs disparus, rétroviseur arraché, un déflecteur brisé et, surtout, deux trous dans le capot à la place du sphinx en chrome allongé au-dessus du radiateur, totalement introuvable en pièce détachée.

Je me suis acheté une cuisse de poulet chez Flo, pour coller le sac en plastique à la place du déflecteur. Ma tristesse profonde et calme devant le saccage de la vieille anglaise qui, des mains de David Lahnberg aux miennes, avait traversé trente-sept ans sans une égratignure, avait achevé, mieux que tous les artifices, de me reloger dans ma vraie vie.

Avenue Junot, j'ai écouté les messages avec mon chat, qui avait l'air aussi content de me récupérer que je l'étais en l'entendant ronronner sous mes doigts. Philippe Labro s'étonnait du silence ponctué de jurons qui me tenait lieu d'annonce.

« Viens-tu à la projection ? Il y aura tout le monde. Confirme auprès d'Anita, si tu le peux, bonsoir. »

Le message suivant disait « Allô ? Allô ? » pendant quinze secondes. Il m'a semblé reconnaître Guy de Bodot, le Grand Coordinateur du journal. Il ne me téléphone que dans les cas de force majeure, celui-là, quand les hommes politiques jouent les romanciers ou lorsqu'il s'agit de ménager l'ouvrage d'un collaborateur de nos pages. Il nous vient de la Lyonnaise des Eaux et, sous son influence, nous avons depuis quatre ans une ligne éditoriale enfin claire, celle de tendre obstinément vers l'érosion du lectorat.

« Oui, Lahnberg, vous êtes là ? reprend-il après une plage de bip. Votre répondeur est cassé, mon vieux, on n'entend rien, j'espère qu'il enregistre. Dites donc, ce roman, là, ce jeune auteur... C'est *vraiment* aussi bien ? Vous êtes sûr que vous n'avez pas un autre papier à faire passer en priorité ? Non, parce que j'ai Yves Berger qui s'impatiente : vous vous l'êtes attribué, je vous rappelle ! Ce n'est pas vous qui dînez en face de lui ! Et la semaine d'avant vous avez démoli Modiano, on aime ou pas, mais enfin il me semble... Parler de génie à propos d'un premier roman qui est quand même paru il y a trois mois, j'espère que vous êtes sûr de votre coup. Bon, vous réfléchissez. Mais vous savez ce que j'en pense. »

Dans sa bouche, ça signifie « attention danger ». Si les ventes de Guillaume Peyrolles ne décollent pas après mon article, et si je ne cire pas au plus vite une vraie pointure pour éviter à mon chef de se faire agresser dans les dîners en ville, on finira par m'enlever mon encadré pour le confier à un ambitieux plus maniable. C'est le résultat que je cherchais, non ? Hier. Aujourd'hui où je me suis interdit la solution de repli dans la vie de Richard Glen, ça m'ennuierait de perdre sur un coup de dés l'influence qui me permet d'être sincère sans calcul. D'un autre côté, je ne peux pas, déontologiquement, retirer un papier sur ce genre d'intervention.

J'écrase avec humeur la cigarette que j'ai allumée sans y penser. Je ne fume plus ! Combien de fois devrai-je me le répéter ? J'ai horreur de cette manière anodine dont Richard essaie de remonter à la surface. Tout à l'heure cette envie de Mac Do, maintenant cette ultra-light. Je flanque mon paquet au vide-ordures, et reviens rembobiner le message que j'ai manqué en allant à la cuisine. Il est bizarre. À la première audition, il n'y a rien. Un souffle, inégal. En montant le volume, on distingue à travers le crachotement comme une voix d'outre-tombe. Je repense à ces récits de « transcommunication », ces esprits de l'au-delà qui, paraît-il, cherchent à utiliser nos ordinateurs, nos télés, nos répondeurs comme standard.

311

Huit cents pages de témoignages recueillis par le père François Brune sous le titre *Les morts nous parlent*, que j'avais opposés l'an dernier à la plaquette de Jean-Paul II sur le droit à la vie.

L'oreille collée contre le haut-parleur, je crois reconnaître mon prénom. Dix fois je me repasse, les yeux fermés, ce râle inaudible qui appelle « Frédéric ! ». Signe des temps : aujourd'hui la statue du Commandeur vient chercher Don Juan en laissant le message sur son répondeur. À moins d'imaginer que Richard se soit dissocié de ma personne au point d'imprimer sa voix sur une bande magnétique, pour que je lui accorde une seconde chance...

Je me recule d'un bond contre mon dossier quand la voix suivante tonitrue :

« Ici le sapeur Jolliot Jean-Luc de la caserne de Pantin, qui cherche à contacter M. Frédéric de la part du sapeur Pitoun Bruno, pour lui communiquer l'information suivante, à savoir s'il a reçu son courrier de jeudi en huit ou pas. Et s'il y a une réponse. Voilà. Ah oui, il demande aussi pourquoi il a enlevé la voix de Dominique. Merci. Terminé. »

Le reste de la bande est occupé par des attachés de presse que je ne rappelle jamais, des maîtresses de maison qui croient m'allécher en nommant leurs invités comme on récite un menu, des organisateurs de tables rondes. Lassé d'entendre tous ces gens m'informer de l'étrangeté de mon annonce, j'en enregistre une nouvelle, à peine plus engageante. Pendant que la manœuvre neutralise le répondeur, le téléphone sonne et je décroche. La direction de RTL me demande si je confirme ou non ma présence ce soir à la projection donnée par Philippe Labro.

Je dépose le courrier en souffrance sur le secrétaire, le divise en quatre piles : à répondre, à classer, à payer, à jeter – la dernière, hélas, n'est pas la plus haute. Je suis redevenu sage, consciencieux, résigné. Et je dois dire que je tire un certain profit des condoléances dont j'accuse réception. Comme si toutes ces formules types émanant de relations, de fournisseurs, d'obligés ou de rancuniers vengés me persuadaient un peu plus à chaque fois que c'est bien moi, Frédéric Lahnberg, qui existe et moi seul. J'ai une vingtaine de témoignages ouverts sous les yeux, et chacune de mes réponses entérine mon choix, ce droit à une identité exclusive qu'au demeurant personne ne me conteste.

Tamponnée jeudi dernier, la lettre de Bruno Pitoun ne comporte aucune indication de l'expéditeur. Grosse enveloppe surtimbrée, marquée « Personnel » sur les quatre côtés.

Cher Frédéric,
Excuse l'écriture, ce n'est pas mon truc, mais là je ne peux pas faire autrement. J'ai eu ton adresse par la clinique, alors pardon si je te dérange. Voilà : tu as dû l'entendre sur ton répondeur, il m'arrive une chose très embêtante pour un parleur bénévole. Un accident du travail, en fait : je suis aphone. Alors pourrais-tu s'il te plaît me dépanner, c'est-à-dire garder le contact avec mes auditeurs, surtout la 112, le 145 et la 119,

dans l'ordre, qui sont complètement seuls en cette période de vacances, pour ne pas dire autre chose.

Je te joins les fiches. Juste cinq minutes par jour, si tu ne peux pas plus. Mais ça serait sympa. Et vraiment nécessaire. Je t'appelle dès que j'ai retrouvé la voix.

Ton ami.

Pitoun.

Je replie la lettre, hésite à la poser sur telle ou telle pile. Me croit-il assez maso pour retourner au chevet d'inconnus à la clinique Henri-Faure, moi qui n'ai même pas eu le courage d'aller vider un casier au vestiaire de l'orchestre ?

Un bruit de tam-tam et des chants africains résonnent derrière la cloison, entrecoupés d'éclats de rire. J'enfile mes vêtements de Lahnberg, lin et cachemire. J'ai maigri. Je remets mon eau de Cologne : je soigne les moindres détails pour me convaincre moi-même.

En partant, je sonne chez ma voisine. Un grand Noir en costume trois-pièces m'ouvre avec un large sourire, me dit qu'il s'appelle maître Akouré du barreau de Nanterre et qu'il est le fiancé de Koutiala. Je mets quelques instants à comprendre qu'il s'agit de Toulouse-Lautrec. Le top model chaloupe jusqu'à moi, dans un fourreau qui paraît en amiante. Je la remercie pour mon chat, l'informe que je suis revenu. Un peu à contretemps, elle me répond que c'est la moindre des choses. Elle me présente la trentaine

314

de Noirs qui font la fête dans le décor à spots. Éboueurs, diplomates, mannequins, basketteurs et juristes communient dans la nostalgie heureuse du Mali de leur enfance. « On est tous du même village », me dit-elle. Cette fraternité qui a l'air d'abolir les différences sociales autour des musiques qu'ils reprennent en chœur me rend plus malheureux encore que l'appartement sans vie que je viens de quitter. Elle me prévient qu'ils vont faire du bruit toute la nuit et m'invite à rester.

Une assiette sur les genoux, seul Blanc assis dans les coussins au milieu des Maliens qui dansent et mangent en rythme, je sens remonter en moi la violence de Richard. Le spectacle de ces gens pétant de santé m'insupporte. Ces déracinés joyeux, ces smicards, ces beautés de podium et ces hauts revenus aussi à l'aise dans leur corps que je me sens à nouveau prisonnier du mien, comme un détenu rentré de permission, ramènent ma pensée vers les trois inconnus de la clinique Henri-Faure, vers le pompier aphone qui me demande d'être son porte-parole.

Je m'en vais en refusant d'un sourire les cachets d'ecstasy que me tend avec un air accueillant l'avocat de Nanterre. Après ce que j'ai connu, cette évasion-là serait dérisoire, et changerait simplement, le temps d'une réaction chimique, la conscience que j'ai de ma situation sur terre.

En traversant le hall, je m'arrête un instant et fixe le sommet des boîtes aux lettres. Je me hisse même sur la pointe des pieds, vérifie en passant la main dans la poussière, comme si le fait d'avoir supprimé rue Lepic le nom de Richard Glen avait le pouvoir de rapatrier ici les enveloppes jaunes... Non seulement je sais que l'aventure est finie, mais je doute qu'elle ait changé quoi que ce soit. Je suis dans le même état, exactement dans la même détresse morale qu'au retour de Tanger. Les deux femmes que j'ai perdues se sont réunies dans une même douleur, et je ne sais toujours pas comment la vivre.

Dans l'espoir de trouver un taxi, je descends l'avenue Junot. Un chien aboyant contre moi derrière une grille de villa, je me surprends à fredonner du Brel.

Ça commence à sentir le soufflé au fromage, dans la salle de projection. Signe que le film se termine. Il aura duré trois heures et ma principale angoisse est que ma moustache se décolle légèrement sur la droite, depuis qu'une cheftaine de chez Gallimard m'a embrassé avec une vigueur démesurée en me disant : « Merci pour Guillaume ! » Mon papier ne sort qu'après-demain, et ce n'est pas très bon signe que la rédaction ait déjà organisé des fuites.

Je suis assis entre Yves Berger qui, pendant les séquences muettes, cherche à savoir si j'aime son livre en me parlant des auteurs qu'il publie, et Geneviève Dormann qui m'a fait livrer jadis au journal un camion de fumier, parce que j'avais étrillé un de ses confrères qu'elle aimait bien. Depuis qu'ils sont fâchés, elle ne me tient plus rigueur. Dès les premières notes du générique de fin, la salle se rallume.

— Eeeeh ben, soupire Bernard-Henri Lévy en se levant, devant moi.

316

Nous croisons nos regards sans nous saluer, vu ce que nous écrivons l'un sur l'autre. Grincements de chaises dans un silence houleux. Quelques applaudissements de courtoisie, dans le fond, émanant de ceux qui se réveillent. Les visages chiffonnés par ce long navet coûteux, signé d'un jeune réalisateur qu'il est bien vu de surestimer, s'éclairent un peu lorsque les extra en veste blanche entrent pour dresser le buffet sous l'écran. Et tout le monde de parler d'autre chose, comme si la projection n'avait pas eu lieu et que l'objet de la soirée soit simplement de se retrouver, un verre à la main, autour du traditionnel soufflé RTL.

Dans la file d'attente, Bernard Pivot me rappelle que nous déjeunons prochainement pour son élection de pape et ma propre nomination au rang de cardinal. On se congratule en rigolant.

– Vous avez changé quelque chose, non ? me demande-t-il soudain, le regard en dessous. Vous avez bonne mine.

– Il revient du ski, suggère l'attachée Gallimard qui ne me lâche pas d'un pouce, comme si mon éloge de son auteur nous avait rendus intimes. Vous avez lu *Le Quincaillier* de Guillaume Peyrolles, Bernard ? Frédéric adore.

– Je vous sers du soufflé, lui répond Pivot.

Je m'éclipse vers l'ascenseur. Philippe Labro serre la main de ceux qui s'en vont sans souper, avec la gravité entendue d'un proche parent remerciant les personnes venues assister à l'enterrement. Coincé entre les manteaux dans le réduit du vestiaire, le critique cinéma de la radio recueille au micro le verdict de l'avant-première. Sa collaboratrice, qui a du mal à trouver des volontaires, m'assied par surprise sur la chaise en face de lui. Le comptoir à charnières du vestiaire nous sépare.

– Frédéric Lahnberg, alors... ce film ?

J'en dis du mal d'autant mieux que j'en suis le réparateur en sous-main. Plaisir un peu cruel de se démolir par procuration, alors qu'on n'est plus que la moitié de soi-même. J'entends parler ma voix neutre, cynique, blasée. Les vacheries définitives que je lance au hasard se développent toutes seules dans les yeux de Remo Forlani, qui m'encourage d'un hochement de tête quand je marque une pause. C'est fou comme j'ai vite repris les plis de ma vie officielle. Je n'éprouve ni regrets ni soulagement, et je n'ai déjà presque plus honte en repensant à Bruges. Les forces qui se sont affrontées en moi ont laissé la place à un grand vide, familier, convivial. Les mains se tendent sur mon passage, les verres se lèvent, les sourires en coin hésitent, les dos se tournent, les voix chuchotent. Sorti de la clandestinité, je suis redevenu un repère visible, un flatté provisoire, un intouchable en sursis.

Dans le tube vitré de l'ascenseur, pressé contre des congénères, des prédateurs et de la chair à papier, je sens les regards qui se dérobent. J'ignore ce qui s'est tramé durant mon absence, au journal, quel complot a couvé contre moi ; je ne cherche même pas à deviner qui est sur le point d'avoir ma peau. Qu'il la prenne : je n'en ai plus l'usage.

J'ai retrouvé le quatrième étage, les flaques de néon sur le linoléum vert du couloir, le ronron de la machine à café, la lumière d'aquarium. Dans chacune des trois chambres, c'est le même silence rythmé par les bip de l'encéphalo, le tintement des flacons dans les potences à l'heure des soins, le sourire flou des infirmières, les cent pas des pigeons sur le rebord des baies vitrées. Je me trompe dans mes fiches, parfois. Je donne à la 119 des nouvelles de l'épicerie du 145, je raconte à la 112 le chamois d'argent qu'a remporté à Val-Thorens le petit-fils de la 119, je décris au 145 l'avancement des travaux de la maison de Louveciennes, achetée avant l'accident par le mari de la 112. Je le fais exprès, souvent ; je me dis que, si jamais ils m'entendent, ça les sort de leur isolement, ça les distrait des souvenirs dans lesquels le coma les emmure, ça leur crée des liens avec des inconnus, ça les fait voyager dans d'autres vies.

Le 145 est un Marocain dont la famille est restée au pays, la 112 une mère de trois enfants à qui je dois continuer de cacher qu'elle est la seule survivante, et la

119 une vieille dame incurable au visage serein dont les enfants sont partis aux sports d'hiver après avoir demandé au médecin une « thérapeutique de confort », comme on appelle ici l'euthanasie. Tout en regardant couler dans le tuyau de sa perfusion le mélange rosâtre qui l'empoisonne lentement, je lui raconte sa jeunesse aux ateliers Piquemard de Mulhouse, ses années de couture et d'impression sur toile, sa joie d'être mère, grand-mère, bientôt arrière-grand-mère... Et puis je m'évade de sa fiche, je brode sur ce Charles-Albert, son mari disparu en mer. Ou bien je lui raconte Karine.

De jour en jour, je me dévoile un peu plus auprès de ces interlocuteurs fantômes. Je leur parle de mon drame, du bonheur de substitution qu'on m'a envoyé et de la folie dans laquelle j'ai failli basculer ; je leur lègue mon histoire. Abdel, l'épicier du 145, a été matraqué par des skinheads. Une association de défense l'a pris en charge, lui a payé cette clinique réputée où des stars viennent se faire opérer incognito à la une de *Voici*. Plutôt que d'insister sur cette réaction généreuse, de plaider la cause des Français qui ne sont pas tous des racistes, ainsi que m'y invite la fiche laissée par Bruno Pitoun, je lui fais visiter une ville en chocolat, je l'emmène le long du canal Napoléon, je lui décris l'apparition fugitive de Karine en culotte et soutien-gorge au-dessus des toits de son hôtel miniature. Et je comprends sur le visage hermétique d'Abdel que je suis toujours amoureux. Son lit est celui qu'avait occupé Dominique. J'attends, je redoute, j'espère, à chacune de mes phrases, une surimpression coupable, un sentiment de sacrilège, une révolte, un rejet

320

de la part de ces murs où je lui ai tenu la main, des mois durant. Mais rien ne se produit. Ou bien l'âme de Dominique n'a plus rien à faire dans cette chambre qu'on désinfecte à chaque décès. Ou bien elle m'encourage à revenir vers Karine. À redevenir Richard.

Lorsque je rentre avenue Junot, j'évite de prendre la rue Lepic, de passer sous les fenêtres du studio. Je monte par la courbe lente de la rue Caulaincourt et j'ai, chaque soir, un pincement au cœur en arrivant devant l'arrêt de bus. Avec ses clés sur le tableau de bord, la Coccinelle est toujours là. Visiblement abandonnée par son propriétaire, ni les voleurs ni la fourrière n'ont voulu d'elle. Les jours passent, à raison d'une ou deux contraventions supplémentaires sous l'essuie-glace. Elle m'attend.

Je n'ai pas vraiment la tentation de replonger. Cette convalescence à mi-temps me suffit ; le quatrième étage de la clinique Henri-Faure, colonisé par mes longs monologues de l'après-midi, est le théâtre idéal pour reconstruire une réalité, même si mon public ne réagit à rien. Je veux me persuader que le sentiment d'inconfort dont je souffre est simplement dû aux poils qui repoussent dans la colle de ma moustache. Le tiraillement n'est supportable que lorsque je parle. Et je crois que le récit à mi-voix de ma double vie, si brève et dérisoire fût-elle, suffit à garder le lien avec Karine, d'un lit à l'autre. Ce travail de parleur intérimaire ne m'est pas tombé dessus par hasard, je le sais. Refusant le recours à l'écriture, je trouve dans les mots que je formule le recul et le sens nécessaires pour donner aux événements une seconde chance. Réarranger ce qui est arrivé, comprendre de l'intérieur les réactions de Karine en la faisant parler. Je m'interromps dès qu'entre une infirmière ou un interne. De plus en plus, ils me disent « pardon », sentant qu'ils nous dérangent. J'ai remplacé par un climat de connivence opaque et délétère la chaleur tchatcheuse que Bruno apportait dans le service. Les secrets que je semble échanger avec ces trois êtres en souffrance mettent tout le monde mal à l'aise, comme si j'avais le pouvoir d'agiter, du fond de leur inconscience, des forces occultes contre les infirmières distraites et les médecins pressés. Si l'ambiance y perd, les soins y gagnent.

Lorsque le soir, vers six heures, je quitte le coma des autres, je retrouve, en marchant jusqu'à ma voiture, en écoutant France Info dans les embouteillages, le même décalage que m'avait procuré mon identité factice, preuve que les problèmes d'ego ont parfois leur solution dans un élan vers autrui. Il m'arrive de faire un crochet par les anciens quartiers de ceux que, refusant d'appeler « mes comateux » ou « les quatrièmes » – façon pudique de désigner, à Henri-Faure, les patients par l'étage de leur pathologie – j'ai fini par nommer, à l'instar de Bruno, « mes auditeurs ». Et je les imagine, je les projette dans la réalité qu'ils ont quittée, je les réinsère dans leur univers quotidien, je fais mes courses à côté de chez eux, cherchant toujours malgré moi, dans le regard d'un vendeur ou d'une caissière, une lueur de reconnaissance, une impression de déjà-vu, un trouble.

Et puis Bruno Pitoun a retrouvé sa voix. Son retour au quatrième étage a été accueilli avec un soulagement visible et force embrassades dirigées contre moi.

— Purée, la couleur, Solange ! Attends, je le crois pas : tu es dix jours sans me voir, et tu deviens rousse ? Arrête, l'effet que je te fais !

L'infirmière-chef lui a répondu à l'oreille en me regardant. Il a cessé de sourire, il a fait claquer sa langue, m'a repris ses fiches en me disant merci sur un ton de reproche. Abdel était sorti du coma le matin même. Aux policiers venus recueillir sa description des skinheads, il n'avait parlé que d'une fille en soutien-gorge qui mangeait une ville en chocolat.

Le lendemain, j'avais quarante de fièvre. Sans doute un de ces virus d'hôpitaux qui se promènent dans les conduits de ventilation. Le SOS médecin qui vint m'examiner me demanda où j'avais passé mes vacances de février. Ma réponse l'inquiéta. En me tendant une ordonnance à trois feuillets contre l'infection nosocomiale, il me conseilla les pays exotiques, la prochaine fois : quitte à choper une saloperie, au moins on rapporte des photos.

Je suis resté couché huit jours, à lire une tonne de livres en retard. Le chat ne me quittait pas. J'écoutais les disques enregistrés par l'Orchestre de Paris avec Dominique, les quarante-cinq versions d'opéras dirigées par David. Prétextant ma contagion, je ne voyais personne, faisais livrer mes repas par un traiteur chez qui je ne m'étais jamais servi. Je ne répondais pas aux messages. Même la voix de Lili, défaillant d'allégresse à la parution de mon papier sur son petit protégé, n'avait pu me convaincre d'allonger le bras pour décrocher. J'habitais dans les draps de Dominique, j'avais cru un moment y mourir et me contentais à présent de m'y soigner. Sur quoi déboucherait ma guérison, je ne voulais pas le savoir. Abruti de lecture et de musique, gagné par la torpeur de mon chat, je dormais la plus grande partie de la journée et ne mesurais plus l'écoulement du temps qu'à l'épaisseur de ma nouvelle moustache.

Guillaume Peyrolles m'envoya un énorme bouquet de lys blancs, qui me fit sourire de tristesse. Ma seule véritable activité de la semaine fut d'en couper les étamines. Je suivais sur mon répondeur l'évolution de ma situation professionnelle, depuis le ricanement de mes confrères dans les journaux concurrents jusqu'à l'envol des ventes de ce roman qu'aucun d'eux n'avait ouvert. Les plus souples agrandirent alors ma brèche en criant non pas au génie, je l'avais fait, mais au phénomène de société, à l'émergence d'un genre, à la naissance d'une mode, voire à l'effet boule-de-neige imputable à la paresse intellectuelle des lecteurs, ce qui est toujours le meilleur moyen d'amplifier le succès contre lequel on s'insurge. La cheftaine de chez Gallimard m'annonçait chaque matin les chiffres de réassort avec des trémolos dans la voix, tandis que ses homologues des autres maisons m'expédiaient leurs rogatons passés inaperçus, dans l'espoir de me voir renouveler l'expérience.

Du fond de mon lit, j'étais redevenu un type incontournable. Le Grand Coordinateur prenait de mes nouvelles tous les deux jours. La météo annonça le retour des gelées, ma moustache commençait à être présentable et ma première sortie fut un aller-retour à Esclimont pour couper l'eau, expédition qui s'avéra du reste parfaitement inutile, toutes les conduites ayant déjà éclaté sous la pression de la glace. Il n'y avait plus qu'à attendre le dégel. Je prévins le plombier du village et rentrai à Paris, avec un début de torticolis causé par l'étanchéité très relative du sac en plastique qui remplaçait mon déflecteur.

En haut du pont Caulaincourt, pour éviter l'appel de la Coccinelle qui me narguait toujours sur son arrêt de bus, criblée de papillons « enlèvement demandé », j'obliquai dans la rue Joseph-de-Maistre, pris le grand virage de la rue Lepic et mon cœur s'arrêta. Assise sur l'arceau métallique destiné à empêcher le stationnement, les coudes sur les cuisses et un magazine tourné vers le halo blanc du réverbère, Karine attendait devant la porte du 98 *bis*.

Je m'enfonçai dans mon siège. Le ronflement sourd et mal réglé de l'Armstrong-Siddeley lui fit relever les yeux ; je tournai la tête vers le Moulin de la Galette. Dans le rétroviseur, je la vis replonger dans sa lecture. C'était trop tard pour braquer au coin du restaurant Graziano. Je continuai à grimper la rue Lepic jusqu'à la place Jean-Baptiste-Clément, et redescendis par la rue de l'Abreuvoir qui me ramena au sommet de l'avenue Junot. Je ne réfléchissais pas. Je ne me formulais rien. Le choc s'était immédiatement résorbé dans une évidence contre laquelle les résolutions, les scrupules et les craintes ne pouvaient plus rien. Elle revenait vers moi comme je m'étais retourné contre elle, avec détresse, fierté, obstination, rejet du malentendu. Elle était là pour me surprendre à mon tour, effacer ma faute en la reproduisant. J'avais cru l'oublier ; je n'avais fait que l'attendre.

J'arrêtai la voiture de travers sur mon emplacement de parking, fonçai vers l'ascenseur. Sans prendre le temps de refermer la porte de l'appartement, je courus jusqu'à la fenêtre. Karine était toujours là, enveloppée dans un grand manteau noir, une écharpe enroulée autour du cou ; elle avait déganté sa main droite pour tourner les pages de son magazine. Je me ruai à la salle de bains, hésitai un quart de seconde devant la glace. D'une voix qui sonnait faux, je dis à mon reflet : « Excuse-moi », et attaquai au rasoir ma nouvelle moustache. Je fis couler de l'eau pour évacuer les poils et plaquer mes cheveux en arrière. J'avais jeté le gel, le blouson en cuir et le pantalon de velours. J'enfilai un jogging, le vieil imper mastic qui m'avait servi à passer d'un domicile à l'autre, bénis le ciel d'avoir gardé les lunettes en demi-lune au fond d'un tiroir, et me précipitai hors de l'appartement. À cette heure-ci, j'avais toutes les chances de rencontrer des voisins de Frédéric sous l'apparence de Richard. Je m'en foutais. En quelques minutes, la seule identité qu'il m'importait de protéger était redevenue celle d'en face.

Je traversai le jardin, ouvris la grille, dérapai au coin de Junot et m'arrêtai sur le trottoir de Lepic. Karine n'était plus là. Je pressai le bouton de la porte qui ne fonctionnait plus après sept heures, ouvris avec ma clé. Il n'y avait rien dans ma boîte aux lettres sans nom, et personne dans l'escalier. Je redescendis, les tempes serrées par la rage, prêt à fouiller tous les cafés de la Butte où

326

le froid avait pu la conduire. Je refusais de toutes mes forces un nouveau rendez-vous manqué. Je n'avais pas rêvé la silhouette assise sur la barre de fer. Je ne souffrais pas d'hallucination, je n'avais pas demandé cette apparition, je n'avais pas osé espérer ce retour, mais maintenant que ma résignation avait volé en éclats, je ne supportais pas l'idée de m'être rasé pour rien.

Je m'assis là où, trois minutes avant, elle m'attendait encore. J'écartais l'hypothèse qu'elle ait sauté dans un taxi montant Lepic tandis que je traversais les jardins du Moulin. Il était huit heures moins vingt : logiquement elle avait dû arriver après sept heures, sinon elle serait entrée. Elle était allée boire un verre pour se réchauffer, et repasserait dans un moment. Je faillis monter au studio, allumer les lumières, la guetter derrière le carreau. Une inquiétude me retint. Je n'étais plus *assez* Richard Glen pour lui offrir, de moi-même, sans transition, ce qu'elle était venue rechercher.

Au dos d'un prospectus, j'inscrivis son prénom et l'adresse de la Crêpe-Montmartre. J'hésitai à lui écrire que je l'aimais. Je me contentai de tracer un cœur. Ce dessin d'adolescent était bien plus qu'une déclaration ; il signait mon retour dans la peau d'un homme que les mots ne suffisaient plus à contenir.

Je coinçai le prospectus entre les deux battants de la porte de l'immeuble. Mon cœur au stylo-bille ressemblait à une tête de mort. Je partis vers la crêperie avec une confiance aveugle dans le destin que je provoquais à nouveau. De toute manière, cette fois, entre Glen et Lahnberg, ce serait un quitte ou double.

— Tiens, v'là l'autre, a dit le patron. Je n'y croyais plus.

— J'étais absent. Mais ma proposition tient toujours.

Il a flambé une crêpe en haussant les épaules. Je me suis assis devant le clavier, j'ai regardé les touches qui s'enfonçaient sous mes doigts en suspens, et j'ai pris en marche *Si tu t'appelles Mélancolie*. Les vieilles dames d'un tour by night, qui commentaient leurs cartes postales dans les nuages de sucre glace s'échappant de leurs gaufres, n'ont pas semblé remarquer l'apparition d'un pianiste. Le jeune couple assis en face me fixait en rigolant. J'ai pris un air humilié pour qu'ils respectent le dérisoire de mon gagne-pain. Ils ont détourné le regard.

Je fredonne les paroles in petto afin de me remettre dans l'ambiance. Je n'ai plus peur de la violence, de la jalousie brutale éprouvée dans la Coccinelle. C'est l'absence de Karine, c'est la manière dont elle m'avait rejeté qui en étaient la cause. Si elle revient vers moi, si on réussit à effacer les gestes et les mots qui nous ont séparés, notre histoire reprendra ici, dans le prolongement de la nuit du Harry's bar.

Les minutes passent au fil des mélodies, dans un optimisme un peu forcé qui s'évapore lorsque le piano s'arrête. Le patron m'offre une bolée de cidre, le temps de la pause. Il me demande si ça va la vie. Je lui réponds : « Et vous, les affaires ? » On se tait. Les douze grands-mères ont regagné leur car et le couple a été remplacé par deux hommes seuls, enfermés dans leurs pensées aux deux extrémités de la salle. L'un a commandé un Viandox, l'autre a dit : « La même chose. » Des nez se collent brièvement aux carreaux, sur la place, repartent vers des lieux plus animés. À chaque auréole de buée, mon cœur s'emballe sans suite. J'aurais dû parcourir la Butte pour retrouver Karine au lieu de venir m'enfermer ici. Pour peu qu'un locataire ait fait tomber mon prospectus en ouvrant la porte de l'immeuble...

– C'est peut-être Joe Dassin qui n'attire plus, soupire tristement le patron.

Je bois quatre gorgées pendant qu'il hoche la tête dans son Ricard, à intervalles réguliers. Son défaitisme est contagieux. Je finis par lui suggérer :

– Pourquoi vous n'essayez pas autre chose ?

– Quoi, « autre chose » ? bougonne-t-il en haussant les épaules, tassé derrière ses plaques de cuisson qui chauffent pour rien. C'est mon métier, moi, c'est ma vie : je connais que ça.

– Non, je parlais du programme musical... Pourquoi toujours du Joe Dassin ?

Il me regarde au fond des yeux et répond :

– On avait le même coiffeur.

J'opine en silence, le laissant libre de développer s'il

le souhaite. Avec un geste par-dessus son épaule pour ramener les choses à leur place perdue, il précise :

– Enfin... C'était avant mon divorce.

Et, alternant une phrase et une lampée de Ricard, il me raconte le temps béni où Montparnasse était encore Montparnasse, sa femme à la caisse et la mafia russe derrière le rideau de fer.

Champs-Élysées m'appelle : je regagne vivement le clavier. Tandis que mon employeur, en soupirant, passe la main sur son crâne lisse à la mémoire du chanteur disparu, j'essaie de retrouver ma confiance de tout à l'heure, mais les notes guillerettes n'accrochent plus ; mes doigts s'alourdissent au long des couplets, ma nuque devient raide et mes pieds ne font même plus semblant d'actionner les pédales. J'ai beau m'efforcer de ne pas replier ma lèvre supérieure, le tic s'incruste et ma moustache me manque. Pourquoi ai-je cédé si vite à un élan qui ne mènera nulle part ? Elle est venue rechercher l'écrivain qu'elle s'est inventé, c'est tout. Une émotion de lecture. Maintenant que notre histoire *réelle* a sombré corps et biens, elle pense peut-être que le romancier a refait surface. Qu'il a intégré les péripéties dans l'œuvre. Elle vient relever le compteur. Je voudrais qu'elle me voie ainsi, tiens, courbé au-dessus d'un piano mécanique, avec mon imper sale, mon jogging du Ken Club sur des chaussettes de ville et mes cheveux mal coiffés qui dégoulinent. Minable, malheureux, collé dans la vie courante sans la moindre issue vers l'imaginaire, soumis aux pourboires et à l'indifférence, caricature d'artiste derrière sa soucoupe vide et sa pancarte « Merci ».

Deux mains se posent sur mes épaules. Son parfum se penche, ses mèches me frôlent. Un baiser sur ma joue.

– Je t'attends, souffle-t-elle.

Je la regarde se diriger vers la banquette d'en face, sous l'escalier en colimaçon. Une onde de joie descend dans mes doigts qui accompagnent la mélodie lente à pleurer de *Si tu n'existais pas*. Elle s'assied en souriant, écarte une boucle frisée qui revient cacher son œil, et pose ses coudes sur la table. Les joues dans les mains, elle me regarde jouer. Avec cette lueur de fierté indulgente que j'ai si souvent haïe, enfant, chez les mères des autres. Je l'attendris. Je voudrais la choquer, la révolter, la désoler dans ce décor miteux, ou bien l'éblouir, l'exciter par ma dextérité au piano – et je l'attendris. Pourquoi cette attitude que je ne lui ai jamais vue, pourquoi ce tutoiement soudain ? Et pourquoi est-ce que je m'énerve ?

Le patron lui apporte le menu. Elle le fait patienter, le temps d'un arpège acrobatique que j'exécute avec désinvolture, mes yeux dans les siens. Elle pointe du doigt une ligne au hasard, remue les lèvres en me désignant du menton. L'autre retourne derrière son comptoir avec un froncement de sourcils dans ma direction. Il promène un morceau de beurre sur la plaque, y balance une de ses galettes précuites, suivie d'une tranche de jambon et d'une poignée de fromage râpé, replie le tout, décapsule une Tuborg et vient la déposer sur le piano. Je loupe une mesure. Comment sait-elle ce que boit Richard ? Au Harry's, le barman m'avait servi d'office son cocktail du jour, et je n'ai pas souvenir d'avoir consommé avec elle autre chose que du Big Mac. En vingt secondes, elle est redevenue magique.

Le souffle court, je termine *Si tu n'existais pas* et enchaîne la suivante. Je suis encore coincé derrière le clavier pour un bon quart d'heure. Elle me sourit, sans se douter qu'elle est arrivée en début de programme. J'essaie de faire passer dans mon regard tout l'empressement que j'aimerais lui témoigner, malheureusement contrarié par l'exigence du patron que j'évoque d'un coup de sourcils. Elle abaisse les paupières, compatissante. Il eût été plus juste d'incriminer le piano, que je ne peux décemment pas lâcher avant qu'il ne m'ait joué d'affilée ses quatre chansons restantes. Si je n'avais pas rencontré cette lueur de fierté dans ses yeux, je me serais gaiement levé au milieu d'un morceau pour avouer mon statut de figurant décoratif, et nous en aurions ri ensemble, mais l'attention avec laquelle elle écoute mes accords impeccables me touche trop pour que je dévoile mon play-back. C'est si bon de lui plaire autrement que par mon livre. Même si ce n'est qu'un mensonge de plus. *Parce que* c'est un mensonge de plus – mais que, celui-ci, je l'ai créé de toutes pièces sans vouloir correspondre à son idée préconçue. Collé à un clavier dont les touches enfoncent mes doigts, je me sens bizarrement libre.

Le patron lui apporte sa crêpe. Elle l'engloutit en deux couplets, puis allume une cigarette, chassant la fumée pour mieux me voir. Une colonie de touristes franchit la porte dans mon dos, fait le tour de la salle en échangeant des moues, ressort. L'un des Viandox paye et leur emboîte le pas, laissant deux francs dans ma soucoupe.

332

Karine a réprimé une grimace, me semble-t-il. Elle pose sa cigarette dans le cendrier, renouvelle sa commande. Lorsque le patron vient la servir, elle lui parle sans me quitter des yeux. Il consulte sa montre, censé répondre sans doute à quelle heure je « termine ». Je ne vois que son dos, mais je suppose qu'il répond que c'est variable, que ça dépend du monde. Elle pose une autre question. Il monte la main pour caresser son crâne. Elle hoche la tête. Il retourne à ses plaques chauffantes. Elle le rappelle, effectue une rotation de l'index au-dessus de son assiette.

Au moment où j'achève *L'Amérique*, elle est à mi-chemin de sa troisième jambon-fromage. J'avale une gorgée de Tuborg et fonce vers sa table. J'ai exactement quatre minutes quarante-cinq secondes à lui consacrer avant la reprise du programme. Planté devant elle, les bras ballants, j'attends qu'elle finisse sa bouchée. M'empêtrant dans les préambules que j'ai ressassés derrière mon piano, je ne sais plus comment attaquer nos retrouvailles. Je pense soudain que si elle connaît ma marque de bière, c'est peut-être simplement qu'elle a regardé ma note d'hôtel, chez ses parents. Elle déglutit trop vite, s'étouffe. Je lui tape dans le dos. Le patron lui apporte un verre d'eau. Déjà trente secondes de perdues.

— C'est pour moi ! décidé-je en désignant son assiette à mon employeur. Remplacez-moi pour ce soir, d'accord ? À demain.

J'attrape le manteau de Karine et son bras dans l'autre main, l'entraîne vivement à l'extérieur. Elle trébuche sur un pavé, se raccroche à mon épaule. Je l'enveloppe dans son loden. Elle a fini de tousser. Elle avale un grand bol d'air.

— Vous êtes long à vous décider mais, après, vous êtes un rapide.

Je suis heureux qu'elle ait repris le voussoiement. Je plaque doucement son corps contre le mien. Elle se laisse faire. Nos buées s'entremêlent. Dans le halo d'enseigne de la Crêpe-Montmartre, je dégage sa bouche masquée par les cheveux.

— Vous ne m'en voulez pas trop, Richard ?

J'ai un mouvement d'impatience.

— Un peu, quand même ? risque-t-elle timidement, sur un ton d'espoir.

Approchant mes lèvres, je lui murmure, avec tout le romantisme dont je suis capable par moins cinq :

— *Schild en vriend.*

— Comment ?

Je traduis, penaud, un peu vexé :

— Bouclier et ami.

— Ah ! *Schild en vriend,* corrige-t-elle avec une prononciation qui me paraît similaire.

Et elle se presse contre ma bouche. M'engloutit, m'aspire, me mord, m'explore, me dévore, m'écarte pour reprendre sa respiration et replonge, les mains plaquées en appui sur mes épaules. Mes doigts caressent son corps avec autant de douceur qu'elle met d'énergie dans son baiser. *Champs-Élysées* éclate dans la crêperie. Le patron m'adresse un petit signe solidaire, le front contre sa vitre. Karine bloque mes poignets sur ses hanches :

— Je suis en période d'examens, je peux très bien me

passer de vous, je vais beaucoup mieux toute seule. Vous aussi ?

— J'allais vous le dire.

— On va chez vous ? enchaîne-t-elle en enroulant mon bras autour d'elle pour redescendre la Butte.

Elle perçoit dans mon silence une réticence, précise :

— J'espère que c'est deux cents mètres carrés sinistres où vous campez comme un squatter depuis que votre ex a emporté les meubles.

— Pourquoi ?

— Comme ça on sera quittes.

— Ce n'est pas le cas. J'ai aimé ma femme, Karine, je n'ai rien à lui reprocher. Et je ne suis jamais allé à Bruges. Pour moi, vous habitez toujours le vieil hôtel sur Groenerei.

— Et je n'ai pas de fille ?

Je bredouille, pris de court :

— Si... non... Comme vous voudrez.

Tout son corps s'est crispé autour de mon bras.

— De toute façon je n'ai pas de fille. Je l'ai fournie, c'est tout. Elle est à mes parents. Elle me remplacera.

— Je ne vous demande rien, Karine.

— Moi si. Je veux savoir pourquoi je vous ai giflé. Jamais je n'ai fait ça à quelqu'un.

— Moi non plus.

On se serre un peu plus fort l'un contre l'autre, dérapant sur les pavés que recouvre une mince couche de verglas.

— J'ai tellement honte de ma vie, vous croyez ? Tellement honte de n'être *que ça* ?

335

– Vous êtes la fille la plus...

Elle me coupe avant que j'aie trouvé mon adjectif :

– Mais non. Vous n'avez rencontré personne, à part votre femme. Vous ne pouvez pas comparer.

C'est si vrai que je me tais, après avoir protesté par ce genre de grognement qui est censé en dire long. Elle insiste :

– Je suis comme toutes les autres. Un physique pas mal, un bon niveau en latin-grec et, à part ça, Jean-Jacques Goldman, sainte Thérèse et le vide autour. La médiocrité qui résiste à tout, même quand on ferme les yeux. Haute saison, basse saison, room service, main au cul... Vous m'avez arrachée à tout ça, Richard. Je me suis sentie neuve pour vous. Libérée de tout ce que je ne vous écrivais pas. Alors vous voir débarquer dans cette vie... C'était pire que si vous m'aviez renvoyé mes lettres. Vous comprenez ? Ce regard que vous avez eu... Le regard qui juge et qui dit en même temps : « C'est pas grave. » C'est à *ça* que j'ai répondu. C'est *ça* que j'ai giflé. À vous.

Nous passons au-dessus d'un jardin en friche semé de frigos et de vélos désossés. Avec autant d'honnêteté que de sang-froid, j'essaie de classer les raisons de ma violence.

– Dans l'ordre : ma lettre jetée par terre, le garçon à la Mazda orange, le lapin de la baie de Somme, le bébé dans la poussette et toutes mes nuits avec la fille de vos lettres que je croyais avoir perdue.

Elle se tait pendant vingt mètres, puis murmure :

– Je réponds dans l'ordre ?

– Je ne sais pas, Karine.

336

— C'est pas vraiment un crime de jeter la feuille où un homme vous a écrit : « Je ne comprends pas le sens de ce lapin », alors que vous l'avez attendu toute la nuit. Moi aussi je me suis fait l'amour pour vous, et c'était trop dur de m'empêcher, trop dur de vous en vouloir... Ma fille, je ne me rappelle même plus le numéro de la chambre. Un client de passage, mignon, mes parents venaient d'ouvrir cette horreur d'hôtel, je me suis fait sauter pour le baptiser, à ma manière, de rage. Première fois. Il a joui tout de suite en entrant et il est ressorti en me laissant la capote. Voilà. On ne l'a jamais prévenu, j'ai refusé de dire son nom à mes parents et je ne sais plus à quoi il ressemble. La Mazda orange, c'est un copain d'université qui me véhicule, je paye l'essence et il est homo. Je continue ?

— On a fait le tour, je crois.

— On efface ?

— On efface.

— Merci.

Elle s'arrête. Je me serre contre elle et c'est moi qui l'embrasse, cette fois. C'est plus long, plus doux, plus calme. Le bruit de ventouse quand on se détache nous fait sourire.

— Je ne sais pas si j'arriverai tout de suite à refaire l'amour, Richard.

— Moi non plus.

Notre aveu mutuel, si simple et venu de si loin, nous rend plus proches que nous ne l'avons jamais été.

— Qu'on ait eu trop d'amour ou pas d'amour, alors,

ça revient au même ? demande-t-elle avec un genre d'espoir.

— Je crois.

— J'aimerais me caresser devant toi. Comme quand je suis seule et que je t'appelle. Tu le ferais, toi aussi ?

Une chaleur aux joues m'indique que j'ai rougi. Je réponds avec un genre de détachement :

— On peut.

Tendrement elle me fait descendre du trottoir pour éviter une crevasse.

— Tu ou vous ? demande-t-elle comme on dit « pile ou face ».

— On essaie le « tu », et on se redira « vous » après l'amour. Par exemple.

Bras dessus bras dessous, on descend la rue Lepic. Les trois ailes du Moulin de la Galette apparaissent dans le tournant, éclairées par la fenêtre où peut-être mon chat nous regarde. J'ouvre la porte de l'immeuble. Ma main se pose sur ses fesses. Elle a un murmure de protestation. Je la retire. Elle dit :

— Reste.

Et s'arrête devant les boîtes aux lettres, cherche mon nom.

— C'est laquelle, la tienne ?

— La vide.

Elle regarde le petit rectangle sans étiquette, noue ses bras autour de mon cou.

— Plus jamais on ne se quittera comme ça, Richard, on se le promet ?

Nos fronts trinquent au serment que nous formulons

en silence. Elle sort de son sac un tube de rouge, le dévisse en précisant :

– Je ne veux pas qu'on me retourne mes lettres.

Et elle écrit, de la couleur de ses lèvres, « Richard Glen » sur la boîte en fer gris.

– Je te précède, décide-t-elle.

Je retire le manteau de ses épaules, le jette sur les miennes pour garder les mains libres. J'ai beau me dire que les placards du studio sont vides et que le « nouveau » manuscrit qui s'y trouve date de mes dix-huit ans, je me sens si bien, si vrai dans ce corps qu'elle enlace sur le palier. Nos ventres collés l'un à l'autre, elle chuchote à la fin d'un baiser :

– Tu aimes Saint-Exupéry ?

Je ne vois pas trop ce qu'il vient faire entre nous, en ce moment. L'état où elle m'a mis n'est pas idéal pour discuter du *Petit Prince*.

– Dans les *Lettres de jeunesse*, il écrit une chose très belle à une fille qui lui répond une fois sur dix : « C'est peut-être parce que je vous invente que je tiens tant à vous. »

Mes doigts se crispent sur la clé. Je ferme les yeux pour contenir une émotion que je n'ai pas les moyens d'exprimer ni de passer sous silence. Je me sens trop nu dans sa voix, et j'aime trop ce qu'elle me dit.

– Je n'existe pas vraiment, Karine. Pas tout le temps. Continue à m'inventer.

Je sens sa main se refermer sur la mienne, tourner la clé dans la serrure. La porte grince. Je rouvre les yeux, allonge le bras pour allumer la lampe. Ça sent moins le renfermé que je ne l'avais craint. Je la regarde avancer dans le studio, tourner sur elle-même pour avoir une vision générale, puis faire lentement connaissance avec chacun des objets, sourire devant sa maquette, s'agenouiller au-dessus du manuscrit entassé en trois piles sur la moquette, le toucher comme on impose les mains.

— On dirait que le temps s'est arrêté, pour toi. Il n'y a rien de neuf ici. Et aucune tache, rien qui traîne : pas une trace de vie.

— Ça te gêne ?

— Au contraire. C'est lui qui absorbe tout, ajoute-t-elle en montrant le manuscrit.

Elle se relève, demande où est ma bibliothèque. Mon embarras lui suggère sans doute que c'est ma femme qui l'a gardée ; elle annule sa question d'un geste. Je m'accroupis pour rassembler le roman dans sa chemise cartonnée que je referme.

— Comment il s'appelle ?

— *La Fin du sable.*

— Tu ne veux pas m'en lire ?

— Pas tout de suite.

— Quand on se dira « vous » ?

— Peut-être.

Elle renverse la tête en arrière, promène son regard du lit à la table pliante, de la fenêtre au petit avion suspendu au plafond, s'arrête sur le poêle-cheminée, le rocking-chair, soupire :

— C'est le pied-à-terre dont j'ai toujours rêvé. Mot pour mot. Je veux dire... Si je devais le décrire. Je suis très émue.

Sa voix n'est plus la même. À la fois rauque et douce, très femme et petite fille.

— Mon père m'a ouvert un plan d'épargne à Paris, quand j'ai commencé à gagner des prix à l'école. Il me voyait déjà inscrite à la Sorbonne... Chaque fois que je viens, je visite quinze annonces. Je n'ai jamais rien aimé.

Je ne réponds pas. Sa phrase continue dans ma tête. Lui donner le studio et vivre en face d'elle, la regarder à ma fenêtre, venir la retrouver quand je le veux, quand elle m'appelle, quand nos désirs se rejoignent... C'est bien sûr impossible mais c'est encore un rêve de plus qui s'incarne en elle. Et puis la vision de son bébé pleurant dans un berceau en face du lit colonial me traverse l'esprit, et je lui demande si je peux lui offrir quelque chose. Son absence de réponse devient tout à coup terriblement sexy.

— Tu montes le chauffage ?

Je tourne au maximum la molette du convecteur, branche le soufflant accroché face au lavabo, ferme la porte de la salle de bains pour diminuer le bruit. Quand je reviens, elle est en train d'ôter son pull. Sa poitrine déborde la dentelle de son soutien-gorge noir. Je me débarrasse vivement de mon imper et de mon sweat tandis que sa tête réapparaît dans une gerbe d'étincelles crépitant sur son pull.

— Ne me touche pas, je suis très conductrice.

Elle pose les mains sur son caleçon, me demande d'éteindre la lampe. La lueur rouge de la veilleuse au bas du convecteur prend possession du studio. Le caleçon

descend le long de ses jambes, en ombre chinoise sur la fenêtre d'en face où mon chat fait le guet. Elle demande :
– Tu préfères le lit ou le rocking-chair ?
Je m'assieds sur le lit. Elle prend le rocking-chair.

Nous descendons la rue Lepic, main dans la main, les jambes coupées, sur un nuage. Nos caresses à distance ont fini en fou rire nerveux, dans le son du bombardement de Berlin que nous diffusait Arte chez les voisins du dessus. L'énumération des victimes, le témoignage des survivants nous ont fait tacitement remettre nos vêtements et redescendre à l'air libre, mais la vision du rire secouant son corps nu m'a laissé une émotion plus forte que ses poses, ses gémissements dans la pénombre. Cet abandon, cette connivence dans le fiasco nous ont rendus plus intimes que le plaisir solitaire en duo interrompu par les Alliés. C'est comme si nous avions déjà fait l'amour, le désir à vif et l'excitation du trac en plus. Au coin de la ruelle à flanc de colline qui plonge vers Caulaincourt, elle s'étire, regarde la perspective des toits en zinc sous le clair de lune.
– C'est une belle planète, tu sais, soupire-t-elle, comme si elle avait eu l'occasion de comparer.
Et elle se met sur la pointe des pieds pour me chuchoter à l'oreille :
– Je suis heureuse.
– Merci.
Ma voix sonne un peu triste. J'ai dû faire l'amour à

une vingtaine de femmes, avant Dominique et pendant nos entractes. Je n'avais jamais ri qu'avec elle.

— Qu'est-ce que tu as vu dans ma main, l'autre soir, exactement ?

La question est allée plus vite que la peur, la superstition, l'orgueil qui me font toujours sauter la page des horoscopes et railler les voyantes.

— Je ne sais pas vraiment. Je n'ai rien compris.

— C'est si mauvais que ça ?

— Non, tu as une longue vie. Plusieurs, même, on dirait. Mais tu n'as pas le temps.

La Coccinelle est toujours à sa place, devant l'arrêt de bus, sous un marronnier massacré par les élagueurs. Je retourne dans ma gorge sa dernière phrase lorsqu'elle enchaîne, avec un lien que je ne perçois que trop bien :

— Tu as contacté un éditeur ?

Je vais pour esquiver le sujet, et puis je me dis qu'elle le remettra sur le tapis chaque fois que nous nous reverrons. Mieux vaut lui répondre que j'ai adressé mon roman à vingt comités de lecture, dont j'essuierai les refus successifs d'ici neuf à dix mois. Elle m'écoute en fronçant les sourcils.

— Tu l'as envoyé chez Grasset ?

— Non. Pourquoi ?

Sans répondre, elle ramasse la brassée de p-v qui soulève l'essuie-glace côté trottoir.

— Tu fais collection ?

Je secoue la tête, n'osant pas la relancer. Elle se baisse pour glisser la liasse détrempée dans la bouche d'égout, monte en voiture. Je referme sa portière et vais m'installer au volant.

— Tu laisses toujours tes clés sur le contact ?

— Toujours. Sinon je les perds.

— Je t'aime.

J'évite la banalité du « moi aussi » ; je préfère attendre un rapport de cause à effet qui me soit un peu plus favorable. Elle abaisse son pare-soleil et sort sa trousse à maquillage. Elle dit :

— Tu m'emmènes aux Halles ?

— Pourquoi les Halles ?

— Faut que tu me nourrisses. Les crêpes, ça creuse.

Je ne discute pas. D'ailleurs je me rends compte que je meurs de faim, moi aussi. Je ne me rappelle plus si j'ai déjeuné. Je ne me rappelle que son corps et le plaisir inabouti qui revient m'élancer chaque fois qu'elle ouvre la bouche. Dès que j'ai desserré mon frein, elle pose les doigts sur mon sexe.

— Ça va, je ne suis pas trop sadique ?

— Enlève la buée, dis-je en lui tendant un chiffon pour lui occuper les mains.

Elle obéit. Et, en la voyant nettoyer le miroir de son pare-soleil, tandis que je m'engage dans la circulation à l'aveuglette, je lui murmure à mon tour :

— Je t'aime.

— Pourquoi les Halles ? se répond-elle à contretemps, pendant qu'elle met du crayon autour de ses yeux. C'est là que j'ai fêté mon mémoire de fin d'année, cet été. Au Pied de Cochon. Trente-six huîtres et la plus belle cuite

344

de ma vie, je ne bois jamais. Tu veux bien être ma deuxième ?

– Ta deuxième ?

– Cuite.

– Éventuellement.

– J'ai des pastilles de menthe, pour l'alcootest. Tu en croques deux avant de souffler et ça te le rend négatif.

– Tu prévois toujours tout ?

– Non, jamais l'essentiel. La prochaine fois, j'apporterai de quoi faire l'amour.

En silence, laissant nos mains se parler sur le levier de vitesse, on descend la rue Blanche, on traverse la place de l'Opéra en direction de la Bourse. Rue du Louvre, elle me dit de prendre le tunnel des Halles pour me garer au parking Saint-Eustache. Un sifflet retentit. Break Nevada, gyrophare. Je m'arrête, coupe le moteur et me compose un visage d'une courtoisie extrême. Je n'ai ni papiers d'identité, ni permis de conduire, ni assurance.

– T'inquiète pas, dit Karine en me fourrant un bonbon dans la bouche.

Je n'ai pas le temps de lui rappeler que j'étais à jeun. Une main ouvre ma portière, contrôle de routine, veuillez descendre et présenter les papiers du véhicule. Je croque la pastille d'un air dégagé en m'extirpant du siège.

– Vous êtes dispensés du port de la ceinture ?

– Je suis belge, répond Karine.

Les flics la regardent, fermés. Si c'était une tentative pour détendre l'atmosphère, c'est raté. J'extrais de mon imper le portefeuille en plastique où je m'étonne, avec une bonne foi que j'ai connue plus convaincante, de ne trouver aucun document.

– Ah oui, c'est quand j'ai dû faire les photocopies, pour la compagnie d'assurance... Le magasin était plein et...

– Papiers du véhicule, m'abrège le chef.

Penché par-dessus Karine, je lui adresse un regard de détresse tout en prenant dans la boîte à gants la carte grise.

– Vous êtes Gouillard Paul ?

– Non, non ! C'est la personne à qui j'ai acheté la voiture, me défends-je avec une vigueur légitime, comme si l'urgence était de protéger du quiproquo une identité dont ils ne trouveront jamais trace à l'état civil. Vous voyez bien que la carte grise est barrée...

– Vous ne savez pas qu'il faut la faire refaire ?

– Si, mais... j'ai été débordé.

– Vous sentez la menthe, renifle-t-il, suspicieux, et il enchaîne en me tendant un alcootest : Soufflez là-dedans.

– Il refuse ! déclare Karine.

Je proteste :

– Mais non !

– C'est votre droit, réplique le plus jeune. Mais vous devez nous suivre au poste et vous soumettre à une prise de sang.

– Vous êtes la 2e DPJ ? demande Karine.

Les policiers hochent la tête, un peu surpris que la renommée de leur établissement ait atteint la Belgique.

– Alors d'accord, décide Karine. On vous suit.

Ils nous font monter dans leur break, tandis que le

346

plus jeune appelle la fourrière pour donner l'emplacement de la Volkswagen qui stationne sur un axe rouge.

– Ça va s'arranger, me glisse Karine en me voyant anéanti, pressé contre elle par les deux policiers qui défendent les portières.

Celui qui m'écrase sur la gauche profite de l'embouteillage pour relever mon identité sur son carnet, à coups de coude dans mes côtes.

– Nom ?

– Glen.

– Prénom ?

– Richard.

– Né le ?

C'est à partir de là que ça se complique. Karine me regarde, étonnée de mon silence.

– Né le ? répète le coude.

– 1.2.57, lancé-je en ne trouvant pas nécessaire, après tout, de tricher dans cette rubrique.

– À ?

– Saint-Jean, Morbihan.

– Numéro du département ?

– Je ne sais plus.

– 56, souffle le chauffeur.

– Vous ne connaissez pas votre numéro de département ?

– Je vis à Paris.

– Nom du père ?

– Inconnu.

– Nom de la mère ?

– Idem.

347

– Avec un H ?

– Pas en latin.

– Son prénom ?

– Arrête, c'est une expression : ça veut dire qu'elle est inconnue aussi, se marre le chauffeur.

– Ça va ! Toi, quand je te prends au judo, je me fous pas de ta gueule ! Profession ?

– Pianiste.

– Auteur, corrige Karine. Sans H.

Les dos tressautent, à l'avant du break.

– Vous ferez moins les malins, tout à l'heure, nous prédit le judoka. Auteur ou pianiste ?

– Les deux.

– Et domicile ?

Je donne l'adresse de la rue Lepic comme on signe son arrêt de mort, avec le sentiment du courage et l'espoir d'un miracle.

– À vous ! enchaîne-t-il en se penchant vers Karine. Nom, prénom ?

– Je ne savais pas que tu étais orphelin.

– C'est-à-dire... Mon père ne m'a pas reconnu et ma mère n'a pas eu le temps de me déclarer : elle est morte à la maternité.

– Et c'est ta grand-mère qui t'a...

– Nom, prénom, j'ai dit !

Très calme, elle répond :

– Vous demanderez au commissaire Joulle. Appelez-le, tiens ! Annoncez-lui Karine Denesle et vous verrez.

Je la fixe, interloqué. Le flic avant droit transmet le message. La réponse qu'il reçoit installe dans l'habitacle

348

un silence plutôt lourd jusqu'à notre arrivée au poste. Ils nous sortent du break avec beaucoup plus de douceur qu'à l'embarquement, s'effacent devant nous au passage des portes. Un petit gros dans un col roulé s'avance à notre rencontre, la main tendue, le sourire jovial :

– Bonsoir, chère mademoiselle, quel plaisir de vous revoir ! Alors, qui nous amenez-vous, aujourd'hui ?

– Richard Glen, présente Karine avec un brin de solennité.

– Ah, je ne le connais pas, lui, dit-il en me tendant de profil une main plutôt molle.

Je lui réponds bonsoir commissaire, avec la neutralité des bonnes consciences.

– On dit « capitaine », maintenant, déplore-t-il à l'intention de Karine. Je vous demande un peu. On réclame des crédits, on nous donne des grades. C'est un écrivain, lui aussi ? Qu'est-ce qu'on lui doit ?

– *La Princesse des sables*, répond-elle fièrement.

– On ne peut pas tout lire, s'excuse-t-il. Et qu'est-ce qui lui arrive, à ce monsieur ?

– Rien, rien, s'empresse Karine, coupant la parole au judoka du break qui allait commencer la lecture des infractions.

– À la bonne heure, soupire le capitaine. Vous m'avez fait peur. La réputation du quartier, n'est-ce pas... Oui, quoi, Bessonot ? Vous voyez bien qu'on discute.

– Pardon, mon capitaine, insiste l'autre, et il attaque l'énumération : Non-port de ceinture, défaut d'assurance, carte grise au nom du précédent propriétaire, contrôle technique périmé et refus de se soumettre à l'alcootest.

— Bien ! ponctue le capitaine en se retournant vers nous. Installez-vous, j'arrange ça.

Il nous désigne un banc et entraîne sèchement son subordonné vers un bureau dans lequel ils s'enferment. Je dévisage Karine qui a pris un air modeste, assise au milieu du banc, les jambes croisées, observant ses ongles.

— Tu m'expliques maintenant, ou tu gardes pour plus tard ?

— Rien, commence-t-elle d'une voix un peu trop dégagée. Il est très cool, c'est tout. On se connaît un peu...

— Tu lui as amené *qui*, la dernière fois ?

— Bernard-Henri Lévy.

— Ber... ?

— C'est sur lui que j'avais axé mon mémoire : les différents *moi* dans son œuvre romanesque. J'ai eu 90 sur 100, alors je le lui ai envoyé chez Grasset, pour le remercier. Il m'a invitée à déjeuner en décembre, un jour où j'étais à Paris. Il n'est pas du tout comme on croit, tu sais. Très nature. Je me disais que peut-être il avait ses habitudes au Pied de Cochon ; j'en aurais profité pour te le présenter... Il peut te donner des conseils, je suis sûre.

J'essaie de garder un visage inexpressif. Bernard-Henri Lévy. Ce VRP de l'ego humanitaire. Cet agité du brushing qui donne la météo de son âme à travers la couleur de ses chemises.

— Tu ne l'aimes pas ? s'inquiète-t-elle avec une tristesse qui achève de me le rendre odieux.

Je me récrie : c'est un philosophe, une conscience en alerte, un esprit concerné.

— Il est tellement craquant.

J'acquiesce. Je viens encore de me le payer sur trois colonnes, cet hiver. Dans le temps, je lisais ses livres. Depuis son *Charles Baudelaire*, en 88, je commente son look plutôt que ses phrases. La pire méchanceté que j'aie trouvée, pour son dernier ouvrage, a été de regarder chaque soir les Guignols de l'Info sur Canal, et d'étudier l'influence de sa marionnette sur son comportement. Je n'en retire aucune fierté ; c'est tellement facile et convenu de le démolir en l'attaquant par la façade, mais il réplique toujours avec une grande intelligence à mes critiques dans son bloc-notes du *Point*, ce qui me donne au moins la satisfaction d'avoir fait œuvre utile.

— Et pourquoi tu l'as choisi ?

— Parce que tout le monde lui tire dessus. Et je me suis rendu compte que personne n'avait lu ses romans — à Bruges, en tout cas. Les gens ne connaissent que son nom, sa tête et ce qu'on dit sur lui. Tu ne peux pas savoir le mal que ça lui fait. Et il en parle tellement bien dans *Comédie*... Il se considère comme le pire ennemi de ses livres ; son image leur fait écran, elle est devenue la plus efficace des censures, et en même temps on a réussi à le persuader que, s'il arrête de se montrer, il n'existe plus.

— Et il a grillé un feu ?

— Non, il s'est fait entarter, au restaurant. Noël Godin, tu sais, le type qui le poursuit partout pour lui flanquer des tartes à la crème. Un Belge, en plus ! La honte. J'ai absolument voulu qu'il porte plainte. Sur le moment, il n'était pas chaud, mais après il n'a pas regretté. Il a dédicacé plein de livres, ici ; j'étais allée en chercher à la FNAC pendant qu'ils prenaient sa déposition. Et ils ont tous signé pour l'Algérie.

Deux flics passent devant nous, tirant un drogué menotté qu'ils fourrent en cage.

— Tu ne veux pas qu'un jour on prenne un verre, tous les trois ?

— Non merci.

— Tu préfères le rencontrer seul ?

Le capitaine sort de son bureau, vient s'asseoir entre nous sur le banc et me rend ma carte grise :

— Bien. Le plus simple est que vous alliez en faire établir une nouvelle, avec laquelle vous irez reprendre votre voiture à la préfourrière Saint-Eustache, pour bondir chez un garagiste qui la mettra aux normes avant de la passer au contrôle technique, et n'oubliez pas l'assurance. Maintenant, il y a le problème de la prise de sang...

Le temps qu'on effectue l'analyse qui fixera mon taux d'alcoolémie, il me demande ce que raconte mon livre. Karine le lui résume avec une précision et une tendresse qui me serrent le cœur. Elle dit que c'est une vraie histoire d'amour et que toutes les femmes s'identifient. Il me précise que la sienne s'appelle Michelle. Je réponds que l'ouvrage est épuisé.

— Négatif ! lance une blouse sur le pas d'une porte.

Le capitaine saute sur ses pieds, presse avec effusion ma main droite entre les siennes :

— Bravo ! Et merci. Vous nous signerez le procès-verbal, pour la forme, qu'on ait tout de même une petite dédicace.

Nous quittons le poste en silence, entrons dans un café. Elle commande deux bières, m'offre une de ses cigarettes. Le garçon nous sert, repart. Elle rassemble des miettes au centre du guéridon, avec le ticket de caisse. Au bout d'un moment, sur un ton de fierté ravalée, je demande en reposant la cigarette que je n'ai pas allumée :
– Je peux lui écrire de ta part ?
Son visage s'illumine, elle me donne l'adresse des Éditions Grasset. Je n'aurai qu'à envoyer à l'entarté du Pied de Cochon un courrier de raté accusateur à la limite du langage articulé, qui lui ôtera toute envie de me connaître, en écornant au passage sa confiance en Karine. Ces pensées répugnantes replient mes jambes en arrière, pour me soustraire au pied qui me caresse sous la table. Comment l'amour et l'instinct de conservation peuvent-ils m'entraîner si bas ? S'il faut avoir recours à ce genre d'infamies pour protéger mon secret, autant le trahir tout de suite. Elle perçoit mon malaise et pose sur la table son téléphone portable, sans cesser de me sourire, le met en veille. Une manière de me signifier que je peux, si je veux, la quitter là pour ce soir, sans dommage, et la retrouver dans des circonstances plus fraîches. Ce genre de délicatesse me fait monter les larmes aux yeux. J'appelle le garçon pour qu'il nous donne un menu, me souviens que je n'ai plus de liquide sur moi : j'ai préféré

payer sur place mes contraventions pour défaut de ceinture et d'assurance. Une sonnerie retentit. La fille assise à la table voisine demande à Karine, tout en essuyant ses mains pleines de crabe mayonnaise :

– C'est vous ou c'est moi ?

– C'est vous. Moi je ne sonne pas : je vibre.

Je fais mine de me diriger vers les toilettes, sors discrètement dans la rue par une porte latérale. Un distributeur de billets est encastré dans le mur de la banque voisine. À l'abri des regards, je prends ma carte bleue glissée dans la pochette de Kleenex, l'introduis dans la fente. La machine l'avale, l'écran me demande mon code. Un vide soudain se creuse dans ma tête. Impossible de me rappeler les quatre chiffres. Ça ne m'est jamais arrivé. J'enchaîne des séries de nombres dans ma mémoire, sans provoquer le moindre déclic. Je sais que le code commence par 1, mais c'est ma date de naissance qui s'impose chaque fois que je tente de former spontanément le numéro.

Un couple et deux jeunes sont venus se placer derrière moi, attendant que j'aie terminé mon retrait. Une sueur froide coule dans mon sweat. À force de chercher des combinaisons, de vagues harmonies se dégagent de certains assemblages ; brusquement un nombre *me dit quelque chose*. Je le compose sur le clavier.

CODE INEXACT. DEUXIÈME ESSAI.

Une toux insistante résonne derrière moi. J'essaie de me calmer, d'échapper au vertige des opérations qui défilent, de plus en plus vite.

– Monsieur, s'il vous plaît... On est pressés, on va au cinéma...

Inutile de forcer une mémoire qui ne répond plus : il faut que j'arrête ces tâtonnements en me focalisant sur autre chose, pour retrouver ensuite le code par surprise ; laisser faire l'automatisme... Les seins de Karine. Sa langue sur son doigt, sa main qui descend dans le grincement du rocking-chair...

– P'tain mais i's'magne, le bouffon, là !

Le couple est parti, les jeunes s'impatientent et mes efforts pour m'abstraire n'ont réussi qu'à me donner un début d'érection. J'ignore comment récupérer ma carte. J'appuie tour à tour sur les touches « Annul » et « Correct », sans résultat. L'écran affiche toujours :

CODE INEXACT. DEUXIÈME ESSAI.

– Allez, tu vas te le faire, *man*, sois cool, m'encourage le grand Black en me tendant gentiment son joint.

– Non merci, ça va. Juste une minute.

Ils se marrent. Je ferme les yeux. Je sors de la clinique Henri-Faure où Bruno Pitoun vient de reprendre sa place. J'ai la tête qui tourne, la gorge sèche, un accès de fièvre. Je me dis que c'est la contrariété. Je m'arrête devant la Société Générale, près du square Alsace-Lorraine, j'introduis ma carte et je compose... je compose...

– 1471 !

Je mords aussitôt mes lèvres. C'est prudent, tiens, de

355

clamer son code en face du distributeur quand des camés vous encadrent.

— Bingo, disent-ils en écho, avec deux tapes dans mon dos.

Nerveux, inutilement penché en avant pour dissimuler mes doigts sur les touches, je pianote et valide. Retirons le minimum et partageons, si jamais ils deviennent menaçants.

CODE INEXACT. DERNIER ESSAI.

— T'as entré deux fois le 7 au lieu du 1, *man*.

— Vous pouvez me laisser un peu d'air, oui ?

Ils me soufflent dans le nez la fumée de leur hasch et me tournent le dos, en position d'attaque, pour me défendre contre la rue déserte. Avec une lenteur et une précision de chirurgien, j'enfonce quatre fois mon index, et retiens mon souffle en validant. Le portillon de la machine coulisse dans un bourdonnement. Je retire mes doigts à la dernière seconde, reste les bras ballants devant la paroi blindée.

— Quand on gaule une *blue* on choure le code, hé, banane ! me dit le Black en me poussant du coude.

Il introduit sa carte, pianote, retire cent francs, et repart avec son copain, sans un regard pour moi. Incapable de bouger, malade d'angoisse, je fixe le portillon gris qui s'est à nouveau refermé. Ce n'est pas le fait que le distributeur ait englouti ma carte qui me met dans cet état ; demain j'irai voir mon banquier qui me redonnera mon code, si je ne l'ai pas retrouvé d'ici là, et je reviendrai, muni de tous les justificatifs nécessaires, récupérer mon bien au guichet de ce Crédit Lyonnais. Mais, au-delà de cet oubli imputable aux émotions de la soirée, je perçois un signe autrement plus inquiétant : la machine *ne m'a pas reconnu*. Et je ne peux m'empêcher de relier cet incident à la dépossession qui l'a précédé une heure plus tôt : la mise en fourrière de la Coccinelle. Comme si l'un était la conséquence de l'autre, comme si priver Richard de sa voiture impliquait de retirer à Frédéric sa carte bleue.

Je m'adosse au mur sous l'auvent. Je passe en revue les autres codes de ma vie : le portail électronique de l'avenue Junot, l'entrée de nuit du journal, l'interrogation à distance du répondeur, la protection contre l'affichage de mon numéro de téléphone sur l'écran du correspondant... Toutes les combinaisons jaillissent, à peine sollicitées. Aucune autre avarie n'est à signaler dans ma conscience de Frédéric.

Brusquement je saisis le stylo dans ma poche pour tracer ma signature. Je la regarde, dubitatif. Je ne la trouve pas ressemblante, et j'ai dû faire un effort, la projeter mentalement sur le papier pour réactiver mon geste, alors que celle de Richard Glen, tout à l'heure au bas du procès-verbal, a coulé sous mes doigts comme un prolongement normal, un réflexe. Et pourtant je ne l'avais plus utilisée depuis ma fiche d'hôtel à Bruges. La progression de mon double continue à mon insu, irréversible, obéissant maintenant à une nécessité, une logique internes. J'ai enclenché le processus et désormais il échappe à mon contrôle.

357

Je retourne au café. Karine n'est plus là. Une nappe en papier recouvre notre guéridon. Quelques mots sont tracés à côté de la soucoupe de monnaie.

On a encore des choses à se faire pardonner, je crois... Demain soir, même heure, même piano ?

K.

Je déchire le coin de nappe, le plie sur mon cœur et repars vers Montmartre en métro. À la station Châtelet, je tire au sort une des clés dans ma poche. Au diable les angoisses du dédoublement, les effets secondaires, les trous de mémoire et les atermoiements. Les lignes de ma main ont raison : *je n'ai pas le temps*. Pas le temps de m'empêcher de vivre, de m'empoisonner le bonheur avec des peurs et des scrupules. Qu'importe au fond qui je suis et combien de temps je pourrai le rester : il me suffit de savoir que demain soir je retrouverai Karine pour donner aux heures qui nous séparent le seul sens de l'attente.

Un câlin à mon chat, une ration de croquettes, puis je vais me faire couler un bain en essayant de me rappeler où j'ai rangé ma moustache.

Une heure plus tard, j'ai retourné tout l'appartement et je ne l'ai toujours pas retrouvée.

Je sortis du sommeil à dix heures et demie, aussi épuisé qu'en me couchant. Mais la première chose qui me revint à l'esprit fut 1784. Mon euphorie se dilua rapidement dans le glouglou de la cafetière. Ça ne résolvait rien. J'avais mon code, mais je n'avais pas de moustache. Selon toute vraisemblance, le chat l'avait mangée.

Avec un maximum d'impartialité, je confrontai dans la glace de la salle de bains ma tête de Richard avec la photo collée sur les papiers de Frédéric. N'importe quel guichetier pourrait me reconnaître en comparant mes deux visages, et me rendre la carte bleue. Mais cette légère fissure dans le cloisonnement de mes deux vies risquait de tout détruire en quelques heures. La procédure de restitution après une présomption de vol était sans doute beaucoup plus compliquée ; l'employé du Crédit Lyonnais devrait sûrement en référer à son directeur, lequel se mettrait en rapport avec son homologue du CCF Montmartre qui rappliquerait aussitôt, je le connais, pour me simplifier les démarches. Sa fille était entrée comme stagiaire au Supplément « Livres » sur ma recommandation, elle téléphonait à six académiciens par semaine pour leur demander ce qu'ils pensaient de l'euro, quel était leur plus beau souvenir de but en Coupe du Monde et ce qu'il fallait faire avec l'Irak : j'étais le bienfaiteur de la famille. Dès demain, tout le service littéraire saurait que je ne portais plus de moustache. Ça n'empêcherait pas pour autant Richard de mener sa vie autonome, mais la transformation nécessaire pour passer de l'un à l'autre alimentait certainement la vérité du personnage qu'aimait Karine.

Restait bien sûr la solution toute simple de me faire refabriquer un postiche. Mais je connaissais les délais, je n'avais plus un centime, et Richard ne pouvait payer qu'en espèces.

— Trois jours, tranche le perruquier au téléphone. Je ne peux pas vous promettre moins : ce serait bâcler. Vous fournissez toujours les poils ?

— Je ne suis pas en mesure.

— Ce n'est pas grave : nous conservons des chutes, pour travailler les extensions, et la photo est dans le dossier.

Je décommande mes rendez-vous jusqu'à mardi, conseille à mon agent de rencontrer Guillaume Peyrolles qui fera un merveilleux *script doctor*, bien plus motivé que moi, puis j'appelle Lili. Pâteux, il répète mon prénom trois fois, de plus en plus bas, sans doute pour m'exprimer combien mon éloge de Guillaume l'a touché. Au son, nous sommes un jour « sans ». Mal remis de sa cuite de la veille, il m'explique qu'il se traînera de Perrier en Badoit sans pouvoir se concentrer avant la fin de sa sieste, demain après-midi, où, là, il disposera de trois heures excellentes pour travailler, dans la motivation du scotch qui l'attend à six heures. J'évite de lui demander « pour travailler à quoi ? ». Je sais bien que tout ce qu'il écrit, aujourd'hui, ce sont des lettres comminatoires pour exiger des chaînes de télé et du ministère de la Culture la rediffusion de ses sagas médiévales, dans le cadre du patrimoine. Et qu'il est sans illusions : même son décès ne sera pas un argument suffisant. Ça ne l'empêche pas d'être de bonne humeur et d'offrir son aide à tous les canards plus boiteux que lui. Je l'ai toujours entendu râler, jamais se plaindre, et c'est pour ça que je l'aime et que son Dieu lui prête vie.

— Pourrais-tu me dépanner de mille francs ?

— Tu as besoin de plus ? me propose-t-il aussitôt, sans demander aucune explication.

Je réponds non merci : tout va bien, juste un petit problème de liquidités.

— Je te les apporte ce soir.

— Non, écoute...

— C'est si pressé ? Je t'envoie un coursier.

Pauvre Lili. Je gagne chaque mois le montant de ses droits d'auteur annuels. Une fois ses frais déduits, sa grande fierté est qu'il n'est plus imposable – « assujetti », comme il dit – et, ne participant plus au financement de la République, il se définit comme un « exilé de l'intérieur ». Le jour où je lui ai proposé de l'aider à joindre les deux bouts, il m'a répondu : « Surtout pas ! », avec son grand sourire de gargouille.

Je raccroche. Je me refuse à solliciter quelqu'un

d'autre. Pendant vingt-trois ans, personne n'a rien fait pour Richard Glen : il s'en est sorti tout seul et il continuera.

Je cherche dans les piles de services de presse l'ouvrage dédicacé qui pourrait avoir le plus de valeur marchande. Je suis en train d'hésiter entre un Paulo Coelho et un Alexandre Jardin lorsque mon regard s'arrête sur *Comédie*, coincé au bas d'une pyramide qui s'écroule quand je l'en extrais. Assis contre la bibliothèque de l'entrée, j'ouvre l'exemplaire pour vérifier s'il est signé.

À Frédéric Lahnberg,
qui se reconnaîtra page 33,
Bernard-Henri Lévy.

Dans un réflexe déontologique, j'efface mon nom au corrector. Puis je rajoute un point d'interrogation avant le paraphe, pour donner à l'envoi les allures d'une devinette, qui pourra fournir à l'acquéreur l'occasion de briller. Je n'ai plus qu'à trouver une boutique pour bibliophiles sensibles à ce genre de plus-value. Par curiosité, avant d'aller négocier l'exemplaire, je jette un coup d'œil à la page 33. Et ce que je lis désamorce l'ironie de la situation.

J'empoche le livre. Regardant l'heure, je me dis que je n'aurai aucun mal à tirer de ma montre le cinquième de son prix pour subsister jusqu'à mardi.

Sous le métro aérien, boulevard Barbès, parmi les revendeurs à la sauvette, les paris clandestins, les dealers et les bonneteaux, j'ai à peine le temps de sortir ma Piaget munie de son certificat d'authenticité : je me retrouve assis par terre, les mains vides. La foule absorbée continue ses affaires autour de moi. Je me relève sans même chercher des yeux mon voleur et remonte vers la Butte, mon BHL dans la poche. Près du théâtre de l'Atelier, je passe devant une solderie. Le panonceau « Livres neufs à prix réduits » me fait ralentir, puis changer de trottoir.

Sur le palier du studio, je rencontre la voyante du dessus qui descend sa poubelle. On s'est déjà croisés deux fois, sans s'adresser la parole. Elle me demande si les vieux de son étage ne me dérangent pas trop avec leur télé, me propose de signer la pétition pour le syndic. Je ne dis rien. Je la regarde. Châle violet, chignon décoloré, soixante ans, charentaises. Elle ne connaît que mon nom, les gens qui redescendent de chez elle ont l'air troublés, souvent contents, et c'est peut-être l'occasion pour moi de mesurer à la fois l'éventuelle existence d'un don de voyance et la réalité de ma métamorphose. Je veux savoir *qui* elle sent en moi. Qui a gagné. Ce que reflètent mes yeux, mes cartes ou mes mains. Je brûle d'entendre un autre avis que celui de Karine, qui s'est peut-être contentée de voir dans ma ligne de vie le chemin qu'elle désirait me faire prendre.

Je demande si, dans le cadre d'une relation de bon voisinage, elle accepterait de me recevoir en consultation, là, tout de suite. Avec un regard pour son sac-poubelle,

elle me répond qu'elle attend une dame qui est toujours à l'heure.

— Ce ne sera pas long.

— Vous n'en savez rien.

Pour achever de la convaincre, je descends sa poubelle tandis qu'elle remonte. J'espère qu'elle fait crédit.

Un bâtonnet d'encens fume sur la toile cirée, lorsque j'entre chez elle. Les volets sont tirés, des objets africains s'alignent sur les étagères, masques mortuaires, démons de bois, statuettes retournées, poignards.

— N'ayez pas peur, c'est du toc. Faut lutter contre les marabouts, dans ce quartier.

Son ton évoque moins l'affrontement entre magie noire et magie blanche que les difficultés de l'artisanat face aux multinationales. Elle me désigne la chaise devant elle. Je retire le vêtement qu'elle était en train de raccommoder, m'assieds en cherchant une boule de cristal, un jeu de tarots, un pendule...

— Je ne vois pas, j'entends, dit-elle en fermant les yeux. Donnez-moi votre main.

Une chaleur irradie aussitôt, sous ses doigts qui emprisonnent mon poignet. Mais c'est peut-être simplement parce qu'elle serre trop fort. Sa respiration devient saccadée, ses traits se creusent, son corps est agité de frissons. Avec une voix légèrement différente, elle prononce très vite, dans un souffle :

— Vous avez un destin extraordinaire, une personne du monde des morts veille sur vous... Une femme. C'est très fort... Vous allez complètement réussir ce que vous entreprenez, au-delà de vos espérances... Mais il y a un prix à payer. Vous le sentez. Il faut savoir perdre pour après reconstruire. On vous rend ce que vous avez donné. Il y a du bonheur... Une épreuve. Tout finit comme vous le souhaitez.

On sonne à la porte. Elle rouvre les yeux, regarde autour d'elle, comme étonnée d'être là. Elle se lève péniblement, attend que j'en fasse autant, efface un pli sur sa robe.

– Ça vous convient ?

J'avale ma salive, hoche la tête, ouvre la bouche. Elle m'arrête de la main en marchant vers son vestibule :

– Ne me demandez pas de précisions, je ne sais pas ce que je vous ai dit, ce n'est pas moi qui parle. Si vous avez d'autres questions, je suis tous les après-midi jusqu'à dimanche inclus au Salon des arts divinatoires, Espace Champerret, stand F19. Bonjour, madame Aïssatou, installez-vous.

Je laisse ma chaise à une vaste Africaine qui est venue avec son bébé. La voyante me tend la main.

– Je vous dois ?

– Une signature, répond-elle en me donnant la pétition contre ses voisins de palier.

La porte se referme. Je redescends chez moi, en essayant de me répéter tout ce qu'elle m'a dit. Ce ne sont peut-être que des généralités, mais je tremble en glissant la clé dans ma serrure.

Pour tuer les heures qui me séparent de Karine, je m'assieds dans le rocking-chair et commence à lire l'ouvrage qui lui a inspiré un mémoire.

— Allez, au boulot ! Avec ce qu'elle a bouffé, ta copine, j'espère que tu joueras plus longtemps qu'hier. À une crêpe la chanson, moi j'ai plus qu'à fermer.

Nous avons du monde, ce soir. Un groupe de copains vient d'arriver, style équipe de hand. Ils colonisent d'office la grande banquette du fond, repoussant des notables de province venus s'encanailler par erreur de ce côté-ci de Montmartre. Ces messieurs-dames vont s'asseoir sous l'escalier, mécontents, ce qui me désole parce que je comptais beaucoup sur leur générosité. Jusqu'à ce soir, mes prestations musicales m'ont rapporté onze francs cinquante, et j'ai tout dépensé.

J'essaie de capter leur attention pour exprimer que c'est en leur honneur que je joue ce morceau, bonsoir madame, bonsoir monsieur, *et si tu n'existais pas, il faudrait inventer l'amour...* et soudain mes doigts s'immobilisent sur les touches qui remontent quand même, battant mes phalanges dans un accord acrobatique qui écarte mes bras d'un mètre cinquante. En même temps que les handballeurs est entré un homme en cachemire beige dont le décrochement du plafond me cachait la tête. Le manteau glisse, le client s'assied sous l'affiche de *Quai des brumes* et l'épouvantable intuition déclenchée par la couleur de sa chemise se confirme.

Le cœur dans les talons, les fesses bloquées sur le tabouret, je pivote lentement d'un quart de tour vers le comptoir, jette un œil sur le clavier. C'est devant ma boucle de ceinture que se poursuit la mélodie. Je réduis l'ouverture de mes bras et viens chevaucher les touches en mouvement. J'ai la tête carrément tournée vers le comptoir, à présent, et le couple derrière moi commente l'exploit de ce virtuose qui joue sans partition et de profil.

Lorsque je finis par risquer un regard, mon angoisse diminue légèrement. Il téléphone. Des quotidiens étalés devant lui, un doigt dans l'oreille droite et le portable à gauche, il parle à jet continu. Il doit dicter son journal. Chaque nuit, où qu'il se trouve dans le monde, il appelle le répondeur de sa secrétaire pour y déposer ses faits et pensées du jour, qu'elle a mission de détruire en cas de disparition. J'avais toujours cru que c'était une légende. L'instinct de survie qui s'est emparé de moi me tasse petit à petit sur mon tabouret. Je dois jouer le jeu. Soigner mon doigté. Faire face. Il ne m'a pas encore vu. Il est occupé. Tout va bien.

J'essaie de ralentir les battements de mon cœur au rythme de *L'Été indien*. Si je réussis à passer devant Bernard-Henri Lévy mon examen de Richard Glen, j'aurai franchi l'ultime étape de ma métamorphose. Mais je ne dois pas oublier que la moindre faute, le plus petit doute dans son esprit sera susceptible d'être rapporté à

Karine et de me faire voler en éclats. Le véritable danger, il est là.

Je fais signe au crêpier d'approcher, pour ne rien perdre des quatre minutes quarante de pause qui vont survenir dans trente secondes. Alarmé par mon air grave, il se penche à mon oreille et chuchote par-dessus le refrain :

— Un problème dans le piano ?

— Non, non, ça va. Vous pouvez me remplacer, pendant que je parlerai à quelqu'un ? C'est très important pour moi : il ne doit surtout pas savoir que je simule.

— C'est un imprésario ?

— Non... Oui, un genre. Je vous en prie, soyez sympa.

— Et qui est-ce qui sera aux fourneaux ? Toi ? C'est un vrai métier, ça, mon vieux. C'est pas la plaque qui fait la crêpe.

— Oui, je sais bien, mais il n'y a plus de commandes, pour l'instant... Je n'en ai pas pour longtemps, je vous jure. Je vous revaudrai ça.

J'exécute l'accord final et me lève pour saluer, déclenchant les seuls applaudissements de mon couple de fans, sous la fenêtre derrière moi. Pour me préparer au défi qui m'attend, je prends mon courage à deux mains et leur tends ma soucoupe. Ils me font comprendre qu'ils n'ont pas les moyens. Tant pis, c'est l'intention qui compte.

— Je suis trop bon, râle mon employeur en réglant la hauteur du tabouret.

Tandis que je repose ma soucoupe, je lui glisse :

— Essayez de jouer plus mal que moi, ça serait sympa.

— Crétin, se marre-t-il entre ses dents.

368

J'emplis mes poumons et me compose un air de fascination timide pour descendre lentement les trois marches. Il est toujours en train de dicter, fouillant du regard les caractères d'un quotidien arabe où je crois reconnaître sa photo.

– ...Mais que dois-je conseiller à un jeune qui se lance ? D'avoir de la chance ? D'imiter ce qui marche ? De tout foutre par terre ? De faire autre chose ? Joëlle, recherchez ce que je dis fin novembre 96, à propos de la jeune figurante de la scène de l'orage dans *Le Jour*.

Il raccroche, replie ses journaux, consulte sa montre.

– Excusez-moi, monsieur, je n'ai pas osé vous déranger pendant votre téléphone. C'est Karine qui vous envoie ?

Il me dévisage, un sourcil arqué au-dessus de son œil rond. Dans l'instant je me dis qu'il me reconnaît, que ma voix de Joe Dassin ressemble à celle de Raymond Barre et qu'il en conclut que je me fous de sa gueule. Mais il me tend la main :

– Oui, bonsoir, elle est charmante, elle m'a parlé de vous, elle devait nous rejoindre. Vous êtes ?

Il se retourne vers le piano silencieux.

– C'était vous ? Ah oui. Bien, ce que vous jouez, bien. Si vous tentiez une carrière dans la musique ?

Je baisse les yeux, douloureux. Vu mon âge et le genre de l'endroit, c'était vraiment la question à poser.

– Je vous imaginais plus jeune, non ? La façon dont Karine parle de vous. Elle vous admire, en tout cas.

– Vous aussi, monsieur.

– C'est drôle, vous ressemblez à...

Je relève le front, téméraire, sourire béat, ravi d'avance,

369

flatté de lui rappeler quelqu'un. Il me scrute, de côté, hausse les épaules avec nervosité.

— Rien. Un journaliste. Un connard.

— Je suis désolé.

— Ils sont nombreux. L'ambition, la haine, l'ambiance. Contexte. Vous prenez quelque chose ? Je n'ai pas le temps d'attendre Karine, je dois y aller. Vous êtes ensemble depuis longtemps ?

— Pas très, non.

— Elle a écrit sur moi des choses qui m'ont beaucoup touché, à une époque où tout le monde me tirait dessus. Vous êtes un romancier, alors ?

— J'essaie. Mais c'est dur.

— Qu'est-ce qui est dur ?

— D'écrire, aujourd'hui... dans le contexte.

— Quel contexte ?

— Les journalistes... Les gens qui se renvoient l'ascenseur, les copinages... Si on n'est pas connu au départ... J'veux dire... C'est pas la peine d'écrire, quoi.

Ses pupilles rétrécissent, sa bouche se crispe, il baisse le menton, furieux, et plonge ses mains en avant pour les joindre devant moi :

— Pas d'amalgame, d'accord ? Non à la comédie mondaine littéraire qui tuerait la littérature ! Je reviens d'Algérie et ce que j'ai vu était atroce. C'est *là* qu'il faut écrire. Il est minuit dans le siècle – vous connaissez la formule – eh bien aujourd'hui il est minuit dans le siècle, un minuit de soleil et de lumière, peut-être, mais c'est en face de chez nous et naguère, pour certains, c'était la France. Ils sont là-bas, les sujets de roman, pas dans les salons parisiens ni sur la place du Tertre ni dans la dénonciation du microcosme ! Je suis désolé, mais il faut être brutal. La littérature, c'est grave !

Le coude gauche en appui sur la table, il balance le poing droit en avant pour marteler ce qu'il dit. Sorte de métronome de son discours, assez curieux à observer. Puis il se rejette en arrière, change de fesse sur la banquette, prend appui sur son autre coude et enchaîne du poing gauche :

— Bougez-vous ! Le monde est là, il vibre, il se déchire et c'est sans vous. On ne peut plus fabriquer des fictions dans la marge quand l'Histoire s'écrit à nos portes. Vous pouvez avoir le talent que vous voulez, vous n'empêche-rez pas vos lecteurs d'être le produit des infos qu'ils ingurgitent, passifs, oublieux, et de demander à un roman d'être le révélateur de leurs détresses passées sous silence, de leurs compromissions mal vécues avec l'indif-férence. Un texte de fiction, aujourd'hui, c'est quoi ? Un négatif. Le négatif d'une photo qu'ils ont perdue.

Son débit s'arrête, son sourcil gauche se lève. Intérieu-rement, il note.

— Et il parle de quoi, votre livre ? reprend-il plus dou-cement, saisi d'un doute.

Je baisse la tête.

— De rien. Vous avez raison.

Mais il insiste :

— Si vous deviez le raconter en deux phrases, une mitraillette sur la tempe, ce serait quoi ?

Je réfléchis, un doigt au coin de la bouche, propose :

— L'histoire d'un écrivain qui n'écrit pas, si vous vou-

371

lez, mais qui s'invente un sujet de roman rasoir pour, quelque part, décourager les autres de s'occuper de lui...

— Attention ! me coupe-t-il. Ça ressemble à *Paludes*, un bouquin de Gide. Personne ne le lit plus, mais les critiques ne sont pas tous sortis d'une pochette-surprise et les campagnes anti-plagiat sont à la mode.

— Au moins on parlerait de moi, dis-je avec une amertume assez réussie.

— Et vous n'avez pas envie d'engager votre stylo dans quelque chose de plus nécessaire ? De vous mesurer au monde, au lieu de vous sonder le nombril ?

Dans la fumée d'une crêperie montmartroise, j'écoute le paranoïaque victime de nos conspirations médiatiques donner à l'ennemi qu'il n'a pas reconnu des conseils sur l'orientation de son imposture. La vie est merveilleuse, et je convertis ma jubilation intérieure en moues contrites, espoirs déçus, incertitudes.

— Bon, renonce-t-il en tirant sur ses manches. Publiez, d'accord, vous réfléchirez ensuite. Envoyez le manuscrit de ma part chez Grasset.

Il se lève d'un mouvement brusque, regarde sa montre après coup ; l'heure lui confirme qu'il est en retard, il me tend la main, la serre en fronçant les sourcils pour me dire courage et prend congé dans un envol de cachemire beige. Sur son passage, les provinciaux qui l'ont vu hier soir en marionnette sur Canal lui clignent de l'œil, brandissent le pouce en se marrant de ce que l'imitateur lui a fait dire.

— La porte ! gueule un buveur qui ne s'est pas retourné,

et pour qui le passage de Bernard-Henri Lévy à la Crêpe-Montmartre se sera résumé à un courant d'air.

Je reste immobile sur le banc, tandis que la musique recommence. Sa sympathie me fait mal, à présent. Son impatience face aux timidités, aux prudences qui condamnent par avance mon éventuel talent. Et j'avais démoli sans l'ouvrir, en aveugle, ce livre dans lequel il racontait la censure des regards, le besoin d'un masque neuf, d'un autre destin que ne gouvernerait plus seulement notre image dans le miroir des autres. Tout à coup je ne suis plus sûr de l'avoir dupé. Après ce que j'ai lu cet après-midi, je me dis que, s'il a compris mon jeu, ce n'est pas étonnant qu'il m'ait donné la réplique. Et peu probable qu'il me trahisse. Me tenir à sa merci est une revanche bien plus intéressante.

– Glen !

Le patron claque des doigts, désignant le clavier. Je me lève vivement, avec ma docilité d'artiste alimentaire, et vais reprendre ma place.

Elle m'attend sous un parapluie jaune, contre l'arceau du trottoir, un grand sac de traiteur à ses pieds. Talons aiguilles, tailleur gris, cheveux tirés en arrière, maquillage appuyé, l'air inquiet. Elle guette mon regard tandis que je traverse vers elle. Le halo blanc du réverbère découpe sur la porte de mon immeuble une silhouette nouvelle pour moi, des jambes interminables, une taille pincée, une allure de jeune fille qui s'est habillée en femme par crainte d'une engueulade. Pour ne rien perdre de cette autre Karine, je m'efforce de garder un visage impénétrable pendant les derniers mètres qui nous séparent.

Elle soulève légèrement son parapluie pour que je m'approche. Son épaule gauche est détrempée, comme si elle m'abritait déjà depuis un bon moment.

— Petit un : tu es fâché à mort, petit deux : tu n'as vu personne, petit trois...

Elle s'interrompt, à court d'hypothèses. Le ruissellement des gouttières résonne dans mon silence. Je réponds :

— Petit trois.

Son visage s'éclaire. Elle noue ses bras autour de mon cou, heurtant le manche en bois contre ma tempe.

– Il a été gentil ? demande-t-elle, pleine d'espoir.

– Très. C'est une catastrophe, Karine.

– Comment ça ?

Je redresse le parapluie qu'elle a laissé s'incliner. Passe une main dans ses cheveux lissés que l'averse refrise.

– Je ne voulais pas te le dire avant d'être sûr... Je suis en pourparlers avec Gallimard. Ils me demandent de retravailler, mais ça les intéresse...

– Génial !

– Oui, mais non. Parce que s'ils apprennent que je suis aidé par BHL...

Son sourire s'efface. Je vois passer dans ses yeux les vacheries qu'il leur a balancées dans *Comédie*. Elle enfouit la tête dans mon cou.

– Tu lui as dit ?

– Rien, tu veux rire ! Surtout pas ! Et toi non plus ! S'il te parle de moi, dis-lui que j'ai eu un déclic : il m'a ouvert des horizons et je réécris mon livre. D'accord ?

Elle acquiesce. Je sors mon trousseau tandis qu'elle ramasse son sac de traiteur. J'aperçois une bouteille de champagne. Je la laisse monter devant moi sans la toucher, mes yeux caressant le creux de ses genoux, la naissance des cuisses, le galbe des fesses sous le tissu gris. J'appuie son parapluie contre le mur du palier.

– Tu as faim ? demande-t-elle dans le grincement de la porte qui s'ouvre. Je nous ai acheté du tarama, de la salade de saumon et de la lotte au calva... Pommes en l'air, complète-t-elle une ou deux minutes plus tard, à la fin de mon baiser. Tu veux qu'on réchauffe ?

Sa veste de tailleur tombe sur la moquette, je déboutonne son chemisier blanc, dénude ses épaules.

— On ouvre la bouteille ?

Mes doigts attaquent le fermoir du soutien-gorge.

— Elle sortait du frigo, y a une heure... Vers le haut. Ce n'est pas une agrafe, c'est un crochet.

Une légère poussée d'ongles sur les bretelles : les bonnets blancs s'écartent et ma bouche les remplace.

— Tu veux que je la remette au frais ?

Mes pouces se glissent entre sa taille et sa jupe, reconnaissent le terrain.

— Là, c'est une agrafe.

— J'ai senti.

— Et une fermeture éclair, sous le velcro.

Les genoux au sol entre ses pieds, j'avance les lèvres vers son sexe. Elle retient ma tête, me redresse, m'embrasse, m'écarte pour me regarder à la lueur du lampadaire de façade. Je la laisse me déshabiller en suiant tous ses gestes, en les précédant parfois. Elle est plus soigneuse que moi. Elle plie tout ce qu'elle enlève.

— Tu m'autoriserais ? murmure-t-elle.

Je réponds à son conditionnel par un sourire. Elle me bascule sur le lit, s'agenouille. Ses seins me caressent dans un lent mouvement tournant, tandis qu'elle glisse une main vers son sac. De la langue et de la voix, elle me fait oublier le bruit de l'étui qu'elle déchire. Je ne la quitte pas des yeux. Elle est toute môme sous son maquillage de grande personne, concentrée, appliquée, retenant

376

l'excitation dans le rituel des préparatifs. C'est Noël et elle décore le sapin. J'ai autant envie de la Karine qu'elle était avant moi que de celle qu'elle sera ensuite. Je n'ai plus peur de la perdre. Je n'ai plus peur de moi, de nous. Rien qu'une immense douceur. Plus elle m'attendrit, plus je la désire.

– Moi aussi, dit-elle à mon regard.

Son chignon s'éboule quand elle se redresse et vient sur moi.

– Ensemble ? murmure-t-elle sur la pointe de la voix.

Et elle me prend en elle. Je la serre contre ma peau pour retenir le cri de plaisir, de douleur que nos corps s'échangent. Mes mains réapprennent, reconnaissent, ne se lassent pas de chercher les caresses qu'elle veut, de freiner ses mouvements pour me laisser le temps de l'aimer.

– Quand tu veux, souffle-t-elle sur mon visage.

– Pas trop vite, Karine...

Le froid d'une larme sur ma poitrine. Mordant les lèvres sur les mots que je ne peux pas lui dire, je tourne les yeux vers la fenêtre, à la gauche de ses hanches. Et l'impossible se produit. Toutes les pièces de l'appartement sont éclairées, en face, et *je me vois*. Fermant les rideaux en trois temps, pour éviter que les crochets ne se coincent dans la glissière mal ajustée. Karine gémit mon nom. *Il* se déplace dans son dos, d'une fenêtre à l'autre, de l'halogène à la lampe chinoise, allume les appliques avant d'éteindre le lustre. Ce sont *mes* gestes. Dans l'ordre. *Mes* manies, *mon* trajet.

– Richard ?

Pour compenser la faiblesse qu'elle a sentie, elle me murmure des douceurs obscènes, des encouragements auxquels je réponds malgré moi. J'essaie de me persuader que c'est un cambrioleur, ou Toulouse-Lautrec venue nourrir le chat – mais j'ai bien reconnu la façon d'enchaîner les mouvements derrière les rideaux, de réveiller les charmes et de déjouer les pièges de l'appartement. Maintenant *il* va ouvrir les portes du bar caché dans la bibliothèque. Voilà. Un passage en oblique devant l'escalier de la mezzanine, et la salle de bains s'éclaire.

Je renverse brusquement Karine sur le lit, tourne le dos à la fenêtre. Dans les cris saccadés de son plaisir, je retrouve un calme étrange, comme ce jour où, de l'autre côté de la rue, en écoutant les messages du répondeur, Frédéric avait cru entendre la voix de Richard l'appeler d'outre-tombe.

– Viens, mon amour... Ensemble... Viens, je ne peux plus attendre...

J'aurais bien aimé que l'union charnelle me dissocie, j'aurais bien aimé croire à l'aboutissement normal de mon aventure, à ce surnaturel issu d'une logique. Mais j'avais simplement oublié la date. Je la sens jouir autour de moi, sans moi. Je la regarde et j'attends qu'elle me revienne. Son souffle s'apaise. Sa main sur ma joue, dans mes cheveux, dans ma sueur.

– Qu'est-ce que tu as ?

J'esquive la question d'un signe de tête. Je comprends maintenant pourquoi ce matin, au téléphone, il a paru surpris quand je lui ai dit de ne pas se déranger pour les mille francs, quand je l'ai laissé m'envoyer un coursier.

378

Chaque année, il vient fêter chez nous son anniversaire. Le régisseur lui donne la clé s'il arrive avant nous : il apporte le gâteau, le scrabble et le champagne. Aujourd'hui, ça tombe un jour « sans » et Dominique n'est plus. Il a pris un Perrier dans le minibar de la bibliothèque. Est allé chercher à la salle de bains la vasque en argent, qui servira de seau à glace pour le magnum de dom-pérignon qu'il a acheté, malgré les circonstances.

– Tu veux... ?

Elle fait passer dans ses points de suspension tout ce qu'elle aimerait savoir sur ma gêne, l'absence que j'ai eue, mes goûts... Sans me retirer, je la ramène sur moi pour que son corps s'encadre dans la fenêtre.

– Oui, Karine. Je veux, maintenant.

De toute manière c'est trop tard. Je réparerai demain matin mon oubli ; je ne vais pas interrompre l'amour pour respecter une amitié, gâcher deux soirées pour éviter un remords. L'ardeur délicate avec laquelle elle m'amène au plaisir ne m'empêche pas de glisser un œil en face, de temps en temps. Je regarde Lili dresser le couvert pour deux. Il se dit que je suis retenu au journal et que je serai content de trouver la table mise. Comme d'habitude. Comme *avant*. L'immense tristesse qui me reprend, le retour d'affection pour mon vieux copain font revenir l'image de Dominique se caressant sur moi. Karine a d'autres gestes mais toutes les deux se confondent, se réunissent, me rassemblent. Je ne suis plus qu'un seul homme aimant deux femmes. Chandeliers allumés sur la nappe, Lili s'assied devant la télé et prépare le scrabble.

– Maintenant... Richard... Oui !

Ses mouvements s'emballent, son ventre inonde le caoutchouc qui nous isole. Je jouis les yeux fermés dans Karine.

— C'est presque aussi bon, souffle-t-elle en retombant contre moi.

Les dix secondes de silence que je laisse passer creusent un malaise plus fort que le dédoublement de tout à l'heure.

— Qu'avec qui ?

— Pardon, mon amour ?

— Presque aussi bon qu'avec qui ?

— Presque aussi bon que si tu avais joui sans rien. Enfin... j'imagine.

Je maintiens le préservatif entre mes doigts, en sortant d'elle aussi doucement que je peux. Quand je reviens de la salle de bains, elle m'attend sous les draps derrière un plateau où deux chopes de champagne encadrent des hors-d'œuvre en barquettes. Le four préchauffe.

— Je n'ai pas trouvé de flûtes, s'excuse-t-elle.

Je m'assieds au bord du lit, goûte la salade de saumon sur ses lèvres, bois une gorgée dans son verre et lui tends le mien. De toute façon elle connaît mes pensées. Et elle a ouvert mes placards.

— Ça va mieux, soupire-t-elle, la bouche pleine. J'avais tellement peur que l'amour avec toi soit moins bien que le reste.

Plus rien ne bouge, en face. Un des chandeliers s'est éteint. Lili a dû s'endormir devant la télévision.

Je vous écris devant votre petit déjeuner qui refroidit, Richard Glen. Il fait soleil sur votre épaule, je vous regarde dormir et vous avez dix-huit ans, comme moi. En beaucoup plus libre. Dans quarante minutes il faut que j'aie attrapé le train pour Gand : je passe mon DALF à l'Institut français, cet après-midi, en tant que Belge. « Diplôme approfondi de langue française », on ne rit pas, merci : Paris IV me le réclame pour mon inscription. Je n'ai que le temps de vous dire... que je ne sais pas quoi dire. C'est la première fois que j'ai l'impression de passer dans le corps d'un homme qui me fait l'amour... J'avais vos images dans la tête, votre désir... et parfois je sentais quand je n'étais plus là, quand vous en aimiez une autre... Et je l'aimais à travers vous. Mon corps vous aime, mes yeux vous aiment, ce lieu nous aime. Pardon d'être si banale. Mais j'aurai ce courage. Je me sens femelle, petite sœur, complice, amie, groupie... Tout ce que vous voudrez que je sois. Et même un joli souvenir sans

381

suite, si c'est ce que vous souhaitez. Je respecterai tous vos désirs. Mais je ne vous cacherai aucun des miens.

J'aime tellement ce studio. Je voudrais tant remplir vos placards et meubler l'absence de l'« autre ». Je crois que je connais son prénom, maintenant. Dix fois vous l'avez appelée en vous retournant, cette nuit, en vous accrochant à moi. Je ne suis pas jalouse, je suis flattée. Flattée de vous troubler, de vous déranger, de vous faire rire et de vous exciter. De vous ramener en arrière, aussi. Je prends tout ce que vous m'avez donné, volontairement ou non : votre force d'homme et vos blessures d'enfant, votre solitude, vos obstinations, vos méfiances... Comme c'est beau, la vie, quand on a envie de vivre pour quelqu'un. Je n'ai pas dit « avec ». Enfin, si, je l'ai écrit. Vous avez vu la rature. Mais ça ne vous engage à rien. Et ça ne vous donne aucun « acquis ».

Vous promettez de toujours me désirer comme s'il fallait encore me séduire ? Aimez-moi en lectrice de notre histoire, Richard Glen. Faites-moi pleurer, faites-moi sourire, faites-moi attendre. Vous m'avez baisée cette nuit comme un (à compléter : je laisse un blanc pour la vanité ; c'est bon que vous soyez un peu normal, aussi, parfois) mais hop ! ardoise magique, je serai vierge de vous la prochaine fois, s'il y en a une. D'accord ?

Je n'ose pas te réveiller pour te dire que je pars. Je te laisse dormir encore un peu dans mon odeur. Tu m'as rendu tout ce que j'avais perdu : l'hôtel de mon enfance, l'accord avec mon corps, l'envie de changer, de sauter dans l'inconnu... Et même cette idée que le bonheur n'est pas une fin en soi, mais le meilleur des carburants. Romancier, va.

Richard, je vais quitter la Belgique, mes parents, cette autre vie. Je veux enlever Marieke de cet univers. La protéger. Me donner une chance de l'aimer sans lui reprocher d'être là. L'instinct maternel, ça vient peut-être avec le temps. Avec la liberté. On verra.

Je ne m'impose pas, n'aie pas peur. J'habiterai à l'hôtel Italia, derrière la gare du Nord, le temps de trouver un appart. Mes copains de la rue Léon-Gros, c'est une autre époque de ma vie, qui est finie depuis nous. Mais je saurai toujours respecter nos distances : j'en ai besoin autant que toi.

La seule chose que je voudrais te demander un jour, c'est de rencontrer ta grand-mère. Connaître la personne qui t'a fait ce que tu es, ce type merveilleux qui pourrait en vouloir à la terre entière, qu'on abandonne, qu'on trahit, qu'on ignore ou qu'on exploite, et sur qui tout glisse sauf l'amour. C'est elle qui t'a appris à jouer du piano ? Tu es aussi beau, tu es aussi « ailleurs » quand tu écris ? La tentation de lire ton manuscrit pendant ton sommeil, je ne te raconte pas... Je suis héroïque. J'attendrai que tu veuilles.

Je serai à Bruges, ce soir. La « boîte aux lettres » que tu connais aimerait bien avoir encore un mot de toi. Un dernier. Tu ne sauras jamais avec quelle joie, quelle angoisse, quelle prière j'ai fait ce chemin vers tes lettres à chaque fois.

Je pose ces gribouillis à la place des croissants que je suis descendue t'acheter. Ils étaient délicieux, c'est dommage, je n'ai pas pu résister. Tu me donnes faim, mon chéri. Depuis le premier jour. Depuis la première ligne. Encore... s'il te plaît.

Karine.

PS : Je vais avoir des tonnes de choses à régler, je ne pourrai revenir à Paris que jeudi prochain à 20 h 48, gare du Nord. Je me suis fixé la limite, sinon je me connais... Je sais si mal partir, quitter un lieu, quitter quelqu'un... Je t'attendrai avec la petite au café Le Terminus, en face de la voie 9. Ça te laisse tout le temps de me dire par écrit si je me suis monté un délire toute seule, si tu ne te sens pas l'homme de ma vie, si tu veux qu'on en reste là ou qu'on poursuive comme avant, sans rien attendre de plus que ce qu'on peut se donner. Je comprendrai, je respecterai (j'aimerai, même, peut-être) ce que tu décideras. Jamais je ne me suis abandonnée à la volonté de quelqu'un. Navrée que ça tombe sur toi. Mais ça te fera du bien de choisir. Fais de beaux rêves, *mijn schild, mijn vriend.*

Lili repose la lettre sur la table de la cuisine. Avec un soupir de perplexité, il déplace une plaquette de gélules, débouche un flacon, presse le compte-gouttes au-dessus d'un verre. J'attends sa réaction, inquiet. En arrivant à l'appartement, je l'ai trouvé affalé devant le magnum vide et le gâteau d'anniversaire intact, où la bougie consumée avait noirci la crème au beurre. Je l'ai porté jusqu'à la cuisine. Lui ai préparé du café. Lorsqu'il a refait surface, il ne m'a rien demandé. Ne m'a pas reproché d'avoir découché. N'a même pas remarqué que je ne portais plus de moustache. Il a simplement dit :

– Je sais bien que je t'encombre.

Je lui ai répondu que j'avais besoin de lui comme jamais auparavant. Et, plutôt que de lui raconter Karine, ma seconde vie et notre amour, je lui ai montré la lettre. Comme une pièce à conviction, une justification des folies que j'avais commises et de celles que j'allais commettre.

Il vide sa cinquième tasse, défroisse les revers de son costume de chez Dior que j'ai connu neuf en 84, et grommelle en repliant la lettre :

– Ne me dis pas qu'en plus, elle est belle.

Mon silence répond mieux qu'un adjectif. Ses doigts pincent son nez entre les sourcils, il se contorsionne sur la chaise pour évaluer d'une grimace les courbatures de la nuit.

– Et elle croit que tu existes, alors ?

Le raccourci me fait sourire. Je lui explique notre correspondance, la location du studio, la transformation de ma moustache en postiche.

– Ah bon ! s'exclame-t-il, comme si je l'ôtais d'un doute. Je comprends mieux.

Sa main droite farfouille dans ses poches, ramène un mouchoir armorié, un paquet de cigarettes à l'eucalyptus et, pliée en deux, emmêlée dans ses clés, ma moustache.

– J'ai un cachet qui avait roulé sous le canapé, j'ai trouvé ça...

Mentalement, je demande pardon au chat qui dort sous le radiateur. Il n'avait pas mangé le postiche, il s'était contenté de jouer avec. Je déplie sous mon pouce cet accessoire qui m'apparaît ce matin comme un vestige. Toutes les impossibilités derrière lesquelles je m'étais réfugié s'écroulent. Frédéric peut se montrer à nouveau, ressortir, aller récupérer sa carte bleue. Mais rien ne sera plus comme avant. Je ne vais pas continuer ma double vie à mi-temps si Karine s'installe à Paris. Cette nuit, j'ai su que pour elle, avec elle, je serais capable de mener pour de vrai l'existence qu'elle m'a fait inventer. De tenter l'écriture, l'aventure intérieure, le véritable incognito. De donner à Richard l'avenir qu'il mérite. Mais, pour cela, il faut tuer Frédéric.

— Le tuer... vraiment ? s'inquiète Lili.

Son teint brouillé, ses mèches dressées, son dentier dans le verre, sa chemise ouverte sur une ceinture orthopédique, cette épave du matin qu'il me montre pour la première fois me chavire encore plus que son mouvement de panique.

— Tu avais prévu de dormir ici ? demandé-je en prenant conscience de la mallette de médicaments avec laquelle il est venu fêter son anniversaire.

— Ils ont emmené ma femme, Frédéric.

Je m'assieds en face de lui. Pour la troisième fois, la pipette a plongé dans le flacon et les gouttes tombent dans le verre.

— C'est fini. Je ne voulais pas t'embêter avec ça, mais elle ne bougeait quasiment plus, depuis deux semaines. Ils disent que c'est le dernier stade. Qu'il faut la manipuler tous les jours, dans l'eau, qu'il lui faut les kinés à demeure... Ils l'ont mise au Centre. Ils m'ont dit de porter ses affaires. Tout ce à quoi elle tenait... Elle est

386

bien, au Centre, ils disent. Elle le dit aussi. J'y vais quand je veux. Elle ne reviendra plus.

Il baisse la tête et pleure sans bruit, remplissant la pipette dans le flacon vide et comptant les gouttes d'air au-dessus du verre.

— Dormir en face de son fauteuil articulé, qui ne fera plus jamais « bzzz, bzzz... klong »... plus jamais... c'est trop dur. De toutes les manières, on vivait sur sa mutuelle, je ne pourrai pas garder la maison pour moi tout seul. Je comptais aller à l'hôtel, cette nuit... Et puis... Tombé comme une masse. J'ai descendu un litre et demi à moi tout seul. Un jour « sans », en plus.

— Tu es chez toi, Lili.

— On s'est aimés, tu sais, vraiment, et même encore au début de la sclérose. On disait qu'on allait gagner, ensemble. Qu'on serait plus forts que cette saloperie. Elle a toujours su que j'avais des aventures... Elle comprenait. Ces derniers temps, je lui faisais même croire que j'en avais encore... Pour que tout reste pareil, autour d'elle, que tout continue comme avant. Qu'est-ce que tu veux que je continue, maintenant ? Pour qui ? Le petit Guillaume, tu en as fait une vedette en huit jours, il ne me rappelle même plus. Et toi... Toi tu vas recommencer ta vie avec une gamine. Vas-y, va. Je m'arrête là. C'est mieux.

Je pose la main sur ses doigts qui tremblent. Il a aimé Dominique, il a créé Richard Glen, il lui a donné Karine. Pour le remettre à flot, je ferais n'importe quoi. Je vais le faire.

— J'ai besoin de toi pour mourir, Lili.

— Arrête, dit-il en haussant les épaules.

387

– Toi qui as écrit des polars, autrefois... Comment tu me ferais disparaître ?

Je lui tends la moustache. Il la prend, la retourne entre ses doigts, réfléchit un instant. Il lance des idées, les rejette, construit successivement un crime parfait, un vol de cadavre, une escroquerie à l'assurance vie, un enlèvement sans revendication, une fausse mise en bière avec arrêt momentané des battements cardiaques par injection d'un dérivé de curare. J'ai l'impression qu'il a un peu oublié le point de départ. Je recadre son imagination, et finalement nous optons pour la mort lente de l'oubli. La recette est simple : l'éloge systématique en lieu et place des critiques assassines, la démission du jury Interallié pour raison de santé, l'entrée au placard, et la glissade irréversible quand les dos se tournent et que votre nom disparaît des mailings. Depuis des années, le service du personnel me tanne pour que je prenne enfin les congés cumulés auxquels j'ai droit, afin de régulariser ma situation. Mis bout à bout, mes arriérés de vacances doivent représenter trois ou quatre mois. C'est amplement suffisant pour que l'intérim confié à l'une de nos « signatures » se transforme en remplacement définitif. Pour économiser deux millions d'indemnités de licenciement, on me laissera écrire, au retour de mes congés, tous les papiers annexes que je réclamerai et, si je ne réclame rien, on continuera de me payer à ne rien faire. Ainsi Richard Glen pourra-t-il vivre, où bon lui semblera, aux crochets d'un fantôme continuant de percevoir son salaire.

– J'ai pris la Perphédrine ? s'inquiète Lili en remuant ses cachets alignés par couleurs sur la table.

C'est signe qu'il va mieux. J'irais jusqu'à dire que l'idée de me perdre lui a fait du bien.

– Et ça ne te manquera pas, tu es sûr ? Tout ça... Ta vie...

Je le fixe dans les yeux :

– Tu as lu sa lettre. Franchement, tu penses qu'elle pourrait reporter sur Frédéric ce qu'elle éprouve pour Richard ?

Il soutient mon regard. Fait non de la tête.

– Et si elle apprend qui tu es ?

– Raison majeure de ne plus l'être.

Il acquiesce, gravement. Auprès des éditeurs, des directeurs de programmes, des restaurateurs, il a connu la glissade dont je parle ; il sait combien elle est rapide. Il avale son verre de gouttes, grimace et laisse errer son attention dans la cuisine, s'arrête sur des casseroles, des faitouts qui ne servent plus. Il demande :

– Et Dominique ? Qu'est-ce qu'elle va devenir ?

La question me touche sans me surprendre. La réponse est déjà prête.

– Je t'ai dit que j'avais besoin de toi. Viens habiter ici. Le loyer est prélevé, je te présenterai au propriétaire en disant que je pars me retirer en province.

Il refuse vigoureusement. Le mouvement de balancier de sa tête ralentit, hésite, devient un haussement d'épaules imperceptible :

– Bien sûr que j'aimerais. Mais toi... je te verrai quand même, de temps en temps ?

– Naturellement. J'habite en face.

Il laisse pendre sa mâchoire devant mon culot, ma détermination, mon inconscience.

389

– Mais on te reconnaît, pépère ! Excuse-moi : même sans moustache, tu as un de ces airs de famille...

– Normal : je suis mon neveu.

– Pardon ?

– Mais je ne me fréquente pas. Je suis brouillé. Je ne veux rien avoir en commun avec ce bourgeois de gauche.

– Ne dis pas de mal de lui ! s'insurge-t-il.

Et on éclate de rire, ses mains sur mes épaules par-dessus la table. Puis il se redresse, boutonne sa chemise.

– Et elle... tu me la présenteras ? J'aurai le droit de la voir ?

– Tant que tu veux, si tu joues le jeu.

Il se lève, requinqué, allume une de ses cigarettes anti-tabac et retourne au salon, va jusqu'à la fenêtre à côté du secrétaire.

– C'est la lumière qui est restée allumée, au deuxième ?

– Bravo.

– Tu es quand même incroyable ! Mais pourquoi tu n'as pas été comme ça, avec Dominique ? Plus déconneur, plus mec, plus barjot... Elle t'aurait suivi, au lieu que ce soit toujours toi qui restes...

Je sais. Et il comprend que c'est là le ressort principal de ma conduite. Ouvrant la fenêtre, il termine sa cigarette, accoudé à la rambarde. Je vais prendre une douche, enfile un de mes polos noirs, ma veste grise, et je recolle ma moustache devant la glace du dressing. Sa quinte de toux recouvre la sonate pour violoncelle que j'écoute en sourdine. Appuyé au chambranle, bras croisés, il me dit que maintenant qu'il m'a vu autrement, il me trouve moins bien. Je le remercie, lui propose de rester le temps

390

qu'il voudra, de prendre un bain et de donner ses coups de téléphone.

– À qui ?

Je ne relève pas. Je lui dis que je serai de retour en fin d'après-midi, s'il veut que je lui présente mon propriétaire. Ému, il détourne les yeux, remet le son de la télé qui marche depuis hier soir. Je m'attarde un instant au seuil du salon, contemplant le petit bonhomme froissé au milieu du grand sofa blanc, sa place habituelle, où il a probablement passé, avec nous, ses dernières soirées de bonheur sur terre.

Je m'approche du fax, regarde ce que m'a envoyé le journal. J'empoche les feuillets, décide que j'écrirai mon papier dans la voiture. Un message est en train de s'enregistrer sur le répondeur. Je monte le volume. Mon agent vitupère dans le vide, se plaignant de Guillaume Peyrolles qui a, semble-t-il, des prétentions insensées et déjà la grosse tête. Je regarde Lili qui baisse les yeux, tenant sa télécommande comme un cierge.

– C'est allé vite, murmure-t-il.

– Très.

– Il deviendra un grand écrivain, tu crois ?

– En dehors de son œuvre, certainement.

Je m'assure que mon portefeuille est garni de toutes les pièces d'identité dont j'aurai besoin. Il m'informe que les mille francs déposés par coursier, hier après-midi, sont toujours à ma disposition dans une enveloppe sous le paillasson. Une bouffée d'amitié me détourne du miroir de l'entrée où je vérifiais mon reflet.

Depuis que j'ai abandonné la coordination des pages « Livres » à l'ulcère de mon assistant, je ne viens plus au journal que pour des événements majeurs, comme la galette des Rois ou les pots de départ en retraite. Ce matin, c'est le puits de science dirigeant depuis vingt ans la rubrique « Cinéma » dont nous fêtons la limite d'âge. Signe particulier : préfère Mizoguchi à Kurosawa. C'est dire s'il va laisser un vide.

Je le félicite et continue mon tour de salle. Presque tous mes collègues me disent que j'ai minci. Évidemment, je ne déjeune plus chez Lipp, je ne m'affiche plus au Dôme ni dans les dîners en ville où l'alcool et les amuse-gueules font écran à l'ennui. Je flotte dans ma tenue de Frédéric, avec cette impression de plus en plus forte, à mesure que les mains tapent mon dos, palpent mon ventre, saisissent mon bras, d'être en escale dans un corps étranger. Entouré de visages qui me croient familier, je donne le change que nul ne me réclame, je réponds oui quand on me dit que j'ai quelque chose de différent, mais personne ne peut deviner qu'en réalité je suis un autre.

« On ne t'a pas vu chez Untel », répètent les petits fours. Eh non, mes chéris. On ne me voit plus. Et dans quelques semaines, on ne prendra plus la peine de me chercher.

– Dites donc, me confie Guy de Bodot, notre sous-maître à tous, vous avez eu du nez, pour Octavio Paz.

Je fronce les sourcils, demande pourquoi.

– Vous ne savez pas ? Ça y est, il est mort pour de bon, juste à temps pour le bouclage. On a ressorti votre hommage.

Je contiens mon émotion qui ne le regarde pas. Au fond de moi, j'espère que c'est encore une invention de la presse mexicaine, mais j'ai du mal à m'en convaincre, cette fois.

– À propos, Frédéric, j'ai demandé qu'on vous faxe mon édito sur le plagiat.

Je réponds que je m'en suis inspiré. Le Grand C se rengorge. Nous le surnommons ainsi depuis qu'il a le titre de Grand Coordinateur du journal, appellation inventée par le triumvirat des directeurs pour donner à ce péremptoire versatile un maximum de responsabilités contre un minimum de pouvoir.

– Vous devriez revenir en conférence, me chuchote-t-il aussi fort que possible pour que mon homologue du service « Art de Vivre » entende la suggestion.

Une refonte de l'« ours » serait-elle en cours ? L'orga-nigramme de la page 3, bien plus que la ligne politique ou les chiffres de vente, a toujours constitué l'enjeu numéro un de ceux qui font le journal, et les nomina-tions comme les changements de préséance se jouent à la conférence du soir. J'ai perdu des milliers d'heures dans ces réunions de palabres internes, bras de fer et coups de Jarnac autour de causes entendues, variables, éphémères, voyant se nouer et se dénouer au fil des ans les alliances ou les complots. À l'heure actuelle, la conf' se compose d'une majorité de « Oui-Guy », thuriféraires vigilants que combattent mollement les « Mais-Guy », réfractaires en disgrâce qu'on envoie couvrir des guerres pour avoir la paix. Si le Grand C me conseille aujourd'hui de revenir à la table des chefs, quittée de mon plein gré après l'accident de Dominique, c'est que le triumvirat du septième étage a du plomb dans l'aile et que tous les espoirs sont permis aux « Guy's boys ». Une huile de la régie publicitaire l'appelle et il court au rapport. J'en profite pour soustraire à sa conversation de golfeurs Petit C, mon ancien assistant, et l'emmener à l'écart de la fête pour lui remettre en main propre le papier qu'il attend. Il se frotte les mains. Ça fait longtemps que je n'avais pas accusé un romancier de plagiat : ça plaît toujours. Et comme c'est Jacques Attali qu'il a pompé, ça promet des retombées dans les revues de presse.

– Tu verras, j'ai pris un autre angle.

Alerté par la lueur dans mon œil, Petit C met ses lunettes et s'effare de ligne en ligne. Après avoir levé tout ce qui faisait obstacle à la libre circulation de Richard, je consacre la fin de cette matinée à solder la vie de Frédéric. Les trois feuillets que tient Petit C, fruit de mes années d'hellénisme et d'une heure sur la banquette arrière de l'Armstrong-Siddeley, composent peut-être le meilleur article que j'aie jamais écrit.

– On ne peut pas passer ça, susurre-t-il à mi-lecture. Tu es fou. Tout le monde attend ta position sur le bouquin d'Attali.

– Elle y est.

Il parcourt le dernier feuillet par acquit de conscience, mais son analyse de la situation est déjà terminée. Ancien trotskiste reconverti dans la guérilla de couloirs, il était le plus doué de mes stagiaires, il y a dix ans ; je lui ai appris tout ce que je sais de notre métier pour qu'il marche dans mes traces en attendant que je tombe. Sa jubilation réussit à se dissimuler sous le sérieux de la mise en garde :

– Frédéric... Je t'ai faxé l'édito de Guy : tu ne peux quand même pas écrire le contraire dans le même numéro !

Je confirme mon intention d'un hochement de tête. Il n'insiste pas. Je sais ce que je fais et il m'aura prévenu : il est en règle avec lui-même. Notre Grand C ne nous fait l'hommage d'un billet à la une que trois ou quatre fois par an, quand il faut monter au créneau pour inquiéter un gouvernement, rassurer les annonceurs ou vanter l'exclusivité d'un scandale. Des intérêts qui m'échappent font que la conf' des chefs a décidé de partir en croisade pour rendre à Jacques Attali ce qui lui est dû. Le papier que je viens de remettre à Petit C est un éloge du pillage à travers les âges, de *L'Iliade* à Internet en passant par La Fontaine « inspiré » par Ésope, Molière par Menandros via Plaute et le Nouveau Roman par *Le Neveu de Rameau*. Parti de l'exemple de Thalès qui invente la géométrie en la rapportant d'Égypte, et dont la postérité ne retient que cette gloire usurpée en oubliant totalement ses textes philosophiques pompés par Aristote, je conclus en démontrant les emprunts de notre éditorialiste à Jean-François Revel et Pierre Assouline, preuve que le plagiat est un hommage, un signe extérieur de culture, une aide à la diffusion des œuvres et un élément de consensus. Le dernier paragraphe sera sucré par manque de place, je le sais bien, mais la censure n'atténuera en rien l'arrêt de mort que je viens de signer.

– « On » vous dit bravo pour Guillaume Peyrolles, rapporte avec une déférence enjouée le Grand C qui est revenu me prendre par le bras. Il grimpe en troisième place au « Top » de *L'Express* jeudi prochain : c'est votre succès à vous, on ne peut pas le nier, les autres en sont verts. Je n'ai pas lu le bouquin, mais c'est vrai qu'il est si nul que ça ? Allons, allons, ne jouez pas les modestes. Vous nous avez fait un petit test pour rappeler que vous en avez encore sous le coude. Vous avez eu raison, remarquez. Vous savez que je vous ai toujours soutenu, mais ça pousse, derrière, que voulez-vous ? C'est normal, c'est la vie.

– Oui, Guy.

– Venez, « on » veut vous dire un mot.

Avec un gloussement de fierté, il m'amène devant les trois stressés de la régie publicitaire, golden boys sous Prozac qui déboulent en conférence dès qu'un annonceur nous fait sa crise. Soucieux de cibler des objectifs à partir de mes oracles, « on » me demande sur quels achats d'espace il faudra tabler de la part des éditeurs au deuxième trimestre. Je leur réponds n'importe quoi dans un charabia similaire, et les plante là pour aller annoncer à la directrice des Ressources humaines que je prends mon stock de vacances à partir de ce soir. Elle s'étouffe dans son gobelet de jus d'orange. Je lui tapote le dos, vais signer les documents nécessaires dans son service, et franchis pour la dernière fois les portes du journal où j'ai durant vingt ans gagné ma vie en perdant le reste.

Il est midi et demi. Pour finir en beauté, je n'ai plus qu'à accepter les honneurs. Dans la galerie du Plaza-Athénée où la fine fleur du milieu littéraire se pousse du coude pour côtoyer Pivot sur les photos, la tête des organisateurs s'allonge lorsque je donne mon nom. Visiblement, je leur pose un problème. Je n'avais pas répondu à leurs messages, et ils ont probablement élu un cardinal de rechange. N'osant pas me renvoyer, ils interpellent le maître d'œuvre Jean-Pierre Tuil qui accourt, pile de nerfs et d'affabilité, pour me serrer la main avec un sourire radieux chargé d'angoisse confidentielle :

– Frédéric, la joie de vous voir ! Mais vous deviez ne pas venir, me rappelle-t-il trois tons plus bas.

J'explique que j'étais souffrant, mais que ça va mieux.

– Tant pis, soupire-t-il en se mordillant un ongle. On va s'arranger.

Et il bat dans ses mains pour faire passer son troupeau à la salle à manger. La bousculade qui suit me donne une bizarre nostalgie. Tous les flatteurs qui me cherchent du regard, les rancuniers qui se détournent me rappellent que c'est mon ultime apparition en public. Je ne regrette pas les avantages, les habitudes que j'ai décidé de perdre. Mais je me dis que je me serai quand même bien amusé dans ma vie de Frédéric, et que j'ai eu tort de me gâcher des joies en prenant trop à cœur le rôle qu'on m'avait assigné. Au nom de la Littérature – et qu'est-ce ? – j'avais dénoncé sans relâche les surcotes et les fausses valeurs qui nous entourent, j'avais incendié des centaines d'auteurs, pratiqué la culture sur brûlis, mais je n'avais pas fait pousser grand-chose. Combien de débutants me devaient leur succès, en comparaison des gloires que j'avais brièvement ternies ? À l'aune des retombées, Guillaume Peyrolles resterait le plus beau « coup » de ma carrière, et ce n'était que l'éloge forcé d'un romancier pâlot dont je n'avais lu que dix pages. Et certainement ces louanges imméritées l'avaient déjà tué : sa tête ne passait plus les portes, il ne se remettrait pas en question, essaierait simplement de retrouver la recette de son succès sans songer qu'on l'attendrait au tournant, il crierait au complot sous les volées de bois vert dans l'indifférence générale, et n'écrirait sans doute jamais le grand roman qu'il aurait continué de porter en lui, dans la solitude et l'anonymat, s'il ne m'avait pas rencontré sur sa route. J'ai un peu de peine à en sourire. Je n'ai jamais réussi à devenir un vrai cynique. D'un autre côté, souffrir du mal qu'on fait est le seul moyen de se croire intact.

On me rajoute un couvert tandis que le propriétaire du cru nous rappelle que Clément V, pape vigneron, eut l'idée révolutionnaire d'aligner les ceps afin d'en faciliter la vendange. Nous applaudissons, la bouche pleine. Son discours est charmant mais on a servi les entrées qui sont chaudes. Pressés par on ne sait quelle contrainte horaire, les garçons commencent d'ailleurs à débarrasser, tandis

qu'un barbu haute-contre vient nous faire le trou nor-
mand en entonnant un *lied* lugubre au bord du podium.

Pour éviter que l'ambiance ne retombe, l'ineffable
Jean-Pierre Tuil slalome entre les tables avec son micro,
demandant à quelques têtes de cuvée si ça va, si la vie
est belle et si le vin est bon, ravi de constater que la dive
bouteille réconcilie la littérature avec la religion, tout fier
de nous produire Le Clézio qui ne sort jamais d'habitude
et qui grimace dans le micro tendu un sourire contraint,
tout en essayant d'avaler discrètement sa bouchée
d'aubergines. Le barbu finit son *lied* au bord des larmes,
et on l'escamote pour remettre sa crosse pontificale à
Bernard Pivot. Comme il nous prévient qu'il sera bref,
Jean-Pierre Tuil, soucieux d'éviter les temps morts,
regroupe ses cardinaux devant une desserte en chucho-
tant : « Préparez-vous. » Il nous tire poliment en arrière,
le temps des acclamations, puis nous pousse dans le halo
des projecteurs, demande le silence en agitant les bras.

— Et maintenant, les cardinaux ! Élus par un jury de
professionnels du vin, ils devraient être quatre, tels les
points cardinaux de notre belle littérature, mais François
Nourissier s'excuse : il est retenu en dehors de Paris.

Des applaudissements s'élèvent, saluant sa personne
ou la sagesse de son absence.

— À ma droite, vous le connaissez tous, Yves Berger,
l'illustre éditeur et le romancier aussi, chantre de
l'immensité des grands espaces. À ma gauche Angelo
Rinaldi, le critique tant craint, sans oublier l'écrivain
subtil qui n'a rien à lui envier, styliste hors cadre. Et

enfin, derrière moi, voilà je me pousse, Frédéric Lahnberg, critique fameux également, à la dent dure, et...

Une hésitation dans l'enthousiasme, un coup d'œil sur sa fiche et il enchaîne, pour meubler le vide de mon œuvre :

– ... et plume alerte ! Voilà, bravo encore, bon appétit et ne bougez pas, les jeunes filles apportent des magnums aux cardinaux pour la photo de famille, voilà !

Sous le feu nourri des flashes, le chantre de l'immensité entoure de ses bras le styliste hors cadre et la plume alerte. Par ici Yves, Angelo un sourire, le troisième on regarde vers moi siouplaît.

– Tu vas, fils ? s'étonne Berger qui jauge avec méfiance ma décontraction inhabituelle.

Je lui réponds que je vais. Contre toute attente, il ne me parle ni de ses auteurs ni de son livre. Toujours informé avant tout le monde, il doit déjà savoir que ma succession est ouverte et qu'il est désormais inutile de me vendre quoi que ce soit.

– Tu retomberas sur tes pieds, conclut-il en malaxant mon épaule, avec cette affection qu'il réussit à rendre sincère même lorsqu'elle est gratuite.

Je m'éclipse après la viande, et je décide de m'accorder une dernière tentation avant de jeter ma moustache.

L'Espace Champerret est un hall d'exposition de moyenne importance qui accueille tour à tour des voitures d'occasion, des foires d'antiquaires, des salons informatiques et des festivals de voyance. J'achète au guichet un ticket donnant droit à une consultation et, muni d'un plan, je me lance dans les allées à la recherche de Mme Ranita, F 19. Entre les stands de produits occultes et les isoloirs tamisés où les médiums interrogent leurs accessoires dans les fumées d'encens, j'erre un moment avant de trouver la pancarte correspondant au repère indiqué sur le schéma. Écrasée par la concurrence de ses voisins, une Chouette d'Or 96 de la magie blanche et un voyant « vu à la télé », l'extralucide de mon immeuble est plongée dans *Femme actuelle*. J'écarte son rideau et lui demande, de ma voix d'origine, si elle est libre. Elle referme son magazine, renfile ses chaussures et m'invite à prendre place.

Je m'assieds lentement, conscient de jouer avec le feu. Mais mon pincement au cœur n'est pas seulement lié au danger d'être reconnu. Lorsque je suis allé, ce matin, faire immatriculer au nom de Frédéric la Coccinelle de Richard, j'ai très mal vécu cette forme d'usurpation, cette intrusion physique et administrative de l'un dans l'univers de l'autre, qui brouillait mes repères et me rendait suspect à mes propres yeux. Autant la restitution de ma carte bleue s'était passée de manière idyllique, autant la délivrance de la carte grise et la récupération de la Coccinelle furent deux épreuves épouvantables. À plusieurs reprises, malgré le contact de ma moustache, de mes lunettes en écaille et de ma veste en cachemire, je me suis trompé de personnage, de langage, de réactions et de signature. L'employé de la fourrière derrière son hygiaphone a dû me prendre pour un fou. Heureusement, le taux important de drogués dans le quartier des Halles ne rendait pas ma confusion mentale digne d'intérêt.

— Battez les cartes, faites trois tas de six et retournez-en quatre.

— Pardon ?

Elle me répète, plus lentement. Je me concentre pour rester dans l'instant présent, ne plus sortir de la personnalité qui correspond à mes vêtements, mon niveau de vie, mon deuil et mes problèmes professionnels.

— C'est bizarre, commence-t-elle en étudiant les cartes que j'ai retournées.

— Quoi donc ? fais-je sur un ton que j'aurais souhaité plus dégagé.

— Tirez-en deux autres.

J'évite naturellement de lui faire remarquer que, la dernière fois, elle *entendait* sans avoir besoin de projeter mon destin sur des figures. Je suppose qu'ici, avec la concurrence ambiante, elle se sent tenue à un minimum de mise en scène. D'ailleurs elle ferme les yeux, avant même d'avoir examiné mes nouvelles cartes, et retourne sa paume avec un petit mouvement des doigts pour appeler ma main. Je la lui abandonne.

— L'autre, dit-elle sans rouvrir les yeux.

Une boule dans la gorge, je change de main. Sa poigne se referme en dégageant la même chaleur que dans mon souvenir. Sa respiration s'accélère, le crucifix au milieu de sa poitrine se balance, une mèche coule de son chignon. Agitée de mouvements désordonnés, sa tête fait bouger le rideau de l'isoloir. Trois soupirs et un grognement s'échappent de ses lèvres avant que sa voix rauque et sifflante, sa voix de transe, ne prononce d'une traite :

— Une personne du monde des morts veille sur vous... Une femme. C'est très fort... Vous allez complètement réussir ce que vous entreprenez, au-delà de vos espérances... Mais il y a un prix à payer. Vous le sentez. Il faut savoir perdre pour après reconstruire. On vous rend ce que vous avez donné. Il y a du bonheur... Une épreuve. Tout finit comme vous le souhaitez.

Le silence se dilue dans la rumeur du hall d'exposition. D'un air égaré, la voyante fixe le rideau refermé qui s'agite d'avant en arrière.

— Vous avez une question ? bredouille-t-elle en se raclant la gorge.

J'ai ma réponse. Je me relève, complètement retourné. Les mêmes mots que la dernière fois. La même voyance déclenchée par les mêmes ondes. Malgré mon visage qu'elle n'a pas reconnu, j'en suis certain, malgré mon attitude, mon caractère, mon état d'esprit diamétralement opposés. C'est bien la preuve qu'il y a, au-delà du jeu des apparences et des antinomies, une seule et même vérité intérieure qui m'a conduit à changer de peau, à considérer désormais comme une simple mue ce que j'avais pris pour une métamorphose.

— Le coupon, merci.

Je fouille mes poches, lui tends le ticket d'entrée qu'elle me restitue après l'avoir déchiré à moitié, comme une ouvreuse.

Et je repars à travers les allées peuplées d'esseulés, d'âmes en peine, de malades incurables et de chômeurs en fin de droits venus trouver dans le paranormal l'espoir que la société leur refuse. À mesure que je fraye mon chemin dans la bousculade, prêt à me lancer à corps perdu dans ma nouvelle vie, mon euphorie s'enrichit d'une détresse solidaire pour tous ces êtres humains amputés, comme moi, mais le plus souvent contre leur gré, d'une part d'eux-mêmes qu'ils chercheront peut-être en vain jusqu'à leur mort. Je mesure ma chance et je voudrais faire quelque chose pour eux. Mais ma recette du bonheur peut-elle servir d'exemple ? Foutez votre existence en l'air, sabotez votre carrière et donnez à vos amis les moyens de se passer de vous – le secret de ma liberté tient en ces trois conseils, qui me feraient sans doute lapider à juste titre si je montais sur un podium pour les offrir à la foule.

Lorsque je me retrouve à l'extérieur, le petit nuage d'encens sur lequel je flotte se délite assez vite. Au bout de cent mètres, longeant la file ininterrompue qui stationne en bordure du périphérique, je pense que peut-être, tout simplement, la voyante de mon immeuble dit la même chose à tout le monde. Elle a mis au point une phrase type, rassemblant les angoisses universelles et les espoirs de chacun dans une prophétie tout terrain, dont les conseils sont utiles et les intuitions vérifiables. Et je me rends compte, en apercevant l'Armstrong-Siddeley, que depuis cinq minutes je cherchais la Volkswagen. Il est temps de choisir mon destin et de n'en plus sortir.

Je me suis donné jusqu'à dix-huit heures pour ma liquidation administrative. Il me reste à présenter Lili à mon propriétaire. Avant cela, j'aurai expliqué la situation à Toulouse-Lautrec, avec qui j'ai rendez-vous dans vingt minutes. Je lui demanderai de veiller discrètement sur Lili et de prévenir, en cas d'urgence uniquement, Richard Glen, mon neveu de Bretagne, qui habite au 98 *bis* rue Lepic et avec qui je ne me suis jamais entendu. Elle voudra peut-être savoir pourquoi je disparais sans donner d'adresse. Je lui laisserai entendre que c'est une histoire d'amour, un nouveau départ, une dernière chance. Elle n'insistera pas. Elle me proposera de prendre Alcibiade chez elle. Je lui dirai de voir avec Lili, qui croit ne pas aimer les chats mais qui n'en a jamais eu. Et nous nous serrerons la main, quelques secondes. Nous nous souhaiterons du bonheur et de la chance. Le café sera resté dans nos tasses.

À vingt heures quarante-huit, jeudi, gare du Nord, Karine descendra du train, je la prendrai contre moi, l'embrasserai à pleine bouche et plus jamais elle ne sentira sur mes lèvres l'odeur de la colle.

Je ne m'attendais pas à trouver autant de Glen sur le minitel. Je n'ai retenu que ceux du Morbihan et ça m'en fait déjà trente-huit. Après avoir relevé leurs coordonnées, je les appelle, stylo posé sur ma liste, prêt à rayer, cocher ou tracer des points d'interrogation. J'élimine les couples, les étudiants, les mères célibataires, un homosexuel et trois répondeurs commençant par « Nous », « Ici Glen-Assainissement » et « Je suis actuellement en mer ». Ma liste fond à vue d'œil. Un regain d'espoir fait battre mon cœur lorsqu'une vieille dame me demande qui je suis. La voix est sympathique, à peine chevrotante. Je me lance à l'eau. Bonjour, je m'appelle Richard Glen, je crois que nous sommes parents...

– Attendez, monsieur, je vous passe mon gendre.

Je raccroche. Il me reste quatre possibilités. Statistiquement, tomber sur une vieille dame vivant seule n'aurait pourtant rien d'aberrant. Je n'ai plus à ma disposition qu'Andrée, Antoinette, Jeanne et Z. Je tente la dernière, qui doit être une Zoé. C'est un Zoltan. Andrée s'avère une pète-sec qui m'interrompt au troisième mot en disant qu'elle a déjà refait sa cuisine. Antoinette sonne occupé. Jeanne est décédée, m'annonce le jeune homme qui a repris l'épicerie. Il sent dans ma voix que ça me fait de la peine et me dit du bien d'elle. Chaque mot trouve sa place dans ma tête. C'est exactement la parente que je cherchais. La Grand-Mère Donald de mes bandes dessinées. Elle avait soixante-dix-sept ans, s'occupait toujours de son petit commerce, aimable avec chacun et seule au monde ; elle nous a quittés la semaine où j'ai reçu la première lettre de Karine, et ce signe me fait croiser les doigts sous mon fauteuil. Certes, j'aurais mieux aimé produire une dame en vie, qui aurait accepté moyennant finance de m'avoir élevé, à qui j'aurais fait répéter nos souvenirs tout en apprenant par cœur les épisodes de son existence que j'aurais jugés compatibles ; une mémé d'accueil qui se serait mise en quatre pour que Karine et sa fille aient un foyer de remplacement, un bonheur de vacances, des sablés tout chauds en remontant de la plage et, le soir au coin du feu, des histoires de lutins, d'elfes, de korrigans et d'ankou... Non, les elfes, c'est scandinave. Mais tant pis : ma grand-mère était morte trop tôt, je n'avais pas voulu le dire tout de suite à Karine, qui semblait s'être attachée à elle avant même de la connaître, et nous irons sur sa tombe au cimetière de Ploucop, entre La Trinité-Porhoët et Mauron. Je remercie le jeune homme de sa gentillesse. Il m'informe avant de raccrocher que le pavillon de Jeanne Glen est à vendre. C'est une éventualité.

Je m'étire, assez content. Soulagé, en tout cas. Les phrases que, pendant mon sommeil, Karine a écrites sur ma grand-mère m'ont tellement touché que, sitôt lue sa lettre, j'ai envoyé à l'hôtel *Het Schild*, 9 Groenerei, une page de délire sexuel et tendre se terminant par la promesse d'un séjour en Bretagne. Je ne pouvais pas faire moins. Grisé par l'habitude de voir s'installer dans la réalité tout ce qui sort désormais de mon esprit, je n'ai pas douté un instant de pouvoir m'offrir une grand-mère comme je m'étais loué un studio, acheté une Coccinelle et procuré un emploi de pianiste.

Par acquit de conscience, je refais tout de même le numéro d'Antoinette Glen, route de la Serve à Locbrez. Je n'ai rien à perdre et je ne voudrais pas rester sur un demi-regret. La ligne est libre. À la quatrième sonnerie, on décroche. Une voix de femme, assez dure. Âge moyen. Oublions.

– Allô ! s'impatiente-t-elle. Qui est au bout du fil ?

À tout hasard, je vérifie :

– Mme Antoinette Glen ?

– Non, elle n'est plus là. De la part ?

– Richard Glen.

Un silence. Un grincement de chaise. Puis, d'une voix beaucoup plus neutre :

– Vous êtes de sa famille ?

Je réponds oui, par curiosité ; ça n'engage à rien. J'entends la voix chuchoter vivement, à travers la main sur le combiné qui tente d'étouffer le son :

– Loïc, viens ! Viiite !

Puis la femme reprend sur un ton de bonne foi un peu trop appuyé :

– Mais je croyais qu'elle n'avait plus personne. Le notaire nous avait dit...

– Où est-elle, madame ?

– À la maison de retraite. Elle ne pouvait plus vivre toute seule... Elle est... enfin, elle n'a plus sa tête à elle, quoi, c'est de son âge. Mais vous êtes qui, par rapport à elle ?

– Son petit-fils.

– Son petit-fils ? s'étrangle-t-elle. Mais on vous a jamais vu !

– J'étais parti... longtemps. Et vous ? attaqué-je pour reprendre l'avantage. Vous êtes qui, vous ?

– Ben... Ses voisins.

– Et que faites-vous chez elle ?

– On lui a acheté la maison en viager. Le notaire nous a dit que si on voulait occuper, comme elle n'est plus... Quoi ? Mais non, écoute, c'est son petit-fils, on fait rien de mal...

J'entends la voix confuse d'un homme qui proteste, lui enlève le téléphone.

– Pourriez-vous me donner le numéro de... ?

On a coupé. J'allume une cigarette, recommence à interroger le minitel. Au troisième hospice des environs, une voix de chewing-gum répond que Mme Glen est « au lit ». Comme il est à peine six heures, je prie la standardiste de me la passer. Elle réplique qu'il n'y a pas de téléphone dans les chambres : « Ça les gêne. » Je me présente, explique que je rentre d'un très long voyage, m'informe de la santé de ma grand-mère. Elle va bien. Je demande si je peux venir la voir. C'est comme je veux, mais elle ne reconnaît plus personne, et « on la prélève » sur son compte postal : je n'ai pas de souci à me faire.

Je raccroche, ulcéré par le ton de cette pétasse. Avant de le détruire, je vérifie les notes sur mon agenda, constate un oubli, appelle aussitôt le perruquier pour suspendre la fabrication de mon deuxième postiche et demander le montant du dédit. Je donne mon numéro de carte bleue. Me débouche un pichon-lalande 85 pour calmer ma colère contre la fille de l'hospice. Ce n'est pas le fait qu'il s'agisse de ma grand-mère. Le mépris, l'inattention envers ceux qui ne peuvent pas se défendre, j'en ai trop souffert dans ma vie d'exclu pour les prendre à la légère, surtout quand ils ne sont même pas dictés par la méchanceté ou le calcul, quand ils sont gratuits. Naturels.

En remplissant mon verre, je me rappelle que je n'aime plus que la bière. Je rebouche sans remords ; je sais qu'avec Lili, le pauillac ne sera pas perdu. Je passe dans la salle de bains. Les voix de la standardiste et du couple en viager finissent par se dissoudre dans le bruit des robinets. Ils vont voir comment ça venge les injustices et les magouilles, un Breton de souche.

Au moment de brûler ma moustache dans le lavabo, pour ne pas être tenté de revenir en arrière si un jour Karine me quitte, j'ai un étourdissement et je m'assieds sur le tabouret près de la fenêtre, là où pendent toujours les deux peignoirs de bain. Lorsque je retrouve mes esprits, je me dis que Richard est arrivé à ses fins ; il voulait la peau de Frédéric au nom de son droit à l'existence si longtemps nié, et je la lui ai donnée. Mais, sur

410

le point de consommer la rupture, j'ai soudain l'angoisse de m'être trompé. Je n'ai appris à connaître Richard que depuis si peu de temps... J'ai senti sa violence, encore à l'instant, éprouvé sa jalousie, profité de sa forme sexuelle, goûté son romantisme et son intégrité de raté, cédé à sa révolte... Mais Frédéric méritait-il son sort ? C'est peut-être un type formidable que je viens de retirer de la circulation. Un homme que Karine ne connaîtra jamais et qu'elle aurait pu aimer *lui aussi*, peut-être, et peut-être mieux, peut-être plus longtemps...

Et que va devenir le petit Constant, si sa nouvelle famille le rend aussi malheureux que l'ancienne, et que l'Armstrong-Siddeley n'est plus là pour venir le chercher les soirs de détresse, petit prince en exil sur la banquette arrière ? Qui s'occupera de Lili, le jour où l'emphysème et l'alcool auront gagné trop de terrain pour qu'il puisse continuer à vivre seul ? Qui remplacera Bruno Pitoun, si sa voix le trahit encore et qu'il décide de me redonner une chance auprès de ses « auditeurs » ? Je ne trouve plus que des conséquences négatives à la disparition de Frédéric, et pourtant je brûle la moustache. Et je brise les lunettes en écaille. Et je fourre les vêtements dans des sacs à destination de la Croix-Rouge. Et je dis adieu au chat. Au violoncelle.

Je laisse en évidence, sur la table de l'entrée, la clé de l'Armstrong-Siddeley à côté de celle d'Esclimont, avec mes fiches contenant les recommandations d'usage et les adresses de réparateurs en cas de problème. Je sais que Lili entretiendra les maisons et la vieille auto comme il pourra, tant qu'il pourra, et qu'en tout cas il les aimera.

Il va débarquer d'un instant à l'autre avec ses bagages : c'est mieux qu'on ne se croise pas.

Un dernier regard pour la fenêtre d'en face et je pars avec une valise à roulettes qui ne contient rien, qui donne le change. J'espère qu'en Bretagne Richard Glen, sa volonté accomplie et son ego vengé, saura montrer son vrai visage.

Elle a des yeux très clairs, délavés, confiants. Des mèches blanc-rose bizarrement figées dans une permanente de gala, alors que depuis trois ans elle ne va plus que du lit au fauteuil dans une chemise de nuit reprisée. Je suis revenu des Galeries Lafayette de Vannes avec cinq pyjamas, trois robes et deux tailleurs, j'ai exigé qu'on l'habille et qu'on lui donne la « chambre seule » pour laquelle on la fait payer, je l'ai vu dans son dossier. Ces salauds l'avaient mise entre deux mourantes et une folle attachée à son lit, alors qu'elle n'a *rien*. Simplement elle se tait, elle ne proteste pas, alors on la roulait d'un bout à l'autre de l'étage au gré des arrivages.

Le deuxième jour, j'ai entendu le son de sa voix. Élocution normale, paroles sensées, à peine répétitives. Et puis soudain le gouffre, l'absence, le sourire fixe et les hochements de tête. Elle repart dans son monde intérieur où rien ne peut plus l'atteindre, ni les mots ni les gestes. Il faut attendre le tour suivant, et surtout ne pas lui parler alors des minutes ou des heures qu'elle a manquées, sans quoi l'inquiétude arrête son attention et on la perd à

413

nouveau. Je lui ai demandé si elle me reconnaissait. Elle a dit oui. Réaction de défense, a expliqué le médecin pour couper court à mon émotion. Quand j'ai précisé à Antoinette que j'étais son petit-fils Richard, elle a fait « Ah ! », intéressée, et m'a demandé si la lettre de Robert était sur la cheminée pour Noël. J'ai répondu oui.

– Continuez comme ça, c'est bien, m'a encouragé le médecin qui avait sa tournée à terminer.

Je l'ai rattrapé dans le couloir, lui ai signifié que personne ne m'avait informé de son état et que je voulais savoir ce dont elle souffrait *exactement*. Il a procédé par élimination, en repliant l'un après l'autre les doigts de sa main gauche :

– Ce n'est pas vraiment un Alzheimer, ce n'est pas un transport au cerveau, ce n'est pas de la démence sénile, ce n'est pas un anévrisme, ce n'est pas forcément vasculaire... C'est un peu tout. Tout et rien. L'âge.

– Vous pouvez me dire ce qu'elle fait là ?

– Ce n'est pas moi qui ai demandé le placement.

– Donc elle peut sortir.

Il a poussé un soupir fatigué, m'a posé les mains sur les épaules et, avant que j'aie eu le temps de me dégager, m'a répliqué très calmement :

– Ici on accueille, monsieur, on ne retient pas. On accueille quand les familles se débarrassent ou ne peuvent pas faire autrement. Il nous manque cinquante lits, on a une liste d'attente longue comme le bras ; vous faites au mieux avec votre conscience mais vous réfléchissez bien, parce que des comme vous j'en vois quinze dans la semaine : c'est le cœur sur la main et ça nous traite de tout, mais ça revient deux jours après en pleurant, parce que l'incontinence, les voisins, les enfants... Alors attention. Si vous prenez, vous ne rapportez pas. On n'est pas un dépôt-vente.

Et il m'a planté là pour continuer ses visites. Je suis retourné voir Mamé. Ça fait moins vieux que Mémé, moins intimidant que Mamy. Elle a quatre-vingt-huit ans, mais quasiment pas de rides. Elle était chef du rayon parfumerie aux Galeries Lafayette de Vannes. Ses collègues les plus anciennes se souviennent de sa gentillesse, de son bon cœur et de sa fermeté aussi, quand on avait les ongles mal faits ou la coiffure pas nette. Elle a eu un grand drame dans sa vie. On m'en a parlé avec des majuscules, sans m'en dire tellement plus. On ne savait pas tout, on ne voulait pas remuer les choses du passé, ou on avait oublié. En gros, ça remontait à la guerre. Le mari collabo et le fils résistant. Ou le contraire. L'un fusillé, c'était sûr, mais lequel et par qui ? Laissons les morts enterrer les morts, avait conclu l'actuelle chef de rayon.

Sa maison est une merveille. Isolée. Toute simple. Un rectangle de granit au bout d'un cap, devant un ancien vivier envahi par les algues. Un jardin de genêts. Les éleveurs de porcs voisins ont défiguré une aile pour ajouter une véranda, et sont sur le point de remplacer les petites fenêtres en ogive par des baies coulissantes. « On attend sa mort, quand même », s'est justifié le mari, l'air de dire : on sait vivre. Tous deux m'ont accueilli avec beaucoup d'amabilité, maintenant que je représente un vrai danger sur place. « C'est elle qui a voulu aller là-bas, vous savez, nous on l'aurait bien gardée... » Je les ai priés d'évacuer les lieux avant deux jours, et de patienter encore quelques mois, quelques semaines au-dessus de leur porcherie. Ma grand-mère a souhaité mourir chez elle. Ils ont trouvé que c'était gentil de ma part. J'ai accepté un Ricard.

Le cœur en fête, je suis retourné à l'hospice, sans avoir eu besoin d'intervenir auprès du notaire qui m'aurait sans doute demandé de justifier mon identité pour préparer la succession. Mais je ne réclame rien. J'accompagne, c'est tout. Le jour où ma grand-mère disparaîtra, on ne me verra plus. D'ici là, je donne du bonheur, des complications et du travail. Au village, j'ai engagé une garde-malade qui m'aide à remettre la maison en ordre. Les « viagers » avaient donné ses affaires, jeté ses souvenirs à la décharge. Je lui en trouve d'autres, vite fait, dans les brocantes voisines. Portraits d'ancêtres, bibelots, berceau de mon enfance, almanachs, livres de contes, jouets cassés, chevaux en verre filé de Murano, lampes de Venise... Mon studio aussi je l'avais patiné, personnalisé de la sorte au petit bonheur. Karine reconnaîtra mon style.

J'ai installé la garde-malade dans la chambre du rez-de-chaussée et je dors au premier, dans la pièce d'angle où j'ai grandi. Mon berceau est au salon, il sert de jardinière aux gardénias. Et, tandis que la maison reprend vie, je prépare ma grand-mère.

Je lui ai réappris à marcher, à sortir, à écouter une voix. Durant ses moments de lucidité, plus nombreux de jour en jour me semble-t-il, au fil des promenades à mon bras dans la cour de l'hospice, elle répète docilement le récit de mon enfance que je lui injecte à petites doses, mais elle l'oublie aussi vite. Heureusement, la lettre de Robert est toujours sur la cheminée, ce qui la rassure lorsqu'elle panique devant une absence. Je lui redis la phrase en brodant un peu, l'allongeant à chaque fois, prudemment : la longue lettre de ton cher Robert dans sa grande enveloppe à côté du magnifique sapin que j'ai acheté pour la veillée de Noël... Elle s'installe en souriant dans le tableau qui naît sous mes mots. Depuis hier, elle ne m'appelle plus Robert. Elle semble avoir admis qu'il était mort et que j'étais son fils. Mais nous gardons tout de même la lettre sur la cheminée. Parfois, au milieu d'une phrase, elle me dit : « Richard ! C'est toi ? », comme si je venais d'arriver et qu'elle était heureuse de me revoir.

Je sors de ces visites plus joyeux, plus ému, plus léger que jamais. J'ai enfin une famille à moi. Sitôt née, sitôt élargie, mais j'ai tellement de temps à rattraper... Demain, j'irai chercher à Paris Karine et son bébé, je les ramènerai à la maison où j'aurai réinstallé Mamé, cet après-midi, et nous fêterons Noël au mois de mars en compagnie de la lettre de Robert. Parfois, je me dis que toute mon aventure, ma rencontre avec Karine et ma transformation jour après jour pour devenir l'homme qui lui avait plu n'était peut-être destinée qu'à cela : empêcher qu'une vieille dame ne meure seule à l'hospice et lui rendre la maison d'où on l'avait chassée. Ce cheminement du destin, si tortueux et si clair à la fois, m'imprime un sourire au volant de la Coccinelle dont le mécanicien du village, un pur génie, a dopé le moteur et supprimé toutes les vibrations, alors que je lui avais simplement demandé de réparer la fermeture du capot.

En arrivant dans la chambre, ce matin, j'ai trouvé une grosse femme en train de sécher les cheveux de Mamé, assise toute droite dans le fauteuil en plastique, un drap de bain autour des épaules. Le séchoir s'est arrêté net et la femme, sans le reposer, a foncé sur moi en me repoussant dans le couloir. Le fil, arraché de la prise, traînait derrière elle sur le linoléum. Elle s'est présentée en tant qu'Yvonne, sa meilleure amie, et s'est mise à salir la mémoire de mon grand-père qui l'avait abandonnée pour s'engager dans l'armée allemande. Je l'ai stoppée tout de suite. Le passé était le passé. Qu'il fût honteux m'arrangeait bien. J'avais été, moi aussi, abandonné à ma naissance, et je n'avais découvert mes origines bretonnes que le mois dernier. Elle me demanda comment. Je fus pris de court. Par bonheur, mon regard s'était fixé machinalement sur le très beau collier de perles autour de son cou. Elle dut prendre ma panne d'inspiration pour un soupçon, et mit la main sur le bijou avec un air qui se voulait naturel : Antoinette le lui avait donné pour son Noël.

— Vous savez qu'elle retrouve peu à peu la mémoire.

La meilleure amie se défendit en agressant, tactique habituelle des consciences chargées :

— C'est ça ! Dites tout de suite que je suis une voleuse !

J'éteignis son indignation en lui disant qu'elle pouvait garder le collier et le reste, à condition de ne plus tourner autour de Mamé, sinon je portais plainte : on se passerait de permanente. Elle partit la tête haute. Nul doute que tout le pays serait bientôt monté contre le « petit-fils du traître », sorti de son trou pour spolier Antoinette, ce qui favoriserait notre isolement tout en me rendant bien plus crédible que si j'avais dû passer un examen auprès de chacun des commerçants. L'Intermarché, sur la route de Vannes, serait parfait pour nos courses.

J'avais hâte de remplir un chariot avec Karine. Ce serait, de rayon en rayon, comme un premier voyage de noces.

J'ai pris la route à deux heures et demie. Le soleil était presque chaud : Mme Legoff avait emmitouflé Mamé et nous avions déjeuné dehors, au bord de l'ancien vivier à marée basse. Un air doux et iodé nous entourait dans le parfum des forsythias : on ne sentait le lisier de porc que par vent d'ouest. Je regardais la vieille dame toute fine sous ses deux bonnets et le manteau en faux renard pastel que je lui avais acheté aux Fourrures du Morbihan. Je ne sais pas si elle était heureuse, mais elle était *chez elle*. J'étais encore bouleversé par la manière dont elle s'était arrêtée devant chaque bibelot, chaque portrait, avec application, pour se souvenir. « Je reconnais », disait-elle en serrant mon bras, pour que je sois fier d'elle. J'avais volé un petit sapin en motte dans la forêt domaniale, et décoré la maison de guirlandes, de lumignons. Chaque jour, ce serait Noël. Elle aimait tellement ça. Davantage pour l'ambiance de fête que par ferveur religieuse, me semblait-il. La seule crèche que j'avais pu dénicher, à cette période de l'année, était un village d'Astérix dans un magasin de jouets. Dieu me pardonne, Obélix et Falbala entouraient Astérix couché dans la paille. Ça la faisait rire énormément. Nous avions dû bouffer du curé, jadis, dans la famille. En tout cas, il n'était plus question de la lettre de mon père. Je trouvais ça positif.

Mme Legoff, que j'avais engagée moins pour ses références d'aide-soignante que parce qu'elle était native des Côtes d'Armor – « Elle vit avec une autre femme, en plus », m'avait prévenu la boulangère chez qui j'avais lu la petite annonce – Mme Legoff était en outre une cuisinière épatante et une joueuse de cartes hors pair : j'étais certain qu'elle rendrait à Mamé ses kilos perdus et réussirait, avec sa patience bourrue, à lui réapprendre chaque jour les règles de la belote. De plus elle s'était fâchée avec son amie la vétérinaire, et ne demandait qu'à retrouver sur son lieu de travail un semblant de foyer. Le notaire, que j'avais invité à l'apéritif, lui paierait son salaire chaque mois sur le compte postal assez garni dont il avait la procuration. Ce serait beaucoup moins cher que les prélèvements de la maison de retraite, et il m'assurait, en détournant le regard, que j'avais fait le bon choix. Il se sentait assez coupable envers moi, à cause de l'histoire du viager, et d'autant plus que je ne remettais rien en cause. Pour parfaire l'harmonie générale, je lui avais avoué en confidence que je n'avais pas vraiment le droit de m'appeler Glen : mon père ne m'avait pas reconnu, mais je touchais suffisamment de droits d'auteur pour n'attendre de ma grand-mère qu'un peu d'affection tardive. Une telle attitude ne pouvait que me rendre sympathique et convaincant. Il avait apporté du muscadet. Je les regardais trinquer aux jours nouveaux et je me disais que le roman que j'avais composé pour Karine était prêt.

Avant de me mettre en route, dans la douce euphorie que m'avait laissée la tarte au citron meringuée, je m'étais dirigé vers le téléphone. Je n'avais pas encore osé appeler Lili avenue Junot. Je souhaitais éviter, autant que possible, les surimpressions, les retours en arrière. Au son, il me parut en pleine forme. Le chat l'avait adopté, ma voisine était charmante, l'appartement l'inspirait, il avait peut-être même une idée pour une série télé extraordinaire sur Charles III le Simple, dont on allait fêter le mille centième anniversaire.

— Tu veux des nouvelles de ta vie ?

— Non merci.

— Je crois que j'ai cassé ton répondeur.

— Tu as bien fait. Dis que tu es le nouveau locataire et que j'ai entrepris le tour du monde.

— Pour l'instant, tu es en Bretagne, remarqua-t-il.

— Ça s'entend tellement ?

— Non, mais ton numéro s'affiche sur l'écran.

— Note-le, si tu as quelque chose de vraiment urgent à me dire. Je n'ai pas l'intention d'installer le téléphone rue Lepic.

Dans la foulée, je lui annonçai que j'avais rendez-vous

421

avec Karine à la gare du Nord, ce soir, et que j'aimerais bien la lui présenter. Il sauta sur un stylo pour noter l'heure et le nom du café. Il me remercia comme si je lui offrais la dernière clé de ma vie. Je regrettai aussitôt ma proposition. Je lui précisai qu'il ne serait pas libre à dîner. Il avait compris. D'ailleurs c'était un jour « avec », mais il ne commencerait à boire qu'après notre départ, c'était promis. Avant de raccrocher, il murmura qu'il sentait Dominique en paix, si heureuse de me voir *casé*. Le mot me surprit. Me dérangea. Il ne lui ressemblait pas, ne correspondait pas à la situation ni à mes sentiments. Je pris le volant avec une gêne, une impression d'inconfort qui disparut au bout d'une dizaine de kilomètres.

Sans doute avais-je bu trop de cidre à l'apéritif, et trop de muscadet avec les langoustines. Le soleil chauffait l'habitacle, m'envoyait des pointes de désir qui détournaient mon attention. Je serrais Karine dans mes bras. Je sentais ses seins, son ventre contre moi, je l'embrassais comme si on ne s'était pas vus depuis un an, et on se parlait comme si on s'était quittés la veille. Je lui proposais de passer Noël chez ma grand-mère en Bretagne. Elle acceptait, un peu étonnée : je m'y prenais bien tôt. Non, chérie, nous partons demain matin. Dans mon coffre, j'avais des monceaux de cadeaux pour elle, pour son bébé, pour Mamé et Mme Legoff. Elle me sautait au cou, incrédule, sous le charme. Nous dormirions cette nuit au studio. J'installerais un lit pour le bébé dans la baignoire toute neuve. Peut-être que mon vieux copain, de l'autre côté de la rue, nous regarderait faire l'amour.

Les pompiers ont dit que je m'étais probablement endormi. La route à quatre voies était droite, déserte à l'heure de l'accident. Il avait fallu vingt minutes pour éteindre l'incendie des broussailles au fond du ravin. J'avais été éjecté au premier tonneau. Tué sur le coup, a confirmé le Samu. On n'a rien trouvé dans mes poches. Ni l'immatriculation ni le numéro de série de la voiture brûlée n'étaient plus déchiffrables. Les seuls indices permettant d'établir mon identité étaient semés dans l'herbe autour de moi : un trousseau de clés Montmartre-Immo, la dernière lettre de Karine et le papier portant l'inscription : *Jeudi 12, gare du Nord, le Terminus, 20 h 48.*

On a transporté mon corps à la morgue de Rennes.

À vingt et une heures, un policier téléphone au café. Lili est assis depuis une demi-heure derrière un Perrier rondelle, excité comme un collégien, dévisageant toutes les filles qui entrent. Il a déjà reconnu successivement trois Karine. Une blonde, une rousse à piercing, et la mienne. Il ne s'est souvenu du bébé qu'en voyant la poussette. Maintenant il attend de plus belle, fixant tantôt la porte et tantôt Karine qui mange un croque-monsieur, se refusant à l'aborder avant que je ne sois là pour faire les présentations.

— Quelqu'un a rendez-vous avec un monsieur Richard Glen ? lance à la cantonade le barman qui brandit le combiné.

Karine et Lili se lèvent en même temps. Lili se rassied,

par délicatesse. Karine court au comptoir, tend la main vers l'appareil avec un sourire indulgent : j'ai sans doute un empêchement, je suis bloqué, je suis en retard...

En voyant la grimace déformer peu à peu son visage et les larmes inonder ses yeux, Lili comprend tout de suite. Elle est encore en train de secouer la tête pour refuser l'impossible qu'il a déjà cogné son poing sur la table en hurlant putain de bordel de merde. Les têtes se tournent avec réprobation vers ce poivrot pourtant à l'eau. Karine lâche le téléphone sans le raccrocher, bondit jusqu'à la poussette et se précipite hors du café.

Avant de s'effondrer sur son guéridon, Lili a la force de retenir par le bras le garçon qui se lançait à la poursuite de Karine, et de lui tendre cent francs.

À l'état civil, quand tu es allée déclarer mon décès, on t'a dit que je n'existais pas. Tu l'as pris très mal : tu avais reconnu mon corps, tu me faisais rapatrier de Rennes, il fallait prévenir ma grand-mère dont tu ignorais l'adresse et la blague n'était pas drôle. Froissé, l'employé a bougé sa souris, cliqué dans tous les sens et confirmé son verdict : aucun Glen Richard n'était né le 1.2.57 à Saint-Jean, Morbihan. Tu as mis cette erreur sur le compte de l'informatique. Tu lui as rappelé l'histoire tristement célèbre de ce cultivateur des Ardennes que l'administration avait déclaré mort, et qui avait tenté en vain de faire valoir son témoignage contre l'avis de l'ordinateur, jusqu'au jour où une pleurésie avait remis les choses en ordre. L'employé a haussé les épaules. Tu as tourné les talons.

Avec ton plan d'épargne-logement, tu m'as acheté une tombe. Je gis allée 3, 5ᵉ division, dans le petit cimetière Saint-Vincent de Montmartre, encerclé de maisons pentues où le linge sèche aux fenêtres. On entend la rumeur des enfants dans l'école voisine. Tu m'as enterré sous mon nom d'écrivain, toute seule avec le prêtre et les croque-morts, l'avis de décès que tu avais fait passer dans trois journaux – dont le mien – n'ayant bien sûr rappelé mon souvenir à personne. Je suis injuste. Bernard-Henri Lévy a envoyé une couronne. Et le patron de la crêperie a fermé vingt-quatre heures le couvercle du piano.

Tu as quitté le cimetière, les yeux noyés et le nez rouge, cassée dans ton manteau bleu nuit, tes cheveux cachés sous un chapeau-cloche. Ma Brugeoise. Regarde comme le printemps va être beau. Les saules ont déjà leurs feuilles, les cytises bourgeonnent et les forsythias commencent à perdre leurs fleurs dans les allées. Tu n'as pas remarqué Lili, qui s'est tenu en retrait au chevet d'une autre tombe, tout le temps de l'inhumation, pour ne pas s'imposer.

Tu as parlé à ma concierge, qui n'avait pas pu se déplacer : elle avait « ses heures » – en revanche elle t'a remis la facture du plombier. Tu es allée à l'agence Montmartre-Immo, dont l'adresse figure sur le trousseau que t'a remis la police de Rennes. Le jeune homme auprès de qui j'avais signé le bail t'a trouvée charmante. Il t'a présenté ses condoléances et t'a dit que tu n'avais qu'à rajouter ton nom sur le contrat de location. Il venait de recevoir un appel du monsieur qui payait le loyer, et il n'y aurait aucun problème jusqu'à la fin du bail. Merci, Lili. Mon salaire continuera de tomber chaque mois pour alimenter les prélèvements, malgré mon absentéisme qu'on mettra sur le compte de l'amertume et qui arrangera tout le monde au journal, ennemis, alliés et successeur.

Tu t'es installée rue Lepic avec ta fille, ma mort dans l'âme. Heureusement, à Paris IV, tu es tombée sur l'un des derniers spécialistes d'Homère, dont la science et la fantaisie te réchauffent un peu. La voyante du dessus, dont les affaires marchent de plus en plus mal, te garde le bébé pendant tes cours. Tu as renoncé à contacter ce M. Lahnberg qui paie notre loyer : il est sur liste rouge. Personne ne le connaît dans l'immeuble. Tu as conclu que c'était le père qui ne m'avait jamais reconnu et tu n'y as plus pensé : à lui de se manifester, s'il le souhaite. La nuit, tu te caresses avec moi dans le grand lit colonial, et ça me fait un peu de peine. Si tu savais comme mon corps me manque...

La première semaine, tu as remué ciel et terre pour retrouver mon manuscrit aux Éditions Gallimard. Aucune trace. Soit ils jetaient directement les textes reçus à la poubelle, soit je t'avais menti. Après avoir retourné le studio de fond en comble à la recherche d'un autre exemplaire, tu as conclu que l'original de *La Fin du sable* avait brûlé dans la Coccinelle. Tu as pris un café avec Bernard-Henri. Tu l'as remercié pour sa couronne et tu lui as raconté les encouragements de l'éditeur que j'avais sans doute exagérés, voire carrément inventés, ce qui te rendait si triste. Cinq jours après, BHL racontait dans son « Bloc-notes » du *Point* comment Gallimard avait égaré le possible chef-d'œuvre d'un des espoirs de la littérature française, mort au volant comme Camus et Nimier : Facel Vega, Aston Martin et Coccinelle, trois cylindrées différentes brisées par le même besoin de vitesse. Un paragraphe succinct mais bien tourné décrivait l'auteur de *La Fin du sable*, laissait deviner la misère de sa condition sociale derrière un piano de crêperie.

Le front contre la fenêtre, près du secrétaire, Lili te suit des yeux quand tu quittes le studio pour aller me visiter, le dimanche. Tu vas promener la poussette au cimetière, tu entretiens mon jardin, tu nettoies mon marbre et tu ramasses du petit bois pour préparer le feu du soir. Ton désespoir, si fort encore, moins violent mais plus résigné, empêche le repos de mon âme, ici comme chez toi, m'attire dans tes rêves et m'ancre à tes côtés, sans que tu aies, me semble-t-il, la moindre conscience de ma présence. Pardon, Karine, mais ce n'est pas très confortable. Et tu as ta vie à faire. Je mesure à présent combien j'ai pu nuire à Dominique en refusant sa perte, en l'empêchant de partir.

Heureusement pour moi, la douleur t'a rendue plus belle encore et même les endeuillés se retournent sur toi quand tu sors du cimetière. Un jour prochain, devant le mausolée de ma voisine de gauche, tu rencontreras son veuf, un type délicieux qui lui est resté fidèle depuis cinq ans ; vous échangerez trois mots à la fontaine, vous partagerez un arrosoir, il te demandera qui j'étais et tu finiras par m'oublier à l'usage, en croyant raviver ma mémoire à l'oreille d'un garçon plus jeune que moi dont le chagrin te ressemble.

Alors, rassuré sur ton sort, libéré de ta peine, je pourrai peut-être m'en aller, en espérant que Dominique m'attend, que je suis devenu enfin celui qu'elle aimait et que, d'une manière ou d'une autre, nous saurons retrouver le temps que nous avons perdu sur terre.

La composition de cet ouvrage
a été réalisée par
I.G.S. - Charente Photogravure à L'Isle-d'Espagnac,
l'impression a été effectuée
sur presse Cameron dans les ateliers de
Bussière Camedan Imprimeries
à Saint-Amand-Montrond (Cher)

Achevé d'imprimer en juillet 1998.
N° d'édition : 17566. N° d'impression : 983723/4.
Dépôt légal : août 1998.